閱微草堂筆記 下

清代短篇神鬼怪譚

清・紀昀 著

五南圖書出版公司 印行

目錄

上冊

卷一 灤陽消夏錄【一】

（四十七則）

卷二 灤陽消夏錄【二】

（四十八則）

卷三　灤陽消夏錄【三】

（四十四則）

卷四 灤陽消夏錄【四】（五十三則）

卷五 灤陽消夏錄【五】（五十四則）

卷六 灤陽消夏錄【六】（五十一則）

卷八　如是我聞【二】（六十則）

卷九　如是我聞【三】（七十則）

卷十　如是我聞【四】（六十三則）

下冊

卷十一　槐西雜志【一】（七十六則）

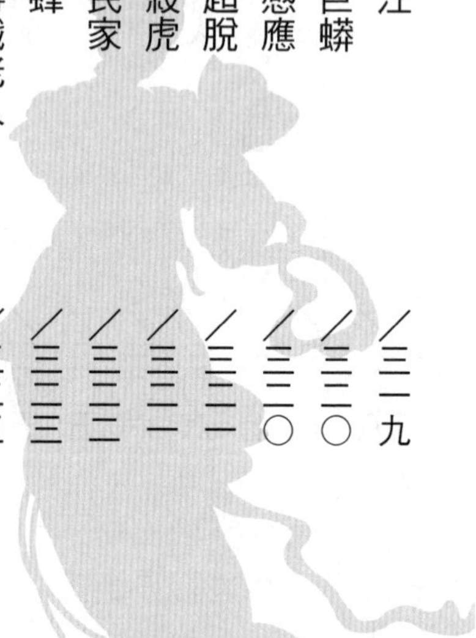

卷十二　槐西雜志【二】

（六十八則）

卷十三　槐西雜志【三】（八十一則）

卷十四　槐西雜志【四】（六十一則）

卷十五　姑妄聽之【一】（五十七則）

卷十六　姑妄聽之【二】（五十四則）

卷十七　姑妄聽之【三】

（五十二則）

卷十八　姑妄聽之【四】（五十則）

卷十九　灤陽續錄【一】（二十九則）

卷二十 灤陽續錄【二】（二十四則）

卷二十一 灤陽續錄【三】

（二十四則）

卷二十二 灤陽續錄【四】（二十二則）

卷二十三 灤陽續錄【五】（二十六則）

卷二十四　灤陽續錄【六】

（十八則）

附紀汝佶六則

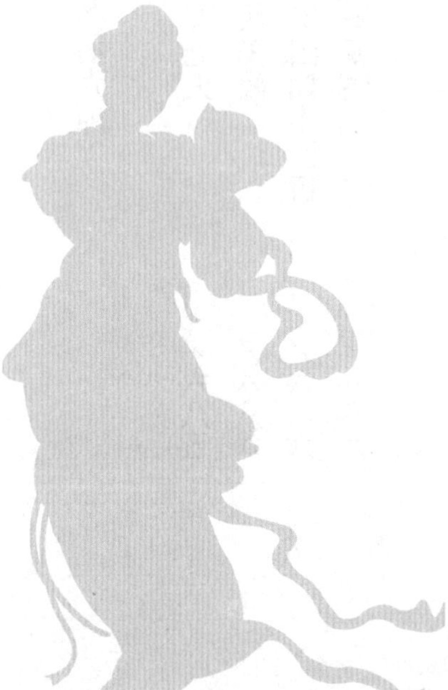

卷十一　槐西雜志【一】（七十六則）

余再掌烏台，每有法司會讞事，故寓直西苑之日多。借得袁氏婿數楹，榜曰：「槐西老屋」。公餘退食，輒憩息其間。距城數十里，自僚屬白事外，賓客殊稀。晝長多暇，晏坐而已。舊有《灤陽消夏錄》、《如是我聞》二書，為書肆所刊刻。緣是友朋聚集，多以異聞相告。因置一冊于是地，遇輪直則憶而雜書之，非輪直之日則已。其不能盡憶則亦已。歲月駸尋，不覺又得四卷，孫樹馨錄為一帙，題曰《槐西雜志》，其體例則猶之前二書耳。自今以往，或竟懶而輟筆歟，則以為《揮塵》之三錄可也；或老不能閒，又有所綴歟，則以為《夷堅》之丙志亦可也。

壬子六月，觀弈道人識

鬼夫計報施

《隋書》載蘭陵公主死殉後夫，登于《列女傳》之首。頗乖史法（祖君彥《檄隋文》稱蘭陵公主逼幸告終。蓋欲甚煬帝之惡，當以史文為正）。滄州醫者張作霖言：其鄉有少婦，夫死未週歲輒嫁。越兩歲，後夫又死，乃誓不再適，竟守志終身。嘗問一鄰婦病，鄰婦忽瞋目作其前夫語曰：「爾甘為某守，不為我守何也？」少婦毅然對曰：「爾不以結髮視我，三年曾無一肝鬲語，我安得為爾守！彼不以再醮輕我，兩載之中，思深義重，我安得不為彼守！爾不自反，乃敢咎人耶？」鬼竟語塞而退。此與蘭陵公主事相類。蓋亦豫讓「眾人遇我，眾人報之；國士遇我，國士報之」之意也。然五倫之中，惟朋友以義合：不計較報施，厚道也；即計較報施，猶直道也。兄弟天屬，已不可言報施；況君臣父子夫婦，義屬三綱哉。

漁洋山人作《豫讓橋》詩曰：「國士橋邊水，千年恨不窮；如聞杜厲叔，死報莒敖公。」自謂可以敦薄俗，斯言允矣。然杜厲叔以不見知而放逐，乃挺身死難，以愧人君不知其臣者（事見劉向《說苑》），是猶怨懟之意；特與君較是非，非為君捍社稷也。其事可風，其言則未協乎義。或記載者之失乎？

王金英為詩

江寧王金英，字菊莊，余壬午分校所取士也。喜為詩，才力稍弱，然秀削不俗，頗近宋末四靈。嘗畫藝菊小照，余戲仿其體格題之，有「以菊為名字，隨花入畫圖」句，菊莊大喜。則所尚可知矣。撰有詩話數卷，尚未成書，霜凋夏綠，其稿不知流落何所。猶記其中一條云：江寧一廢宅，壁上微有字跡。拂塵諦視，乃絕句五首。其一曰：「新綠漸長殘紅稀，美人清淚沾羅衣。蝴蝶不管春歸否，只趁菜花黃處飛。」其二曰：「六朝燕子年年來，朱雀橋圮花不開。未須惆悵問王謝，劉郎一去何曾回。」其三曰：「荒池廢館芳草多，踏青年少時行歌。譙樓鼓動人去後，回風裊裊吹女蘿。」其四曰：「土花漠漠滿頹垣，中有桃葉桃根魂。夜深踏遍階下月，可憐羅襪終無痕。」其五曰：「清明處處啼黃鸝，春風不上枯柳枝。惟應夾溪雙石獸，記汝曾掛黃金絲。」字極怪偉，不著姓名，不知為人語鬼語。余謂此福王破滅以後前明故老之詞也。

節孝祠夢婦

董秋原言：昔為鉅野學官時，有門役典守節孝祠，即攜家居祠側。一日秋祀，門役夜起灑掃，其妻猶寢。夢中見婦女數十輩，聯袂入祠。心知神降，亦不恐怖。忽見所識二貧嫗亦在其中，再三審視，真不謬。怪問其未邀旌表，何亦同來。一嫗答曰：「人世旌表，豈能遍及窮鄉蔀屋？湮沒不彰者，在在有之。鬼神愍其荼苦，雖祠不設位，亦招之來饗。或藏瑕匿垢，冒濫馨香，雖位設祠中，反不容入。故我二人得至此也。」此事頗創聞，然揆以神理，似當如是。又獻縣禮房吏魏某，臨終喃喃自語曰：「吾處閒曹，自謂未嘗作惡業；不虞貧婦請旌，索其常例，冥謫如是其重也。」二事足相發明。信忠孝節義，感天地動鬼神矣！

真鬼嚇倒假鬼

族叔行止言：有農家婦，與小姑並端麗。月夜納涼，共睡檐下。突見赤髮青面鬼，自牛欄後出，旋舞跳擲，若將搏噬。時男子皆外出守場圃，姑嫂悸不敢語。鬼一一攫搦強污之，方躍上短牆，忽嗷然失聲，倒投于地。見其久不動，乃敢呼人。鄰里趨視，則牆內一鬼，乃里中惡少某，已昏仆不知人事；牆外一鬼屹然立，則社公祠中土偶也。父老謂社公有靈，議至曉報賽。一少年啞然曰：「某甲恆五鼓出擔糞，吾戲抱神祠鬼卒置路側，使駭走，以博一笑；不虞遇此偽鬼，誤為真鬼驚踣也。社公何靈哉！」中一老叟曰：「某甲日日擔糞，爾何他日不戲而此日戲之也？戲之術亦多矣，爾何忽抱此土偶也？土偶何地不可置，爾何獨置此家牆外也？此其間神實憑之，爾自不知耳。」乃共醵金以祀。其惡少為父母舁去，困臥數日，竟不復蘇。

狐突祠與糊塗祠

山西太谷縣西南十五里白城村，有糊塗神祠，土人奉事之甚嚴。云稍不敬，輒致風雹。然不知神何代人，亦不知何以得此號。後檢通志，乃知為狐突祠，元中統三年敕建，本名利應狐突神廟。「狐」「糊」同音；北人讀入聲皆似平聲，故「突」轉為「塗」也。是又一杜十姨矣。

石中物象

石中物象，往往有之。姜紹書《韻石軒筆記》言見一石子，太極圖相似。猶紋理旋螺，偶分黑白也。顏介子嘗見一英德硯山，上有白脈，作「山高月小」四字，炳然分明；其脈直透石背，尚依稀似字之反面，但模糊散漫，不具點畫波磔耳。諦視，非嵌非雕，亦非漬染，真天成也。不更異哉。

夫山與地俱有，石與山俱有，豈開闢以來，即預知有程邈隸書歟？即預知有東坡《赤壁賦》歟？即曰山孕此石，在宋以後。又誰使仿此字，誰使題此語歟？然則天工之巧，無所不有，精華蟠結，自成文章，非常理所可測矣。世傳河圖洛書，出于北宋，唐以前所未見也。河圖作黑白圈五十五，洛書作黑白圈四十五。考孔安國《論語注》，稱河圖即八卦（孔安國《論語注》今已不傳，此條乃何晏《論語集解》所引）。是孔氏之門，本無此五十五點之圖矣，陳摶何自而得之？至洛書既謂之書，當有文字，乃亦四十五圈，與河圖相同，是宜稱洛圖不得稱書。繫詞又何以別之曰書乎？劉向、劉歆、班固並稱洛書有文，孔穎達《尚書正義》並詳載其字數（《洪範》初一曰五行一章疏曰，《五行志》全載此一章，云此六十五字皆洛書本文。計天言簡要，必無次第之數。初一曰等二十七字，是禹加之也；其敬用農用等一十八字，大劉及顧氏以龜背先有總三十八字，小劉以為敬用等皆禹所敘第，其龜文惟有二十字云云。雖所說字數不同，而足見由漢至唐，洛書無黑白點之偽圖也。）觀此硯山，知石紋成字，鑿然不誣，未可執盧辨晚出之說（明堂九室龜文，始見北齊盧辨《大戴禮注》。朱子以為鄭康成說，偶誤記也），遂以太乙九宮真為神禹所受也（今術家所用洛書，乃太乙行九宮法，出于《易緯·乾鑿度》，即《漢書·藝文志》所謂太乙家，當時原不稱為洛書也）。

少婦之魂

表兄劉香畹言：昔官閩中，聞有少婦素幽靜，歿葬山麓。每月明之夕，輒遙見其魂，反接縛樹上，漸近則無睹。莫喻其故也。余曰：「此有所示也：人莫喻其受譴之故，而必使人見其受譴，示人所不知，鬼神知之也。」

童子受魅

陳太常楓崖言：一童子年十四五，每睡輒作呻吟聲，疑其病也。問之，云無有。既而時作囈語，呼之不醒。其語頗了了，諦聽皆媟狎之詞，其呻吟亦受淫聲也。然問之終不言。知為魅，牒于社公。夜夢社公曰：「魅誠有之，非吾力所能制也。」乃牒于城隍。越一宿，城隍祠中泥塑控馬卒無故首自隕，始悟社公所謂力不能制也。然一騶耳，未必城隍之所愛；即城隍之所愛，神正直而聰明，亦必不以所愛之故，曲法庇一騶。牒一陳而伏冥誅，城隍之心事昭然矣。彼社公者乃揣摩顧畏，隱忍而不敢言，其視城隍何如也！城隍之視此社公，又何如也！

夜遇狐女

趙太守書三言：有夜遇狐女者，近前挑之，忽不見。俄飛瓦擊落其帽。次日睡起，見窗紙細書一詩，曰：「深院滿枝花，只應蝴蝶採；嚶嚶草下蟲，爾有蓬蒿在。」語殊輕薄，然風致楚楚，宜其不愛紈袴兒。

乩避客

田白岩言：嘗與諸友扶乩，其仙自稱真山民，宋末隱君子也（案山民有詩集，今著錄《四庫全書》中）。倡和方洽，外報某客某客來，乩忽不動。他日復降，眾叩昨遽去之故。乩判曰：「此二君者，其一世故太深，酬酢太熟，相見必有諛詞數百句。雲水散人，拙于應付，不如避之為佳。其一心思太密，禮數太明，其與人語恆字字推敲，責備無已。閒雲野鶴，豈能耐此苛求，故逋逃猶恐不速耳。」後先姚安公聞之，曰：「此仙究狷介之士，器量未宏。」

杏花

從兄懋園言：乾隆丙辰鄉試，坐秋字號中。續一人入號，號軍問姓名籍貫，拱手致賀曰：「昨夢女子持杏花一枝插號舍上，告我曰：『明日某縣某人至，為言杏花在此也。』君名姓籍貫適符，豈非佳兆哉！」其人愕然失色，竟不解考具，稱疾而出。鄉人有知其事者曰：「此生有小婢名杏花，逼亂之而終棄之，竟流落不知所終，意其齎恨以歿矣。」

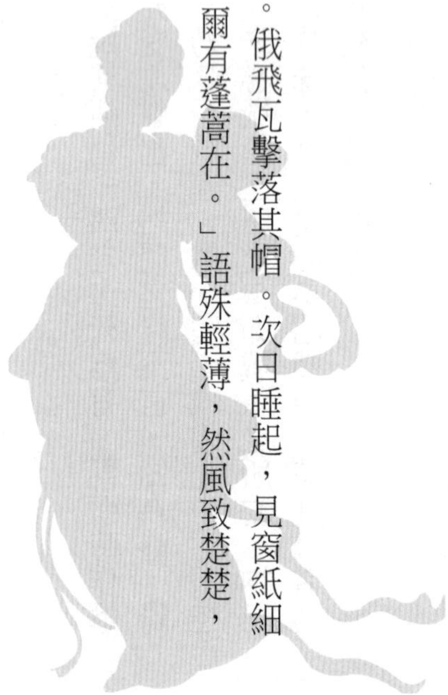

滴血驗子

從孫樹森言：晉人有以資產托其弟而行商于外者，客中納婦，生一子。越十餘年，婦病卒，乃攜子歸。弟恐其索還資產也，誣其子抱養異姓，不得承父業。糾紛不決，竟鳴于官。官故憒憒，不牒其商所問真贗，而依古法滴血試；幸血相合，乃笞逐其弟。弟殊不信滴血事，自有一子，刺血驗之，果不合。遂執以上訴，謂縣令所斷不足據。鄉人惡其貪媢無人理，僉曰：「其婦夙與某私昵，子非其子，血宜不合。」眾口分明，具有徵驗，卒證實奸狀。拘婦所歡鞫之，亦俯首引伏。弟愧不自容，竟出婦逐子，竄身逃去，資產反盡歸其兄。聞者快之。

案陳業滴血，見《汝南先賢傳》，則自漢已有此說。然余聞諸老吏曰：「骨肉滴血必相合，論其常也。或冬月以器置冰雪上，凍使極冷；或夏月以鹽醋拭器，使有酸鹹之味：則所滴之血，入器即凝，雖至親亦不合。故滴血不足成信讞。」然此令不刺血，則商之弟不上訴，商之弟不上訴，則其婦之野合生子亦無從而敗。此殆若或使之，未可全咎此令之泥古矣。

巨蟒

都察院蟒，余載于《灤陽消夏錄》中，嘗兩見其蟠跡，非烏有子虛也。吏役畏之，無敢至庫深處者。壬子二月，奉旨修院署。余啟庫檢視，乃一無所睹。知帝命所臨，百靈懾伏矣。院長舒穆嚕公因言，內閣學士札公祖墓亦有巨蟒，恆遙見其出入曝鱗，墓前兩槐樹，相距數丈，首尾各掛于一樹，其身如彩虹橫亙也。後葬母卜壙，適當其地，祭而祝之，果率其族類千百蜿蜒去，葬畢，乃歸。去時其行如風，然漸行漸縮，乃至長僅數尺。蓋能大能小，已具神龍之技矣。乃悟都察院蟒，其圍如柱，而能出入窗櫺中，隙才寸許，亦猶是也。是月，與汪焦雪副憲同在山西馬觀察家，遇內務府一官，言西十庫貯硫黃處亦有二蟒，皆首矗一角，鱗甲作金色。將啟鑰，必先鳴鉦。其最異者，每一啟鑰，必見硫黃堆戶內，磊磊如假山，只供取用，取盡復然。意其不欲人入庫，人亦莫敢入也。或曰即守庫之神，理或然歟！《山海經》載諸山之神，蛇身鳥首，種種異狀，不必定作人形也。

父子之情

先兄晴湖言：有王震升者，暮年喪愛子，痛不欲生，一夜偶過其墓，徘徊淒戀，不能去。忽見其子獨坐隴頭，急趨就之。鬼亦不避。然欲握其手，輒引退。與之語，神意索漠，似不欲聞。怪問其故，鬼哂曰：「父子宿緣也，緣盡，則爾為爾我為我矣，何必更相問訊哉！」掉頭竟去。王震升自此痛念頓消。客或曰：「使西河能知此義，當不喪明。」先兄曰：「此孝子至情，作此亦幻，以絕其父之悲思，如郗超密札之意耳，非正理也。使人存此見，父子兄弟夫婦，均視如萍水之相逢，不日趨于薄哉！」

妾祭先夫

某公納一妾，姿采秀麗，言笑亦婉媚，善得人意。然獨坐則凝然若有思，習見亦不訝也。一日，稱有疾，鍵戶晝臥。某公穴窗紙窺之，則塗脂傅粉，釵釧衫裙，一一整飭，然後陳設酒果，若有所祀者。排闥入問，姬蹙然斂袵跪曰：「妾故某翰林之寵婢也。翰林將歿，度夫人必不相容，慮或鬻入青樓，乃先遣出。臨別，切切私囑曰：『汝嫁我不恨，嫁而得所我更慰。惟逢我忌日，汝必于密室靚妝私祭我；我魂若來，以香煙繞汝為驗也。』」某公曰：「徐鉉不負李後主，宋主弗罪也。吾何妨聽汝。」姬再拜炷香，淚落入俎。煙果裊裊然三繞其頰，漸蜿蜒繞至足。溫庭筠《達摩支曲》曰：「搗麝成塵香不滅，拗蓮作寸絲難絕。」此之謂歟！雖琵琶別抱，己負舊恩，然身去而心留，不猶愈于同床各夢哉。

節婦

交河一節婦建坊，親串畢集。有表姊妹自幼相謔者。戲問曰：「汝今白首完貞矣，不知此四十餘年中，花朝月夕，曾一動心否乎？」節婦曰：「人非草木，豈得無情。但覺禮不可逾，義不可負，能自制不行耳。」一日，清明祭掃畢，忽似昏眩，喃喃作囈語。扶掖歸，至夜乃蘇，顧其子曰：「頃恍惚見汝父，言不久相迎，且勞慰甚至，言人世所為，鬼神無不知也。幸我平生無瑕玷，否則黃泉會晤，以何面目相對哉！」越半載，果卒。

此王孝廉梅序所言，梅序論之曰：「佛戒意惡，是鏟除根本工夫，非上流人不能也。常人膠膠擾擾，何念不生？但有所畏而不敢為，抑亦賢矣。此婦子孫頗諱此語。余亦不敢舉其氏族。然其言光明磊落，如白日青天，所謂皎然不自欺也，又何必諱之！」

于鼠何尤

姚安公監督南新倉時，一廒後壁，無故圮。掘之，得死鼠近一石，其巨者形幾如貓。蓋鼠穴壁下，滋生日眾，其穴亦日廓；廓至壁下全空，力不任而覆壓也。公同事福公海曰：「方其壞人之屋，以廣己之宅，殆忘其宅之托于屋也耶？」余謂李林甫、楊國忠輩尚不明此理，于鼠乎何尤？

僧言流寇事

先曾祖潤生公，嘗于襄陽見一僧，本惠登相之幕客也。述流寇事頗悉，相與嘆劫數難移。僧曰：「以我言之，劫數人所為，非天所為也。明之末年，殺戮淫掠之慘，黃巢流血三千里，不足道矣。由其中葉以後，官吏率貪虐，紳士率暴橫，民俗亦率奸盜詐偽，無所不至。是以下伏怨毒，上干神怒，積百年冤憤之氣，而發之一朝。以我所見聞，其受禍最酷者，皆其穢惡最甚者也。是可曰天數耶？昔在賊中，見縛一世家子，跪于帳前，而擁其妻妾飲酒，問：『敢怒乎？』曰：『不敢。』問：『願受役乎？』曰：『願。』則釋縛使行酒于側。觀者或太息不忍。一老翁陷賊者曰：『吾今乃始知因果。是其祖嘗調僕婦，僕有違言，捶而縛之槐，使旁觀與婦臥也。即是一端，可類推矣。』」座有豪者曰：「巨魚吞細魚，鷙鳥搏群鳥，神弗怒也，何獨于人而怒之？」僧掉頭曰：「彼魚鳥耳，人魚鳥也耶？」豪者拂衣起。

明日，邀客游所寓寺，欲挫辱之。已打包去，壁上大書二十字曰：「爾亦不必言，我亦不必說，樓下寂無人，樓上有明月。」疑刺豪者之陰事也。後豪者卒覆其宗。

上暗下明

有郎官覆舟于衛河，一姬溺焉。求得其屍，兩掌各握粟一掬，咸以為怪。河干一叟曰：「是不足怪也。凡沉于水者，上視暗而下視明，驚惶瞀亂，必反從明處求出，手皆掊土。故檢驗溺人，以十指甲有泥無泥別生投死棄也。此先有運粟之舟沉于水底，粟尚未腐，故掊之盈手耳。」此論可謂入微，惟上暗下明之故，則不能言其所以然。按張衡《靈憲》曰：「日譬猶火，月譬猶水。火則外光，水則含景。」又劉邵《人物志》曰：「火日外照，不能內見；金水內映，不能外光。」然則上暗下明，固水之本性矣。

長安道上鬼誑人

程念倫，名思孝，乾隆癸酉甲戌間，來游京師，弈稱國手。如皋冒祥珠曰：「是與我皆第二手，時無第一手，遽自稱耳。」一日，門人吳惠叔等扶乩，問：「仙善弈否？」判曰：「能。」問：「肯與凡人對局否？」判曰：「可。」時念倫寓余家，因使共弈（**凡弈譜，以子記數。象戲譜，以路記數，與乩仙弈，則以象戲法行之。如縱第九路橫第三路下子，則判曰：「九三。」餘皆仿此**）。初下數子，念倫茫然不解，以為仙機莫測也，深恐敗名，凝思冥索，至背汗手顫，始敢應一子，意猶惴惴。稍久，似覺無他異，乃放手攻擊。乩仙竟全局覆沒，滿室嘩然。乩忽大書曰：「吾本幽魂，暫來游戲，托名張三豐耳，因初解弈，故爾率答。不虞此君之見困，吾今逝矣。」惠叔慨然曰：「長安道上，鬼亦誑人。」余戲曰：「一敗即吐實，猶是長安道上鈍鬼也。」

申謙居先生

景州申謙居先生，諱詡，姚安公癸巳同年也。天性和易，平生未嘗有忤色，而孤高特立，一介不取，有古狷者風。衣必縕袍，食必粗糲。偶門人饋祭肉，持至市中易豆腐，曰：「非好苟異，實食之不慣也。」嘗從河間歲試歸，使童子控一驢。童子行倦，則使騎而自控。薄暮遇雨，投宿破神祠中。祠止一楹，中無一物，而地下蕪穢不可坐，乃摘板扉一扇，橫臥戶前。夜半睡醒，聞祠中小聲曰：「欲出避公，公當戶不得出。」先生曰：「爾自在戶內，我自在戶外，兩不相害，何必避？」久之，又小聲曰：「男女有別，公宜放我出。」先生曰：「戶內外即是別，出反無別。」轉身酣睡。至曉，有村民見之，駭曰：「此中有狐，嘗出媚少年人，入祠輒被瓦礫擊。公何晏然也？」

後偶與姚安公言語及，掀髯笑曰：「乃有狐欲媚申謙居，亦大異事。」姚安公戲曰：「狐雖媚盡天下人，亦斷不到此君。當是詭狀奇形，狐所未睹，不知是何怪物，故驚怖欲逃耳。」可想見先生之為人矣。

僧寺葬女

董曲江前輩言：乾隆丁卯鄉試，寓濟南一僧寺。夢至一處，見老樹下破屋一間，欹斜欲圮。一女子靚妝坐戶內，紅愁綠慘，摧抑可憐。疑誤入人內室，止不敢進。女子忽向之遙拜，淚涔涔沾衣袂，然終無一言。心悸而悟。越數夕，夢復然，女子顏色益戚，叩額至百餘。欲逼問之，倏又醒。疑不能明，以告同寓，亦莫解。

一日，散步寺園，見廡下有故柩，已將朽。忽仰視其樹，則宛然夢中所見也。詢之寺僧，云是某官愛妾，寄柩于是，約來迎取，至今數十年，寂無音詢。又不敢移瘞，徬徨無計者久矣。曲江豁然心悟。故與歷城令相善，乃醵金市地半畝，告于官而遷葬焉。用知亡人以入土為安，停擱非幽靈所願也。

高西園得印

朱青雷言：高西園嘗夢一客來謁，名刺為司馬相如。驚怪而寤，莫悟何祥。越數日，無意得司馬相如一玉印，古澤斑駁，篆法精妙，真昆吾刀刻也。恆佩之不去身，非至親昵者不能一見。官鹽場時，德州盧丈雅雨為兩淮運使，聞有是印，燕見時偶索觀之。西園離席半跪，正色啟曰：「鳳翰一生結客，所有皆可與朋友共。其不可共者惟二物：此印及山妻也。」盧丈笑遣之曰：「誰奪爾物者，何痴乃爾耶！」西園畫品絕高，晚得末疾，右臂偏枯，乃以左臂揮毫。雖生硬倔強，乃彌有別趣。詩格亦脫灑。雖托跡微官，蹉跎以歿，在近時士大夫間，猶能追前輩風流也。

名士風流

楊鐵崖詞章奇麗，雖被文妖之目，不損其名。惟鞋杯一事，猥褻淫穢，可謂不韻之極，而見諸賦詠，傳為佳話。後來狂誕少年，竟相依仿，以為名士風流，殊不可解。聞一巨室，中元家祭，方舉酒置案上，忽一杯聲如爆竹，劃然中裂，莫解何故。久而知數日前其子邀妓，以此杯效鐵崖故事也。

長春草

太常寺仙蝶、國子監瑞柏，仰邀聖藻，人盡知之。翰林院金槐，數人合抱，瘿磊砢如假山，人亦或知之。禮部壽草，則人不盡知也。

此草春開紅花，綴如火齊，秋結實如珠。《群芳譜》、《野菜譜》皆未之載，不知其名。或曰：「即田塍公道老。」（此草種兩家田塍上，用識界限。犁不及則一莖不旁生，犁稍及之，則蔓延不止，反過所侵之數。故得此名）余諦審之，葉作鋸齒，略相似，花則不似，其說非也。在穿堂之北，治事處階前甬道之西。相傳生自國初，歲久漸成藤本。今則分為二歧，枝格杈枒，挺然老木矣。曹地山先生名之曰「長春草」。余官禮部尚書時，作木欄護之。門人陳太守渼，時官員外，使為之圖。蓋醴化湛深，和氣涵育，雖一草一蟲，亦名遂其生若此也。禮部又有連理槐，在齋戒處南榮下。鄒小山先生官侍郎，嘗繪圖題詩，今尚貯庫中。然特大小二槐相並而生，枝幹互相纏抱耳，非真連理也。

雷陽公修德

道家言祈禳，佛家言懺悔，儒家則言修德以勝妖：二氏治其末，儒者治其本也。族祖雷陽公畜數羊，一羊忽人立而舞。眾以為不祥，將殺羊。雷陽公曰：「羊何能舞，有憑之者也。石言于晉，《左傳》之義明矣。禍已成矣，殺羊何益？禍未成而鬼神以是警余也，修德而已。豈在殺羊？」自是一言一動，如對聖賢。後以順治乙酉拔貢，戊子中副榜，終于通判，訖無纖芥之禍。

怪異婦人

三從兄曉東言：雍正丁未會試歸，見一丐婦，口生于項上，飲啜如常人。其人妖也耶？余曰：「此偶感異氣耳，非妖也。駢拇枝指，亦異于眾，可曰妖乎哉！余所見有豕兩身一首者，有牛背生一足者。又于聞家廟社會見一人，右手掌大如箕，指大如椎，而左手則如常；日以右手操筆鬻字畫。使談讖緯者見之，必曰此豕禍，此牛禍，此人痾也，是將兆某患；或曰，是為某事之應，然余所見諸異，訖毫無驗證也。故余于漢儒之學，最不信《春秋》陰陽、《洪範五行傳》；于宋儒之學，最不信《河圖洛書》、《皇極經世》。」

孫瑞人為鬼置酒

房師孫端人先生，文章淹雅，而性嗜酒。醉後所作，與醒時無異。館閣諸公，以為斗酒百篇之亞也。督學雲南時，月夜獨飲竹叢下，恍惚見一人注視壺盞，狀若朵頤。心知鬼物，亦不恐怖，以手按盞曰：「今日酒無多，不能相讓。」其人瑟縮而隱。醒而悔之，曰：「能來獵酒，定非俗鬼。肯向我獵酒，視我亦不薄。奈何辜其相訪意。」市佳釀三巨碗，夜以小几陳竹間。次日視之，酒如故。嘆曰：「此公非但風雅，兼亦狷介。稍與相戲，便涓滴不嘗。」幕客或曰：「鬼神但歆其氣，豈能真飲！」先生慨然曰：「然則飲酒宜及未為鬼時，勿將來徒歆其氣。」先生侄漁珊，在福建學幕，為余述之。覺魏晉諸賢，去人不遠也。

鬼　詩

錢塘俞君祺（偶忘其字，似是佑申也），乾隆癸未，有余學署。偶見其《野泊不寐》詩曰：「蘆荻荒寒野水平，四周唧唧夜蟲聲，長眠人亦眠難穩，獨倚枯松看月明。」余曰：「杜甫詩曰：『巴童渾不寢，夜半有行舟。』張繼詩曰：『姑蘇城外寒山寺，夜半鐘聲到客船。』均從對面落筆，以半夜得聞，寫出未睡，非詠巴童舟、寒山寺鐘也。君用此法，可謂善于奪胎。然杜、張所言是眼前景物，君忽然說鬼，不太鶻兀乎？」俞君曰：「是夕實遙見月下一人倚樹立，似是文士。擬就談以破岑寂，相去十餘步，竟冉冉沒，故有此語。」鍾忻湖戲曰：「『雲中雞犬劉安過，月裡笙歌煬帝歸。』唐人謂之見鬼詩，猶嫌假借。如公此作，乃真不愧此名。」

狐女

霍丈易書言：聞諸海大司農曰：「有世家子，讀書墳園。園外居民數十家，皆巨室之守墓者也。一日，于牆缺見麗女露半面，方欲注視，已避去。越數日，見于牆外採野花，時時凝睇望牆內，或竟登牆缺，露其半身，以為東家之窺宋玉也，頗縈夢想。而私念居此地者皆粗材，不應有此艷質；又所見皆荊布，不應此女獨靚妝，心疑為狐鬼。故雖流目送盼，而未通一詞。一夕，獨立樹下，聞牆外二女私語。一女曰：『汝意中人方步月，何不就之？』一女曰：『彼方疑我為狐鬼，何必徒使驚怖！』一女又曰：『青天白日，安有狐鬼？痴兒不解事至此。』世家子聞之竊喜，褰衣欲出，忽猛省曰：『自稱非狐鬼，其為狐鬼也確矣。天下小人未有自稱小人者，豈惟不自稱，且無不痛詆小人以自明非小人者。此魅用此術也。』掉臂竟返。次日密訪之，果無此二女。此二女亦不再來。」

為狐魅者

吳林塘言：曩游秦隴，聞有獵者在少華山麓，見二人儽然臥樹下。呼之猶能強起，問：「何困躓于此？」其一曰：「吾等皆為狐魅者也。初，我夜行失道，投宿一山家。有少女絕妍麗，伺隙調我。我竟不自持，即相媟狎。為其父母所窺，甚見詈辱。我拜跪，始免捶撻。既而聞其父母絮絮語，若有所議者。次日，竟納我為婿，惟約山上有主人，女須更番執役，五日一上直，五日乃返。我亦安之。半載後，病瘵，夜嗽不能寢，散步林下。聞有笑語聲，偶往尋視，見屋數楹，有人擁我婦坐石看月。不勝恚忿，力疾欲與角。其人亦怒曰：『鼠輩乃敢瞰我婦？』亦奮起相搏。幸其亦病憊，相牽並仆。婦安坐石上，嬉笑曰：『爾輩勿鬥，吾明告爾：吾實往來于兩家，皆托云上直，使爾輩休息五日，蓄精以供採補耳。今吾事已露，爾輩精亦竭，無所用爾輩。吾去矣。』奄忽不見。兩人迷不能出，故餓踣于此，幸遇君等相拯也。」其一人語亦同。

獵者食以乾糒，稍能舉步，使引視其處。二人共詫曰：「向牆垣故土，樑柱故木，門故可啟閉，皆確有形質，非幻影也。今何皆土窟耶？院中地平如砥，淨如拭。今何土窟以外，崎嶇不容足耶？窟廣不數尺，狐自容可矣，何以容我二人？豈我二人之形亦為所幻化耶？」一人見對面崖上有破磁，曰：「此我持以登樓失手所碎，今峭壁無路，當時何以上下耶？」四顧徘徊，皆惘惘如夢。二人恨狐女甚，請獵者入山捕之。獵者曰：「邂逅相遇，便成佳偶，世無此便宜事。事太便宜，必有不便宜者存。魚吞鉤，貪餌故也；猩猩刺血，貪酒故也。爾二人宜自恨，亦何恨于狐？」二人乃憫默而止。

狐媚少年

林塘又言：有少年為狐所媚，日漸羸困，狐猶時時來。後復共寢，已疲頓不能御女。狐乃披衣欲辭去，少年泣涕挽留，狐殊不顧。怒責其寡情，狐亦怒曰：「與君本無夫妻義，特為採補來耳。君膏髓已竭，吾何所取而不去！此如以勢交者，勢敗則離；以財交者，財盡則散。當其委曲相媚，本為勢與財，非有情于其人也。君于某家某家，昔向日附門牆，今何久絕音問耶？乃獨責我？」其音甚厲，侍疾者聞之皆太息。少年乃反面向內，寂無一言。

扶乩者

汪旭初言：見扶乩者，其仙自稱張紫陽。叩以《悟真篇》，弗能答也，但判曰「金丹大道，不敢輕傳」而已。會有僕婦竊資逃，僕叩問：「尚可追捕否？」仙判曰：「爾過去生中，以財誘人，買其妻；又誘之飲博，仍取其財。此人今世相遇，誘汝婦逃者，買妻報；並竊資者，取財報也。冥數先定，追捕亦不得，不如已也。」旭初曰：「真仙自不妄語。然此論一出，凡奸盜皆諉諸夙因，可勿追捕，不推波助瀾乎？」乩不能答。有疑之者曰：「此扶乩人多從狡獪惡少游，安知不有人匿僕妻而教之作此語？」陰使人偵之。薄暮，果赴一曲巷。登屋脊密伺，則聚而呼盧，僕婦方艷飾行酒矣。潛呼邏卒圍所居，乃弭首就縛。律禁師、巫，為奸民竄伏其中也。藍道行嘗假此術以敗嚴嵩，論者不甚以為非，惡嵩故也。然楊、沈諸公，喋血碎首而不能爭者，一方士從容談笑，乃制其死命，則其力亦大矣。幸所排者為嵩，使因而排及清流，量韓、范、富、歐陽，能與枝梧乎？故乩仙之術，士大夫偶然游戲，倡和詩詞，等諸觀劇則可；若藉卜吉凶，君子當怖其卒也。

妖由人興

從叔梅庵公曰：「淮鎮人家有室屋五間，別為院落，用以貯雜物，兒童多往嬉游，跳擲踐踏，頗為喧擾。鍵戶禁之，則竊逾短牆入。乃大書一帖粘戶上，曰：『此房狐仙所住，毋得穢污！』姑以怖兒童云爾。數日後，夜聞窗外語：『感君見招，今已移入，當為君堅守此院也。』自後人有入者，輒為磚瓦所擊，並僮奴運雜物者亦不敢往。久而不治，竟全就圮頹，狐仙乃去。此之謂『妖由人興』。」

神擊

余有莊在滄州南，曰上河涯，今鬻之矣。舊有水明樓五楹，下瞰衛河。帆檣來往欄楯下，與外祖雪峰張公家度帆樓，皆游眺佳處。先祖母太夫人夏日每居是納涼，諸孫更番隨侍焉。一日，余推窗南望，見男婦數十人，登一渡船，纜已解。一人忽奮拳擊一叟落近岸淺水中，衣履皆濡。方坐起憤詈，船已鼓棹去。時衛河暴漲，洪波直瀉，洶湧有聲。一糧艘張雙帆順流來，急如激箭，觸渡船，碎如柿。數十人並沒，惟此叟存，乃轉怒為喜，合掌誦佛號。問其何適。曰：「昨聞有族弟得二十金，鬻童養媳為人妾，以今日成券，急質田得金如其數，賚之往贖耳。」眾同聲曰：「此一擊神所使也。」促換渡船送之過。時余年方十歲，但聞為趙家莊人，惜未問其名姓。此雍正癸丑事。

又先太夫人言：滄州人有逼嫁其弟婦而鬻兩侄女于青樓者，里人皆不平。一日，腰金販綠豆泛巨舟詣天津，晚泊河干，坐船舷濯足。忽西岸一鹽舟纜索中斷，橫掃而過，兩舷相切，自膝以下，筋骨糜碎如割截，號呼數日乃死。先外祖一僕聞之，急奔告曰：「某甲得如是慘禍，真大怪事！」先外祖徐曰：「此事不怪。若竟不如此，反是怪事。」此雍正甲辰、乙巳間事。

黑煙入東廂

交河王洪緒言：高川劉某，住屋七楹，自居中三楹，東廂二楹。以妻歿無葬地，停柩其中；西廂二楹，幼子與其妹居之。一夕，聞兒啼甚急，而不聞妹語。疑其在灶屋未歸，從窗罅視已熄燈否，月明之下，見黑煙一道，蜿蜒以東廂戶下出，縈繞西廂窗下，久之不去。迨妹醒拊兒，黑煙乃冉冉斂入東廂去。心知妻之魂也。自後每月夜聞兒啼，潛起窺視，所見皆然。以語其妹，妹為之感泣。悲哉，父母之心，死尚不忘其子乎！人子追念其父母，能如是否乎？

邑令夢某公魂

先師桂林呂公闇齋言：其鄉有官邑令者，蒞任之日，夢其房師某公，容色憔悴，若重有憂者。邑令蹙然迎拜曰：「旅櫬未歸，是諸弟子之過也。然念之未敢忘。今幸托蔭得一官，將拮据營窀穸矣。」蓋某公卒于戍所，尚浮厝僧院也。某公曰：「甚善。然歸我之骨，不如歸我之魂。子知我骨在滇南，不知我魂羈于此也。我初為邑令，有試墾汙萊者，吾誤報升科。訴者紛紛，吾心知其詞直，而恐干吏議，百計回護，使不得申，遂至今為民累。土神訴于東岳，岳神謂事由疏舛，雖無自利之心，然恐以檢舉妨遷擢，則其罪與自利等。牒攝吾魂，羈留于此，待此浮糧減免，然後得歸。困苦饑寒，所不忍道。回思一時爵祿，所得幾何？而業海茫茫，竟杳無崖岸，誠不勝泣血椎心。今幸子來官此，倘念平生知遇，為籲請蠲除，則我得重入轉輪，脫離鬼趣。雖生前遺蛻，委諸螻蟻，亦非所憾矣。」邑令檢視舊牘，果有此事。後為宛轉請豁。又恍惚夢其來別云。

二人夜語

交河及方言曰：「說鬼者多誕，然亦有理似可信者。雍正乙卯七月，泊舟靜海之南。微月朦朧，散步岸上，見二人坐柳下對談。試往就之，亦欣然延坐。諦聽所說，乃皆幽冥事。疑其為鬼，瑟縮欲遁。二人止之曰：『君勿訝，我等非鬼：一走無常，一視鬼者也。』問：『何以能視鬼？』曰：『生而如是，莫知所以然。』又問：『何以走無常？』曰：『夢寢中忽被拘役，亦莫知所以然也。』共話至二鼓，大抵縷陳報應。因問：『冥有司以儒理斷獄耶？以佛理斷獄耶？』視鬼者曰：『吾能見鬼，而不能與鬼語，不知此事。』走無常曰：『君無須問此，只問己心。問心無愧，即陰律所謂善；問心有愧，即陰律所謂惡。公是公非，幽明一理，何分儒與佛乎？』其說平易，竟不類巫覡語也。」

視鬼者談

里有視鬼者曰：「鬼亦恆憧憧擾擾，若有所營，但不知所營何事；亦有喜怒哀樂，但不知其何由。大抵鬼與鬼競，亦如人與人競耳。然微陰不足敵盛陽，故莫不畏人。其不畏人者，一由人據所居，鬼刺促不安，故現變相驅之去；一由祟人求祭享；一由桀驁倔強，戾氣未消。如人世無賴，橫行為暴，皆遇氣旺者避，遇運蹇者乃敢侵。或有冤魂厲魄，得請于神，報復以申積恨者，不在此數。若夫欲心所感，淫鬼應之，殺心所感，厲鬼厲之，憤心所感，怨鬼應之，則皆由其人之自召，更不在此數矣。我嘗清明上冢，見游女踏青，其妖媚弄姿者，諸鬼隨之嬉笑；其幽閒貞靜者，左右無一鬼。又嘗見學宮有數鬼，教諭鮑先生出（先生諱梓，南宮人，官獻縣教諭。載縣志《循吏傳》），則瑟縮伏草間；訓導某先生出，則跳擲自如。然則鬼之敢侮與否，尤視乎其人哉！」

劉某夢醫

侍姬之母沈媪言：鹽山有劉某事，患癃閉，百藥不驗。一夕，夢神語曰：「銅頭煅灰，酒服之，即通。」問：「銅頭為何物？」曰：「汝輩所謂螻蛄也。」試之果愈。余謂此濕熱蘊結，以濕熱攻濕熱，借其竄利下行之性耳。若州都之宮，氣不能化，則求之于本原，非此物所能導也。

聾瞽之鬼

梁鐵幢副憲言：有夜行者，于林邊見一物，似人非人，蠢蠢然摸索而行。叱之不應，知為精魅，拾瓦石擊之。其物化為黑煙，縮入林內，啾啾作聲曰：「我緣宿業，墮餓鬼道中，既瞽且聾，艱苦萬狀。公何忍復相逼？」乃委之而去。余《灤陽消夏錄》中，記王菊莊所言女鬼以巧于讒構受啞報，此鬼受聾瞽報，其聰明過甚者乎？

獻藥殺人

先師汪文端公言：有欲謀害異黨者，苦無善計。有黠者密偵知之，陰裹藥以獻，曰：「此藥入腹即死，然死時情狀，與病卒無異；雖蒸骨驗之，亦與病卒無異也。」其人大喜，留之飲。歸則以是夕卒矣。蓋先以其藥餌之，乃滅口計矣。公因太息曰：「獻藥者殺人以媚人，而先自殺也。用其藥者，先殺人以滅口，而口終不可滅也。紛紛機械何為乎？」張樊川前輩時在座，因言有好孌童者，悅一宦家子。度無可得理，陰屬所愛姬托媒媪招之，約會于別墅，將執而脅污焉。屆期，聞已至，疾往掩搏。突失足墮荷塘板橋下，幾于滅頂。喧呼掖出，則宦家子已遁，姬已鬢亂釵橫矣。蓋是子美秀甚，姬亦悅之故也。後無故開閣放此姬，婢姬乃稍泄其事。陰謀者鬼神所忌，殆不虛矣。

顧媼賣磁器

賣花者顧媼，持一舊磁器求售：似筆洗而略淺，四周內外及底皆有畇色，似哥窯而無冰紋，中平如硯，獨露磁骨，邊線界畫甚明，不出入毫髮，殊非剝落。不知何器。以無用還之。後見《廣異志》載嵇胡見石室道士案頭朱筆及杯語，《乾𦠆子》載何元讓所見天狐有朱盞筆硯語，又《逸史》載葉法善有持朱缽畫符語，乃悟唐以前無朱硯，點勘文籍，則研朱于杯盞；大筆濡染，則貯朱于缽。杯盞略小而口哆，以便掭筆；缽稍大而口斂，以便多注濃瀋也。顧媼所持，蓋即朱盞，向來賞鑒家未及見耳。忽呼之來，問：「此盞何往？」曰：「本以三十錢買得，云出自井中。因公斥為無用，以二十錢賣諸雜物攤上。今將及一年，不能復問所在矣。」深為惋惜。世多以高價市贗物，而真古器或往往見擯。余尚非規方竹漆斷紋者，而交臂失之尚如此。然則蓄寶不彰者，可勝數哉（**余後又得一朱盞，製與此同，為陳望之撫軍持去。乃知此物世尚多有，第人不識耳**）。

鬼言是理

先師介公野園言：親串中有不畏鬼者，聞有凶宅，輒往宿。或言西山某寺後閣，多見變怪。是歲值鄉試，因僦住其中。奇形詭狀，每夜環繞几榻間，處之恬然，然亦弗能害也。一夕月明，推窗四望，見艷女立樹下，咥然曰：「怖我不動，來魅我耶？爾是何怪，可近前。」女亦咥然曰：「爾固不識我，我爾祖姑也，歿葬此山。聞爾日日與鬼角，爾讀書十餘年，將徒博一不畏鬼之名耶？抑亦思奮身科目，為祖父光、為門戶計耶？今夜而鬥爭，晝而倦臥，試期日近，舉業全荒，豈爾父爾母遣爾裹糧入山之本志哉？我雖居泉壤，于母家不能無情，故正言告爾。爾試思之。」言訖而隱。私念所言頗有理，乃束裝歸。歸而詳問父母，乃無是祖姑。大悔，頓足曰：「吾乃為黠鬼所賣。」奮然欲再往。其友曰：「鬼不敢以力爭，而幻其形以善言解，鬼畏爾矣，爾何必追窮寇？」乃止。此友可謂善解紛矣。然鬼所言者正理也，正理不能禁，而權詞能禁之，可以悟銷熔剛氣之道也。

劉媼與蟒

前記閻學札公祖墓巨蟒事，據總憲舒穆嚕公之言也。壬子三月初十日，蔣少司農戟門邀看桃花，適與札公聯坐，因叩其詳。知舒穆嚕公之語不誣。札公又曰：「尚有一軼事，舒穆嚕公未知也。守墓者之妻劉媼，恆與此蟒同寢處，蟠其榻上幾滿。來必飲以火酒，注巨碗中，蟒舉首一嗅；酒減分許，所餘已味淡如水矣。憑劉媼與人療病，亦多有驗，一旦，有欲買此蟒者，給劉媼錢八千，乘其醉而舁之去。去後，媼忽發狂曰：『我待汝不薄，汝乃賣我。我必褫汝魄。』自撾不止。媼之弟奔告札公。札公自往視，亦無如何。逾數刻竟死。夫妖物憑附女巫，事所恆有；忤妖物而致禍，亦事所恆有。惟得錢賣妖，其事頗奇；而有人出錢以買妖，尤奇之奇耳。此蟒今猶在，其地在西直門外，土人謂之紅果園。」

養瞽者之院

育嬰堂、養濟院，是處有之。惟滄州別有一院養瞽者，而不隸于官。瞽者劉君瑞曰：「昔有選人陳某，過滄州，資斧匱竭，無可告貸，進退無路，將自投于河。有瞽者憫之，傾囊以助其行。選人入京，竟得官，薦至州牧。念念不能忘瞽者，自賫數百金，將申漂母之報。而偏覓瞽者不可得，並其姓名無知者。乃捐金建是院，以收養瞽者。此瞽者及此選人，均可謂之善人矣。」君瑞又言：「眾瞽者留室一楹，旦夕炷香拜陳公。」余謂陳公之側，瞽者亦宜設一坐。君瑞囁嚅曰：「瞽者安可與官坐？」余曰：「如以其官而祀之，則瞽者自不可坐。如以其義而祀之，則瞽者之義與官等，何不可坐耶？」此事在康熙中，君瑞告余在乾隆乙亥、丙子間，尚能舉居是院者為某某。今已三十餘年，不知其存與廢矣。

患難之濟不忘其心

明季兵亂，曾伯祖鎮番公年甫十一，被掠至臨清。遇舊客作李守敬，以獨輪車送歸。崎嶇戎馬之間，瀕危者數，終不捨去也。時宋太夫人在，酬以金。先頓首謝，然後置金于案曰：「故主流離，心所不忍，豈為求賞來耶！」泣拜而別，自後不復再至矣。守敬性戇直，儕輩有作奸者，輒斷斷與爭，故為眾口所排去。而患難之際，不負其心乃如此。

自題挽歌

事有先兆，莫知其然。如日將出而霞明，雨將至而礎潤，動乎彼則應乎此也。余自四歲至今，無一日離筆硯。壬子三月初二日，偶在直廬，戲語諸公曰：「昔陶靖節自作挽歌，余亦自題一聯曰：『浮沉宦海如鷗鳥，生死書叢似蠹魚。』百年之後，諸公書以見挽，足矣。」劉石庵參知曰：「上句殊不類公，若以挽陸耳山，乃確當耳。」越三日而耳山訃音至，豈非機之先見歟！

廢冢

申蒼嶺先生言：有士人讀書別業，牆外有廢冢，莫知為誰。園丁言夜中或有吟哦聲，潛聽數夕，無所聞。一夕，忽聞之。急持酒往澆冢上曰：「泉下苦吟，定為詞客。幽明雖隔，氣類不殊。肯現身一共談乎？」俄有人影冉冉出樹陰中，忽掉頭竟去。殷勤拜禱，至再至三。微聞樹外人語曰：「感君見賞，不敢以異物自見。方擬一接清談，破百年之岑寂。及遙觀丰采，乃衣冠華美，翩翩有富貴之客，與我輩縕袍，殊非同調。士各有志，未敢相親。惟君委曲諒之。」士人悵悵而返，自是併吟哦之聲亦不聞矣。余曰：「此先生玩世之寓言耳。此語既未親聞，又旁無聞者，豈此士人為鬼揶揄，尚肯自述耶？」先生掀髯曰：「鉏麑槐下之詞，渾良夫夢中之噪，誰聞之歟？子乃獨詰老夫也！」

僧禁山魈

邱孝廉二田言：永春山中有廢寺，皆焦土也。相傳初有僧居之，僧善咒術。其徒夜或見山魈，請禁制之。僧曰：「人自人，妖自妖，兩無涉也。人自行于晝，妖自行于夜，兩無害也。萬物並生，各適其適。妖不禁人晝出，而人禁妖夜出乎？」久而晝亦嬲人，僧寮無寧宇，始施咒術。而氣候已成，黨羽已眾，竟不可禁制矣。憤而雲游，求善劾治者偕之歸。登壇檄將，雷火下擊，妖殲而寺亦燼焉。僧拊膺曰：「吾之罪也！夫吾咒術始足以勝之，而弗肯勝也；吾道力不足以勝之，而妄欲勝也。博善化之虛名，潰敗決裂乃至此。養癰貽患，我之謂也夫！」

飛車劉八

飛車劉八，從孫樹珊之御者也。其御車極鞭策之威，盡馳驅之力，遇同行者，必驀越其前而後已，故得此名。馬之強弱所不問，馬之饑餓所不問，馬之生死亦所不問也。歷數主，殺馬頗多。一日，御樹珊往群從家，以空車返。中路馬軼，為輪所軋，仆轍中。其傷頗輕，竟昏瞀不知人，舁歸則氣已絕矣。好勝者必自及，不仁者亦必自及。東野稷以善御馬名一國，而極馬之力，終以敗罵。況此役夫哉！自隕其生，非不幸也。

人字汪

先祖光祿公，有莊在滄州衛河東。以地恆積潦，其水左右斜袤如人字，故名人字汪。後土語訛人字曰銀子，又轉汪為窪，以吹唇聲輕呼之，音乃近娃，彌失其真矣。土瘠而民貧，凋敝日甚。莊南八里為狼兒口（土語以狼兒二字合聲吹唇呼之，音近辣，平聲）。光祿公曰：「人對狼口，宜其不蓄也。」乃改莊門北向。直北五里曰木沽口（沽字土音在果戈之間）。自改門後，人字汪漸富腴，而木沽口漸凋敝矣。其地氣轉移歟？抑孤虛之說竟真有之？

柴中巨蟒

人字汪場中有積柴（俗謂之垛），多年矣。土人謂中有靈怪，犯之多致災禍；有疾病，禱之亦或驗。莫敢擷一莖，拈一葉也。雍正乙巳，歲大饑，光祿公捐粟六千石，煮粥以賑。一日，柴不給，欲用此柴，而莫敢舉身。乃自往祝曰：「汝既有神，必能達理。今數千人枵腹待斃，汝豈無惻隱心？我擬移汝守倉，而取此柴活饑者，諒汝不拒也。」祝訖，麾眾拽取，毫無變異。柴盡，得一禿尾巨蛇，蟠伏不動；以巨畚舁入倉中，斯須不見。從此亦遂無靈。然迄今六七十年，無敢竊人盜粟者，以有守倉之約故也。物至毒而不能不為理所屈，妖不勝德，此之謂矣。

幽明感應

從孫樹寶言：韓店史某，貧徹骨。父將歿，家惟存一青布袍，將以斂。其母曰：「家久不舉火，持此易米，尚可多活月餘，何為委之土中乎？」史某不忍，卒以斂。此事人多知之。會有失銀釧者，大索不得。史某忽得于糞壤中。皆曰：「此天償汝衣，旌汝孝也。」失釧者以錢六千贖之，恰符衣價。此近日事。或曰：「偶然也。」余曰：「如以為偶，則王祥固不再得魚，孟宗固不再生筍也。幽明之感應，恆以一事示其機耳。汝烏乎知之！」

餓鬼超脫

景州李晴嶙言：有劉生訓蒙于古寺，一夕，微月之下，聞窗外窸窣聲，自隙窺之，牆缺似有二人影，急呼有盜。忽隔牆語曰：「我輩非盜，來有求于君者也。」駭問：「何求？」曰：「猥以夙業，墮餓鬼道中，已將百載。每聞僧廚炊煮，輒饑火如焚，窺君似有慈心，殘羹冷粥，賜一澆奠可乎？」問：「佛家經懺，足濟冥途，何不向寺僧求超拔？」曰：「鬼逢超拔，是亦前因。我輩過去生中，營營仕宦，勢盛則趨附，勢敗則掉臂如路人。當其得志，本來扶窮救厄，造有善因；今日勢敗，又安能遇是善緣乎？所幸貨賂豐盈，不甚愛惜，孤寒故舊，尚小有周旋。故或能時遇矜憐，得一沾餘瀝。不然，則如目連母鍵在大地獄中，食至口邊，皆化猛火，雖佛力亦無如何矣。」生惻然憫之，許如所請，鬼感激嗚咽去。自是每以殘羹剩酒澆牆外，亦似有肸蠁，然不見形，亦不聞語。越歲餘，夜聞牆外呼曰：「久叨嘉惠，今來別君。」生問：「何往？」曰：「我二人無計求脫，惟思作善以自拔。此林內野鳥至多，有彈射者，先驚之使高飛；有網罟者，先驅之使勿入。以是一念，感動神明，今已得付轉輪也。」生嘗舉以告人曰：「沉淪之鬼，其力猶可以濟物。人奈何謝不能乎？」

老翁殺虎

族兄中涵知旌德縣時，近城有虎暴，傷獵戶數人，不能捕。邑人請曰：「非聘徽州唐打獵，不能除此患也。」（休寧戴東原曰：「明代有唐某，甫新婚而戕于虎。其婦後生一子，祝之曰：『爾不能殺虎，非我子也。後世子孫如不能殺虎，亦皆非我子孫也。』故唐氏世世能捕虎。」）乃遣吏持幣往。歸報唐氏選藝至精者二人，行且至。至則一老翁，鬚髮皓然，時咯咯作嗽；一童子十六七耳。大失望，姑命具食。老翁察中涵意不滿，半跪啟曰：「聞此虎距城不五里，先往捕之，賜食未晚也。」遂命役導往。役至谷口，不敢行。老翁哂曰：「我在，爾尚畏耶？」入谷將半，老翁顧童子曰：「此畜似尚睡，汝呼之醒。」童子作虎嘯聲。果自林中出，徑搏老翁。老翁手持一柄短斧，縱八九寸，橫半之，奮臂屹立。虎撲至，側首讓之。虎自頂上躍過，已血流仆地。視之，自頷下至尾閭，皆觸斧裂矣。乃厚贈遣之。老翁自言煉臂十年，煉目十年。其目以毛帚掃之不瞬，其臂使壯夫攀之，懸身下縋不能動。《莊子》曰：「習伏眾神，巧者不過習者之門。」信夫。嘗見史舍人嗣彪，暗中捉筆書條幅，與秉燭無異。又聞靜海勵文恪公，剪方寸紙一百片，書一字其上，片片向日疊映，無一筆絲毫出入。均習而已矣，非別有謬巧也。

神助民家

李慶子言：山東民家，有狐居其屋數世矣。不見其形，亦不聞其語；或夜有火燭盜賊，則擊扉撼窗，使主人知覺而已。屋或漏損，則有銀錢鏗然墜几上。即為修葺，計所給恆浮所費十之二。若相酬者，歲時必有小饋遺置窗外。或以食物答之，置其窗下，轉瞬即不見矣。從不出嬲人，兒童或反嬲之，戲以瓦礫擲窗外，仍自窗還擲出。或欲觀其擲出，投之不已，亦擲出不已，終不怒也。

一日，忽檐際語曰：「君雖農家，而子孝弟友，婦姑娣姒皆婉順，恆為善神所護，故久住君家避雷劫。今大劫已過，敬謝主人，吾去矣。」自此遂絕。從來孤居人家，無如是之謹飭者，其有得于老氏「和光」之旨歟！卒以謹飭自全，不遭劾治之禍，其所見加人一等矣。

細腰蜂

從侄虞惇，從兄懋園之子也。壬子三月，隨余勘文淵閣書，同在海淀槐西老屋（余婿袁煦之別業，余葺治之，為輪對上直憩息之地）。言懋園有朱漆藤枕，崔莊社會之所買，有年矣。一年夏日，每枕之，輒嗡嗡有聲，以為作勞耳鳴也。旬餘後，其聲漸厲，似飛蟲之振羽。又月餘，聲迸于外，不待就枕始聞矣。疑而剖視，則有一細腰蜂鼓翼出焉。枕四圍無針芥隙，蜂何能遺種于內？如未漆時先遺種，何以越數歲乃生？或曰：「化生也。」然蜂生以蛹，不以化。即果化生，何以他處不化而化于枕？他枕不化而化于此枕？枕中不飲不食，何以兩月餘猶活？設不剖出，將不死乎？此理殊不可曉也。

狐魅游戲老人

虞惇又言：掖縣林知州禹門，其受業師也。自言其祖年八十餘，已昏耄不識人，亦不能步履，然猶善飯。惟枯坐一室，若鬱鬱不適。子孫恆以椅舁至門外延眺，以為消遣。

一日，命侍者入取物，獨坐以俟。侍者出，則併椅失之矣。合家悲泣惶駭，莫知所為；裹糧四出求之，亦無蹤跡。會有友人自勞山來，途遇禹門，遙呼曰：「若非覓若祖乎？今在山中某寺，無恙也。」忽馳訪之，果然。其地距掖數百里，僧不知其何以至。其祖但覺有二人舁之飛行，亦不知其為誰也。此事極怪而非怪，殆山魈狐魅播弄老人以為游戲耳。

鬼對

戈孝廉廷模，字式之，芥舟前輩長子也。天姿朗徹，詩格書法，並有父風。于父執中獨師事余。余期以遠到，乃年四十餘，始選一學官。後得心疾，忽發忽止，竟夭天年。余深悲之，俄與從孫樹珏談及。樹珏因言其未歿以前，讀書至夜半，偶即景得句曰：「秋入幽窗燈黯淡。」屬對未就，忽其友某揭簾入，延與坐談，因告以此句。其友曰：「何不對以『魂歸故里月淒清』。」式之愕然曰：「君何作鬼語？」轉瞬不見，乃悟其非人。蓋衰氣先見，鬼感衰氣應之也。故式之不久亦下世。與《靈怪集》載曹唐《江陵佛寺》詩「水底有天春漠漠」一聯事頗相類。

夜行遇鬼者

曹慕堂宗丞言：有夜行遇鬼者，奮力與角。俄群鬼大集，或抛擲沙礫，或牽拽手足。左右支吾，大受捶擊，顛踣者數矣。而憤恚彌甚，猶死鬥不休。忽坡上有老僧持燈呼曰：「檀越且止！此地鬼之窟宅也，檀越雖猛士，已陷重圍。客主異形，眾寡異勢，以一人氣血之勇，敵此輩無窮之變幻，雖賁、育無幸勝也，況不如賁、育者乎？知難而退，乃為豪傑。何不暫忍一時，隨老僧權宿荒剎耶！」此人頓悟，奮身脫出，隨其燈影而行。群鬼漸遠，老僧亦不知所往。坐息至曉，始覓得路歸。此僧不知是人是鬼，可謂善知識耳。

巨鳥

海淀人捕得一巨鳥，狀類蒼鵝，而長喙利吻，目睛突出，眈眈可畏。非鶖非鸛，非鴇非鸕鷀，莫能名之，無敢買者。金海住先生時寓直澄懷園，獨買而烹之，味不甚佳。甫食一二臠，覺肺間冷如冰雪，堅如鐵石；沃以燒春，亦無暖氣。委頓數日，乃愈。或曰：「張讀《宣室志》載，俗傳人死數日後，當有禽自柩中出，曰『殺』。有鄭生者，嘗在隰川，與郡官獵于野，網得巨鳥，色蒼，高五尺餘；解而視之，忽然不見。里中人言有人死且數日，卜者言此日『殺』當去。其家伺而視之，果有巨鳥蒼色自柩中出。又《原化記》載，韋滂借宿人家，射落『殺』鬼，烹而食之，味極甘美。先生所食，或即『殺』鬼所化，故陰凝之氣如是歟！」倪餘疆時方同直，聞之笑曰：「是又一終南進士矣。」

少女變老翁

自黃村至豐宜門（俗謂之南西門），凡四十里。泉源水脈，絡帶鉤連，積雨後污潦沮洳，車馬頗為阻滯。有李秀者，御空車自固安返。見少年約十五六，娟麗如好女，蹩躠泥涂，狀甚困憊。時日已將沒，見秀行過，有欲附載之色，而愧沮不言。秀故輕薄，挑與語，邀之同車。忸怩而上。沿途市果餌食之，亦不甚辭。漸相軟款，間以調謔。面頳微笑而已。行數里後，視其貌似稍蒼，尚不以為意。又行十餘里，暮色昏黃，覺眉目亦似漸改。將近南苑之西門，則廣顙高顴，鬑鬑有鬚矣。自訝目眩，不敢致詰。比至逆旅下車，乃鬚鬢皓白，成一老翁，與秀握手作別曰：「蒙君見愛，懷感良深。惟暮齒衰顏，今夕不堪同榻，愧相負耳。」一笑而去，竟不知為何怪也；秀表弟為余廚役，嘗聞秀自言之，且自悔少年無狀，致招狐鬼之侮云。

楊生

文安王岳芳言：有楊生者，貌姣麗，自慮或遇強暴，乃精習技擊，十六七時，已可敵數十人。合詣通州應試，暫住京城。偶獨游陶然亭，遇二回人強邀入酒肆。心知其意，姑與飲啖，且故索珍味食。二回人喜甚，因誘至空寺，左右挾坐，遽擁于懷。生一手按一人，並踣于地，以足踏背，各解帶反接，抽刀擬頸曰：「敢動者死！」褫其下衣，並淫之，且數之曰：「爾輩年近三十，豈足供狎昵！然爾輩污人多矣，吾為孱弱童子復仇也。」徐釋其縛，掉臂徑出。後與岳芳同行，遇其一于途，顧之一笑。其人掩面鼠竄去。乃為岳芳具道之。岳芳曰：「戕命者使還命，攘財者使還財，律也，此當相償者也。惟淫人者有治罪之律，無還使受淫之律，此不當償者也。子之所為，謂之快心則可，謂之合理則未也。」

夜光卵

從孫樹櫺言：南村戈孝廉仲坊，至遵祖莊（土語呼榛子莊，遵榛疊韻之訛，祖子雙聲之轉也。相近又有念祖橋，今亦訛為驗左）會曹氏之葬。聞其鄰家雞產一卵，入夜有光。仲坊偕數客往觀，時已昏暮，燈下視之，無異常卵。撤去燈火，果吐光熒熒，周卵四圍如盤盂。置諸室隅，立門外視之，則一室照耀如晝矣。客或曰：「是雞為蛟龍所感，故生卵有是變怪。恐久而破殼出，不利主人。」仲坊次日即歸，不知其究竟如何也。

案木華《海賦》曰：「陽冰不冶，陰火潛然。」蓋陽氣伏積陰之內，則鬱極而外騰。《嶺南異物志》稱海中所生魚蜃，置陰處有光。《嶺表錄異》亦稱黃蠟魚頭，夜有光如籠燭，其肉亦片片有光。水之所生，與水同性故也。

必海水始有火，必海錯始有光者，積水之所聚，即積陰之所凝，故百川不能鬱陽氣，惟海能鬱也。至暑月腐草之為螢，以層陰積雨，陽氣蒸而化為蟲。塞北之夜亮木，以冰谷雪岩，陽氣聚而附于木。螢不久即死，夜亮木移植盆盎，越一兩歲亦不生明。出潛離隱，氣得舒而漸散耳。惟雞卵夜光則理不可曉，蛟龍所感之說，亦未必然。按段成式《酉陽雜俎》稱嶺南毒菌夜有光，殺人至速。蓋瘴癘所鐘，以溫熱發為陽焰。此卵或沴厲之氣，偶聚于雞；或雞多食毒蟲，久而蘊結，如毒菌有光之類，亦未可知也。

以血為茶

從侄虞惇言：聞諸任丘劉宗萬曰：「有旗人赴任丘催租，適村民夜演劇，觀至二鼓乃散。歸途酒渴，見樹旁茶肆，因繫馬而入。主人出，言火已熄，但冷茶耳。入室良久，捧茶半杯出，色殷紅而稠粘，氣似微腥。飲盡，更求益。曰：『瓶已罄矣，當更覓殘剩。須坐此稍待，勿相窺也。』既而久待不出，潛窺門隙，則見懸一裸女子，破其腹，以木撐之，而持杯刮取其血。惶駭退出，乘馬急奔。聞後有追索茶錢聲，沿途不絕。比至居停，已昏瞀墜仆。居停聞馬聲出視，扶掖之。次日乃蘇，述其顛末。其往跡之，至繫馬之處，惟平蕪老樹，荒冢纍纍，叢棘上懸一蛇，中裂其腹，橫支以草莖而已。此與裴硎《傳奇》載盧涵遇盟器婢子束蛇為酒事相類。然婢子留賓，意在求偶。此鬼鬻茶胡為耶？鬼所需者冥鏹，又向人索錢何為耶？」

牛禍

田香谷言：景河鎮西南有小村，居民三四十家。有鄒某者，夜半聞犬聲，披衣出視。微月之下，見屋上有一巨人坐。駭極驚呼，鄰里並出。稍稍審諦，乃所畜牛昂首而蹲，不知其何以上也。頃刻喧傳，男婦皆來看異事。忽一家火發，焰猛風狂，合村幾盡為焦土。乃知此為牛禍，兆回祿也。姚安公曰：「時方納稼，豆秸穀草，堆秫籬茅屋間，衺延相接。農家作苦，家家夜半皆酣眠。突爾遭焚，則此村無噍類矣。天心仁愛，以此牛驚使夢醒也。何反以為妖哉！」

俠妓

同郡某孝廉未第時，落拓不羈，多來往青樓中。然倚門者視之，漠然也。惟一妓名椒樹者（**此妓佚其姓名，此里巷中戲諧之稱也**）獨賞之，曰：「此君豈長貧賤者哉！」時邀之狎飲，且以夜合資供其讀書。比應試，又為捐金治裝，且為其家謀薪米。孝廉感之，握臂與盟曰：「吾倘得志，必納汝。」椒樹謝曰：「所以重君者，怪姊妹惟識富家兒；欲人知脂粉綺羅中，尚有巨眼人耳。至白頭之約，則非所敢聞。妾性冶蕩，必不能作良家婦；如已執箕帚，仍縱懷風月，君何以堪！如幽閉閨閣，如坐囹圄，妾又何以堪！與其始相歡合，終致仳離，何如各留不盡之情，作長相思哉！」後孝廉為縣令，屢招之不赴。中年以後，車馬日稀，終未嘗一至其署。方可云奇女子矣。使韓淮陰能知此意，烏有「鳥盡弓藏」之憾哉！

某君佳詩

膠州法南野，飄泊長安，窮愁頗甚。一日，于李符千御史座上，言：「曾于濼口旅舍見二詩，其一曰：『流落江湖十四春，徐娘半老尚風塵。西樓一枕鴛鴦夢，明月窺窗也笑人。』其二曰：『含情不忍訴琵琶，幾度低頭掠鬢鴉。多謝西川貴公子，肯持紅燭賞殘花。』不署年月姓名，不知誰作也。」余曰：「此君自寓坎坷耳。然五十六字足抵一篇《琵琶行》矣。」

博山書生

益都李生文淵，南澗弟也。嗜古如南澗，而博辯則過之。不幸夭逝，南澗乞余志其墓。匆匆未果，並其事狀失之，至今以為憾也。一日，在余生雲精舍討論古禮，因舉所聞一事曰：「博山有書生，夜行林莽間，見貴官坐松下，呼與語。諦視，乃其已故表丈某公也，不得已近前拜謁。問家事甚悉。生因問：『古稱體魄藏于野，而神依于廟主。丈人有家祠，何為在此？』某公曰：『此泥于古不墓祭之文也。夫廟祭地也，主祭位也，神之來格，以是地是位為依歸為耳。如神常居于廟，常附于主，是世世祖妣與子孫人鬼雜處也。且有廟有主，為有爵祿者言之耳。今一邑一鄉之中，能建廟者萬家不一二，能立祠者千家不一二，能設主者百家不一二。如神依主而不依墓，是百千億萬貧賤之家，其祖妣皆無依之鬼也，有是理耶？知鬼神之情狀者，莫若聖人。明器之禮，自夏后氏以來矣。使神在主而不在墓，則明器當設于廟。乃皆瘞之于墓中，是以器供神而置于神所不至也，聖人顧若是顛耶？衛人之祔離之，殷禮也；魯人之祔合之，周禮也。孔子善周。使神不在墓，則墓之分合，了無所異，有何善不善耶？《禮》曰：「父歿而不忍讀父之書，手澤存焉爾。母亡而不忍用其杯棬，口澤存焉爾。」一物之微，尚且如是。顧以先人體魄，視如無物；而別植數寸之木，曰此吾父吾母之神也。毋乃不知類耶？寺鐘將動，且與子別。子今見吾，此後可毋為豎儒所惑矣。』生匆遽起立，東方已白。視之正其墓道前也。」

有狐眼亮辭鋒

陳裕齋言：有僦居道觀者，與一狐女狎，靡夕不至。忽數日不見，莫測何故。一夜，搴簾含笑入，問其曠隔之由。曰：「觀中新來一道士，眾目曰仙。慮其或有神術，姑暫避之。今夜化形為小鼠，自壁隙潛窺，直大言欺世者耳。故復來也。」問：「何以知其無道力？」曰：「偽仙偽佛，技止二端：其一故為靜默，使人不測；其一故為顛狂，使人疑其有所托。然真靜默者，必淳穆安恬，凡矜持者偽也。真托于顛狂者，必游行自在，凡張皇者偽也。此如君輩文士，故為名高，或迂避冷峭，使人疑為狷；或縱酒罵座，使人疑為狂，同一術耳。此道士張皇甚矣，足知其無能為也。」時共飲錢稼軒先生家，先生曰：「此狐眼光如鏡，然辭鋒太利，未免不留餘地矣。」

亡妻義行

司爨者曹媼，其子僧也。言嘗見粵東一宦家，到寺營齋，云其妻亡已十九年。一夕，燈下見形曰：「自到黃泉，無時不憶，尚冀君百年之後，得一相見。不意今配入轉輪，從此茫茫萬古，無復會期。故冒冥司之禁，賂監送者來一取別耳。」其夫駭痛，方欲致詞，忽旋風入室捲之去，尚隱隱聞泣聲。故為飯僧禮懺，資來世福也。此夫此婦，可謂兩不相負矣。《長恨歌》：「但令心如金細堅，天上人間會相見。」安知不以此一念，又種來世因耶！

珍草

《桂苑叢談》記李衛公以方竹杖贈甘露寺僧，云此竹出大宛國，堅實而正方，節眼須牙，四面對出云云。案方竹今閩、粵多有，不為異物。大宛即今哈薩克，已隸職方，其地從不產竹，烏有所謂方者哉！

又《古今注》載烏孫有青田核，大如六升瓠，空之以盛水，俄而成酒。案烏孫即今伊犁地，問之額魯特，皆云無此。

又《杜陽雜編》載元載造芸暉堂于私第。芸香，草名也，出于闐國，其香潔白如玉，入土不朽爛；舂之為屑，以塗其壁，故號曰芸暉，于闐即今和闐地，亦未聞此物。惟西域有草名瑪努，根似蒼術，番僧焚以供佛，頗為珍貴。然色不白，亦不可泥壁。均小說附會之詞也。

父魂救子

黎荇塘言：有少年，其父商于外，久不歸。無所約束，因為囊家所誘，博負數百金。囊家議代出金償眾，而勒寫鬻宅之券。不得已從之。慮無以對母妻，遂不返其家，夜入林自縊。甫結帶，聞馬蹄隆隆，回顧，乃其父歸也。駭問：「何以作此計？」度不能隱，以實告。父殊不怒，曰：「此亦常事，何至于此！吾此次所得尚可抵。汝自歸家，吾自往償金索券可也。」時囊家博未散，其父突排闥入。本皆相識，一一指呼姓字，先斥其誘引之非，次責以逼迫之過。眾錯愕無可置詞。既而曰：「既不肖子寫宅券，吾亦難以博訴官。今償汝金，汝明日分給眾人，還我宅券可乎？」囊家知理屈，願如命。其父乃解腰纏付囊家，一一驗入。得券即就燈焚之，憤然而出。其子還家具食，待至曉不歸。至囊家偵探，曰：「已焚券去。」方慮有他故。次日，囊家發篋，乃皆紙鋌。

金所親收，眾目共睹，無以自白，竟出己橐以償，頗自疑遇鬼。後旬餘，訃音果至，歿已數月矣。

神祠野鬼

李樵風言：杭州湧金門外，有漁舟泊神祠下，聞祠中人語嘈雜。既而神訶曰：「汝曹野鬼，何辱文士？罪當笞。」又聞辯訴言：「人靜月明，諸幽魂暫游水次，稍釋羈愁。此二措大獨講學談詩，刺刺不止。眾皆不解，實所厭聞。竊相耳語，微示不滿，稍稍引去則有之，非敢有觸犯也。」神默然，少頃，曰：「論文雅事，亦當擇地擇人。先生休矣。」俄而燐火如螢，自祠中出。遙聞吃吃笑不已，四散而去。

劉橦高齡

劉橦，滄州人。其母以康熙壬申生，至乾隆壬子，年一百一歲，尚強健善飯。屢逢恩詔，里胥欲為報官支粟帛，輒固辭弗願。去歲，欲為請旌建坊，亦固辭弗願。或詢其弗願之故。慨然曰：「貧家嫠婦，賦命蹇薄，正以顛連困苦，為神道所憐，得此壽耳。一邀過分之福，則死期至矣。」此媼所見殊高。計其生平，必無膠膠擾擾分外之營求，宜其恬然衡靜，頤養天和，得以保此長齡矣。

卷十二　槐西雜志【二】（六十八則）

林莽二士

安中寬言：有人獨行林莽間，遇二人，似是文士，吟哦而行。一人懷中落一書冊，此人拾得。字甚拙澀，波磔皆不甚具，僅可辨識。其中或符籙、或藥方、或人家春聯，紛糅無緒，亦間有經書古文詩句。展閱未竟，二人遽追來奪去，倏忽不見。疑其狐魅也。一紙條飛落草間，俟其去遠，覓得之。上有字曰：「《詩經》于字皆音烏，《易經》無字左邊無點。」余謂此借言粗材之好講文藝者也，然能刻意于是，不愈于飲博游冶乎！使讀書人能獎勵之，其中必有所成就。乃薄而揮之，斥而笑之，是未思聖人之待互鄉、闕黨二童子也。講學家崖岸過峻，使人甘于自暴棄，皆自沽己名，視世道人心如膜外耳。

景州寧遜公

景州寧遜公，能以琉璃舂碎調漆，堆為擘窠書。凹凸皴皺，儼若石紋。恆挾技游富貴家，喜索人酒食。或聞燕集，必往攙末席。

一日，值吳橋社會，以所作對聯匾額往售。至晚，得數金。忽遇十數人邀之，曰：「我輩欲君殫一月工，堆字若干，分贈親友，冀得小津潤。今先屈先生一餐，明日奉迎至某所。」寧大喜，隨之酒肆，共恣飲啖。至漏下初鼓，主人促閉戶。十數人一時不見，座上惟寧一人。無可置辯，乃傾囊償值，懊惱而歸。不知為幻術為狐魅也。李露園曰：「此君自宜食此報。」

孌童

某公眷一孌童，性柔婉，無市井態，亦無恃寵驕縱意。忽泣涕數日，目盡腫。怪詰其故。慨然曰：「吾日日薦枕席，殊不自覺。昨寓中某與某童狎，吾穴隙竊窺，醜難言狀，與横陳之女迥殊。因自思吾一男子而受污如是，悔不可追，故愧憤欲死耳。」某公譬解百方，終怏怏不釋。後竟逃去，或曰：「已改易姓名，讀書游泮矣。」梅禹金有《青泥蓮花記》，若此童者，亦近于青泥蓮花歟！是奴子張凱，初為滄州隸，後夜聞罪人暗泣聲，心動辭去，鬻身于先姚安公。年四十餘，無子。

一日，其婦臨蓐，凱愀然曰：「其女乎！」已而果然。問：「何以知之？」曰：「我為隸時，有某控其婦與鄰人張九私。眾知其枉，而事涉曖昧，無以代白也。會官遣我拘張九。我稟曰：『張九初五日以逋賦拘，初八笞十五去矣。今不知所往，乞寬其限。』官檢徵比冊，良是，怒某曰：『初七日張九方押禁，何由至汝婦室乎？』杖而遣之。其實別一張九，吾借以支吾得免也。去歲，聞此婦死。昨夜夢其向我拜，知其轉生為我女也。」後此女嫁為賈人婦凱夫婦老且病，竟賴其孝養以終。楊椒山有《羅刹成佛記》。若此奴者，亦近于羅刹成佛歟？

四喜娶義狐

馮平宇言：有張四喜者，家貧傭作。流轉至萬全山中，遇翁媼留治圃。愛其勤苦，以女贅之。

越數歲，翁媼言往塞外省長女，四喜亦挈婦他適。久而漸覺其為狐，恥與異類偶，伺其獨立，潛彎弧射之，中左股。狐女以手拔矢，一躍直至四喜前，持矢數之曰：「君太負心，殊使人恨！雖然，他狐媚人，苟且野合耳。我則父母所命，以禮結婚，有夫婦之義焉。三綱所繫，不敢仇君；君既見棄，亦不敢強住聒君。」握四喜之手痛哭，逾數刻，乃蹶然逝。四喜歸，越數載，病死，無棺以殮。狐女忽自外哭入，拜謁姑舅，具述始末，且曰：「兒未嫁，故敢來也。」其母感之，詈四喜無良。狐女俯不語。鄰婦不平，亦助之詈。狐女瞋視曰：「父母詈兒，無不可者。汝奈何對人之婦，詈人之夫！」振衣竟出，莫知所往。去後，于四喜屍旁得白金五兩，因得成葬。後四喜父母貧困，往往于盎中篋內無意得錢米，蓋亦狐女所致也。皆謂此狐非惟形化人，心亦化人矣。或又謂狐雖知禮，不至此，殆平宇故撰此事，以愧人之不知者。姚安公曰：「平宇雖村叟，而立心篤實，平生無一字虛妄。與之談，訥訥不出口，非能造作語言者也。」

狐女救孤

盧觀察撝吉言：茌平有夫婦相繼死，遺一子，甫週歲。兄嫂咸不顧恤，餓將死。忽少婦排門入，抱兒于懷，詈其兄嫂曰：「爾弟夫婦屍骨未寒，汝等何忍心至此，不如以兒付我，猶可覓一生活處也。」挈兒竟出，莫知所終。鄰里咸目睹之，有知其事者曰：「其弟在日，常昵一狐女。竟或不忘舊情，來視遺孤乎？」是亦張四喜婦之亞也。

布商何某

烏魯木齊多狹斜小樓深巷，方響時聞。自譙鼓初鳴，至寺鐘欲動，燈火恆熒熒也。冶蕩者惟所欲為，官弗禁，亦弗能禁。有寧夏布商何某，年少美丰姿，資累千金，亦不甚吝，而不喜為北里游。惟畜牝豕十餘，飼極肥，濯極潔，日閉門而沓淫之。豕亦相摩相倚，如昵其雄。僕隸恆竊窺之，何弗覺也。忽其友乘醉戲詰，乃愧而投井死。迪化廳同知木金泰曰：「非我親鞫是獄，雖司馬溫公以告我，我弗信也。」

余作是地雜詩，有曰：「石破天驚事有無，後來好色勝登徒。何郎甘為風情死，才信劉郎愛媚豬。」即詠其事。人之性癖，有至于如此者！乃知以理斷天下事，不盡其變；即以情斷天下事，亦不盡其變也。

古道之風

張一科，忘其何地人。攜妻就食塞外，傭于西商。西商昵其妻，揮金如土，不數載資盡歸一科，反寄食其家。妻厭薄之，詬誶使去。一科曰：「微是人無此日，負之不祥。」堅不可。妻一日持梃逐西商，一科怒詈。妻亦反詈曰：「彼非愛我，昵我色也。我亦非愛彼，利彼財也。以財博色，色已得矣，我原無所負于彼；以色博財，財不繼矣，彼亦不能責于我。此而不遣，留之何為？」一科益憤，竟抽刃殺之，先以百金贈西商，而後自首就獄。

又一人忘其姓名，亦攜妻出塞。妻病卒，困不能歸，且行乞。忽有西商招至肆，贈五十金。怪其太厚，固詰其由。西商密語曰：「我與爾婦最相昵，爾不知也。爾婦垂歿，私以爾托我。我不忍負于死者，故資爾歸里。」此人怒擲于地，竟格鬥至訟庭。二事相去不一月。

相國溫公，時鎮烏魯木齊。一日，宴僚佐于秀野亭，座間論及。前竹山令陳題橋曰：「一不以貧富易交，一不以死生負約，是雖小人，皆古道可風也。」公顰蹙曰：「古道誠然，然張一科曷可風耶？」後殺妻者擬抵，而讞語甚輕；贈金者擬杖，而不云枷示。公沉思良久，慨然曰：「皆非法也。然人情之薄久矣，有司如是上，即如是可也。」

群鬼毆詈

嘉祥曾映華言：一夕秋月澄明，與數友散步場圃外，忽旋風滾滾；自東南來，中有十餘鬼，互相牽曳，且毆且詈。尚能辨其一二語，似爭朱、陸異同也。門戶之禍，乃下徹黃泉乎！

李芳樹刺血詩

「去去復去去，淒惻門前路。行行重行行，輾轉猶含情。含情一回首，見我窗前柳；柳北是高樓，珠簾半上鉤。昨為樓上女，簾下調鸚鵡；今為牆外人，紅淚沾羅巾。牆外與樓上，相去無十丈；云何咫尺間，如隔千重山？悲哉兩決絕，從此終天別，別鶴空徘徊，誰念鳴聲哀！徘徊日欲晚，決意投身返。手裂湘裙裾，泣寄稿砧書。可憐帛一尺，字字血痕赤。一字一酸吟，舊愛牽人心。君如收覆水，妾罪甘鞭捶。不然死君前，終勝生棄捐。死亦無別語，願葬君家土。倘化斷腸花，猶得生君家。」右見《永樂大典》，題曰《李芳樹刺血詩》，不著朝代，亦不詳芳樹始末。不知為所自作，如竇玄妻詩；為時人代作，如焦仲卿妻詩也。世無傳本，余校勘《四庫》偶見之。愛其纏綿悱惻，無一毫怨怒之意，殆可泣鬼神。令館吏錄出一紙，久而失去。今于役灤陽，檢點舊帙，忽于小篋內得之。沉湮數百年，終見于世，豈非貞魂怨魄，精貫三光，有不可磨滅者乎！陸耳山副憲曰：「此詩次韓蘄王孫女詩前；彼在宋末，則芳樹必宋人。」以例推之，想當然也。

鬼報盜警

舅氏安公實齋，一夕就寢，聞室外扣門聲。問之不答，視之無所見。越數夕，復然。又數夕，他室亦復然。如是者十餘度，亦無他故。

後村中獲一盜，自云曾入某家十餘次，皆以人不睡而返。問某日皆合，始知鬼報盜警也。故瑞不必為祥，妖不必為災，各視乎其人。

江南大姓

明永樂二年，遷江南大姓實畿輔。始祖椒坡公，自上元徙獻縣之景城。後子孫繁衍，析居崔莊，在景城東三里。今土人以仕宦科第，多在崔莊，故皆稱崔莊紀，舉其盛也。而余族則自稱景城紀，不忘本也。椒坡公故宅，在景城、崔莊間，兵燹久圮，其址屬族叔棨庵家。棨庵從余受經，以乾隆丙子舉鄉試，擬築室移居于是。先姚安公為預題一聯曰：「當年始祖初遷地，此日雲孫再造家。」後室不果築，而姚安公以甲申八月棄諸孤。卜地惟是處吉，因割他田易諸棨庵而葬焉。前聯如公自讖也。事皆前定，豈不信哉！

侍姬沈氏

侍姬沈氏，余字之曰明𢠃。其祖長洲人，流寓河間，其父因家焉。生二女，姬其次也。神思朗徹，殊不類小家女。常私語其姊曰：「我不能為田家婦，高門華族，又必不以我為婦。庶幾其貴家媵乎？」其母微聞之，竟如其志。性慧黠，平生未嘗忤一人。初歸余時，拜見馬夫人。馬夫人曰：「聞汝自願為人媵，媵亦殊不易為。」斂衽對曰：「惟不願為媵，故媵難為耳。既願為媵，則媵亦何難！」故馬夫人始終愛之如嬌女。嘗語余曰：「女子當以四十以前死，人猶悼惜。青裙白髮，作孤雛腐鼠，吾不願也。」亦竟如其志，以辛亥四月二十五日卒，年僅三十。初僅識字，隨余檢點圖籍，久遂粗知文義，亦能以淺語成詩。臨終，以小照付其女，口誦一詩，請余書之，曰：「三十年來夢一場，遺容手付女收藏。他時話我生平事，認取姑蘇沈五娘。」泊然而逝。方劇病時，余以侍值圓明園，宿海淀槐西老屋。

一夕，恍惚兩夢之，以為結念所致耳。既而知其是夕暈絕，移二時乃蘇，語其母曰：「適夢至海淀寓所，有大聲如雷霆，因而驚醒。」余憶是夕，果壁上掛瓶繩斷墮地，始悟其生魂果至矣。故題其遺照有曰：「幾分相似幾分非，可是香魂月下歸？春夢無痕時一瞥，最關情處在依稀。」又曰：「到死春蠶尚有絲，離魂倩女不須疑。一聲驚破梨花夢，恰記銅瓶墜地時。」即記此事也。

夜遊古妝女

相去數千里，以燕趙之人，談滇黔之俗，而謂居是土者，不如吾所知之確。然耶否耶？晚出數十年，以髫齔之子，論耆舊之事，而曰見其人者，不如吾所知之確。然耶否耶？左丘明身為魯史，親見聖人；其于《春秋》，確有源委。至唐中葉，陸淳輩始持異論。宋孫復以後，哄然佐鬥，諸說爭鳴，皆曰左氏不可信，吾說可信。何以異于是耶！蓋漢儒之學務實，宋儒則近名，不出新義，則不能聳聽；不排舊說，則不能出新義。諸經訓詁，皆可以口辯相爭；惟《春秋》事跡釐然，難于變亂。于是謂左氏為楚人、為七國初人、為秦人，而身為魯史，親見聖人之說搖。既非身為魯史，親見聖人，則傳中事跡，皆不足據，而後可惟所欲言矣。沿及宋季，趙鵬飛作《春秋經筌》，至不知成風為僖公生母，尚可與論名分、定褒貶乎？元程端學推波助瀾，尤為悍戾。偶在五雲多處（即原心亭）檢校端學《春秋解》，周編修書昌因言：有士人得此書，珍為鴻寶。一日，與友人游泰山，偶談經義，極稱其論叔姬歸酅一事，推闡至精，夜夢一古妝女子，儀衛尊嚴，厲色詰之曰：「武王元女，實主東岳。上帝以我艱難完節，接跡共姜，俾隸太姬為貴神，今二千餘年矣。昨爾述豎儒之說，謂我歸酅為淫于紀季，虛辭誣詆，實所痛心！我隱公七年歸紀，莊公二十年歸酅，相距三十四年，已在五旬以外矣。以斑白之嫠婦，何由知季必悅我？越國相從、《春秋》之法，非諸侯夫人不書，亦如非卿不書也。我待年之媵，例不登諸簡策，徒以矢心不二，故仲尼有是特筆。程端學何所依憑而造此曖昧之謗耶？爾再妄傳，當斷爾舌，命從神以骨朵擊之。」狂叫而醒，遂毀其書。余戲謂書昌曰：「君耽宋學，乃作此言！」書昌曰：「我取其所長，而不取諱所短也。」是真持平之論矣。

楊令公祠

楊令公祠在古北口內，祀宋將楊業。顧亭林《昌平山水記》，據《宋史》謂業戰死長城北口，當在雲中，非古北口也。考王曾《行程錄》，已云古北口有業祠。蓋遼人重業之忠勇，為之立廟。遼人親與業戰，曾奉使時，距業僅數十年，豈均不知業歿于何地？《宋史》則元季托克托所修（托克托舊作脫脫，蓋譯音未審。今從《三史國語解》），距業遠矣，似未可據後駁前也。

避暑山莊

余校勘秘籍，凡四至避暑山莊：丁未以冬、戊申以秋、己酉以夏、壬子以春，四時之勝胥覽焉。每泛舟至文津閣，山容水意，皆出天然，樹色泉聲，都非塵境；陰晴朝暮，千態萬狀，雖一鳥一花，亦皆入畫。其尤異者，細草沿坡帶谷，皆茸茸如綠罽，高不數寸，齊如裁剪，無一莖參差長短者。苑丁謂之規矩草。出宮牆才數步，即鬖髿滋蔓矣。豈非天生嘉卉，以待宸游哉！

張子克遇鬼

李又聃先生言：有張子克者，授徒村落，岑寂寡儔。偶散步場圃間，遇一士，甚溫雅。各道姓名，頗相款洽。自云家住近村，里巷無可共語者，得君如空谷之足音也。因共至塾，見童子方讀《孝經》。問張曰：「此書有今文古文，以何為是？」張曰：「司馬貞言之詳矣，近讀《呂氏春秋》，見《審微》篇中引諸侯一章，乃是今文。七國時人所見如是，何處更有古文乎？」其人喜曰：「君真讀書人也。」自是屢至塾。張欲投謁，輒謝以貧無棲止，夫婦賃住一破屋，無地延客，張亦遂止。

一夕，忽問：「君畏鬼乎？」張曰：「人未離形之鬼，鬼已離形之人耳，雖未見之，然覺無可畏。」其人恧然曰：「君既不畏，我不欺君，身即是鬼。以生為士族，不能逐焰口、爭錢米。叨為氣類，求君一飯可乎？」張契分既深，亦無疑懼，即為具食，且邀使數來。考論圖籍，殊有端委。偶論太極無極之旨，其人怫然曰：「于傳有之：『天道遠，人事邇。』『六經』所論皆人事，即《易》闡陰陽，亦以天道明人事也。舍人事而言天道，已為虛杳；又推及先天之先，空言聚訟，安用此為？謂君留心古義，故就君求食。君所見乃如此乎？」拂衣竟起，倏已影滅，再于相遇處候之，不復睹矣。

一姬墮樓死

余督學閩中時，院吏言：雍正中，學使有一姬墮樓死，不聞有他故，以為偶失足也。久而有泄其事者，曰姬本山東人，年十四五，嫁一窶人子。數月矣，夫婦甚相得，形影不離，會歲饑，不能自活，其姑賣諸販鬻婦女者。與其夫相抱，泣徹夜，嚙臂為誌而別。夫念之不置，沿途乞食，兼程追及販鬻者，潛隨至京師。時于車中一覿面，幼年怯懦，懼遭訶詈，不敢近，相視揮涕而已。既入官媒家，時時候于門側，偶得一睹，彼此約勿死，冀天上人間，終一相見也。後聞為學使所納，因投身為其幕友僕，共至閩中。然內外隔絕，無由通問，其婦不知也。一日病死，婦聞婢嫗道其姓名、籍貫、形狀、年齒，始知之。時方坐筆捧樓上，凝立良久，忽對眾備言始末，長號數聲，奮身投下死。學使諱言之，故其事不傳。然實無可諱也。

大抵女子殉夫，其故有二：一則搘柱綱常，寧死不辱。此本乎禮教者也。一則忍恥偷生，苟延一息，冀樂昌破鏡，再得重圓；至望絕勢窮，然後一死以明志。此生于情感者也。此女不死于販鬻之手，不死于媒氏之家，至玉玷花殘，得故夫凶問而後死，誠為太晚。然其死志則久定矣，特私愛纏綿，不能自割。彼其意中，固不以當死不死為負夫之恩，直以可待不待為辜夫之望，哀其遇，悲其志，惜其用情之誤，則可矣；必執《春秋》大義，責不讀書之兒女，豈與人為善之道哉！

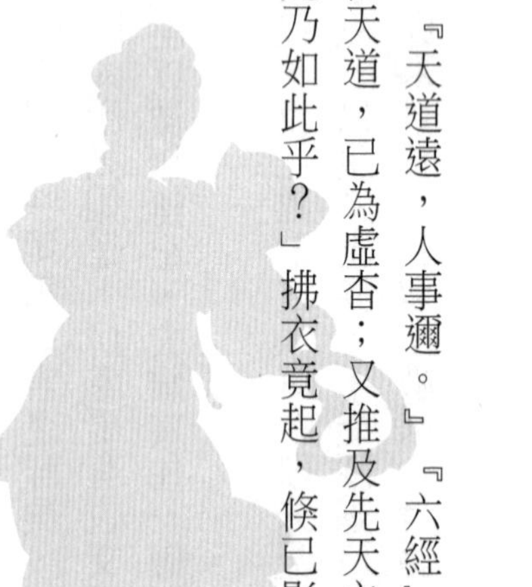

紀生說狐

壬申七月，小集宋蒙泉家，偶談狐事。聶松岩曰：貴族有一事，君知之乎？曩以鄉試在濟南，聞有紀生者，忘其為壽光為膠州也。嘗暮遇女子獨行，泥濘顛躓，倩之扶掖。念此必狐女，姑試與昵，亦足以知妖魅之情狀。因語之曰：「我識爾，爾勿誑我。然得婦如爾亦自佳。人靜後可詣書齋，勿在此相調，徒多迂折。」女子笑而去。夜半果至，狎媟者數夕，竟漸為所惑，因拒使勿來。狐女怨詈不肯去；生正色曰：「勿如是也。男女之事，權在于男。男求女，女不願，尚可以強暴得；女求男，男不願，則心如寒鐵，雖強暴亦無所用之。況爾為盜我精氣來，非以情合，我不為負爾情。爾閱人多矣，難以節言，我亦不為墮爾節。始亂終棄，君子所惡，為人言之，不為爾曹言之也。爾何必戀戀于此，徒為無益？」狐女竟詞窮而去。乃知一受蠱惑，纏綿至死，符籙不能驅遣者，終由情欲牽連，不能自割耳。使泊然不動，彼何所取而去哉！

惡少虐狐遭報

法南野又說一事曰：里有惡少數人，聞某氏荒冢有狐，能化形媚人。夜擕罝罟布穴口，果掩得二牝狐。防其變幻，急以錐刺其髀，貫之以索，操刃脅之曰：「爾果能化形為人，為我輩行酒，則貸爾命。否則立磔爾！」二狐嘷叫跳擲，如不解者。惡少怒，刺殺其一，其一乃人語曰：「我無衣履，及化形為人，成何狀耶？」又以刃擬頸。乃宛轉成一好女子，裸無寸縷。眾大喜，迭肆無禮，復擁使侑觴，而始終掣索不釋手。狐妮妮軟語，祈求解索。甫一脫手，已瞥然逝。歸未到門，遙見火光，則數家皆焦土，殺狐者一女焚焉。知狐之相報也。狐不擾人，人乃擾狐，「多行不義」，其及也宜哉。

鬼神弗能奪

田白岩說一事曰：「某繼室少女，為狐所媚，劾治無驗。後有高行道士，檄神將縛至壇，責令供狀。僉聞狐語曰：『我豫產也，偶撻婦，婦潛竄至此，與某昵。我銜之次骨，是以報。』某憶幼時果有此，然十餘年矣。道士曰：『結恨既深，自宜即報，何遲遲至今？得無剌知此事，假借藉口耶？』曰：『彼前婦貞女也，懼干天罰，不敢近，此婦輕佻，乃得誘狎。因果相償，鬼神弗罪，師又何責焉？』道士沉思良久，曰：『某昵此婦幾日？』曰：『一年餘。』『爾昵此婦幾日？』曰：『三年餘。』道士怒曰：『報之過當，曲又在爾，不去，且檄爾付雷部！』狐乃服罪去。」清遠先生（蒙泉之父）曰：「此可見邪正之念，妖魅皆得知。報施之理，鬼神弗能奪也。」

慧狐報恩

清遠先生亦說一事曰：朱某一婢，粗材也。稍長，漸慧黠，眉目亦漸秀媚，因納為妾。頗有心計，摒擋井井，米鹽瑣屑，家人纖毫不敢欺，欺則必敗。又善居積，凡所販鬻，來歲價必貴。朱以漸裕，寵之專房。

一日，忽謂朱曰：「君知我為誰？」朱笑曰：「爾顛耶？」因戲舉其小名曰：「爾非某耶？」曰：「非也，某逃去久矣，今為某地某人婦，生子已七八歲。我本狐女，君九世前為巨商，我為司會計。君遇我厚，而我乾沒君三千金。冥謫墮狐身，煉形數百年矣，幸得成道。然坐此負累，終不得升仙。故因此婢之逃，幻其貌以事君。計十餘年來，所入足以敵所逋。今屍解去矣。我去之後，必現狐形。君可付某僕埋之，彼必裂屍而取革，君勿罪彼。彼四世前為餓殍時，我未成道，曾啖其屍。聽彼碎磔我，庶冤可散也。」俄化狐仆地，有好女長數寸，出頂上，冉冉去；其貌則別一人矣。朱不忍而自埋之，卒為此僕竊發，剝賣其皮。朱知為夙業，浩嘆而已。

高川賀某

從孫樹櫺言：高川賀某，家貧甚。逼除夕，無以卒歲，詣親串借貸無所得，僅沽酒款之。賀抑鬱無聊，姑澆塊壘，遂大醉而歸。時已昏夜，遇老翁負一囊，蹩躠不進，約賀為肩至高川，酬以雇值。賀諾之，其囊甚重。賀私念方無度歲資，若攘奪而逸，龍鍾疲叟，必不能追及。遂盡力疾趨，翁自後追呼，不應。狂奔七八里，甫得至家，掩門急入。呼燈視之，乃新斫楊木一段，重三十餘斤，方知為鬼所弄。殆其貪狡之性，久為鬼惡，故乘其窘而侮之。不然，則來往者多，何獨戲賀？是時未見可欲，尚未生盜心，何已中途相待歟？

垛莊張子儀

樹櫺又言：垛莊張子儀，性嗜飲，年五十餘，以寒疾卒。將殮矣。忽蘇曰：「我病愈矣。頃至冥司，見貯酒巨甕三，皆題『張子儀封』字；其一已啟封，尚存半甕，是必皆我之食料，須飲盡方死耳。」既而果愈，復縱飲二十餘年。

一日，謂所親曰：「我其將死乎！昨又夢至冥司，見三甕酒俱盡矣。」越數日，果無疾而卒。然則《補錄紀傳》載李衛公食羊之說，信有之乎！

黑豆擊妖

寶坻王孝廉錦堂言：寶坻舊城圮壞，水嚙雨穿，多成洞穴，妖物遂窟宅其中。後修城時，毀其舊垣，失所憑依，遂散處空宅古寺，四出祟人，男女多為所媚。忽來一道士，教人取黑豆四十九粒，持咒煉七日，以擊妖物，應手死。錦堂家多空屋，遂為所據；一僕婦亦為所媚。以道人所煉豆擊之，忽風聲大作，似有多人喧呼曰：「太夫人被創死矣！」趨視，見一巨蛇，豆所傷處，如銃炮鉛丸所中。因問道士：「凡媚女者必男妖，此蛇何呼太夫人？」道士曰：「此雌蛇也。蛇之媚人，其首尾皆可以噏精氣，不必定相交接也。」旋有人但聞風聲，即似夢魘，覺有吸其精者，精即湧溢。則道士之言信矣。又一人突見妖物，豆在紙裏中，猝不及解，並紙擲之，妖物亦負創遁。又一人為女妖所媚，或授以豆。耽其色美，不肯擊，竟以隕身。夫妖物之為祟，事所恆有，至一時群聚而肆毒，則非常之惡，天道所不容矣。此道士不先不後，適以是時來，或亦神所假手歟！

侍郎夫人

某侍郎夫人卒，蓋棺以後，方陳祭祀，忽一白鴿飛入幃，尋視無睹。俶擾間，煙焰自棺中湧出，連甍累棟，頃刻並焚。聞其生時，御下酷嚴：凡買女奴，成券入門後，必引使長跪，先告戒數百語，謂之教導；教導之後，即褫衣反接，撻百鞭，謂之試刑。或轉側，或呼號，撻彌甚。撻至不言不動，格格然如擊木石，始謂之知畏，然後驅使。

安州陳宗伯夫人，先太夫人之姨也，曾至其家。常曰其僮僕婢媼，行列進退，雖大將練兵，無如是之整齊也。又余常至一親串家，丈人行也，入其內室，見門左右懸二鞭，穗皆有血跡，柄皆光澤可鑒。聞其每將就寢，諸婢一一縛于凳，然後覆之以衾，防其私遁或自戕也。後死時，兩股疽潰露骨，一若杖痕。

刊方之報

刑曹案牘，多被毆後以傷風死者，在保辜限內，于律不能不擬抵。呂太常含暉，嘗刊秘方：以荊芥、黃蠟、魚鰾三味（魚鰾炒黃色）各五錢，艾葉三片，入無灰酒一碗，重湯煮一炷香，熱飲之，汗出立愈；惟百日以內，不得食雞肉。後其子慕堂，登庚午賢書，人以為刊方之報也。

骰子咒

《酉陽雜俎》載骰子咒曰：「伊帝彌帝，彌揭羅帝。」誦至十萬遍，則六子皆隨呼而轉。試之，或驗或不驗。余謂此猶誦驢字治病耳。大抵精神所聚，氣機應之。氣機所感，鬼神通之。所謂「至誠則金石為開」也。篤信之則誠，誠則必動；姑試之則不誠，不誠則不動。凡持煉之術，莫不如是，非獨此咒為然矣。

鬼爭婦

舊僕蘭桂言：初至京師，隨人住福清會館，門以外皆叢冢也。一夜月黑，聞洶洶喧呶聲、哭泣聲，又有數人勸諭聲。念此地無人，是必鬼門；自門隙竊窺，無所睹。屏息諦聽，移數刻，乃一人遷其婦柩，誤取他家柩去。婦故有夫，葬亦相近，謂婦為此人所劫，當以此人婦相抵。婦不從而詬爭也。會邏者鳴金過，乃寂無聲。不知其作何究竟，又不知此誤取之婦他年合窆又作何究竟也。然則謂鬼附主而不附墓，其不然乎！時方可村在座，言：「游秦隴時，聞一事與此相類，後有合窆于妻墓者，啟壙，則有男子屍在焉。不知地下雙魂，作何相見。焦氏《易林》曰：『兩夫共妻，莫適為雌。』若為此占矣。」戴東原亦在座，曰：「《後漢書》尚有三夫共妻事，君何見之不廣耶？」余戲曰：「二君勿喧。山陰公主面首三十人，獨忘之歟！然彼皆不畏其夫者。此鬼私藏少年，不慮及後來之合窆，未免縱欲忘患耳。」東原喟然曰：「縱欲忘患，獨此鬼也哉！」

孫某善鳥銃

虞惇有佃戶孫某，善鳥銃，所擊無不中。嘗見一黃鸝，命取之。孫啟曰：「取生者耶？死者耶？」問：「鐵丸衝擊，安能預決其生死？」曰：「取死者直中之耳，取生者則驚使飛而擊其翼。」命取生者。舉手銃發，黃鸝果墮。視之，一翼折矣。其精巧如此。適一人能誦放生咒，與約曰：「我誦咒三遍，爾百擊不中也。」試之果然。後屢試之，無不驗。然其詞鄙俚，殆可笑噱，不識何以能禁制。又凡所聞禁制諸咒，其鄙俚大抵皆似此，而實皆有驗，均不測其所以然也。

《蘇沈良方》

蔡葛山先生曰：「吾校四庫書，坐訛字奪俸者數矣，惟一事深得校書力：吾一幼孫，偶吞鐵釘，醫以樸硝等藥攻之，不下，日漸尪弱。後校《蘇沈良方》，見有小兒吞鐵物方，云剉新炭皮研為末，調粥三碗，與小兒食，其鐵自下。依方試之，果炭屑裹鐵釘而出。乃知雜書亦有用也。此書世無傳本，惟《永樂大典》收其全部。余領書局時，屬王史亭排纂成帙。蘇沈者，蘇東坡、沈存中也，二公皆好講醫藥。宋人集其所論，為此書云。」

人鬼以禮

葉守甫，德州老醫也，往來余家，余幼時猶及見之。憶其與先姚安公言：常從平原詣海豐，夜行失道，僕從皆迷。風雨將至，四無村墟，望有廢寺，往投暫避。寺門虛掩，而門扉隱隱有白粉大書字。敲火視之，則「此寺多鬼，行人勿住」二語也。進退無路，乃推門再拜曰：「過客遇雨，求神庇蔭；雨止即行，不敢久稽。」聞承塵板上語曰：「感君有禮。但今日大醉，不能見客，奈何！君可就東壁坐，西壁蝎窟，恐遭其螫；渴勿飲檐溜，恐有蛇涎；殿後酸梨已熟，可摘食也。」毛髮植立，噤不敢語。雨稍止，即惶遽拜謝出，如脫虎口焉。姚安公曰：「題門榜示，必傷人多矣。而君得無恙，且得其委曲告語。蓋以禮自處，無不可以禮服者；以誠相感，無不可以誠動者。雖異類無間也。君非惟老于醫，抑亦老于涉世矣。」

新泰書生

朱導江言：新泰一書生，赴省鄉試。去濟南尚半日程，與數友乘涼早行。黑暗中有二驢追逐行，互相先後，不以為意也。稍辨色後，知為二婦人。既而審視，乃一媼，年約五六十，肥而黑；

一少婦，年約二十，甚有姿色。書生頻目之。少婦忽回顧失聲曰：「是幾兄耶？」生錯愕不知所對。少婦曰：「我即某氏表妹也。我家法甚嚴，中表兄妹不相見，故兄不識妹。妹則嘗于簾隙窺兄，故相識也。」書生憶原有表妹嫁濟南，因相款語。問：「早行何適？」曰：「昨與妹壻往問舅母疾，本擬即日返。舅母有訟事，浼妹壻入京，不能即歸；妹早歸為治裝也。」流目送盼，情態嫣然，且微露十餘歲時一見相悅意。書生心微動。至路歧，邀至家具一飯。欣然從之，約同行者晚在某所候。至鐘動不來。次日，亦無耗。往昨別處，循歧路尋之，得其驢于野田中，鞍尚未解。遍物色村落間，絕無知此二婦者。再詢，訪得其表妹家，則表妹歿已半年餘。其為鬼惑、怪所啖，抑或為盜所誘，均不知，而此人遂長已矣。此亦足為少年佻薄者戒也。

巨富狎狡童

雜說稱孌童始黃帝（錢詹事辛楣如此說，辛楣能舉其書名，今忘之矣），殆出依托。比頑童始見《商書》，然出梅賾偽古文，亦不足據。《逸周書》稱「美男破老」，殆指是乎？《周禮》有不男之訟，注謂天閹不能御女者。然自古及今，未有以不能御女成訟者；經文簡質，疑其亦指此事也。凡女子淫佚，發乎情欲之自然。孌童則本無是心，皆幼而受紿，或勢劫利餌耳。

相傳某巨室喜狎狡童，而患其或愧拒，乃多買端麗小兒未過十歲者；與諸童媟戲時，使執燭侍側。種種淫狀，久而見慣，視若當然。過三數年，稍長可御，皆順流之舟矣。有所供養僧規之曰：「此事世所恆有，不能禁檀越不為，然因其自願。譬諸挾妓，其過尚輕；若處心積慮，鑿赤子之天真，則恐干神怒。」某不能從，後卒罹禍。夫術取者造物所忌，況此事而以術取哉！

棄兒救姑

東光有王莽河，即胡蘇河也。旱則涸，水則漲，每病涉焉。外舅馬公周籙言：雍正末，有丐婦一手抱兒，一手扶病姑涉此水。至中流，姑蹶而仆。婦棄兒于水，努力負姑出。姑大詬曰：「我七十老媼，死何害！張氏數世，待此兒延香火，爾胡棄兒以拯我？斬祖宗之祀者爾也！」婦泣不敢語，長跪而已。越兩日，姑竟以哭孫不食死。婦嗚咽不成聲，痴坐數日，亦立槁。不知其何許人，但于其姑詈婦時，知為姓張耳。有著論者，謂兒與姑較，則姑重；姑與祖宗較，則祖宗重。使婦或有夫，或尚有兄弟則棄兒是。既兩世窮嫠，止一線之孤子，則姑所責者是，婦雖死有餘悔焉。姚安公曰：「講學家責人無已時。夫急流洶湧，少縱即逝，此豈能深思長計時哉！勢不兩全，棄兒救姑，此天理之正，而人心之所安也。使姑死而兒存，終身寧不耿耿耶？不又有責以愛兒棄姑者耶？且兒方提抱，育不育未可知。使姑死而兒又不育，悔更何如耶？此婦所為，超出恆情已萬萬。不幸而其姑自殞，以死殉之，其亦可哀矣！猶沾沾焉而動其喙，以為精義之學，毋乃白骨銜冤，黃泉齎恨乎！孫復作《春秋尊王發微》，二百四十年內，有貶無褒；胡致堂作《讀史管見》，三代以下無完人。辨則辨矣，非吾之所欲聞也。」

朱明與狐友

郭石洲言：朱明經靜園，與一狐友。一日，飲靜園家，大醉，睡花下。醒而靜園問之曰：「吾聞貴族於醉後多變形，故以衾覆君而自守之。君竟不變，何也？」曰：「此視道力之淺深矣。道力淺者能化形幻形耳，故醉則變，睡則變，倉皇驚怖則變；道力深者能脫形，猶仙家之屍解，已歸人道，人其本形矣，何變之有！」靜園欲從之學道。曰：「公不能也。凡修道人易而物難，人氣純，物氣駁也；成道物易而人難，物心一，而人心雜也。煉形者先煉氣，煉氣者先煉心，所謂志氣之帥也。心定則氣聚而形固，心搖則氣渙而形萎。廣成子之告黃帝，乃道家之秘要，非莊叟寓言也。深岩幽谷，不見不聞，惟凝神導引，與天地陰陽往來消息，閱百年如一日，人能之乎？」朱乃止。因憶丁卯同年某御史，嘗問所昵伶人曰：「爾輩多矣，爾獨擅場，何也？」曰：「吾曹以其身為女，必並化其心為女，而後柔情媚態，見者意消。如男心一線猶存，則必有一線不似女，烏能爭蛾眉曼睩之寵哉？若夫登場演劇，為貞女則正其心，雖笑謔亦不失其貞；為淫女則蕩其心，雖莊坐亦不掩其淫；為貴女則尊重其心，雖微服而貴氣存；為賤女則斂抑其心，雖盛妝而賤態在；為賢女則柔婉其心，雖怒甚無遽色；為悍女則拗戾其心，雖理拙無巽詞。其他喜怒哀樂，恩怨愛憎，一一設身處地，不以為戲而以為真，人視之竟如真矣。他人行女事而不能存女心，作種種女狀而不能有種種女心，此我所以獨擅場也。」李玉典曰：「此語猥褻不足道，而其理至精；此事雖小，而可以喻大。天下未有心不在是事而是事能詣極者，亦未有心心在是事而是事不詣極者。心心在一藝，其藝必工；心心在一職，其職必舉。小而僚之丸，扁之輪，大而皋、夔、稷、契之營四海，其理一而已矣。此與煉氣煉心之說，可互相發明也。」

書生雨夜遇狐

石洲又言：一書生家有園亭，夜雨獨坐。忽一女子搴簾入，自云家在牆外，窺宋已久，今冒雨相就。書生曰：「雨猛如是，爾衣履不濡，何也？」女詞窮，自承為狐。問：「此間少年多矣，何獨就我？」曰：「前緣。」問：「此緣誰所記載？誰所管領？在何代何年？請道其詳。」狐倉卒不能對，囁嚅久之，曰：「子千百日不坐此，今適坐此；我見千百人不相悅，獨見君相悅。其為前緣審矣，請勿拒。」書生曰：「有前緣者必相悅。吾方坐此，爾適自來，而吾漠然心不動，則無緣審矣，請勿留。」女趑趄間，聞窗外呼曰：「婢子不解事，何必定覓此木強人！」女子舉袖一揮，滅燈而去。或云是湯文正公少年事。余謂狐魅豈敢近湯公，當是曾有此事，附會于公耳。

烏魯木齊多野物

烏魯木齊多野牛，似常牛而高大，千百為群，角利如矛矟；其行以強壯者居前，弱小者居後。自前擊之，則馳突奮觸，銃炮不能御，雖百煉健卒，不能成列合圍也；自後掠之，則絕不反顧。中推一最巨者，如蜂之有王，隨之行止。嘗有一為首者，失足落深澗，群牛俱隨之投入，重疊殪焉。

又有野騾野馬，亦作隊行，而不似野牛之悍暴，見人輒奔。其狀真騾真馬也，惟被以鞍勒，則伏不能起。然時有背帶鞍花者（鞍所磨傷之處，創愈則毛作白色，謂之鞍花）又有蹄嵌踣鐵者，或曰山神之所乘，莫測其故。久而知為家畜騾馬逸人山中，久而化野物，與之同群耳。騾肉肥脆可食，馬則未見食之者。

又有野羊，《漢書・西域傳》所謂羱羊也，食之與常羊無異。

又有野豬，猛鷙亞于野牛，毛革至堅，槍矢弗能入，其牙銛于利刃，馬足觸之皆中斷。吉木薩山中有老豬，其巨如牛，人近之輒被傷；常率其族數百，夜出暴禾稼。參領額爾赫圖牽七犬入山獵，猝與遇，七犬立為所啖，復厲齒向人。鞭馬狂奔，乃免。余擬植木為柵，伏巨炮其中，伺其出擊之。或曰：「倘擊不中，則其牙拔柵如拉朽，柵中人危矣。」余乃止。

又有野駝，止一峰，臠之極肥美。杜甫《麗人行》所謂「紫駝之峰出翠釜」，當即指此。今人以雙峰之駝為八珍之一，失其實矣。

橫岡坡陀

景城之北，有橫岡坡陀，形家謂余家祖塋之來龍。其地屬姜氏，明末，姜氏妒余族之盛，建真武祠于上，以厭勝之。崇禎壬午，兵燹，余家不絕如線。後祠漸圮，余族乃漸振，祠圮盡而復盛焉。其地今鬻于從侄信夫。時鄉中故老已稀，不知舊事，誤建土祠于上，又稍稍不靖。余知之，急屬信夫遷去，始安。

相地之說，或以為有，或以為無。余謂劉向校書，已列此術為一家，安得謂之全無；但地師所學必不精，又或緣以為奸利，所言尤不足據，不宜溺信之耳。若其鑿然有驗者，固未可誣也。

棋道士

《象經》始見《庾開府集》，然所言與今法不相符。《太平廣記》載棋子為怪事，所言略近今法，而亦不同。北人喜為此戲，或有耽之忘寢食者。景城真武祠未圮時，中一道士酷好此，因共以「棋道士」呼之，其本姓名乃轉隱。

一日，從兄方洲入所居，見几上置一局，止三十一子，疑其外出，坐以相待。忽聞窗外喘息聲，視之，乃二人四手相持，共奪一子，力竭並踣也。癖嗜乃至于此！南人則多嗜弈，亦頗有廢時失事者。從兄坦居言：丁卯鄉試，見場中有二士，畫號板為局，拾碎炭為黑子，剔碎石灰塊為白子，對著不止，竟俱曳白而出。夫消閒遣日，原不妨偶一為之；以此為得失喜怒，則可以不必。東坡詩曰：「勝固欣然，敗亦可喜。」荊公詩曰：「戰罷兩奩收白黑，一枰何處有虧成？」二公皆有勝心者，跡其生平，未能自踐此言，然其言則可深思矣。

辛卯冬，有以「八仙對弈圖」求題者，畫為韓湘、何仙姑對局，五仙旁觀，而鐵拐李枕一壺盧睡。余為題曰：「十八年來閱宦途，此心久似水中鳧。如何才踏春明路，又看八仙對弈圖。」「局中局外兩沉吟，猶是人間勝負心。那似頑仙痴不省，春風蝴蝶睡鄉深。」今老矣，自跡生平，亦未能踐斯言，蓋言則易耳。

中西諸學

明天啟中，西洋人艾儒略作《西學》，凡一卷。言其國建學育才之法，凡分六科：勒鐸理加者，文科也；斐錄所費亞者，理科也；默弟濟納者，醫科也；勒斯義者，法科也；加諾搦斯者，教科也；陡祿日亞者，道科也。其教授各有次第，大抵從文入理，而理為之綱。文科者如中國之小學，理科如中國之大學，醫科、法科、教科皆其事業，道科則彼法中所謂盡性至命之極也。其致力亦以格物窮理為要，以明體達用為功，與儒學次序略似；特以為異學耳。末附《唐碑》一篇，明其教之久入中國。碑稱貞觀十二年，大秦國阿羅木遠將經像來獻，即于義寧坊敕造大秦寺一所，度僧二十一人云云。考《西溪叢語》，貞觀五年，有傳法穆護何祿，將祆教詣闕奏聞。敕令長安崇化坊立祆寺，號大秦寺，又名波斯寺。至天寶四年七月，敕波斯經教，出自大秦，傳習而來，久行中國。爰初建寺，因以為名；將以示人，必循其本，其兩京波斯寺，並宜改為大秦寺。天下諸州縣有者推此。《冊府元龜》載，開元七年，吐火羅鬼王上表獻解天文大慕闍，智慧幽深，問無不知。伏乞天恩喚取問諸教法，知其人有如此之藝能；請置一法堂，依本教供養。

段成式《酉陽雜俎》載，孝億國界三千餘里，舉俗事祆，不識佛法。有祆祠三千餘所。又載德建國烏滸河中有火祆祠，相傳其神本自波斯國來。祠內無像，于大屋下作小廬舍向西，人向東禮神。有一銅馬，國人言自天而下。據此數說，則西洋人即所謂波斯，天主即為祆神，中國具有紀載，不但此碑也。又杜預注《左傳》次睢之杜曰：「睢受汴，東經陳留，是譙彭城入泗。此水次有祆神，皆社祠之。」顧野王《玉篇》亦有祆字，音阿憐切，注為祆神。徐鉉據以增入《說文》。宋敏求《東京記》載寧遠坊有祆祠，注曰：「《四夷朝貢圖》云：康國有神名祆畢，國有火祆祠，或傳石勒時立此。」是祆教其來已久，亦不始于唐。

岳珂《桯史》記番禺海獠，其最豪者號白番人，本占城之貴人，留中國以通往來之貨，屋室侈靡逾制。性尚鬼而好潔，平居終日，相與膜拜祈福。有堂焉以祀，如中國之佛，而實無像設，稱為聱牙。亦莫能曉，竟不知為何神。有碑高袤數丈，上皆刻異書如篆籀，是為像主，拜者皆問之。是祆教至宋之末年，尚由賈舶達廣州。而利瑪竇之初來，乃詫為亙古未有。艾儒略既援唐碑以自證，其為祆教更無疑義。乃當時無一人援據古事，以決源流。蓋明自萬歷以後，儒者早年攻八比，晚年講心學，即盡一生之能事，故徵實之學全荒也。

鬼聞人語

田氏姊言：趙莊一佃戶，夫婦甚相得。一旦，婦微聞夫有外遇，未確也。婦故柔婉，亦甚慍，但戲語其夫：「爾不愛我而愛彼，吾且縊矣。」次日，饁田間，遇一巫能視鬼，見之駭曰：「爾身後有一縊鬼，何也？」乃知一語戲，鬼已聞之矣。

夫橫亡者必求代，不知陰律何所取，殆惡其輕生，使不得速入轉輪。且使世人聞之，不敢輕生歟？然而又啟鬼瞰之漸，並聞有縊鬼誘人自裁者。故天下無無弊之法，雖神道無如何也。

有婦為姑所虐

戈荔田言：有婦為姑所虐，自縊死。其室因廢不居，用以貯雜物。後其翁納一妾，更悍于姑，翁又愛而陰助之；家人喜其遇敵也，又陰助之。姑窘迫無計，亦恚而自縊；家無隙所，乃潛詣是室。甫啟鑰，見婦披髮吐舌當戶立。姑故剛悍，了不畏，但語曰：「爾勿為厲，吾今還爾命。」婦不答，徑前撲之。陰風颯然，倏已昏仆。俄家人尋視，扶救得蘇，自道所見。眾相勸慰，得不死。夜夢其婦曰：「姑死我當得代；然子婦無仇姑理，尤無以姑為代理，是以拒姑返。幽室沉淪，淒苦萬狀，姑慎勿蹈此轍也。」姑哭而醒，愧悔不自容。乃大集僧徒，為作道場七日。戈傅齋曰：「此婦此念，自足生天，可無煩追薦也。」此言良允。然傅齋、荔田俱不肯道其姓氏，余有嗛焉。

霸州老儒

姚安公言：霸州有老儒，古君子也，一鄉推祭酒。家忽有狐祟，老儒在家則寂然，老儒出則撼窗扉、毀器物、擲污穢，無所不至。老儒緣是不敢出，閉戶修省而已。

時霸州諸生以河工事愬州牧，期會于學宮，特以老儒列牒首。老儒以狐祟不至，乃別推一王生。自後王生坐聚眾抗官伏法，老儒得免焉。此獄興而狐去，乃知為尼其行也。是故小人無瑞，小人而有瑞，天所以厚其毒；君子無妖，君子而有妖，天所以示之警。

畫猿目中火

前母安太夫人家有小書室，寢是室者，中夜開目，凡壁上恍惚有火光，如燃香狀，諦視別無。久而光漸大，乃徐徐隱。後數歲，諦視之竟不隱，乃壁上懸一畫猿，光自猿目中出也。僉曰：「此畫寶矣。」外祖安公（諱國維，佚其字號。今安氏零落殆盡，無可問矣）曰：「是妖也，何寶之有？為虺弗摧，為蛇奈何？不知後日作何變怪矣？」舉火焚之，亦無他異。

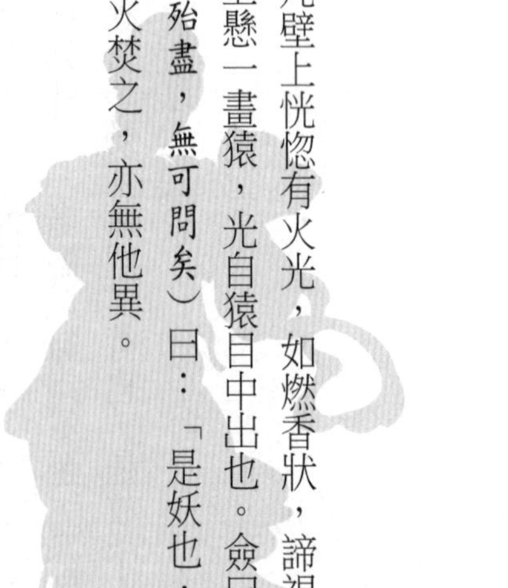

虎作人語

崔嫗家在西山中，言其鄰子在深谷樵採，忽見虎至，上高樹避之。虎至，昂首作人語曰：「爾在此耶，不識我矣！我今墮落作此形，亦不願爾識也。」俯首嗚咽良久。既而以爪掊地，曰：「悔不及矣。」長號數聲，奮然掉首去。

蛇妖

楊槐亭言：即墨有人往勞山，寄宿山家。所住屋有後門，門外繚以短牆為菜圃。時日已薄暮，開戶納涼，見牆頭一靚妝女子，眉目姣好，僅露其面，問之若微笑。方凝視間，聞牆外眾童子呼曰：「一大蛇身蟠于樹，而首閣于牆上。」乃知蛇妖幻形，將誘而吸其血也。倉皇閉戶，亦不知其幾時去。設近之，則危矣。

四寸玉孩

琴工錢生（錢生嘗客裘文達公家，日相狎習，而忘問名字鄉里）言：其鄉有人，家酷貧，傭作所得，悉以其寡嫂，嫂竟以節終。

一日，在燭下拈紵線，見窗隙一人面，其小如錢，目炯炯內視。急探手攫得之，乃一玉孩，長四寸許，製作工巧，土蝕斑然。鄉僻無售者，僅于質庫得錢四千。質庫置櫝中，越日失去，深懼其來贖。此人聞之，曰：「此本怪物，吾偶攫得，豈可復脅取人財！」具述本末，還其質券。質庫感之，常呼令傭作，倍酬其值，且歲時周恤之，竟以小康。裘文達公曰：「此天以報其友愛也。不然，何在其家不化去，到質庫始失哉？至概還質券，尤人情所難，然此人之緒余耳。世未有鍥薄奸黠而友于兄弟者，亦未有友于兄弟而鍥薄奸黠者也。」

老媼說因果

王慶垞一媼，恆為走無常（即《灤陽消夏錄》所記見送婦再醮之鬼者）。有貴家姬問之曰：「我輩為妾媵，是何因果？」曰：「冥律小善惡相抵，大善惡則不相掩。姨等皆積小善業，故今生得入富貴家；又兼有惡業，故使有一線之不足也。今生如增修善業，則惡業已償，善業相續，來生益全美矣。今生如增造惡業，則善業已銷，惡業又續，來生恕不可問矣。然增修善業，非燒香拜佛之謂也，孝親敬嫡，和睦家庭，乃真善業耳。」一姬又問：「有子無子，是必前定，祈一檢問。如冥籍不注，吾不更作痴夢矣。」曰：「此不必檢，但常作有子事，雖注無子，亦改注有子；若常作無子事，雖注有子，亦改注無子也。」先外祖雪峰張公，為王慶垞曹氏婿，平生嚴正，最惡六婆，獨時時引與語，曰：「此媼所言，雖未必皆實，然從不勸婦女布施佞佛，是可取也。」

禍不虛生

翰林院供事菇某（忘其名，似是菇鋌）言：曩訪友至邯鄲，值主人未歸，暫寓城隍祠，適有賣瓜者，息擔橫臥神座前。一賣線叟寓祠內，語之曰：「爾勿若是，神有靈也。」賣瓜曰：「神豈在此破屋內？」叟曰：「在也。吾常夜起納涼，聞殿中有人聲。躡足潛聽，側有狐陳訴于神前，大意謂鄰家狐媚一少年，將死未絕之頃，尚欲取其精。其家憤甚，伏獵者以銃矢攻之。狐駭，現形奔。眾譟隨其後。狐不投己穴，而投里外一鄰穴。眾布網穴外，薰以火，闔穴皆殪，而此狐反乘隙遁。故訟其嫁禍。城隍曰：『彼殺人而汝受禍，訟之宜也。然汝子孫亦有媚人者乎？』良久，應曰：『亦有。』『亦曾殺人乎？』又良久，就曰：『或亦有。』『殺幾人乎？』狐不應。城隍怒，命批其頰。乃應曰：『實數十人。』城隍曰：『殺數十命，償以數十命，適相當矣。此怨魄所憑，假手此狐也。爾何訟焉？』命檢籍示之。狐乃泣去。爾安得謂神不在乎？」乃知禍不虛生，雖無妄之災，亦必有所以致之；但就事記事者，不能一一知其故耳。

西湖扶乩者

汪主事庸谷言：有在西湖扶乩者，降壇詩曰：「我游天目還，跨鶴看龍井。夕陽沒半輪，斜照孤飛影。飄然一片雲，掠過千峰頂。」未及題名，一客竊議曰：「夕陽半沒，乃是反照，司馬相如所謂凌倒景也。何得雲斜照？」乩忽震撼，久之，若有怒者，大書曰：「小兒無禮！」遂不再動。余謂客論殊有理，此仙何太護前，獨不聞古有一字師乎？

壁中粗婢

俞君祺言：向在姚撫軍署，居一小室。每燈前月下，睡欲醒時，恍惚見人影在几旁，開目則無睹。自疑目眩，然不應夜夜目眩也。後偽睡以伺之，乃一粗婢，冉冉出壁角；側聽良久，乃敢稍移步。人略轉，則已縮入矣。乃司幽魂滯此不能去，又畏人不敢近，意亦良苦。因私計彼非為祟，何必逼近使不安，不如移出。才一舉念，已彷彿見其遙拜。可見人心一動，鬼神皆知；「十目十手」，豈不然乎！次日，遂托故移出。後在余幕中，乃言其實，曰：「不欲驚怖主人也。」余曰：「君一生縝密，然殊未了此鬼事。後來必有居者，負其一拜矣。」

棺中赤心

族侄肇先言：曩中涵叔官旌德時，有掘地遇古墓者，棺骸俱為灰土，惟一心存，血色猶赤，懼而投渚水。有石方尺餘，尚辨字跡。中涵叔聞而取觀。鄉民懼為累，碎而沉之，諱言無是事，乃里巷訛傳。中涵叔罷官後，始購得錄本，其文曰：「白璧有瑕，黃泉蒙恥。魂斷水湄，骨埋山趾。我作誓詞，祝霾壙底。千百年後，有人發此。爾不貞耶，消為泥滓。爾倘銜冤，心終不死。」末題「壬甲三月，耕石翁為第五女作。」蓋其女冤死，以此代志。觀心仍不朽，知受枉為真。然翁無姓名，女無夫族，歲月無年號，不知為誰。無從考其始末，遂令奇跡不彰，其可惜也夫！

李鷺汀妾

許文木言：康熙末年，鬻古器李鷺汀，其父執也。善六壬，惟晨起自占一課，而不肯為人卜，曰：「多泄未來，神所惡也。」有以康節比之者。曰：「吾才得六七分耳。嘗占得某日當有仙人扶竹杖未，飲酒題詩而去。焚香候之，乃有人攜一雕竹純陽像求售，側倚一貯酒壺盧，上刻『朝游北海』一詩也。康節安有此失乎？」年五十餘無子，惟蓄一妾。

一日，許父造坊，聞其妾泣，且絮語語曰：「此何事而以戲人，其試我乎？」又聞鷺汀力辯曰：「此真實語，非戲也。」許父叩反目之故。鷺汀曰：「事殊大奇！今日占課，有二客來市古器：一其前世夫，尚有一夕緣；一其後夫，結好當在半年內，並我為三，生在一堂矣。吾以語彼，彼遽恚怒。數定無可移，我不泣而彼泣，我不諱而彼諱之，豈非痴女子哉！」越半載，鷺汀果死。妾鬻于一翰林家，嫡不能容，過一夕即遣出。再鬻于一中書舍人家，乃相安云。

龐雪崖初婚日

龐雪崖初婚時，夢至一處，見一青衣高髻女子，旁一人指曰：「此汝婦也。」醒而惡之。後再婚殷氏，宛然夢中之人。故《叢碧山房集》中有悼之詩曰：「漫說前因與後因，眼前業果定誰真？與君琴瑟初調日，怪煞箜篌入夢人。」記此事也。按箜篌入夢凡二事：其一為《仙傳拾遺》載薛肇攝陸長源女見崔宇；其一為《逸史》載盧二舅攝柳氏女見李生，皆以人未婚之妻作伎侑酒，殊太惡劇。近時所聞呂道士等，亦有此術（語詳《灤陽消夏錄》）。

劉石渠召仙女

葉旅亭言：其祖猶及見劉石渠。一日，夜飲，有契友逼之召仙女。石渠命掃一室，戶懸竹簾，燃雙炬于几。眾皆移席坐院中，而自禹步持咒，取界尺拍案一聲，簾內果一女子亭亭立。友視之，乃其妾也，奮起欲毆。石渠急拍界尺一聲，見火光蜿蜒如掣電，已穿簾去矣。笑語友曰：「相交二十年，豈有真以君妾為戲者。適攝狐女，幻形激君一怒為笑耳。」友急歸視，妾乃刺繡未輟也。如是為戲，庶乎在不即不離間矣。余因思李少君致李夫人，但使遠觀而使相近，恐亦是攝召精魅，作是幻形也。

費長房劾治百鬼

費長房劾治百鬼，乃後失其符，為鬼所殺。明崇儼卒，剚刃陷胸，莫測所自。人亦謂役鬼太苦，鬼刺之也。恃術者終以術敗，蓋多有之。劉香畹言：有僧善禁咒，為狐誘至曠野，千百為群，嗥叫搏噬。僧運金杵，擊踣人形一老狐，乃潰圍出。後遇于途，老狐投地膜拜。曰：「曩蒙不殺，深自懺悔。今願皈依受五戒。」僧欲摩其頂，忽擲一物冪僧面，遁形而去。其物非帛非革，色如琥珀，粘若漆，牢不可脫。瞀悶不可忍，使人奮力揭去，則面皮盡剝，痛暈殆絕。後痂落，無復人狀矣。又一游僧，榜門曰「驅狐」。亦有狐來誘，僧識為魅，搖鈴誦梵咒，狐駭而逃。

旬月後，有媼叩門，言家近墟墓，曰為狐擾，乞往禁治。僧出小鏡照之，灼然人也，因隨往。媼導至堤畔，忽攫其書囊擲河中，符籙法物，盡隨水去。媼亦奔匿秫田中，不可蹤跡。方懊惱間，瓦礫飛擊，面目俱敗；幸賴梵咒自衛，狐不能近，狼狽而歸。次日，即愧遁。久乃知媼即土人，其女與狐昵；因其女，賂以金，使盜其符耳。此皆術足以勝狐，卒以狐算，狐有策而僧無備，狐有黨而僧無助也。況術不足勝而輕與妖物角乎！

卜者不戲

舅氏王占安公言：留福莊木匠某，從卜者問婚姻。卜者戲之曰：「去此西南百里，某地某甲今將死，其妻數合嫁汝。急往訪求，可得也。」匠信之，至其地，宿村店中。遇一人，問：「某甲居何處？」其人問：「訪之何為？」匠以實告。不慮此人即某甲也，聞之恚憤，掣佩刀欲刺之。匠逃入店後，逾垣遁。是人疑主人匿室內，欲入搜。主人不允，互相格鬥，竟殺主人，論抵伏法。而匠之名姓果居，則均未及問也。後年餘，有媼同一男一婦過獻縣，云叔及寡嫂也。媼暴卒，無以殮，叔乃議嫁其嫂。嫂無計，亦曲從。匠尚未娶，眾為謀合焉。後詢其故父，正某甲也。

異哉，卜者不戲，匠不往；匠不往，無從與某甲鬥；無從與某甲鬥，則主人不死；主人不死，則某甲不論抵；某甲不論抵，此婦無由嫁此匠也。乃無故生波，卒輾轉相牽，終成配偶，豈非數使然哉！又聞京師西四牌樓，有卜者日設肆于衢。雍正庚戌閏六月，忽自卜十八日橫死。相距一兩日耳，自揣無死法，而爻象甚明。乃于是日鍵戶不出，覿何由橫死。不慮忽地震，屋圮壓焉。使不自卜，是日必設肆通衢中，烏由覆壓？是亦數不可逃，使轉以先知誤也。

畫士張無念

畫士張無念，寓京師櫻桃斜街，書齋以巨幅闊紙為窗幪，不著一欞，取其明也。每月明之夕，必有一女子全影在幪心。啟戶視之，無所睹，而影則如故。以不為禍祟，亦姑聽之。一夕諦視，覺體態生動，宛然入畫。戲以筆四圍鉤之，自是不復見；而牆頭時有一女子露面下窺。忽悟此鬼欲寫照，前使我見其形，今使我見其貌也。與語不應，注視之，亦不羞避，良久乃隱。因補寫眉目衣紋，作一仕女圖。夜聞窗外語曰：「我名亭亭。」再問之，已寂。乃並題于幀上，後為一知府買去（或曰，是李中山）。或曰：「狐也，非鬼也，于事理為近。」或曰：「本無是事，無念神其說耳。」是亦不可知。然香魂才鬼，恆欲留名于後世。由今溯古，結習相同，固亦理所宜有也。

少年誤污未婚妻

姚安公官刑部江蘇司朗中時，西城移送一案，乃少年強污幼女者。男年十六，女年十四。蓋是少年游西頂歸，見是女擷菜圃中，因相逼脅。邏卒聞女號呼聲，就執之。訊未竟，兩家父母俱投詞：乃其未婚妻，不相知而誤犯也。于律未婚妻和姦有條，強姦無條。方擬議間，女供亦復改移，稱但調謔而已。乃薄責而遣之。或曰：「是女之父母受重賂，女亦愛此子手姿；且家富，故造此虛詞以解紛。」姚安公曰：「是未可知。然事止婚姻，與賄和人命，冤沉地下者不同。其姦未成無可驗，其賄無據難以質。女子允矣，父母從矣，媒保有確證，鄰里無異議矣，兩造之詞亦無一毫之牴牾矣，君子可欺以其方，不能橫加鍛鍊，入一童子遠戍也。」

偶配

某公夏日退朝，攜婢于靜室晝寢。會閽者啟事，問：「主人安在？」一僮故與閽者戲，漫應曰：「主人方擁爾婦睡某所。」婦適至前，怒而詬詈。主人出問，笞逐此僮。越三四年，閹者婦死。會此婢以抵觸失寵，主人忘前語，竟以配閹者。事後憶及，乃浩然嘆曰：「豈偶然歟！」

破鐘

文水李華廷言：去其家百里一廢寺，云有魅，無敢居者。有販羊者十餘人，避雨宿其中。夜聞嗚嗚聲，暗中見一物，臃腫團圞，不辨面目，蹣跚而來，行甚遲重。眾皆無賴少年，殊不恐怖，共以破磚擲。擊中聲錚然，漸縮退欲卻。覺其無能，譟而追之。至寺門壞牆側，屹然不動。逼視，乃一破鐘，內多碎骨，意其所食也。次日，告土人，冶以鑄器。自此怪絕。此物之鈍極矣，而亦出嬲人，卒自碎其質。

殆見夫善幻之怪，有為祟者，從而效之也。余家一婢，滄州山果莊人也。言是莊故盜藪，有人見盜之獲利，亦從之行。捕者急，他盜格鬥跳免，而此人就執伏法焉。其亦此鐘之類也夫。

柳某友狐

舅氏安公介然言：有柳某者，與一狐友，甚昵。柳故貧，狐恆周其衣食。又負巨室錢，欲質其女。狐為盜其券，事乃已。時來其家，妻子皆與相問答，但惟柳見其形耳。狐媚一富室女，符籙不能遣，募能劾治者予百金。柳夫婦素知其事。婦利多金，慫恿柳伺隙殺狐。柳以負心為歉。婦誶曰：「彼能媚某家女，不能媚汝女耶？昨以五金為汝女製冬衣，其意恐有在。此患不可不除也。」柳乃陰市砒霜，沽酒以待。狐已知之。會柳與鄉鄰數人坐，狐于檐際呼柳名，先敘相契之深，次陳相周之久，次乃一一發其陰謀曰：「吾非不能為爾禍，然周旋已久，寧忍便作寇仇？」又以布一匹、棉一束自檐擲下，曰：「昨爾幼兒號寒苦，許為作被，不可失信于孺子矣。」眾意不平，咸消讓柳。狐曰：「交不擇人，亦吾之過。世情如是，亦何足深尤？吾姑使知之耳。」太息而去。柳自是不齒于鄉黨，亦無肯資濟升斗者。挈家夜遁，竟莫知所終。

鬼歌

舅氏張公夢徵言：滄州佟氏園未廢時，三面環水，林木翳如，游賞者借以宴會。守園人每聞夜中鬼唱曰：「樹葉兒青青，花朵兒層層。看不分明，中間有個佳人影。只望見盤金衫子，裙是水紅綾。」如是者數載。後一妓為座客毆辱，恚而自縊于樹。其衣色一如所唱，莫喻其故。或曰：「此縊鬼候代，先知其來代之人，故喜而歌也。」

一念不忘夫

青縣一農家，病不能力作。餓將殆，欲鬻婦以圖兩活。婦曰：「我去，君何以自存？且金盡仍餓死。不如留我侍君，庶飲食醫藥，得以檢點，或可冀重生。我寧娼耳。」後十餘載，婦病垂死，絕而復蘇曰：「頃恍惚至冥司，吏言娼女當墮為雀鴿；以我一念不忘夫，猶可生人道也。」

侍姬郭氏

侍姬郭氏，其父大同人，流寓天津。生時，其母夢鬻端午彩符者，買得一枝，因以為名，年十三，歸余。生數子，皆不育；惟一女，適德州盧蔭文暉吉觀察子也。暉吉善星命，嘗推其命，壽不能四十。果三十七而卒。余在西域時，姬已病瘵，祈籤關帝，問：「尚能相見否？」得一籤曰：「喜鵲檐前報婦音，知君千里有歸心。繡幃重結鴛鴦帶，葉落霜雕寒色侵。」謂余即當以秋冬歸，意甚喜。時門人邱二田在寓，聞之，曰：「見則必見，然末句非吉語也。」後余辛卯六月逐，姬病良已。至九月，忽轉劇，日漸沉綿，遂以不起。歿後，晒其遺篋，余感賦二詩，曰：「風花還點舊羅衣，惆悵酴醾片片飛。恰記香山居士語：『春隨樊素一時歸。』（姬以三月三十日亡，恰送春之期也）百折湘裙颭畫欄，臨風還憶步珊珊。明知神讖曾先定，終惜『芙蓉不耐寒』。（「未必長如此，芙蓉不耐寒」寒山子詩也）」即用籤中意也。

推命之說

世傳推命始于李虛中，其法用年月日而不用時，蓋據昌黎所作虛中墓志也。其書《宋史・藝文志》著錄，今已久佚，惟《永樂大典》載虛中《命書》三卷，尚為完帙。所說實兼論八字，非不用時，或疑為宋人所偽托，莫能明也。然考虛中墓志，稱其最深于五行，書以人始生之年月日，所直日辰，支干相生，勝衰死生，互相斟酌，推人壽夭貴賤、利不利云云。按天有十二辰，故一日分為十二時，日至某辰，即某時也。故時亦謂之日辰。《國語》「星與日辰之位，皆在北維」是也。《詩》「跂彼織女，終日七襄。」孔穎達疏：「從旦暮七辰一移，因謂之七襄。」是日辰即時之明證。《楚辭》「吉日兮辰良」，王逸注：「日謂甲乙，辰謂寅卯。」以辰與日分言，尤為明白。據此以推，似乎「所直日辰」四字，當達上年月日為句。後人誤屬下文為句，故有不用時之說耳。余撰《四庫全書總目》，亦謂虛中推命不用時，尚沿舊說。今附著于此，以志余過。至五星之說，世傳起自張果。其說不見于典籍。考《列子》稱稟天命，屬星辰，值吉則吉，值凶則凶，受命即定，即鬼神不能改易，而聖智不能回。王充《論衡》稱天施氣而眾星布精，天施氣而眾星之氣在其中矣，含氣而長，得貴則貴，得殘則殘。貴或秩有高下，富或資有多少，皆星位大小尊卑之所授。是以星言命，古已有之，不必定始于張果。又韓昌黎《三星行》曰：「我生之辰，月宿南斗，牛奮其角，箕張其口。」杜樊川自作墓志曰：「余生于角星昴畢，于角為第八宮，曰疾厄宮，亦曰八殺宮，土星在焉，火星繼木。星工楊晞曰：『木在張，于角為第十一福德宮。十為稻德大君子，無虞也。』余曰：『湖守不遇歲遷舍人，木還福于角足矣，火土還死于角，宜哉。』」是五星之說，原起于唐，其法亦與今不異。術者托名張果，亦不為無因。特其所托之書，詞皆鄙俚，又在李虛中命書之下，決非唐代文字耳。（孔穎達疏應作鄭玄箋）

仙女騎鹿圖

霍養仲言：一舊家壁懸掛仙女騎鹿圖，款題趙仲穆，不知確否也（仲穆名雍，松雪之子也）。每室中無人，則畫中人緣壁而行，如燈戲之狀。

一日，預繫長繩于軸首，伏人伺之。俟其行稍遠，急掣軸出，遂附形于壁上，彩色宛然。俄而漸淡，俄而漸無，越半日而全隱。疑其消散矣。余嘗謂畫無形質，亦無精氣，通靈幻化，似未必然；古書所謂畫妖，疑皆有物憑之耳。

後見林登《博物志》載北魏元兆，捕得雲門黃花寺畫妖，兆詰之曰：「爾本虛空，畫之所作，奈何有此妖形？」畫妖對曰：「形本是畫，畫以象真；其之所示，即乃有神。況所畫之上，精靈有憑可通。此臣之所以有感，感而幻化。臣實有罪」云云。其言似亦近理也。

天狐

驍騎校薩音綽克圖與一狐友，一日，狐倉惶來曰：「家有妖祟，擬借君墳園棲眷屬。」怪問：「聞狐祟人，不聞有物更祟狐，是何魅歟？」曰：「天狐也，變化通神，不可思議；鬼出電入，不可端倪。其祟人，人不及防；或祟狐，狐亦弗能睹也。」問：「同類何不相惜歟？」曰：「人與人同類。強凌弱，智治愚，寧相惜乎？」魅復遇魅，此事殊奇。天下之勢，輾轉相勝；天下之巧，層出不窮。千變萬化，豈一端所可盡乎！

卷十三 槐西雜志【三】 （八十一則）

西壁臥病詩

丁卯同年郭彤綸，戊辰上公車，宿新中驛旅舍。燈下獨坐吟哦，聞窗外語曰：「公是文士，西壁有一詩請教。」出視無所睹；至西壁拂塵尋視，有旅邸臥病詩八句，詞甚淒苦，而鄙俚不甚成句。豈好痞壁人死尚結習未忘耶？抑欲彤綸傳其姓名，俾人知某甲旅卒于是，冀家人歸其骨也？

奴子宋遇凡三妻

奴子宋遇凡三娶：第一妻自合巹即不同榻，後竟仳離。第二妻子必孿生，惡其提攜之煩，乳哺之不足，乃求藥使斷產；誤信一王媼言，舂礪石為末服之，石結聚腸胃死。後遇病革時，口喃喃如與人辯。

稍蘇，私語其第三妻曰：「吾出初妻時，吾父母已受人聘，約日迎娶。妻尚未知，吾先一夕引與狎。妻以為意轉，欣然相就。五更尚擁被共眠，鼓吹已至，妻恨恨去。然媒氏早以未嘗同寢告後夫，吾母兄亦皆云爾。及至彼，非完璧，大遭疑詬，竟鬱鬱卒。繼妻本不肯服石，吾痛捶使咽盡。歿後懼為厲，又賄巫斬殃。今並恍惚見之，吾必不起矣。」已而果然。

又奴子王成，性乖僻。方與妻嬉笑，忽叱使伏受鞭；鞭已，仍與嬉笑。或方鞭時，忽引起與嬉笑；既而曰：「可補鞭矣。」仍叱使伏受鞭。大抵一日夜中，喜怒反覆者數次。妻畏之如虎，喜時不敢不強歡，怒時不敢不順受也。一日，泣訴先太夫人。呼成問故。成跪啟曰：「奴不自知，亦不自由。但忽覺其可愛，忽覺其可憎耳。」先太夫人曰：「此無人理，殆佛氏所謂夙冤耶！」慮其妻或輕生，並遣之去。後聞成病死，其妻竟著紅衫。夫夫為妻綱，天之經也。然尊究不及君，親究不及父，故妻又訓齊，有敵體之義焉。則其相與，宜各得情理之平。宋遇第二妻，誤殺也，罪止太悍。其第一妻，既已被出而受聘，則恩義已絕，不當更以夫婦論，直誘污他人未婚妻耳。因而致死，其取償也宜矣。王成酷暴，然未致婦于死也，一日居其室，則一日為所天。歿不制服，反而從吉，是悖理亂常也。其受虐固無足憫焉。

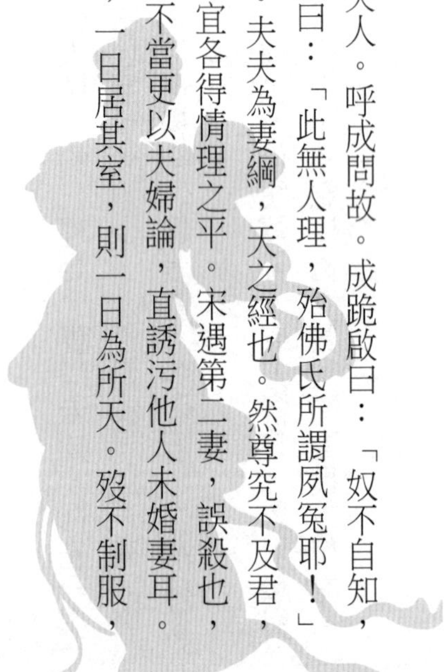

智勇之女

吳惠叔言：太湖有漁戶嫁女者，舟至波心，風浪陡作，舵師失措，已欹仄欲沉。眾皆相抱哭，突新婦破簾出，一手把舵，一手牽篷索，折戧飛行，直抵婿家，吉時猶未過也，洞庭人傳以為奇。或有以越禮譏者，惠叔曰：「此本漁戶女，日日船頭持篙櫓，不能責以必為宋伯姬也。」

又聞吾郡有焦氏女，不記何縣人，已受聘矣。有謀為媵者，中以蜚語，婿家欲離婚。父訟于官，而謀者陷阱已深，非惟證佐鑿鑿，且有自承為所歡者。女見事急，竟倩鄰媼導至婿家，升堂拜姑曰：「女非婦比，貞不貞有明證也。兒與其獻醜于官媒，仍為所誣，不如獻醜于母前。」遂闔戶弛服，請姑驗。訟立解。此較操舟之新婦更越禮矣，然危急存亡之時，有不得不如是者。講學家動以一死責人，非通論也。

嬰兒煉死

楊雨亭言：勞山深處，有人兀坐木石間，身已與木石同色矣。然呼吸不絕，目炯炯尚能視。此嬰兒煉成，而閉不能出者也。不死不生，亦何貴于修道，反不如鬼之逍遙矣。大抵仙有仙骨，質本清虛；仙有仙緣，訣逢指授。不得真傳而妄意冲舉，因而致害者不一，此人亦其明鑒也。或曰：「以刃破其頂，當兵解去。」此亦臆度之詞，談何容易乎！

灶神

古者大夫祭五祀，今人家惟祭灶神。若門神、若井神、若廁神、或中霤神，或祭或不祭矣。但不識天下一灶神歟？一城一鄉一灶神歟？抑一家一灶神歟？如天下一灶神，如火神之類，必在祀典，今無此祀典也。如一城一鄉一灶神，如城隍社公之類，必有專祀，今未見處處有專祀也。然則一家一灶神耳，又不識天下人家，如恆河沙數，天下灶神，亦當如恆河沙數；此恆河沙數之灶神，何人為之？何人命之？神不太多耶？人家遷徙不常，興廢亦不常，灶神之閒曠者何所歸？灶神之新增者何自來？日日銓除移改，神不又太煩耶？此誠不可以理解。然而遇灶神者，乃時有之。

余小時，見外祖雪峰張公家一司爨嫗，好以穢物掃入灶。夜夢烏衣人呵之，且批其頰。覺而頰腫成癰，數日巨如杯，膿液內潰，從口吐出；稍一呼吸，輒入喉嘔噦欲死。立誓虔禱，乃愈。是又何說歟？或曰：「人家立一祀，必有一鬼憑之。祀在則神在，祀廢則神廢，不必一一帝所命也。」是或然矣。

了鳥夜丁東

孫葉飛先生夜宿山家，聞了鳥（了鳥，門上鐵繫也。李義山詩作此二字）丁東聲，問為誰？門外小語曰：「我非鬼非魅，鄰女欲有所白也。」先生曰：「誰呼汝為鬼魅而先辨非鬼非魅也？非欲蓋彌彰乎！」再聽之，寂無聲矣。

汾陽崔崇圻

崔崇圻，汾陽人，以賣絲為業。往來于上谷、雲中有年矣。一歲，折閱十餘金，其曹偶有怨言。崇圻恚憤，以刃自剖其腹，腸出數寸，氣垂絕。主人及其未死，急呼里胥與其妻至，問：「有冤耶？」曰：「吾拙于貿易，致虧主人資。我實自愧，故不欲生，與人無預也。其速移我返，毋以命案為人累。」主人感之，贈數十金為棺斂費，奄奄待盡而已。有醫縫其腸，納之腹中。敷藥經痂，竟以漸愈。惟遺矢從刀傷處出，穀道閉矣。後貧甚，至鬻其妻。舊共賣絲者憐之，各贈以絲，俾拈線自給。漸以小康，復娶妻生子。至乾隆癸巳、甲午間，年七十乃終。其鄉人劉炳為作傳。曹受之侍御錄以示余，因撮記其大略。夫販鬻喪資，常事也。以十餘金而自戕，崇圻可謂輕生矣。然其本志，則以本無毫髮私，而其跡有似于乾沒，心不能白，以死自明，其平生之自好可知矣。瀕死之頃，對眾告明里胥，使官府無可疑；切囑其妻，使眷屬無可訟，用心不尤忠厚歟！當死不死，有天道焉。事似異而非異也。

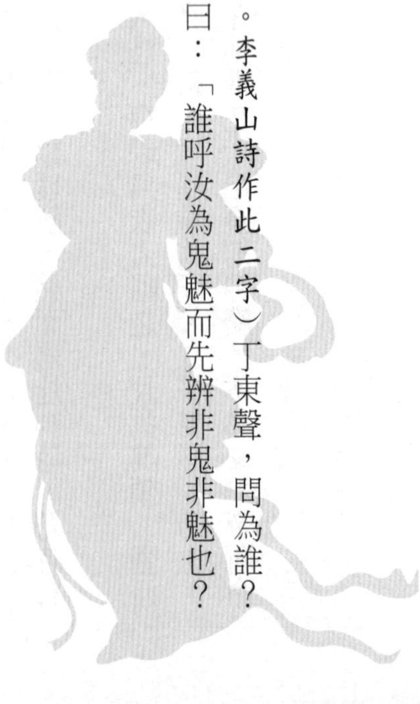

新婦青面赤髮

文安王丈紫府言：灞州一宦家娶婦，甫卻扇，新婿失聲狂奔出。眾追問故。曰：「新婦青面赤髮。狀如奇鬼。吾怖而走。」婦故中人姿，莫解其故。強使復入，所見如前。父母迫之歸房，竟伺隙自縊。既未成禮，女勢當歸。時賀者尚滿堂，其父引之遍拜諸客，曰：「小女誠陋，然何至驚人致死哉！」《幽怪錄》載盧生娶宏農令女事，亦同于此，但婿未死耳，此殆夙冤，不可以常理論也。自講學家言之，則必曰：「是有心疾，神虛目眩耳。」

李主事再瀛

李主事再瀛，漢三制府之孫也。在禮部時為余屬，氣宇朗徹，余期以遠到。乃新婚未幾，遽夭天年。聞其親迎時，新婦拜神，懷中鏡忽墮地，裂為二，已訝不祥；既而鬼聲啾啾，徹夜不息。蓋衰氣之所感，先兆之矣。

應酬之禮不可廢

選人某，在虎坊橋租一宅。或曰：「中有狐，然不為患，入居者祭之則安。」某性嗇不從，亦無他異。既而納一妾，初至日，獨坐房中。聞窗外簾隙有數十人悄語，品評其妍媸。忸怩不敢舉首。既而滅燭就寢，滿室吃吃作笑聲（吃吃笑不止，出《飛燕外傳》。或作嗤嗤，非也。又有作咥咥者，蓋據毛亨《詩傳》。然《毛傳》咥咥乃笑貌，非笑聲也）。凡一動作，輒高唱其所為。

如是數夕不止。訴于正乙真人。其法官汪某曰：「凡魅害人，乃可劾治；若只嬉笑，于人無損。譬互相戲謔，未釀事端，即非王法之所禁。豈可以猥褻細事，瀆及神明！」某不得已，設酒餚拜祝。是夕寂然。某喟然曰：「今乃知應酬之禮不可廢。」

神以有跡明因果

王符九言：鳳凰店民家，有兒持其母履戲，遺後圃花架下，為其父所拾。婦大遭詬詰，無以自明，擬就縊。忽其家狐祟大作，婦女近身之物，多被盜擲于他處，半月餘乃止。遺履之疑，遂不辯而釋，若陰為此婦解結者，莫喻其故。或曰：「其姑性嚴厲，有婢私孕，懼將投繯。婦竊後圃鑰縱之逃。有是陰功，故神遣狐救之歟！」或又曰：「既為神佑，何不遣狐先收履，不更無跡乎？」符九曰：「神正以有跡明因果也。」余亦以符九之言為然。

鬼或望而引避者

胡太虛撫軍能視鬼，云：「嘗以葺屋巡視諸僕家，諸室皆有鬼出入，惟一室闃然。問之，曰：『某所居也。』然此僕蠢蠢無寸長，其婦亦常奴耳。後此僕死，其婦竟守節終身。」蓋烈婦或激于一時，節婦非素有定志必不能。飲冰茹蘗數十年，其胸中正氣，蓄積久矣，宜鬼之不敢近也。又聞一視鬼者曰：「人家恆有鬼往來，凡閨房媟狎，必諸鬼聚觀，指點嬉笑，但人不見不聞耳。鬼或望而引避者，非他年烈婦、節婦，即孝婦、賢婦也。」與胡公所言，若重規疊矩矣。

模稜不了事

朱定遠言：一士人夜坐納涼，忽聞屋上有噪聲。駭而起視，則兩女自檐際格鬥墮，厲聲問曰：「先生是讀書人，姊妹共一婿，有是禮耶？」士人噤不敢語。女又促問。戰慄囁嚅曰：「僕是人，僅知人禮。鬼有鬼禮，狐有狐禮，非僕之所知也。」二女唾曰：「此人模稜不了事，當別問能了事人耳。」仍糾結而去。蘇味道：「模稜，誠自全之善計也。然以推諉債事，獲譴者亦在在有之。蓋世故太深，自謀太巧，恆並其不必避者而亦避，遂于其必當為者而亦不為，往往坐失事機，留為禍本，決裂有不可收拾者。」此士人見誚于狐，其小焉者耳。

男女皆為狐媚

濟南朱青雷言：其鄉民家一少年與鄰女相悅，時相窺也。久而微露盜香跡，女父疑焉，夜伏牆上，左右顧視兩家，陰伺其往來。乃見女室中有一少年，少年室中有一女，衣飾形貌皆無異。始知男女皆為狐媚也。此真黎丘之技矣。青雷曰：「以我所見，好事者當為媒合，亦一佳話。然聞兩家父母皆恚甚，各延巫驅狐。時方束裝北上，不知究竟如何也。」

有視鬼者曰

有視鬼者曰：「人家繼子，凡異姓者，雖女之子，妻之侄，祭時皆所生來享，所後者弗來也。凡同族者，雖五服以外，祭時皆所後來享，所生者雖亦來，而配食于側，弗敢先也。惟于某抱養張某子，祭時乃所後來享。久而知其數世前本于氏婦懷孕嫁張生，是于之祖也。此何義歟？」

余曰：「此義易明。銅山西崩，洛鐘東應，不以遠而阻也。琥珀拾芥不引針，磁石引針不拾芥，不以近而合也。一本者氣相屬，二本者氣不屬耳。觀此使人睦族之心，油然而生，追遠之心，亦油然而生。一身歧為四肢，四肢各歧為五指，是別為二十歧矣；然二十歧之痛癢，吾皆能覺，一身故也。莫昵近于妻妾，妻妾之痛癢，苟不自言，吾終不覺，則兩身而已矣。」

公心亦遠慮

宋子剛言：一老儒訓蒙鄉塾，塾側有積柴，狐所居也。鄉人莫敢犯，而學徒頑劣，乃時穢污之。

一日，老儒往會葬，約明日返。諸兒因累几為台，塗朱墨演劇。老儒突返，各撻之流血，恨恨復去。眾以為諸兒大者十一二，小者七八歲耳，皆怪師太嚴。次日，老儒返，云昨實未歸。乃知狐報怨也。

有欲訟諸土神者，有議除積柴者，有欲往詬詈者。中一人曰：「諸兒實無禮，撻不為過，但太毒耳。吾聞勝妖當以德，以力相角，終無勝理。冤冤相報，吾慮禍不止此也。」眾乃已。此人可謂平心，亦可謂遠慮矣。

一身兩首鵝

雍正乙卯，佃戶張天錫家生一鵝，一身而兩首。或以為妖。沈丈豐功曰：「非妖也。人有孿生，卵亦有雙黃；雙黃者，雛必枳首。吾數見之矣。」與從侄虞惇偶話及此，虞惇曰：「凡鵝一雄一雌者，生十卵即得十雛。兩雄一雌者，十卵必毈一二，父氣雜也。一雄兩雌者，十卵必毈一二，父氣弱也。雞鶩則不妨，物各一性爾。」

余因思鵝鴨皆不能自伏卵，人以雞代伏之。天地生物之初，羽族皆先以氣化，後以卵生，不待言矣（凡物皆先氣化而後形交，前人先有雞先有卵之爭，未之思也）。第不知最初卵生之時，上古之民淳淳悶悶，誰知以雞代伏也？雞不代伏，又何以傳種至今也。此真百思不得其故矣。

善詛者終遇詛

劉友韓侍御言：向寓山東一友家，聞其鄰女為狐媚。女父跡知其穴，百計捕得一小狐，與約曰：「能捨我女，則捨爾子。」狐諾之。捨其子而狐仍至。詈其負約。則謝曰：「人之相詛者多矣。而責我輩乎！」女父恨甚，使女陽勸之飲，而陰置砒焉。狐中毒，變形踉蹌去。

越一夕，家中瓦礫交飛，窗扉震撼，群狐合噪來索命。女父厲聲道始末，聞似一老狐語曰：「悲哉！彼徒見人皆相詛，從而效尤。不知天道好還，善詛者終遇詛也。主人詞直，犯之不祥。汝曹隨我歸矣。」語訖寂然。此狐所見，過其子遠矣。

廉夫遇鬼

季廉夫言：泰興舊宅後，有樓五楹，人跡罕至。廉夫取其僻靜，恆獨宿其中。

一夕，甫啟戶，見板閣上有黑物，似人非人，鬖髿長毳如蓑衣，撲滅其燈，長吼衝人去。

又在揚州宿舅氏家，朦朧中見紅衣女子推門入。心知鬼物，強起叱之。女子跪地，若有所陳，俄仍冉冉出門去。次日，問主人，果有女縊此室，時為祟也。

蓋幽房曲室，多鬼魅所藏。黑物殆精怪之未成者，潛伏已久，是夕猝不及避耳。縊鬼長跪，或求解脫沉淪乎？廉夫壯年氣盛，故均不能近而去也。俚巫言，凡縊死者著紅衣，則其鬼出入房門，中霤神不禁。蓋女子不以紅衣斂，紅為陽色，猶似生魂故也。此語不知何本。然婦女信之甚深，故銜憤死者多紅衣就縊，以求為祟。此鬼紅衣，當亦由此云。

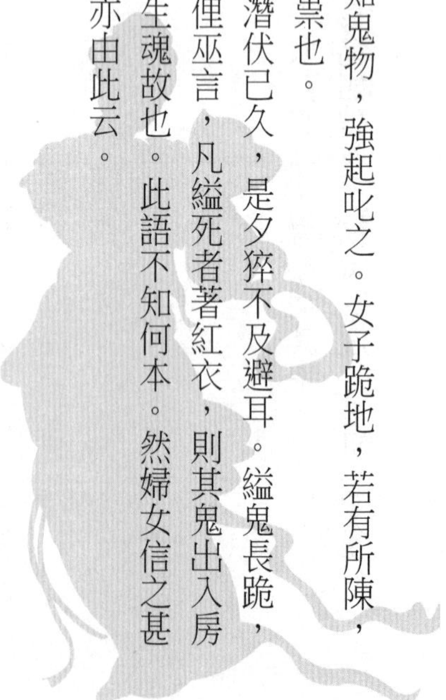

樹之精

先兄晴湖言：滄州呂氏姑家（余兩胞姑皆適呂氏，此不知為二姑家、五姑家也），門外有巨樹，形家言其不利。眾議伐之，尚未決。夜夢老人語曰：「鄰居二三百年，忍相戕乎？」醒而悟為樹之精，曰：「不速伐，且為妖矣。」議乃定。此樹如不自言，事尚未可知也。天下有先期防禍，彌縫周章，反以觸發禍機者，蓋往往如是矣（聞李太僕敬堂某科磨勘試卷，忽有舉人來投刺，敬堂拒未見。然私訝曰：「卷其有疵乎？」次日檢之，已勘過無簽；覆加詳核，竟得其謬，累停科。此舉人如不干謁，已漏網矣）。

有鬼不昧本心

奴子王敬，王連升之子也。余舊有質庫在崔莊，從官久，折閱都盡，群從鳩資復設之，召敬司夜焉。

一夕，自經于樓上，雖其母其弟莫測何故也。客作胡興文，居于樓側，其妻病劇。敬魂忽附之語，數其母弟之失，曰：「我自以博負死，奈何多索主人棺斂費，使我負心！此來明非我志也。」或問：「爾怨索負者乎？」曰：「不怨也。使彼負我，我能無索乎？」又問：「然則怨誘博者乎？」曰：「亦不怨也。手本我手，我不博，彼能握我手博乎？我安意候代而已。」初附語時，人以病者瞀亂耳；既而序述生平、寒溫故舊，語言宛然敬也。皆嘆曰：「此鬼不昧本心，必不終淪于鬼趣。」

避居深山者

李玉典言：有舊家子，夜行深山中，迷不得路。望一岩洞，聊投憩息，則前輩某公在焉。懼不敢進，然某人招邀甚切。度無他害，姑前拜謁。寒溫勞苦如平生，略問家事，共相悲慨。因問：「公佳城在某所，何獨游至此？」某公喟然曰：「我在世無過失，然讀書第隨人作計，為官第循分供職，亦無所樹立。不意葬數年後，墓前忽見一巨碑，螭額篆文，是我官階姓字；碑文所述，則我皆不知，其中略有影響者，又都過實。我一生樸拙，意已不安；加以游人過讀，時有譏評；鬼物聚觀，更多姍笑。我不耐其聒，因避居于此。惟歲時祭掃，到彼一視子孫耳。」

士人曲相寬慰曰：「仁人孝子，非此不足以榮親。蔡中郎不免愧詞，韓吏部亦嘗諛墓。古多此例，公亦何必介懷。」某公正色曰：「是非之公，人心具在；人即可誑，自問已慚。況公論具存，誑亦何益？榮親當在顯揚，何必以虛詞招謗乎？不謂後起者流，所見皆如是也。」拂衣竟起。士人惘惘而歸。

余謂此玉典寓言也。其婦翁田白岩曰：「此事不必果有，此論則不可不存。」

交河老儒劉君琢

交河老儒劉君琢，居于聞家廟，而設帳于崔莊。一日，夜深飲醉，忽自歸家。時積雨之後，道途間兩河皆暴漲，亦竟忘之。行至河干，忽又欲浴，而稍憚波浪之深。忽旁有一人曰：「此間原有可浴處，請導君往。」至則有盤石如漁磯，因共洗濯。君琢酒少解，忽嘆曰：「此去家不十餘里，水阻迂折，當多行四五里矣。」其人曰：「此間亦有可涉處，再請導君。」復攝衣徑渡。將至家，其人匆匆作別去。叩門入室，家人駭路阻何以歸。君琢自憶，亦不知所以也。揣摩其人，似高川賀某，或留不住（村名，其取義則未詳）趙某。後遣子往謝，兩家皆言無此事；尋河中盤石，亦無蹤跡。始知遇鬼。鬼多嬲醉人，此鬼獨扶導醉人。或君琢一生循謹，有古君子風，醉涉層波，勢必危，殆神陰相而遣之歟！

景河鎮某甲

奴子董柱言：景河鎮某甲，其兄歿，寡嫂在母家。以農忙，與妻共詣之，邀歸助饁餉。至中途，憩破寺中。某甲使婦守寺門，而入與嫂調謔。嫂怒叱，竟肆強暴。嫂扞拒呼救，去人窵遠，無應者。婦自入沮解，亦不聽。會有饁婦踣于途，碎其瓶罍，客作五六人，皆歸就食。適經過，聞聲趨視。具陳狀。眾共憤怒，縱其嫂先行，以二人更番持某甲，裸其婦而迭淫焉。瀕行，叱曰：「爾淫嫂，有我輩證，爾當死。我輩淫爾婦，爾嫂決不為證也。任爾控官，我輩午餐去矣。」某甲反叩額于地，祈眾秘其事。此所謂假公濟私者也，與前所記楊生事，同一非理，而亦同一快人意。後鄉人皆知，然無肯發其事者：一則客作皆流民，一日耘畢，得值即散，無從知為誰何；一則惡某甲故也。皆曰：「饁婦之踣，不先不後，是豈非若或使之哉！」

鬼求代

縊鬼溺鬼皆求代，見說部者不一。而自刭自鴆以及焚死壓死者，則古來不聞求代事，是何理歟？熱河羅漢峰，形酷似趺坐老僧，人多登眺。近時有一人墮崖死，俄而市人時有無故發狂，奔上其頂，自倒擲而隕者。皆曰：「鬼求代也。」延僧禮懺，無驗。官遏以邏卒，乃止。夫自戕之鬼候代，為其輕生也。失足而死，非其自輕生。為鬼所迷而自投，尤非其自輕生。必使輾轉相代，是又何理歟？余謂是或冤譴，或山鬼為祟，求祭享耳，未可概目以求代也。

鬼魈皆陰類

余鄉產棗，北以車運供京師，南隨漕舶以販鬻于諸省，土人多以為恆業。棗未熟時，最畏霧；霧浥之則瘠而皺，存皮與核矣。每霧初起，或于上風積柴草焚之，煙濃而霧散；或排鳥銃迎擊，其散更速。蓋陽氣盛則陰霾消也。凡妖物皆畏火器。史丈松濤言：山陝間每山中黃雲暴起，則有風雹害稼。以巨炮迎擊，有墮蝦蟆如車輪大者。余督學福建時，山魈或夜行屋瓦上，格格有聲。遇轅門鳴炮，則踉蹌奔逸，頃刻寂然。鬼亦畏火器。余在烏魯木齊，曾以銃擊厲鬼，不能復聚成形（語詳《灤陽消夏錄》）。蓋妖鬼亦皆陰類也。

東昌書生

董秋原言：東昌一書生，夜行郊外。忽見甲第甚宏壯，私念此某氏墓，安有是宅，殆狐魅所化歟？稔聞《聊齋誌異》青鳳、水仙諸事，冀有所遇，躑躅不行。俄有車馬從西來，服飾甚華，一中年婦揭帷指生曰：「此郎即大佳，可延入。」生視車後一幼女，妙麗如神仙，大喜過望。既入門，即有二婢出邀。生既審為狐，不問氏族，隨之入。亦不見主人出，但供張甚盛，飲饌豐美而已。生候合巹，心搖搖如懸旌。至夕，簫鼓喧闐，一老翁搴簾揖曰：「新婿入贅，已到門。先生文士，定習婚儀，敢屈為儐相，三黨有光。」生大失望，然原未議婚，無可復語；又飫其酒食，難以遽辭。草草為成禮，不別而歸。家人以失生一晝夜，方四出覓訪。生憤憤道所遇，聞者莫不拊掌曰：「非狐戲君，乃君自戲也。」

余因言有李二混者，貧不自存，赴京師謀食。途遇一少婦騎驢，李趁與語，微相調謔。少婦不答亦不嗔。次日，又相遇，少婦擲一帕與之，鞭驢徑去，回顧曰：「吾今日宿固安也。」李啟其帕，乃銀簪珥數事。適資斧竭，持詣質庫。正質庫昨夜所失，大受拷掠，竟自誣為盜。是乃真為狐戲矣。秋原曰：「不調少婦，何緣致此？仍謂之自戲可也。」

陳至剛魂

莆田李生裕翀言：有陳至剛者，其婦死，遺二子一女。歲餘，至剛又死。田數畝、屋數間，俱為兄嫂收去。聲言以養其子女，而實虐遇之。俄而屋後夜夜聞鬼哭，鄰人久不平，心知為至剛魂也，登屋呼曰：「何不祟爾兄？哭何益！」魂卻退數丈外，嗚咽應曰：「至親者兄弟，情不忍祟；父之下，兄為尊矣，禮亦不敢祟。吾乞哀而已。」兄聞之感動，詈其嫂曰：「爾使我不得為人也。」亦登屋呼曰：「非我也，嫂也。」魂又嗚咽曰：「嫂者兄之妻，兄不祟，嫂豈可祟也！」嫂愧不敢出。自是善視其子女，鬼亦不復哭矣。使遭兄弟之變者，盡如是鬼，尚有鬩牆之釁乎？

衛媼

衛媼，從侄虞惇之乳母也。其夫嗜酒，恆在醉鄉。一夕，鍵戶自出，莫知所往。或言鄰圃井畔有履，視之，果所著；窺之，屍亦在。眾謂牆不甚短，醉人豈能逾；且投井何必脫履？咸大惑不解。詢守圃者，則是日賣菜未歸，惟婦攜幼子宿，言：「夜聞牆外有二人邀客聲，繼又聞牽拽固留聲，又訇然一聲，如人自牆躍下者，則聲在牆內矣；又聞延坐屋內聲，則聲在井畔矣；俄聞促客解履上床聲，又訇然一聲，遂寂無音響。」此地故多鬼，不以為意，不虞此人之入井也，其溺鬼求代者乎？遂堙是井。後亦無他。

兩怪物

族叔棨庵言：嘗見旋風中有一女子張袖而行，迅如飛鳥，轉瞬已在數里外。又嘗于大槐樹下見一獸跳擲，非犬非羊，毛作褐色，即之已隱。均不知何物。余曰：「叔平生專意研經，不甚留心于子、史。此二物，古書皆載之。女子乃飛天夜叉，《博異傳》載唐薛淙于衛州佛寺見老僧言居延海上見天神追捕者是也。褐色獸乃樹精，《史記•秦本紀》二十七年，伐南山大梓，豐大特。注曰：『今武都故道，有怒特祠，圖大牛上生樹本，有牛從水中出，復見于豐水之中。』《列異傳》：秦文公時，梓樹化為牛。以騎擊之，騎不勝；或墮地，髻解被髮，牛畏之入水。故秦因是置旄頭騎。庾信《枯樹賦》曰：『白鹿貞松，青牛文梓。』柳宗元《祭纛文》曰：『豐有大特，化為巨梓；秦人憑神，乃建旄頭。』即用此事也。」

幽魂相別

王德圃言：有縣吏夜息松林，聞有泣聲。吏故有膽，尋往視之，則男女二人並坐石几上。喁喁絮語，似夫婦相別者。疑為淫奔，詰問其由。男子起應曰：「爾勿近，我鬼也。此女吾愛婢，不幸早逝，雖葬他所，而魂常依此。今被配入轉輪，從此一別，茫茫萬古，故相悲耳。」問：「生為夫婦，各有配偶，豈死後又顛倒移換耶？」曰：「惟節婦守貞者，其夫在泉下暫留，待死後同生人世，再續前緣，以補其一生之煢苦。餘則前因後果，各以罪福受生，或及待，或不及待，不能齊矣。爾宜自去，吾二人一刻千金，不能與爾談冥事也。」張口噓氣，木葉亂飛。吏悚然反走。後再過其地，知為某氏墓也。德圃為凝齋先生侄。先生作《秋燈叢話》，漏載此事。豈德圃偶未言及，抑先生偶失記耶？

滄州宦家婦

先外祖母曹太恭人，嘗告先太夫人曰：「滄州一宦家婦，不見容于夫，鬱鬱將成心疾，性情乖剌，琴瑟愈不調。會有高行尼至，詣問因果。尼曰：『吾非冥吏，不能稽配偶之籍也；亦非佛菩薩，不能照見三生也。然因緣之理，則吾知之矣。夫因緣無無故而合者也，大抵以恩合者必相歡，以怨結者必相忤。又有非恩非怨，亦恩亦怨者，必負欠使相取相償也。如是而已。爾之夫婦，其以怨結者乎？天所定也，非人也；雖然，天定勝人，人定亦勝天。故釋迦立法，許人懺悔。但消爾勝心，戢爾傲氣，逆來順受，以情感而不以理爭；修爾內職，事翁姑以孝，處娣姒以和，待妾媵以恩，盡其在我，而不問其在人，庶幾可以挽回乎！徒問往因，無益也。』婦用其言，果相睦如初。」

先太夫人嘗以告諸婦曰：「此尼所說，真閨閣中解冤神咒也。信心行持，無不有驗；如或不驗，尚是行持未至耳。」

判冥

蔡太守必昌云：判冥，論者疑之。然朱竹君之先德（唐人稱人故父曰先德，見《北夢瑣言》），蔡君先告以亡期，蔡君之母，亦自預知其亡期，皆日辰不爽。是又何說歟？朱石君撫軍，言其他事甚悉。石君非妄語人也。

顧郎中德懋亦云判冥。後自言以泄漏陰府事，謫為社公，無可驗也。余嘗聞其論冥律，已載《灤陽消夏錄》中。其論鬼之存亡，亦頗有理。大意謂人之餘氣為鬼，氣久則漸消。其不消者有三：忠孝節義，正氣不消；猛將勁卒，剛氣不消；鴻材碩學，靈氣不消。不遽消者亦三：冤魂恨魄，茹痛黃泉，其怨結則氣亦聚也；大富大貴，取多用宏，其精壯則氣亦盛也；兒女纏綿，埋憂賫恨，其情專則氣亦凝也。至于凶殘狠悍，戾氣亦不遽消，然墮泥犁者十之九，又不在此數中矣。

言之鑿鑿，或亦有所徵耶？

大旋風

雍正戊申夏，崔莊有大旋風，自北而南，勢如瀚湧，余家樓堞半揭去（北方鄉居者，率有明樓以防盜，上為城堞）。從伯燦宸公家，有花二盎、水一甕，並捲置屋上，位置如故，毫不欹側；而階前一風爐銅銚，炭火方熾，乃安然不動，莫明其故。

次日，詢迤北諸村，皆云未見。過村數里，即漸高入雲。其風黃色，嗅之有腥氣。或地近東瀛，不過百里，海神來往，水怪飛騰，偶然狡獪歟？

石人

從侄虞惇，甲辰閏三月官滿城教諭時，其同官戴君，邀游抱陽山。戴攜彭、劉二生，從山前往。虞惇偕弟汝僑、子樹瑔及金、劉二生，由山後觀牛角洞、仙人室諸勝。方升山麓，遙見一人岩上立，意戴君遣來迎也。相距尚里許，急往赴之。愈近，其人漸小，至則白石一片，倚岩植立，高尺五六寸，廣四五寸耳。絕不類人形，而望之如人，奇矣。凡物遠視必小，歐羅巴人所謂視差也。此石遠視大而近視小，抑又奇矣。迨下山里許，再回視之，仍如初見狀。眾謂此石有靈，擬上山攜取歸。彭生及樹瑔先往覓，不得；汝僑又與二劉生同往，道路依然，物物如舊，石竟不可復睹矣。

蓋邃谷深崖，神靈所宅，偶然示現，往往有之。是山所謂仙人室者，在峭壁之上，人不能登。土人每遙見洞口人來往，其必煉精羽化之徒矣。

樹後士語

申丈蒼嶺言：劉智廟有兩生應科試，夜行失道。見破屋，權投棲止。院落半圮，亦無門窗，擬就其西廂坐。聞樹後語曰：「同是士類，不敢相拒。西廂是幼女居，乞勿入；東廂是老夫訓徒地，可就坐也。」心知非鬼即狐，然疲極不能再進，姑向樹拱揖，相對且坐。忽憶當向之問路，再起致詞，則不應矣。暗中摸索，覺有物觸手；捫之，乃身畔各有半瓜。謝之，亦不應。質明將行，又聞樹後語曰：「東去二里，即大路矣，一語奉贈：《周易》互體，究不可廢也。」不解所云，叩之又不應。比就試，策果問互體。場中皆用程朱說，惟二生依其語對，並列前茅焉。

佻薄者戒

乾隆甲子，余在河間應科試。有同學以帕冪首，云墮驢傷額也。既而有同行者知之，曰：「是于中途遇少婦，靚妝獨立官柳下，忽按轡問途。少婦曰：『南北驛路，而車馬往來，豈有迷途之患？爾直欺我孤立耳。』忽有飛瓦擊之，流血被面。少婦徑入秫田去，不知是人是狐是鬼也。但未見舉手，而瓦忽橫擊，疑其非人；鬼又不應白日出，疑其狐矣。」高梅村曰：「此不必深問。無論是人是鬼是狐，總之當擊耳。」

又丁卯秋，聞有京官子，暮過橫街東，為娼女誘入室。突其夫半夜歸，脅使盡解衣履，裸無寸縷，負置門外叢冢間。京官子無計，乃號呼稱遇鬼。有人告其家迎歸。姚安公時官戶部，聞之笑曰：「今乃知鬼能作賊。」此均足為佻薄者戒也。

柴有倫奇遇

烏魯木齊千總柴有倫言：昔征霍集占時，率卒搜山。于珠爾土斯深谷中遇瑪哈沁，射中其一，負矢奔去。餘七八人亦四竄。奪得其馬及行帳。樹上縛一回婦，左臂左股，已臠食見骨，噭噭作蟲鳥鳴。見有倫，屢引其頸，又作叩顙狀。有倫知其求速死，剚刃貫其心。瞠目長號而絕。後有倫復經其地，水暴漲，不敢涉，姑憩息以待減退。有旋風來往馬前，倏行倏止，若相引者。有倫悟為回婦之鬼，乘騎從之，竟得淺處以渡。

泰興賈生

季廉夫言：泰興有賈生者，食餼于庠，而癖好符籙禁咒事。尋師訪友，煉五雷法，竟成。後病篤，恍惚見鬼來攝。舉手作訣，鬼不能近。既而家人聞屋上金鐵聲，奇鬼猙獰，洶湧而入。咸悚惶避出。遙聞若相格鬥者，徹夜乃止。比曉視之，已伏于床下死，手掊地成一深坎，莫知何故也。夫死生數也，數已盡矣，猶以小術與鬼爭，何其不知命乎？

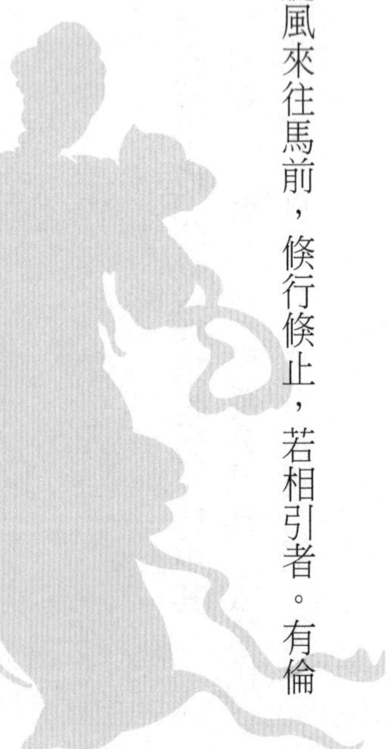

紅衣女鬼

廉夫又言：鍾太守光豫官江寧時，有幕友二人，表兄弟也。一司號籍，一司批發，恆在一室同榻寢。一夕，一人先睡。一人猶秉燭，忽見案旁一紅衣女子坐，駭極，呼其一醒。拭目驚視，則非女子，乃奇形鬼也。直前相搏，二人並昏仆。

次日，眾怪門不啟，破扉入視。其先見者已死，後見者氣息僅屬，灌治得活。乃具述夜來狀。鬼無故擾人，事或有之；至現形索命，則未有無故而來者。幕府賓佐，非官而操官之權，箋墨之間，動關生死，為善易，為惡亦易。是必冤譴相尋，乃有斯變。第不知所緣何事耳。

神掌

烏魯木齊軍吏茹大業言：古浪回民，有踞佛殿飲博者，寺僧孤弱，弗能拒也。一夜，飲方酣，一人舒拇指呼曰：「一。」突有大拳如五斗栲栳，自門探入，五指齊張，厲聲呼曰：「六。」舉掌一拍，燭滅几碎，十餘人並驚仆。至曉，乃各漸蘇，自是不敢復至矣。佛于眾生無計較心。其護法善神之示現乎？

額上秘戲圖

蘇州朱生煥。舉壬午順天鄉試第二人，余分校所取也。

一日，集余閱微草堂，酒間各說異聞。生言：曩乘舟，見一舵工額上恆貼一膏藥，縱約寸許，橫倍之。云有瘡，須避風。行數日，一篙工私語客曰：「是大奇事，云有瘡者偽也。彼嘗為會首，賽水神例應捧香而前。一夕犯不潔，方跪致祝，有風颸爐灰撲其面；骨慄神悚，幾不成禮。退而拂拭，則額上現一墨畫秘戲圖，神態生動，宛肖其夫婦。洗濯不去，轉更分明，故以膏藥掩之也。」

眾不深信，然既有此言，出入往來，不能不注視其額。舵工覺之，曰：「小兒又饒舌耶！」長喟而已。然則其事殆不虛，惜未便揭視之耳。又余乳母李媪言：曩登泰山，見娼女與所歡皆往進香，遇于逆旅，伺隙偶一接唇，竟膠粘不解，擘之則痛徹心髓。眾為懺悔，乃開。或曰：「廟祝賄娼女作此狀，以聳人信心也。」是亦未可知矣。

得賄者

獻縣刑房吏王瑾，初作吏時，受賄欲出一殺人罪。方濡筆起草，紙忽飛著承塵上，旋舞不下。自是不敢枉法取錢，恆舉以戒其曹偶，不自諱也。後一生溫飽，以老壽終。

又一吏恆得賄舞文，亦一生無禍，然歿後三女皆為娼。其次女事發當杖，伍伯夙戒其徒曰：「此某師傅女（土俗呼吏曰師傅），宜從輕。」女受杖訖，語鴇母曰：「微我父曾為吏，我今日其殆矣。」嗟乎，烏知其父不為吏，今日原不受杖哉！

請君入甕

交河有姊妹二妓，皆為狐所媚，羸病欲死。其家延道士劾治，狐不受捕。道士怒，輒設壇，牒雷部。狐化形為書生，見道士曰：「煉師勿苦相仇也。夫採補殺人，誠干天律，然亦思此二女者何人哉！飾其冶容，蠱惑年少，無論其破人之家，不知凡幾，廢人之業，不知凡幾，間人之夫婦，不知凡幾，罪皆當死。即彼攝人之精，吾攝其精；彼致人之疾，吾致其疾；彼戕人之命，吾戕其命。皆所謂請君入甕，天道宜然。煉師何必曲庇之？且煉師之劾治，謂人命至重耳。夫人之為人，以有人心也。此輩機械萬端，寒暖百變，所謂人面獸心者也。既已獸心，即以獸論。以獸殺獸，事理之常。深山曠野，相食者不啻恆河沙數，可一一上瀆雷部耶？」道士乃捨去。論者謂道士不能制狐，造此言也。然其言則深切著明矣。

朱某有狐友

程魚門言：朱某昵淮上一妓，金盡，被斥出。一日，有西商過訪妓，僕輿奢麗，揮金如土。妓兢兢恐其去，盡謝他客，曲意效媚。日贈金帛珠翠，不可縷數。居兩月餘，云暫出赴揚州，遂不返。訪問亦無知者。資貨既饒，擬去北里為良家。檢點篋笥，所贈已一物不存，朱某所贈亦不存；惟留二百餘金，恰足兩月餘酒食費，一家迷離惝恍，如夢乍回。或曰，聞朱某有狐友，殆代為報復云。

偽孤女者

魚門又言：游士某，在廣陵納一妾，頗嫻文墨。意甚相得，時于閨中倡和。一日，夜飲歸，僮婢已睡，室內暗無燈火。入視闃然，惟案上一札曰：「妾本孤女，僻處山林。以夙負應償，從君半載。今業緣已盡，不敢淹留。本擬暫住待君，以展永別之意，恐兩相淒戀，彌難為懷。是以茹痛竟行，不敢再面。臨風回首，百結柔腸。或以此一念，三生石上，再種後緣，亦未可知耳！諸惟自愛，勿以一女子之故，至損清神。則妾雖去而心稍慰矣。」某得書悲感，以示朋舊，咸相慨嘆。以典籍嘗有此事，勿致疑也。

後月餘，妾與所歡北上，舟行被盜，鳴官待捕；稽留淮上數月，其事乃露。

蓋其母重鬻于人，偽以狐女自脫也。周書昌曰：「是真狐女，何偽之云？吾恐誌異諸書所載，始遇仙姬，久而捨去者，其中或不無此類也乎！」

死首夜蠕動

余在翰林日，侍讀索公爾遜同齋戒于待詔廳（廳舊有何義門書「衡山舊署」一匾，又聯句一對。今聯句尚存，匾則久亡矣）。索公言：前征霍集占時，奉參贊大臣檄調。中途逢大雪，車仗不能至，僅一行帳隨，姑支以憩。若無枕，覓得二三死人首，主僕枕之。夜中並蠕蠕掀動，叱之乃止。余謂此非有鬼，亦非因叱而止也。當斷首時，生氣未盡，為嚴寒所束，鬱伏于中；得人氣溫蒸，凍解而氣得外發，故能自動。已動則氣散，故不再動矣。凡物生性未盡者，以火炙之皆動，是其理也。索公曰：「從古戰場，不聞逢鬼；吾心惡之，謂吾命衰也。今日乃釋此疑。」

妖魅投棗

崔莊多棗，動輒成林，俗謂棗行（戶郎切）。余小時，聞有婦女數人，出挑菜，過樹下，有小兒坐樹杪，摘紅熟者擲地下。眾競拾取。小兒急呼曰：「吾自喜周二姐嬌媚，摘此與食。爾輩黑鬼，何得奪也？」眾怒詈，二姐惡其輕薄，亦怒詈，拾塊擊之。小兒躍過別枝，如飛鳥穿林去。忽悟村中無此小兒，必妖魅也。

姚安公曰：「賴周二姐一詈一擊，否則必為所媚矣。凡妖魅媚人，皆自招致。蘇東坡《范增論》曰：『物必先腐也，而後蟲生之。』」

新冢幽魂

有選人在橫街夜飲，步月而歸。其寓在珠市口，因從香廠取捷徑。一小奴持燭籠行，中路踣而滅。望一家燈未息，往乞火。有婦應門，邀入茗飲。心知為青樓，姑以遣興。然婦羞澀低眉，意色慘沮。欲出，又牽袂固留。試調之，亦宛轉相就。適攜數金，即以贈之。婦謝不受，但祈曰：「如念今宵愛，有長隨某住某處，渠久閒居，妻亡子女幼，不免饑寒。君肯攜之赴任，則九泉感德矣。」選人戲問：「卿可相隨否？」泫然曰：「妾實非人，即某妻也。為某不能贍子女，故冒恥相求耳。」選人悚然而出，回視乃一新冢也。後感某意，竟攜此人及子女去。求一長隨，至鬼亦薦枕，長隨之多財可知。財自何來？其蠹官而病民可知矣。

龍淫衰翁

牛犢馬駒，或生麟角，蛟龍之所合，非真麟也。婦女露寢，為所合者亦有之。惟外舅馬氏家，一佃戶年近六旬，獨行遇雨，雷電晦冥，有龍探爪按其笠。以為當受天誅，悸而踣，覺龍碎裂其褌，以為褫衣而後施刑也。不意龍捩轉其背，據地淫之。稍轉側縮避，輒怒吼，磨牙其頂。懼為吞噬，伏不敢動。移一二刻，始霹靂一聲去。呻吟塍上，腥涎滿身。幸其子持蓑來迎，乃負以返。初尚諱匿，既而創甚，求醫藥，始道其實。耘苗之候，饁婦眾矣，乃狎一男子；牧豎亦眾矣，乃狎一衰翁。此亦不可以理解者。

蒙陰劉生

王方湖言：蒙陰劉生，嘗宿其中表家。偶言家有怪物，出沒不恆，亦不知其潛何所。但暗中遇之，輒觸人倒，覺其身堅如鐵石。劉故喜獵，恆以鳥銃隨，曰：「若然，當攜此自防也。」書齋凡三楹，就其東室寢。方對燈獨坐，見西室一物向門立，五官四體，一一似人，而目去眉約兩寸，口去鼻僅分許，部位乃無一似人。劉生舉銃擬之，即卻避。俄手掩一扉，出半面外窺，作欲出不出狀。才一舉銃，則又藏，似懼出而人襲其後者。劉生亦懼怪襲其後，不敢先出也。如是數回，忽露全面，向劉生搖首吐舌，急發銃一擊，則鉛丸中扉上，怪已銜煙去矣。

蓋誘人發銃，使一發不中，不及再發，即乘機遁也。兩敵相持，先動者敗，此之謂乎！使忍而不發，遲至天曉，此怪既不能透壁穿窗，勢必由戶出，則必中銃；不出，則必現形矣。然自此知其畏銃。後伏銃窗櫺，伺出擊之，琤然仆地，如檐瓦墮裂聲。視之，乃破甕一片，兒童就近沿無泑處戲畫作人面，筆墨拙澀，隨意塗抹，其狀一如劉生所見云。

大善大惡不可抵

有富室子病危，絕而復蘇，謂家人曰：「吾魂至冥司矣。吾嘗捐金活二命，又嘗強奪某女也。今活命者在冥司具保狀，而女之父亦訴牒喧辯。尚未決，吾且歸也。」

越二日，又絕而復蘇曰：「吾不濟矣。冥吏謂奪女大惡，活命大善，可相抵。冥王謂活人之命，而復奪其女，許抵可也。今所奪者此人之女，而所活者彼人之命；彼人活命之德，報此人奪女之仇，以何解之乎？既善業本重，未可全銷，莫若冥司不刑賞，注來生恩自報恩，怨自報怨可也。」語訖而絕。

案歐羅巴書不取釋氏輪廻之說，而取其天堂地獄，亦謂善惡不相抵。然謂善惡不相抵，是絕惡人為善之路也。大抵善惡可抵，而恩怨不可抵，所謂冤家債主，須得本人是也。尋常善惡可抵，大善大惡不可抵。曹操贖蔡文姬，不得不謂之義舉，豈足抵篡弒之罪乎（曹操雖未篡，然以周文王自比，其志則篡也，特畏公議耳）？至未來生中，人未必相遇，事未必相值，故因緣湊和者，或在數世以後耳。

正人君子與狐

宋村廠（從弟東白莊名，土人省語呼廠裡）倉中舊有狐。余家未析箸時，姚安公從王德庵先生讀書是莊。僕隸夜入倉院，多被瓦擊，而不見其形，惟先生得納涼其中，不遭擾戲。然時見男女往來，且木榻藤枕，俱無纖塵，若時拂拭者。

一日，暗中見一人循牆走，似是一翁，呼問之曰：「吾聞狐不近正人，吾其不正乎？」翁拱手對曰：「凡興妖作祟之狐，則不敢近正人；若讀書知禮之狐，則樂近正人。先生君子也，故雖少婦稚女，亦不相避，信先生無邪心也。先生何反自疑耶？」先生曰：「雖然，幽明異路，終不宜相接。請勿見形可乎？」翁磬折曰：「諾。」自是不復睹矣。

兩狐論金

沈瑞彰寓高廟讀書，夏夜就文昌閣廊下睡。人靜後，聞閣上語曰：「吾曹亦無用錢處，爾積多金何也？」一人答曰：「欲以此金鑄銅佛，送西山潭柘寺供養，冀仰托福佑，早得解形。」一人作啐聲曰：「咄咄大錯！布施須己財。佛豈不問汝來處，受汝盜來金耶？」再聽之，寂矣。

善哉野狐，檀越雲集之時，倘聞此語，應如霹靂聲也。

深山誦聲

瑞彰又言：嘗偕數友游西山，至林巒深處，風日暄妍，泉石清曠，雜樹新綠，野花半開。眺賞間，聞木杪誦書聲。仰視無人，因揖而遙呼曰：「在此朗吟，定為仙侶。叨同儒業，可請下一談乎？」誦聲忽止，俄琅琅又在隔溪。有欲覓路追尋者，瑞彰曰：「世外之人，趁此良辰，尚耽研典籍。我輩身列黌官，乃在此攜酒榼看游女，其鄙而不顧宜矣，何必多此跋涉乎！」眾乃止。

滄州游方尼

滄州有一游方尼，即前為某夫人解說因緣者也，不許婦女至其寺，而肯至人家。雖小家以粗糲為供，亦欣然往。不勸婦女布施，惟勸之存善心，作善事。

外祖雪峰張公家，一范姓僕婦，施布一匹。尼合掌謝訖，置几上片刻，仍舉付此婦曰：「檀越功德，佛已鑒照矣。既蒙布施，布即我布。今已九月，頃見尊姑猶單衫。謹以奉贈，為尊姑製一絮衣可乎？」僕婦踧躇無一詞，惟面頳汗下。

姚安公曰：「此尼乃深得佛心。」惜閨閣多傳其軼事，竟無人能舉其名。

二狐媚少年

先太夫人乳母廖媼言：四月二十八日，滄州社會也，婦女進香者如雲。有少年于日暮時，見城外一牛車向東去，載二女，皆妙麗，不類村妝。疑為大家內眷，又不應無一婢媼，且不應坐露車。正凝思間，一女遺紅帕于地，其中似裹數百錢，女及御者皆不顧。少年素樸實，恐或追覓為累，亦未敢拾。歸以告母，誚訶其痴。

越半載，鄰村少年為二狐所媚，病瘵死。有知其始末者，曰：「正以拾帕索帕，兩相調謔媾合也。」

母聞之，憬然悟曰：「吾乃知痴是不痴，不痴是痴。」

天道好還

有納其奴女為媵者，奴弗願，然無如何也。其人故隸旗籍；亦自有主。媵後生一女，年十四五。主聞其姝麗，亦納為媵。心弗願，亦無如何也。喟然曰：「不生此女，無此事。」其妻曰：「不納某女，自不生此女矣。」乃爽然自失。

又親串中有一女，日搆其嫂，使受誚責不聊生。及出嫁，亦為小姑所搆，日受誚責如其嫂。歸而對嫂揮涕曰：「今乃知婦難為也。」天道好還，豈不信哉！

又一少年，喜窺婦女，窗罅簾隙，百計潛伺。一日醉寢，或戲以膏藥糊其目。醒覺腫痛不可忍，急揭去，眉及睫毛並拔盡；且所糊即所蓄媚藥，性至酷烈，目受其薰灼，竟以漸盲。

又一友好傾軋，往來播弄，能使膠漆成冰炭。一夜酒渴，飲冷茶。中先墮一蝎，陡螫其舌，潰為瘡。雖不致命，然舌短而拗戾；話言不復便捷矣。

此亦若或使之，非偶然也。

有機心者

先師陳文勤公言：有一同鄉，不欲著其名，平生亦無大過惡，惟事事欲利歸于己，害歸于人，是其本志耳。

一歲，北上公車，與數友投逆旅。雨暴作，屋盡漏。初覺漏時，惟北壁數尺無漬痕。此人忽稱感寒，就是榻蒙被取汗。眾知其詐病，而無詞以移之也。雨彌甚，眾坐屋內如露宿，而此人獨酣臥。俄北壁頹圮，眾未睡皆急奔出；此人正壓其下，額破血流，一足一臂並折傷，竟舁而歸。此足為有機心者戒矣。

因憶奴子于祿，性至狡。從余往烏魯木齊，一日早發，陰雲四合。度天欲雨，乃盡置其衣裝于車箱，以余衣裝覆其上。行十餘里，天竟放晴，而車陷于淖，水從下入，反盡濡焉。其事亦與此類，信巧者造物之所忌也。

吳縣沈淑孫

沈淑孫，吳縣人。御史芝光先生孫女也。父兄早卒，鞠于祖母。祖母，楊文叔先生妹也，諱芬，字瑤季，工詩文，畫花卉尤精。故淑孫亦習詞翰，善渲染。幼許余侄汝備，未嫁而卒。

病革時，先太夫人往視之。沈夫人泣呼曰：「招孫（其小字也），爾祖姑來矣，可以相認也。」時已沉迷，猶張目視，淚承睫，舉手攀太夫人釧。解而與之，親為貫於臂，微笑而瞑，始悟其意，欲以紀氏物歛也。初病時，自知不起，畫一卷，緘封甚固，恆置枕函邊，問之不答。至是亦悟其留與太夫人，發之，乃雨蘭一幅，上題曰：「獨坐寫幽蘭，圖成只自看；憐渠空谷裡，風雨不勝寒。」

蓋其家庭之間，有難言者，阻滯嫁期，亦是故也。太夫人悲之，欲買地以葬。姚安公謂于禮不可，乃止。後其柩附漕舶歸，太夫人尚恍惚夢其泣拜云。

敗理亂常神弗佑

王西侯言：曾與客作都四，夜行淮鎮西。倦而少憩，聞一鬼遙呼曰：「村中賽神，大有酒食，可共往飲啖。」眾鬼曰：「神筵哪可近？爾勿造次。」呼者曰：「是家兄弟相爭，叔侄互軋，乖戾之氣，充塞門庭，敗徵已具，神不享矣。爾輩速往，毋使他人先也。」而侯素有膽，且立觀其所往。鬼漸近，樹上繫馬皆驚嘶。惟見黑氣濛濛，轉繞從他道去，不知其詣誰氏也。

夫福以德基，非可祈也；禍以惡積，非可禳也。苟能為善，雖不祭，神亦助之；敗理亂常，而瀆祀以冀神佑，神其受賕乎？

冥魂狡獪

梁豁堂言：有廖太學，悼其寵姬，幽鬱不適。姑消夏于別墅，窗俯清溪，時開對月。一夕，聞隔溪搒掠冤楚聲，望似縛一女子，伏地受杖。正懷疑凝眺，女子呼曰：「君乃在此，忍不相救耶？」諦視，正其寵姬，駭痛欲絕。而崖陡水深，無路可過，問：「爾葬某山，何緣在此？」姬泣曰：「生前恃寵，造業頗深。歿被謫配于此，猶人世之軍流也。社公酷毒，動輒鞭捶。非大放焰口，不能解脫也。」語訖，為眾鬼牽曳去。廖愛戀既深，不違所請；乃延僧施食，冀拔沉淪。

月餘後，聲又如前。趨視，則諸鬼益眾，姬裸身反接，更摧辱可憐。見廖哀號曰：「前者法事未備，而牒神求釋，被駁不行。社公以祈靈無驗，毒虐更增，必七晝夜水陸道場，始能解此厄也。」廖猛省社公不在，誰此監刑？社公如在，鬼豈敢斥言其惡？且社公有廟，何為來此？毋乃黠鬼幻形，紿求經懺耶？姬見廖凝思，又呼曰：「我實是某，君毋過疑。」廖曰：「此灼然偽矣。」因詰曰：「汝身有紅痣，能舉其生于何處，則信汝矣。」鬼不能答，斯須間，稍稍散去。自是遂絕。

此可悟世情狡獪，雖鬼亦然；又可悟情有所牽，物必抵隙。廖自云有灶婢殁葬此山下，必其知我眷念，教眾鬼為之，又可悟外患突來，必有內間矣。

小詞聯緣

豁堂又言：一粵東舉子赴京，過白溝河，在逆旅午餐。見有騾車載婦女住對屋中，飯畢先行。偶步入，見壁上新題一詞曰：「垂楊裊裊映回汀，作態為誰青？可憐弱絮，隨風來去，似我飄零。濛濛亂點羅衣袂，相送過長亭。叮嚀囑汝：沾泥也好，莫化浮萍。」（**按：此調名《秋波媚》，即《眼兒媚》也**）舉子曰：「此妓語也，有厭倦風塵之意矣。」日日逐之同行，至京，猶遣小奴記其下車處。後宛轉物色，竟納為小星。兩不相期，偶然湊合，以一小詞為紅葉，此真所謂前緣矣。

有婢惡貓竊食

舅祖陳公德音家，有婢惡貓竊食，見則撻之。貓聞其咳笑，即竄避。一日，舅祖母郭太安人使守屋。閉戶暫寢，醒則盤中失數梨，旁無他人，貓犬又無食梨理，無以自明，竟大受捶楚。至晚，忽得于灶中，大以為怪。驗之，一一有貓爪齒痕。乃悟貓故銜去，使亦以竊食受撻也。「蜂蠆有毒」，信哉。婢憤恚，欲再撻貓。郭太安人曰：「斷無縱汝殺貓理，貓既被殺，恐冤冤相報，不知出何變怪矣。」此婢自此不撻貓，貓見此婢亦不復竄避。

轉輪之語

桐城耿守愚言：一士子游嵩山，搜剔古碑，不覺日晚，時方盛夏，因藉草眠松下。半夜露零，寒侵衣袖，噤而醒。偃臥看月，遙見數人從小徑來，敷席山岡，酌酒環坐。知其非人，懼不敢起，姑側聽所言。一人曰：「二公謫限將滿，當入轉輪，不久重睹白日矣。受生何所，已得消息否？」上坐二人曰：「尚不知也。」既而皆起，曰：「社公來矣。」俄一老人扶杖至，對二人拱手曰：「頃得冥牒，來告喜音：二公前世良朋，來生嘉耦。」指右一人曰：「公官人。」指左一人曰：「公夫人也。」右者顧笑，左者默不語。社公曰：「公何悒悒？閻羅王寧誤注哉！此公性剛直，剛則凌物，直則不委曲體人情。耳生多所樹立，亦多所損傷。故沉淪幾二百年，乃得解脫。然究君子之過，故仍得為達官。公本長者，不肯與人為禍福。然事事養癰不治，亦貽患無窮。故墮鬼趣二百年，謫墮女身。以平生深而不險，柔而不佞，故不失富貴。又以此公多忤，而公始終與相得，故生是因緣。神理分明，公何悒悒哉？」眾嘩笑曰：「渠非悒悒，直初作新婦，未免嬌羞耳。」

有酒有餚，請社公相禮，先為合巹可乎！」酬酢喧雜，不復可辨；晨雞俄唱，各匆匆散去。不知為前代何許人也。

聰明人做懵懂事

李應絃言：甲與乙鄰居世好，幼同嬉戲，長同硯席，相契如兄弟。兩家男女時往來，雖隔牆，猶一宅也。

或為甲婦造謗，謂私其表弟。甲偵無跡，然疑不釋，密以情告乙，祈代偵之。乙故謹密畏事，謝不能。甲私念未偵而謝不能，是知其事而不肯偵也，遂不再問，亦不明言；然由是不答其婦。婦無以自明，竟鬱鬱死。死而附魂于乙曰：「莫親于夫婦，夫婦之事，乃密祈汝偵，此其信汝何如也。使汝力白我冤，甲疑必釋；或陽許偵而徐告以無據，甲疑亦必釋。汝乃慮脫偵得實，不告則負甲，告則汝將任怨也。遂置身事外，恝然自全，致我賫恨于泉壤，是殺人而不操兵也。今日訴汝于冥王，汝其往質。」竟顛癇數日死。甲亦曰：「所以需朋友，為其緩急相資也。此事可欺我，豈能欺人？人疏者或可欺，豈能欺我？我以心腹托汝，無則當言無，直詞責我勿以浮言間夫婦；有則宜密告我，使善為計，勿以穢聲累子孫。乃視若路人，以推諉啟疑竇，何貴有此朋友哉！」遂亦與絕，死竟不弔焉。乙豈真欲殺人哉，世故太深，則趨避太巧耳。然畏小怨，致大怨；畏一人之怨，致兩人之怨。卒殺人而以身償，其巧安在乎？

故曰，非極聰明人，不能作極懵懂事。

衙內僮魂

竇東皋前輩言：前任浙江學政時，署中一小兒，恆往來供給使。以為役夫之子弟，不為怪也。後遣移一物，對曰：「不能。」異而詢之，始自言為前學使之僮，歿而魂留于是也。

蓋有形無質，故能傳語而不能舉物，于事理為近。然則古書所載，鬼所能為，與生人無異者，又何說歟？

吉木薩故城

特納格爾為唐金滿縣地，尚有殘碑。吉木薩有唐北庭都護府故城，則李衛公所築也。周四十里，皆以土墼壘成；每墼厚一尺，闊一尺五六寸，長二尺七八寸。舊瓦亦廣尺餘，長一尺五六寸。城中一寺已圮盡，石佛自腰以下陷入土，猶高七八尺。鐵鐘一，高出人頭，四圍皆有銘，銹澀模糊，一字不可辨識。惟刮視字稜，相其波磔，似是八分書耳。城中皆黑煤，掘一二尺乃見土。額魯特云：「此城昔以火攻陷，四面炮台，即攻城時所築。」其為何代何人，則不能言之。蓋在準噶爾前矣。

城東南山岡上一小城，與大城若相犄角。額魯特云：「以此一城阻礙，攻之不克，乃以炮攻也。」庚寅冬，烏魯木齊提督標增設後營，余與永餘齋（**名慶，時為迪化城督糧道，後官至湖北布政使**）奉檄籌畫駐兵地。萬山叢雜，議數日未定。余謂餘齋曰：「李衛公相度地形，定勝我輩。其所建城必要隘，盍因之乎？」餘齋以為然，議乃定。即今古城營也（**本名破城，大學士溫公為改此名**）。其城望之似孤懸，然山中千蹊萬徑，其出也必過此城，乃知古人真不可及矣。褚筠心學士修《西域圖志》時，就訪古蹟，偶忘語此。今附識之。

人馬像壁畫

喀什噶爾山洞中，石壁劖平處有人馬像。回人相傳云，是漢時畫也。頗知護惜，故歲久尚可辨。漢畫如武梁祠堂之類，僅見刻本，真跡則莫古于斯矣。後戍卒燃火御寒，為煙氣所薰，遂模糊都盡。惜初出師時，無畫手槖筆摹留一紙也。

汝傳婦趙氏

次子汝傳婦趙氏，性至柔婉，事翁姑尤盡孝。馬夫人稱其工容言德皆全備，非偏愛之詞也。不幸早卒，年僅三十有三。余至今悼之。後汝傳官湖北時，買一妾，體態容貌，與婦竟無毫髮差，一見駭絕。署中及見其婦者，亦莫不駭絕，計其生時，婦尚未歿，何其相肖至此歟？又同歸一夫，尤可異也。然此妾入門數月，又復夭逝。造物又何必作此幻影，使一見再見乎？

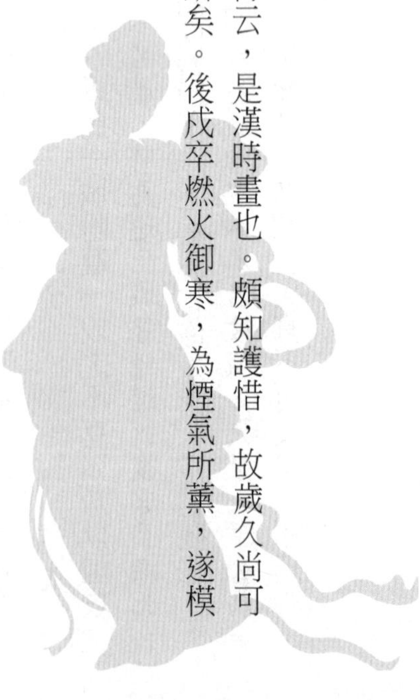

縊鬼求字

桐城姚別峰，工吟詠，書仿趙吳興，神骨逼肖。嘗摹吳興體作偽跡，薰黧其紙，賞鑒家弗能辨也。與先外祖雪峰張公相善，往來恆主其家，動淹旬月。後聞其觀潮沒于水，外祖甚悼惜之。余幼時多見其筆跡，惜年幼不知留意，竟忘其名矣。舅祖紫衡張公（先祖母與先母為姑侄，凡祖母兄弟，惟雪峰公稱外祖，有服之親從其近也；余則皆稱舅祖，統于尊也）嘗延之作書，居宅西小園中。

一夕月明，見窗上有女子影，出視則無。四望園內，似有翠裙紅袖，隱隱樹石花竹間。東就之則在西，南就之則在北，環走半夜，迄不能一睹，倦而憩息。聞窗外語曰：「君為書《金剛經》一部，則妾當相見拜謝。不過七千餘字，君肯見許耶？」別峰故好事，急問：「卿為誰？」寂不應矣。適有宣紙素冊，次日，盡謝他筆墨，一意寫經。寫成，炷香供几上，覬其來取。夜中已失之。至夕，徘徊悵望，果見女子冉冉花外來，叩顙至地。別峰方舉手引之，挺然起立，雙目上視，血淋漓胸臆間，乃自剄鬼也。噭然驚仆。館僮聞聲持燭至，已無睹矣。頓足恨為鬼所賣。

雪峰公曰：「鬼云拜謝，已拜謝矣。鬼不賣君，君自生妄念，于鬼何尤？」

奇夢舒心

于南溟明經曰：「人生苦樂，皆無盡境；人心憂喜，亦無定程。曾經極樂之境，稍不適則覺苦；曾經極苦之境，稍得寬則覺樂矣。嘗設帳康寧屯，館室湫溢，幾不可舉頭。門無簾，床無帳，院落無樹。久旱炎鬱，如坐炊甑；解衣午憩，蠅擾擾不得交睫。煩躁殆不可耐，自謂此猛火地獄也。久之，倦極睡去。夢乘舟大海中，颶風陡作，天日晦冥，檣斷帆摧，心膽碎裂，頃刻覆沒。忽似有人提出，擲于岸上，即有人持繩束縛，閉置地窖中。暗不睹物，呼吸亦咽塞不通。恐怖窘急，不可言狀。俄聞耳畔喚聲，霍然開目，則仍臥三腳木榻上。覺四體舒適，心神開朗，如居蓬萊方丈間也。

是夕月明，與弟子散步河干，坐柳下，敷陳此義。微聞草際太息曰：『斯言中理。我輩沉淪水次，終勝于地獄中人。』」

報冤鬼

外舅周籙馬公家，有老僕曰門世榮。自言嘗渡吳橋鉤盤河，日已暮矣，積雨暴漲，沮洳縱橫，不知何處可涉。見二人騎馬先行，迂回取道，皆得淺處，似熟悉地形者。因隨之行。將至河干，一人忽勒馬立，待世榮至，小語曰：「君欲渡河，當左繞半里許，對岸有枯樹處可行。吾導此人來此，將有所為。君勿與俱敗。」疑為劫盜，悚然返轡，從所指路別行，而時時回顧。見此人策馬先行，後一人隨至中流，突然滅頂，人馬俱沒；前一人亦化旋風去。乃知為報冤鬼也。

萬年古松

田丈耕野官涼州鎮時，攜回萬年松一片，性溫而活血，煎之，色如琥珀。婦女血枯血閉諸症，服之多驗。親串家遞相乞取，久而遂盡。

後余至西域，乃見其樹，直古松之皮，非別一種也。土人煮以代茶，亦微有香氣。其最大者，根在千仞深澗底。枝幹亭苕，直出山脊，尚高二三十丈，皮厚者二尺有餘。奴子吳玉保，嘗取其一片為床。余謂閩廣芭蕉葉可容一二人臥，再得一片作席，亦一奇觀。

又嘗見一人家，即樹孔施門窗，以梯上下；入之，儼然一屋。余與呼延化州（**名華國，長安人，乙未進士，前化州知州**）同登視，化州曰：「此家以巢居兼穴處矣。」

蓋天山以北，如烏孫突厥，古多行國，不需樑柱之材，故斧斤不至。意其真盤古時物，萬年之名，殆不虛矣。

名妓月賓

田白岩曰：「名妓月賓，嘗來往漁洋山人家，如東坡之于琴操也。」蘇斗南因言少時見山東一妓，自云月賓之孫女，尚有漁洋所贈扇。索觀之，上畫一臨水草亭，傍倚二柳，題「庚寅三月道冲寫」。不知為誰。左側有行書一詩曰：「煙縷濛濛蘸水青，纖腰相對鬥娉婷。樽前試問香山老，柳宿新添第幾星？」不署名字，一小印已模糊。斗南以為高年耆宿，偶賦閒倩，故諱不自著也。余謂詩格風流，是新城宗派。然漁洋以辛卯夏卒，庚寅是其前一歲，是時不當有老友，「香山老」定指何人？如云自指，又不當云「試問」；且詞意輕巧，亦不類老筆。或是維摩丈室，偶留天女散花，他少年代為題扇，以此調之。妓家借托盛名，而不解文義，遂誤認顏標耳。

地中冤鬼

王覲光言：壬午鄉試，與數友共租一小宅讀書。覲光所居室中，半夜燈光忽黯碧。剪剔復明，凡一人首出地中，對爐噓氣。拍案叱之，急縮入。停刻許復出，叱之又縮。如是七八度，幾四鼓矣，不勝其擾；又素以膽自負，不欲呼同舍，靜坐以觀其變。乃惟張目怒視，竟不出地。覺其無能為，息燈竟睡，亦不知其何時去。然自此不復睹矣。

吳惠叔曰：「殆冤鬼欲有所訴，惜未一問也。」余謂果為冤鬼，當哀泣不當怒視。粉房琉璃街迤東，皆多年叢冢，民居漸拓，每夷而造屋。此必其骨在屋內，生人陽氣薰爍，鬼不能安，故現變怪驅之去。初拍案叱，是不畏也，故不敢出。然見之即叱，是猶有鬼之見存，故亦不肯竟去。至息燈自睡，則全置此事于度外，鬼知其終不可動，遂亦不虛相恐怖矣。東坡書孟德事一篇，即是此義。小時聞巨盜李金梁曰：「凡夜至人家，聞聲而嗽者，怯也，可攻也；聞聲而啟戶以待者，怯而示勇也，亦可攻也；寂然無聲，莫測動靜，此必勍敵，攻之，十恆七八敗，當量力進退矣。」亦此義也。

以真為夢

《列子》謂蕉鹿之夢，非黃帝孔子不能知。諒哉斯言！余在西域，從辦事大臣巴公履視軍台。巴公先歸，余以未了事暫留，與前副將梁君同宿。二鼓有急遞，台兵皆差出，余從睡中呼梁起，令其馳送，約至中途遇台兵則使接遞。梁去十餘里，相遇即還，仍復酣寢。

次日，告余曰：「昨夢公遣我賫廷寄，恐誤時刻，鞭馬狂奔。今日髀肉尚作楚。真大奇事！」以真為夢，僕隸皆粲然。余《烏魯木齊雜詩》曰：「一笑揮鞭馬似飛，夢中馳去夢中歸。人生事事無痕過（東坡詩：事如春夢了無痕），蕉鹿何須問是非？」即紀此事也。

又有以夢為真者，族兄次辰言：靜海一人，就寢後，其婦在別屋夜績。此人忽夢婦為數人劫去，噩而醒，不自知其夢也，遽擕挺出門追之。奔十餘里，果見曠野數人擕一婦，欲肆強暴。婦號呼震耳。怒焰熾騰，奮力死鬥，數人皆被創逸去。近前慰問，乃近村別一人婦，為盜所劫者也。素亦相識，姑送還其家。惘惘自返，婦績未竟，一燈尚熒然也。此則鬼神或使之，又不以夢論矣。

開通元寶錢

交河黃俊生言：折傷骨者，以開通元寶錢（此錢唐初所鑄，歐陽詢所書。其旁微有偃月形，乃進蠟樣時，文德皇后誤掐一痕，因而未改也。其字當迴環讀之。俗讀「開元通寶」，以為玄宗之錢，誤之甚矣。）燒而醋淬，研為末，以酒服下，則銅末自結而為圈，周束折處。曾以一折足雞試之，果續如故。及烹此雞，驗其骨，銅束宛然。此理之不可解者。銅末不過入腸胃，何以能透膜自到筋骨間也？惟倉卒間此錢不易得。後見張鷟《朝野僉載》曰：「定州人崔務，墮馬折足。醫令取銅末酒服之，遂痊平。及亡後十餘年，改葬，視其脛骨折處，銅末束之。」然則此本古方，但云銅末，非定用開通元寶錢也。

淫　毒

招聚博塞，古謂之囊家，見李肇《國史補》，是自唐已然矣。至藏蓄粉黛，以分夜合之資，則明以前無是事。家有家妓，官有官妓故也。教坊既廢，此風乃熾，遂為豪猾之利源，而呆痴之陷阱。律雖明禁，終不能斷其根株。然利旁倚刀，貪還自賊。

余嘗見操此業者，花嬌柳嚲，近在家庭，遂不能使其子孫皆醉眠之阮籍。兩兒染淫毒，延及一門，癘疾纏綿，因絕嗣續。若敖氏之鬼，竟至餒而。

屠牛者

臨清李名儒言：其鄉屠者買一牛，牛知為屠也，縋不肯前，鞭之則橫逸。氣力殆竭，始強曳以行。牛過一錢肆，忽向門屈兩膝跪，淚涔涔下。錢肆憫之，問知價八千，如數乞贖。屠者恨其獰，堅不肯賣，加以子錢亦不許，曰：「此牛可惡，必剚刃而甘心，雖萬貫不易也。」牛聞是言，蹶然自起，隨之去。屠者煮其肉于釜，然後就寢。五更，自起開釜。妻子怪不回，疑而趨視，則已自投釜中，腰以上與牛俱糜矣。夫凡屬含生，無不畏死。不以其畏而憫惻，反以其畏而恚憤，牛之怨毒，加尋常數等矣。厲氣所憑，報不旋踵，宜哉。

先叔儀南公，嘗見屠者許學牽一牛。牛見先叔，跪不起。先叔贖之，以與佃戶張存。存豢之數年，其駕耒服轅，力作較他牛為倍。

然則恩怨之間，物猶如此矣。可不深長思哉！

甲乙夫婦

甲與乙望衡而居，皆宦裔也。其婦皆以姣麗稱，二人相契如弟兄，二婦亦相契如姊妹。乙俄卒，甲婦亦卒。乃百計圖謀娶乙婦，士論譏焉。納幣之日，廳事有聲，登登然如撾疊鼓。卻扇之夕，風撲花燭滅者再。人知為乙之靈也。

一日，甲婦忌辰，懸畫像以祀。像旁忽增一人影，立婦椅側，左手自後憑其肩，右手戲摩其頰。畫像亦側眸流盼，紅暈微生。諦視其形，宛然如乙。似淡墨所渲染，而絕無筆痕，似隱隱隔紙映出，而眉目衣紋，又纖微畢露。心知鬼祟，急裂而焚之。然已眾目共睹，萬口喧傳矣。

異哉！豈幽冥惡其薄行，判使取償于地下，示此變幻，為負死友者戒乎！

卷十四　槐西雜志【四】

（六十一則）

武夷山麓歌吹聲

林教諭清標言：曩館崇安，傳有士人居武夷山麓，聞採茶者言，某岩月夜有歌吹聲，遙望皆天女也。士人故佻達，乃借宿山家，月出輒往，數夕無所遇。山家亦言有是事，但恆在月望，歲或一兩聞，不常出也。士人托言習靜，留待旬餘。

一夕，隱隱似有聲，乃潛蹤急往，伏匿叢薄間。果見數女皆殊絕，一女方拈笛欲吹，瞥見人影，以笛指之。遽僵如束縛，然耳目猶能視聽。俄清響透雲，曼聲動魄，不覺自贊曰：「雖遭禁制，然妙音媚態，已具賞矣。」語未竟，突一帕飛蒙其首，遂如夢魘，無聞無見，似睡似醒。迷惘約數刻，漸似蘇息。諸女叱群婢曳出，譙呵曰：「痴兒無狀，乃窺伺天上花耶？」趣折修篁，欲行榬楚。士人苦自申理，言：「性耽音律，冀竊聽幔亭法曲，如李謩之傍宮牆，實不敢別有他腸，希彩鸞甲帳。」一女微哂曰：「憫汝至誠，有小婢亦解橫吹，姑以賜汝。」士人匍匐叩謝，舉頭已杳。回顧其婢，廣顙巨目，短髮鬑鬙，腰腹彭亨，氣咻咻如喘。驚駭懊惱，避欲卻走。婢固引與狎，捉搦不釋。憤擊仆地，化一豕嗥叫去。岩下樂聲，自此遂絕。觀是婢，殆是妖，非仙矣。或曰：「仙借豕化婢戲之也。」倘或然歟？

雙釧奇緣

劉燮甫言：有一學子，年十六七，聰俊韶秀，似是近上一流，甚望成立。一日，忽發狂譫語，如見鬼神。俟醒時問之，自云：「景城社會觀劇，不覺夜深，歸途過一家求飲。惟一少婦，取水飲我，留我小坐，言其夫應官外出，須明日方歸。流目送盼，似欲相就。愛其婉媚，遂相燕好。臨行泣涕，囑勿再來，以二釧贈我。次日視之，銅青斑斑，微有銀色，似多年土中者。心知是鬼，而憶念不忘。昨再至其地，徘徊尋視。突有黑面長髯人，手批我頰，踉蹌奔歸。彼亦隨至。從此時時見之，向我詬厲。我即忽睡忽醒，不知其他也。」父母為諸墓設奠，並埋其釧。俄其子瞋目呼曰：「我婦失釧，疑有別故；而未得主名，僅倒懸鞭五百，轉鬻遠處。今見汝竊來，乃知為汝所誘。此何等事，可以酒食金錢謝耶？」顛癇月餘，竟以不起。然則鑽穴逾牆，即地下亦尚有禍患矣。

東光薰狐者

李雲舉言：東光有薰狐者，每載燧挾罟，來往墟墓間。一夜，伏伺之際，見一方巾襴衫人自墓頂出，魏魏（苦侯反。《說文》曰：「鬼聲也」。）長嘯，群狐四集，圍繞叢薄，猙獰嗥叫，齊呼捕此惡人，煮以作脯。薰狐者無路可逃，乃攀援上高樹。方巾者指揮群狐，令鋸樹倒。即聞鋸聲訇訇然。薰狐者窘急，俯而號曰：「如蒙見釋，不敢再履此地。」群狐不應，鋸聲更厲。如是號再三，方巾者曰：「果爾，可設誓。」誓訖，鬼狐俱不見。

此鬼此狐，均可謂善了事矣。蓋侵擾無已，勢不得不鋌而走險，背城借一。以群狐之力，原不難于殺一人；然殺一人易，殺一人而激眾人怒，不焚巢犁穴不止也。僅使知畏而縱之，姑取和焉，則後患息矣。有力者不盡其力，乃可以養威；屈人者使人易從，乃可以就服。召陵之役，不責以僭王，而責以苞茅，使易從也；屈完來盟即旋師，不盡其力，以養威也。講學家說《春秋》者，動議齊桓之小就。方城漢水之固，不識可一戰勝乎？一戰而不勝，天下事尚可為乎？淮西、符離之事，吾徵諸史冊矣。

雷神逐精魅

族弟繼先，嘗宿廣寧門友人家。夜大風雨，有雷火自屋山（近房背之牆謂之屋山，以形似山地。范石湖詩屢用之）穿過，如電光一掣然，牆棟皆搖。

次日，視其處，東西壁各一小竇如錢大。蓋雷神逐精魅，貫而透也。凡擊人之雷；從天而下；擊怪之雷；則多橫飛，以遁逃追捕故耳。若尋常之雷，則地氣鬱積，奮而上出。余在福寧度嶺，曾于山巔見雲中之雷；在淮鎮遇雨，曾于曠野見出地之雷，皆如煙氣上衝，直至天半，其端火光一爆，即訇然有聲，與銃炮發無異。然皆在無人之地。其有人之地，則從無此事。或曰：「天心仁愛，恐觸之者死。」語殊未然。人為三才之中，人之聚處，則天地氣通，通則弗鬱，安得有雷乎？塞外苦寒之地，耕種牧養，漸成墟落，則地氣因之漸溫，亦此義耳。

奇刀

王岳芳言：其家有一刀，廷尉公故物也。或夜有盜警，則格格作爆聲，挺出鞘外一二寸。後雷逐妖魅穿屋過，刀墮于地，自此不復作聲矣。世傳刀劍曾漬人血者，有警皆能自響。是不盡然，惟曾殺多人者乃如是爾。每殺一人，刀上必有跡二條，磨之不去。幼年在河間揚威將軍哈公元生家，曾以其佩刀求售，云夜亦有聲。驗之，信然也。或又謂作聲之故，乃鬼所憑，是亦不然。戰陣所用，往往曾殺千百人，豈有千百鬼才守一刀者歟？飲血既多，取精不少，厲氣之所聚也。盜賊凶鷙，亦厲氣之所聚也。厲氣相感，躍而自鳴，是猶撫琴者鼓宮宮應，鼓商商應而已。蕤賓之鐵，躍乎池內；黃鐘之鐸，動乎土中，是豈有物憑之哉？至雷火猛烈，一切厲氣，遇之皆消，故一觸焰光，仍為凡鐵。亦非豐隆、列缺，專為此物下擊也。

神星村

余嘗惜西域漢畫，毀于煙煤，而稍疑一二千年筆跡，何以能在？從侄虞惇曰：「朱墨著石，苟風雨不及，苔蘚所不生，則歷久能存。易州、滿城接壤處，有村曰神星。大河北來，復折而東南，有兩峰對峙河南北，相傳為落星所結，故以名村。其峰上哆下斂，如雲朵之出地，險峻無路。好事者攀踏其孔穴，可至山腰。多有舊人題名，最古者有北魏人、五代人，皆手跡宛然可辨。然則洞中漢畫之存于今，不為怪矣。」惜其姓名虞惇未暇一記也。易州、滿城皆近地，當訪其土人問之。

神怒毒魚之法

虞惇又言：落星石北有漁梁，土人世擅其利，歲時以特牲祀梁神。偶有人教以毒魚法，用莞花于上流挼漬，則下流魚蝦皆自死浮出，所得十倍于網罟。試之良驗。因結團焦于上流，日施此術。一日，天方午，黑雲自龍潭暴湧出，狂風驟雨，雷火赫然，燔其廬為燼。眾懼，乃止。夫佃漁之法，肇自庖羲；然數罟不入，仁政存焉。絕流而漁，聖人尚惡；況殘忍暴殄，聚族而坑哉！干神怒也宜矣。

鬼魅論文

周書昌曰：「昔游鵲華，借宿民舍。窗外老樹森翳，直接岡頂。主人言時聞鬼語，不辨所說何事也。是夜月黑，果隱隱聞之，不甚了了。恐驚之散去，乃啟窗潛出，匍匐草際，漸近竊聽。乃講論韓、柳、歐、蘇文，各標舉其佳處，一人曰：『如此乃是中聲，何前後七子，必排斥不數，而務言秦漢，遂啟門戶之爭？』一人曰：『質文遞變，原不一途。宋末文格猥瑣，元末文格纖穠，故宋景濂諸公力追韓、歐，救以春容大雅。三楊以後，流為台閣之體，日就膚廓，故李崆峒諸公又力追秦漢，救以奇偉博麗。隆、萬以後，流為偽體，故長沙一派，又反唇焉。大抵能挺然自為宗派者，其初必各有根柢，是以能傳；其後亦必各有流弊，是以互詆。然董江都、司馬文園文格不同，同時而不相攻也。李、杜、王、孟詩格不同，亦同時而不相攻也。彼所得者深焉耳。後之學者，論甘則忌辛，是丹則非素，所得者淺焉耳。』語未竟，我忽作嗽聲，遂乃寂然。惜不盡聞其說也。」余曰：「此與李詞畹記飴山事均以平心之論托諸鬼魅，語已盡，無庸歇後矣。」書昌微慍曰：「永年百無一長，然一生不能作妄語。先生不信，亦不敢固爭。」

儒生遇魅事

董曲江言：一儒生頗講學，平日亦循謹無過失，然崖岸太甚，動以不情之論責人。友人于五月釋服，七月欲納妾。此生抵以書曰：「終制未三月而納妾，知其蓄志久矣。《春秋》誅心，魯文公雖不喪娶，猶喪娶也。朋友規過之義，不敢不以告。其何以教我？」其持論大抵類此。

一日，其婦歸寧，約某日返，乃先期一日，怪而詰之。曰：「吾誤以為月小也。」亦不為訝。次日，又一婦至。大駭愕，覓昨婦，已失所在矣。然自是日漸尪瘠，因以成瘵。蓋狐女假形攝其精，一夕所耗已多也。前納妾者聞之，亦抵以書曰：「夫婦居室，不能謂之不正也；狐魅假形，亦非意料之所及也。然一夕而大損真元，非恣情縱欲不至是。無乃燕昵之私，尚有不節以禮者乎？且妖不勝德，古之訓也。周、張、程、朱，不聞曾有遇魅事。而此魅公然犯函丈，無乃先生之德尚有所不足乎？先生賢者也，責備賢者，《春秋》法也。朋友規過之義，不敢不以告。先生其何以教我？」此生得書，但力辯實無此事，里人造言而已。宋清遠先生聞之曰：「此所謂以子之矛陷子之盾。」

增歲減神

袁愚谷制府（諱守侗，長山人，官至直隸總督，謚清慤），少與余同硯席，又為姻家。自言三四歲時，尚了了記前生。五六歲時，即恍惚不甚記。今則但記是一歲貢生，家去長山不遠；姓名籍貫，家世事跡，全忘之矣。余四五歲時，夜中能見物，與晝無異。七八歲後，漸昏暗。十歲後，遂全無睹；或夜半睡醒，偶然能見，片刻則如故。十六七後以至今，則一兩年或一見，如電光石火，彈指即過。蓋嗜欲日增，則神明日減耳。

鬼訟

景州李西崖言：其家一佃戶，最有膽。種瓜畝餘，地在叢冢側。熟時恆自守護，獨宿草屋中，或偶有形聲，亦恬不懼。

一夕，聞鬼語嘈雜，似相喧詬。出視，則二鬼冢上格鬥，一女鬼痴立于旁。呼問其故。一人曰：「君來大佳，一事乞君斷曲直；天下有對其本夫調其定婚之妻者耶？」其一人語亦同。佃戶呼女鬼曰：「究竟汝與誰定婚？」女鬼靦覥良久，曰：「我本妓女。妓家之例，凡多錢者皆密訂相嫁娶。今在冥途，仍操舊術，實不能一一記姓名，不敢言誰有約，亦不敢言誰無約也。」佃戶笑且唾曰：「何處得此二痴物！」舉首則三鬼皆逝矣。

又小時聞舅祖陳公（諱穎孫，歲久失記其字號。德音公之弟，庚子進士，仙居知縣秋亭之祖也）說親見一事曰：「親串中有歿後妾改適者，魂附病婢靈語曰：『我昔問爾，爾自言不嫁。今何負心？』妾殊不懼，從容對曰：『天下有夫尚未亡，自言必改適者乎？公此問先憒憒，何怪我如是答乎？』」二事可互相發明也。

有講學者論無鬼

有講學者論無鬼，眾難之曰：「今方酷暑，能往墟墓中獨宿納涼一夜乎？」是翁毅然竟往，果無所見。歸益自得，曰：「朱文公豈欺我哉！」余曰：「重賫千里，路不逢盜，未可云路無盜也；縱獵終日，野不遇獸，未可云野無獸也。以一地無鬼，遂斷天下皆無鬼；以一夜無鬼，遂斷萬古皆無鬼，舉一廢百矣。且無鬼之論，創自阮瞻，非朱子也。朱子特謂魂升魄降為常理，而一切靈怪非常理耳，未言無也。故金去偽錄曰：『二程初不說無鬼神，但無如今世俗所謂鬼神耳。』

楊道夫錄曰：『雨風露雷，日月晝夜，此鬼神之跡也，此是白日公平正直之鬼神。若所謂有嘯于梁，觸于胸，此則所謂不正邪暗、或有或無、或來或去、或聚或散者。又有所謂禱之而應，祈之而獲，此亦所謂鬼神同一理也。』包揚錄曰：『鬼神死生之理，定不如釋家所云，世俗所見；然又有其事昭昭，不可以理推者，且莫要理會。』又曰：『南軒亦只是硬不信。如禹鼎魑魅魍魎之屬，便是有此物，深山大澤，是彼所居。人往占之，豈不為祟。豫章劉道人，居一山頂結庵。一日，眾蜥蜴入來，盡吃庵中水。少頃，庵外皆堆雹。明日，山下果雹。有一妻伯劉文，人甚樸實，不能妄語。言過一嶺，聞溪邊林中響，乃無數蜥蜴，各抱一物如水晶，未去數里下雹。此理又不知如何。舊有一邑，泥塑一大佛，一方尊信之。後被一無狀宗子斷其首。民聚哭之，佛頸泥木出舍利。泥木豈有此物，只是人心所致。』吳必大錄曰：『因論薛士龍家見鬼，曰：世之信鬼神者，皆謂實有在天地間；其不信者，斷然以為無鬼。然卻又有真個見者，鄭景望遂以薛氏所見為實。不知此特虹霓之類耳。問：虹霓只是氣，還有形質？曰：既能啜水，亦必有腸肚。只才散便無，如雷部神亦此類。』林賜錄曰：『世之見鬼神者甚多，不審有無如何？曰：世間人見者極多，如何謂無，但非正理耳。如伯有為厲，伊川謂別是一理。蓋其人氣未當盡而強死、魂魄無所歸，自是如此。昔有人在淮上夜行，見無數形象，似人非人，出沒于兩水間。此人明知其鬼，不得已衝之而過。詢之，此地乃昔人戰場也。彼皆死于非命，銜冤抱恨，固宜未散。坐間或云：鄉間有李三者，死而為厲。鄉曲凡有祭祀佛事，必設此人一分。後因為人放爆仗，焚其所依之樹，自是遂絕。曰：是他枉死氣未散，被爆仗驚散。』沈僩錄曰：『人有不伏其死者，所以既死而此氣不散，為妖為怪。如人之凶死及僧道既死多不散（原注：僧道務養精神，所以凝聚不散）』。萬人傑錄曰：『死而氣散，泯然無跡者，是其常道理。恁地有托生者，是偶然聚得氣不散，又恁生去湊著那生氣便再生。』葉賀孫錄曰：『潭州一件公事：婦殺夫，密埋之。後為祟。事已發覺，當時便不為祟。以是知刑獄裡面，這般事若不與決罪，則死者之冤必不解。』李壯祖錄曰：『或問：世間廟食之神，綿歷數百年，又何理也？曰：寖久亦散。昔守南康，久旱，不免遍禱于神。忽到一廟，但有三間敝屋，狼籍之甚。彼人言三五十年前，其靈如響，有人來而帷中之神與之言者。昔之靈如彼，今之靈如此，亦自可見。』葉賀孫錄曰：『論鬼神之事，謂蜀中灌口二郎廟是李冰，因開離堆立廟。今來現許多靈怪，乃是他第二兒子出來，初間封為王；後來徽宗好道，遂改封為真君。張魏公用兵，禱于其廟，夜夢神語曰：我向來封為王，有血食之奉，故威福得行。今號為真君，雖尊，人以素食祭我，無血食之養，故無威福之靈。今須復封我為王，當有威靈。魏公遂乞復其封。不知魏公是有此夢，是一時用兵，托為此說。又有梓潼神，極靈。此二神似乎割據兩川。大抵鬼神用生物祭者，皆是假此生氣為靈。古人釁鐘釁龜皆此意。漢卿云，李通說有人射虎，見虎後數人隨之，乃是為虎傷死之人。生氣未散，故結成此形。』黃義剛錄曰：『論及請紫姑神吟詩之事，曰：亦有請得正身出現，其家小女子見，不知此是何物，且如衢州有一人事一神，只開所錄事目于紙，而封之祠前。少間開封，而紙中自有答語。此不知是如何。』凡此諸說，黎靖德所編語類，班班具載，先生何竟誣朱子乎？」此翁索書觀之，良久，憮然曰：「朱子尚有此書耶！」憫然則散。

然余猶有所疑者：朱子大旨，謂人秉天地之氣生，死則散還于天地。葉賀孫錄所謂「如魚在水，外面水便是肚裡水，鱖魚肚裡水與鯉魚肚裡水，只是一般」，其理精矣；而無如祭祀之理，制于聖人，載于經典，遂不得不云子孫一氣相感，復聚而受祭；受祭既畢，仍散入虛無。不識此氣散還以後，與元氣渾合為一歟？抑參雜于元氣之內歟？如混合為一，則如眾水歸海，共為一水，不能使江淮河漢，復各聚一處也。如五味和羹，共成一味，不能使姜鹽醯醬，復各聚一處也。又安能于中犁出某某之氣，使各與子孫相通耶？如參雜于元氣之內，則如飛塵四散，不知析為幾萬億處，如游絲亂飛，不知相去幾萬億里。遇子孫享薦，乃星星點點，條條縷縷，復合為一，于事理毋乃不近耶？即以能聚而論，此氣如無知，又安能感格？安能歆享？此氣如有知，如于何起？當必有心，心地何附？當必有身。既已有身，則仍一鬼矣。且未聚以前，此億萬微塵，億萬縷縷，塵塵縷縷，各有所知，則不止一鬼矣。不過釋氏之鬼，地下潛藏；儒者之鬼，空中旋轉。釋氏之鬼，平日常存；儒家之鬼，臨時湊合耳。又何以相勝耶？此誠非末學所知也。

道士救診

烏魯木齊千總某，患寒疾。有道士踵門求診，云有夙緣，特相拯也。會一流人高某婦，頗能醫，見其方，駭曰：「桂枝下咽，陽盛乃亡。藥病相反，烏可輕試？」力阻之。道士太息曰：「命也夫！」振衣竟去。然高婦用承氣湯，竟愈。皆以道士為妄。余歸以後，偶閱邸抄，忽見某以侵蝕屯糧伏法。乃悟道士非常人，欲為藥斃之，全其首領也。此與舊記兵部書吏事相類，豈非孽由自作，非智力所可挽回歟？

寶硯

姚安公云，人家有奇器妙跡，終非佳事。因言癸巳同年牟丈瀜家（不知即牟丈，不知或牟丈之伯叔，幼年聽之未審也）有一硯，天然作鵝卵形，色正紫，一鸜鵒眼如豆大，突出墨池中心，旋螺紋理分明，瞳子炯炯有神氣。拊之，膩不留手。叩之，堅如金鐵。呵之，水出如露珠。下墨無聲，數磨即成濃瀋。無款識銘語，似愛其渾成，不欲椎鑿。匣亦紫檀根所雕；出入無滯，而包裹無纖隙，搖之無聲。背有「紫桃軒」三字，小僅如豆，知為李太僕日華故物也（太僕有說部名《紫桃軒雜綴》）。平生所見宋硯，此為第一。然後以珍惜此硯忤上官，幾罹不測，竟恚而撞碎。禍將作時，夜聞硯若呻吟云。

賣新菌者

余在烏魯木齊日，城守營都司朱君饋新菌，守備徐君（與朱均偶忘其名。蓋日相接見，惟以官稱，轉不問其名字耳）因言：昔未達時，偶見賣新菌者，欲買。一老翁在旁，呵賣者曰：「渠尚有數任官，汝何敢為此！」賣者逡巡去。此老翁不相識，旋亦不知其何往。次日，聞里有食菌死者。疑老翁是社公。賣者後亦不再見，疑為鬼求代也。

《呂氏春秋》稱味之美者越駱之菌，本無毒，其毒皆蛇虺之故，中者使人笑不止。陳仁玉《菌譜》載水調苦茗白礬解毒法，張華《博物志》、陶宏景《名醫別錄》並載地漿解毒法，蓋以此也（以黃泥調水，澄而飲之，曰地漿）。

艷地春夢

親串家廳事之側有別院，屋三楹。一門客每宿其中，則夢見男女裸逐，粉黛雜沓，四圍環繞，備諸媟狀。初甚樂觀，久而夜夜如是，自疑心病也。然移住他室則不夢，又疑為妖。然未睡時寂無影響，秉燭至旦，亦無所聞。其人亦自相狎戲，如不睹旁尚有人，又似非魅，終莫能明。

一日，忽悟書廚貯牙鐫石琢橫陳像凡十餘事，秘戲冊卷大小亦十餘事，必此物為祟。乃密白主人盡焚之。有知其事者曰：「是物何能為祟哉！此主人徵歌選妓之所也，氣機所感，而淫鬼應之。此君亦青樓之狎客也，精神所注，而妖夢通之。水腐而蠛蠓生，酒酸而後醯雞集，理之自然也。市肆鬻雜貨者，是物不少，何不一一為祟？宿是室者非一人，何不一一入夢哉？此可思其本矣。徒焚此物，無益也。某氏其衰乎！」不十歲，而屋易主。

明公恕齋

明公恕齋，嘗為獻縣令，良吏也。官太平府時，有疑獄，易服自察訪之。偶憩小庵，僧年八十餘矣，見公合掌肅立，呼其徒具茶。徒遙應曰：「太守且至，可引客權坐別室。」僧應曰：「太守已至，可速來獻。」公大駭曰：「爾何以知我來？」曰：「公一郡之主也，一舉一動，通國皆知之，寧獨老僧！」又問：「爾何以識我？」曰：「太守不能識一郡之人，一郡之人則孰不識太守。」問：「爾知我何事出？」曰：「某案之事，兩造皆遣其黨，布散道路間久矣，彼皆陽不識公耳。」公憮然自失，因問：「爾何獨不陽不識？」僧投地膜拜曰：「死罪死罪！欲得公此問也。公為郡不減龔黃，然微不慊于眾心者，曰好訪。此不特神奸巨蠹，能預為蠱惑計也；即鄉里小民，孰無親黨，孰無恩怨乎哉？訪甲之黨，則甲直而乙曲；訪乙之黨，則甲曲而乙直。訪其有仇者，則有仇者必曲；訪其有恩者，則有恩者必直。至于婦人孺子，聞見不真；病嫗衰翁，語言昏憒，又可據為信讞乎？公親訪猶如此，再寄耳目于他人，庸有幸乎？且夫訪之為害，非僅聽訟為然也。閭閻利病，訪亦為害，而河渠堤堰為尤甚。小民各私其身家，水有利則遏以自肥，水有患則鄰國為壑，是其勝算矣。孰肯揆地形之大局，為永遠安瀾之計哉？老僧方外人也，本不應預世間事，況官家事耶？第佛法慈悲，捨身濟眾，苟利為物，固應冒死言之耳。惟公俯察焉。」公沉思其語，竟不訪而歸。

次日，遣役送錢米。歸報曰：「公返之後，僧謂其徒曰：『吾心事已畢。』竟泊然逝矣。」此事楊丈汶川嘗言之。姚安公曰：「凡獄情虛心研察，情偽乃明，信人信己皆非也。信人之弊，僧言是也；信己之弊，亦有不可勝言者。安得再一老僧，亦為說法乎！」

何代詩魂

舅氏健亭張公言：讀書野雲亭時，諸同學修禊佟氏園。偶扶乩召仙，共請姓名。乩題曰：「偶攜女伴偶閒行，詞客何勞問姓名？記否瑤台明月夜，有人嗔喚許飛瓊。」再請下壇詩。乩又題曰：「三面紗窗對水開，佟園還是舊樓台。東風吹綠池塘草，我到人間又一回。」眾竊議詩情淒惋，恐是才女香魂。然近地無此閨秀，無乃煉形拜月之仙姬乎。眾情顛倒，或凝思佇立，或微詞通詞。乩忽奮迅大書曰：「衰翁憔悴雪盈顛，傅粉薰香看少年。偶遣諸郎作痴夢，可憐真拜小嬋娟。」復大書一「笑」字而去。此不知何代詩魂，作此狡獪；要亦輕薄之意，有以召之。

書生昵狐女

胡厚庵先生言：有書生昵一狐女，初遇時，以二寸許葫蘆授生，使佩于衣帶，而自入其中。欲與晤，則拔其楔，便出嫵婉，去則仍入而楔之。

一日，行市中，葫蘆為偷兒剪去。以此遂絕，意恆悵悵。偶散步郊外，以消鬱結，聞叢翳中有相呼者，其聲狐女也。就往與語，匿不肯出，曰：「妾已變形，不能復與君見矣。」怪詰其故。泣訴曰：「採補煉形，狐之常理。近不知何處一道士，又搜索我輩，供其採補。捕得禁以神咒，即僵如木偶，一聽其所為。或有道力稍堅，吸之不吐者，則蒸以為脯。血肉既啖，精氣亦為所收。妾入葫蘆蓋避此難，不意仍為所物色，攘之以歸。妾畏罹湯鑊，已獻其丹，幸留殘喘。然失丹以後，遂復獸形，從此煉形又須二三百年，始能變化。天荒地老，後會無期；感念舊恩，故呼君一訣。努力自愛，毋更相思也。」生憤恚曰：「何不訴于神？」曰：「訴者多矣。神以為悖入悖出，自作之愆；殺人人殺，相酬之道，置不為理也。乃知百計巧取，適以自戕。自今以往，當專心吐納，不復更操此術矣。」此事在乾隆丁巳、戊午間，厚庵先生曾親見此生。

後數年，聞山東雷擊一道士，或即此道士淫殺過度，又伏天誅歟？螳螂捕蟬，黃雀在後，挾彈者又在其後，此之謂矣。

鎮魘木人

從弟東白宅，在村西井畔後，前未為宅時，繚以周垣，環築土屋。其中有屋數間，夜中輒有叩門聲。雖無他故，而居者恆病不安。一日，門旁牆圮，出一木人，作張手叩門狀，上有符籙。乃知工匠有嗛于主人，作是鎮魘也。故小人不可與輕作緣，亦不可與輕作難。

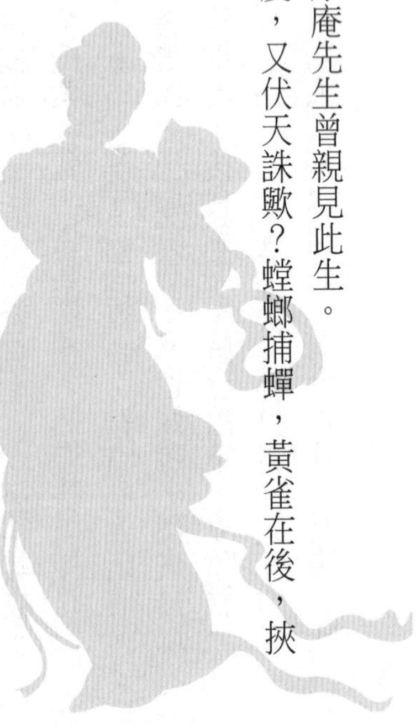

道士為妖所踣

何子山先生言：雍正初，一道士善符籙。嘗至西山極深處，愛其林泉，擬結庵習靜。土人言是鬼魅之巢窟，伐木採薪，非結隊不敢入，乃至狼虎不能居，先生宜審。弗聽也。俄而鬼魅並作，或竊其屋材，或魘其工匠，或毀其器物，或污其飲食。如行荊棘中，步步掛礙。如野火四起，風葉亂飛，千手千目，應接不暇也。道士怒，結壇召雷將。神降則妖已先遁，大索空山無所得。神去，則數日復集。如是數回，神惡其瀆，不復應，乃一手結印，一手持劍，獨與戰，竟為妖所踣，拔鬚敗面，裸而倒懸。遇樵者得解，狼狽逃去。道士蓋恃其術耳。

夫勢之所在，雖聖人不能逆；黨之已成，雖帝王不能破。久則難變，眾則不勝誅也。故唐去牛、李之傾軋，難于河北之藩鎮。道士昧眾寡之形，客主之局，不量力而攖其鋒，取敗也宜矣。

小人之計

小人之計萬變，每乘機而肆其巧。小時，聞村民夜中聞履聲，以為盜，秉炬搜捕，了無形迹。知為魅也，不復問。既而胠篋者知其事，乘夜而往。家人仍以為魅，偃息弗省。遂飽所欲去。此猶因而用之也。邑有令，頗講學，惡僧如仇。

一日，僧以被盜告。庭斥之曰：「爾佛無靈，何以廟食？爾佛有靈，豈不能示報于盜，而轉瀆官長耶？」揮之使去，語人曰：「使天下守令用此法，僧不沙汰而自散也。」僧固黠甚，乃陽與其徒修懺祝佛，而陰賂丐者，使捧衣物跪門外，狀若痴者。皆曰佛有靈，檀施轉盛。此更反而用之，使厄我者助我也。

人情如是，而區區執一理與之角，烏有幸哉！

惡有惡報

張某、瞿某，幼同學，長相善也。瞿與人訟，張受金，刺得其陰謀，泄于其敵。瞿大受窘辱，銜之次骨；然事密無左證，外則未相絕也。俄張死，瞿百計娶得其婦。雖事事成禮，而家庭共語，則仍呼曰張幾嫂。婦故樸願，以為相憐相戲，亦不較也。

一日，與婦對食，忽躍起自呼其名曰：「瞿某，爾何太甚耶？我誠負心，我婦歸汝，足償矣。爾必仍呼嫂何耶？婦再嫁常事，娶再嫁婦亦常事。我既死，不能禁婦嫁，即不能禁汝娶也。我已失朋友義，亦不能責汝娶朋友婦也。今爾不以為婦，仍係我姓呼為嫂，是爾非娶我婦，乃淫我婦也。淫我婦者，我得而誅之矣。」竟顛狂數日死。

夫以直報怨，聖人不禁。張固小人之常態，非不共之仇也。計娶其婦，報之已甚矣；而又視若倚門婦，玷其家聲，是已甚之中已甚焉。何怪其憤激為厲哉！

惡少魂游冥府

一惡少感寒疾，昏憒中魂已出舍，悵悵無所適。見有人來往，隨之同行。不覺至冥司，遇一吏，其故人也。為檢籍良久，蹙額曰：「君多忤父母，于法當付鑊湯獄。今壽尚未終，可且反，壽終再來受報可也。」惡少惶怖，叩首求解脫。吏搖首曰：「此罪至重，微我難解脫，即釋迦牟尼亦無能為力也。」惡少泣涕求不已。吏沉思曰：「有一故事，君知之乎？一禪師登座，問：『虎頷下鈴，何人能解？』眾未及對，一沙彌曰：『何不令繫鈴人解。』得罪父母，還向父母懺悔，或希冀可免乎！」少年慮罪業深重，非一時所可懺悔。吏笑曰：「又有一故事，君不聞殺豬王屠，放下屠刀，立地成佛乎？」遣一鬼送之歸，霍然遂愈。自是洗心滌慮，轉為父母所愛憐。後年七十餘乃終。雖不知其果免地獄否，然觀其得壽如是，似已許懺悔矣。

老僧澄止

許文木言：老僧澄止，有道行。臨歿，謂其徒曰：「我持律精進，自謂是四禪天人。世尊嗔我平生議論，好尊佛而斥儒，我相未化，不免仍入輪迴矣。」其徒曰：「崇奉世尊，世尊反嗔乎？」曰：「此世尊所以為世尊也。若黨同而伐異，揚己而抑人，何以為世尊乎？我今乃悟，爾見猶左耳。」

因憶楊槐亭言：乙丑上公車時，偕同年數人行。適一僧同宿逆旅，偶與閒談。一同年目止之曰：「君奈何與異端語？」僧不平曰：「釋家誠與儒家異，然彼此均各有品地。果為孔子，可以闢佛；顏、曾以下弗能也。果為顏、曾，可以闢菩薩；鄭、賈以下弗能也。果為鄭、賈，可以闢阿羅漢；程朱以下弗能也。果為程、朱，可以闢諸方祖師；其依草附木，自托講學者弗能也。何也？其分量不相及也。先生而闢佛，毋乃高自位置乎？」同年怒且笑曰：「惟各有品地，故我輩儒可闢汝輩僧也。」幾于相哄而散。

余謂各以本教而論，譬如居家，三王以來，儒道之持世久矣，雖再有聖人弗能易，猶主人也。佛自西域而來，其空虛清淨之義，可使馳騖者息營求，憂愁者得排遣；其因果報應之說，亦足警戒下愚，使回心向善，于世不為無補。故其說得行于中國，猶挾技之食客也。食客不修其本技，而欲變更主人之家政，使主人退而受教，此佛者之過也。各以末流而論，譬如種田，儒猶耕耘者也。佛家失其初旨，不以善惡為罪福，而以施捨不施捨為罪福。于是惑眾囊財，往往而有，猶侵越疆畔，攘竊禾稼者也。儒者捨其耒耜，荒其阡陌，而皇皇持梃荷戈，日尋侵越攘竊者與之格鬥；即格鬥全勝，不知己之稼穡如何也。是又非儒者之顛耶？夫佛自漢明帝後，蔓延已二千年，雖堯、舜、周、孔復生，亦不能驅之去。儒者父子君臣兵刑禮樂，捨之則無以治天下，雖釋迦出世，亦不能行彼法于中土。本可以無爭，徒以緇徒不勝其利心，妄冀儒絀佛伸，歸佛者檀施當益富。講學者不勝其名心，著作中苟無闢佛數條，則不足見衛道之功。故兩家語錄，如水中泡影，旋生旋滅，旋滅旋生，互相詬厲而不止。然兩家相爭，千百年後，並存如故；兩家不爭，千百年後，亦並存如故也。各修其本業可矣。

耕者誤犁漢冢

陳瑞庵言：獻縣城外諸丘阜，相傳皆漢冢也。有耕者誤犁一冢，歸而寒熱譫語，責以觸犯。

時瑞庵偶至，問：「汝何人？」曰：「漢朝人。」又問：「漢朝何處人？」曰：「我即漢朝獻縣人，故冢在此，何必問也？」又問：「此地漢即名獻縣耶？」曰：「然。」問：「此地漢為河間國，縣曰樂成。金始改獻州。明乃改獻縣。漢朝安得有此名？」鬼不語。再問之，則耕者蘇矣。蓋傳為漢冢，鬼亦習聞，故依托以求食，而不虞適以是敗也。

鬼善智鬥

毛其仁言：有耿某者，勇而悍。山行遇虎，奮一梃與鬥，虎竟避去，自以為中黃、佽飛之流也。

偶聞某寺後多鬼，時夥醉人，憤往驅逐。有好事者數人隨之往。至則日薄暮，乃縱飲至夜，坐後垣上待其來。二鼓後，隱隱聞嘯聲，乃大呼曰：「耿某在此。」倏人影無數，湧而至，皆吃吃笑曰：「是爾耶，易與耳。」耿怒躍下，則鳥獸散去，遙呼其名詈之。東逐則在西，西逐則在東，此沒彼出，倏忽千變。耿旋轉如風輪，終不見一鬼，疲極欲返，則嘲笑以激之。漸引漸遠，突一奇鬼當路立，鋸牙電目，張爪欲搏。急奮拳一擊，忽噭然自仆，指已折，掌已裂矣，乃誤擊墓碑上也。群鬼合聲曰：「勇哉！」瞥然俱杳。諸壁上觀者聞耿呼痛，共持炬舁歸。臥數日，乃能起，右手遂廢。從此猛氣都盡，竟唾面自乾焉。

夫能與虓虎敵，而不能不為鬼所困，虎鬥力，鬼鬥智也。以有限之力，欲勝無窮之變幻，非天下之痴人乎？然一懲即戒，毅然自返，雖謂之大智慧人，亦可也。

奇硯雅字

張桂岩自揚州還，攜一琴硯見贈。斑駁剝落，古色黝然。右側近下，鐫「西涯」二篆字，蓋懷麓堂故物也。中鐫行書一詩曰：「如以文章論，公原勝謝劉。玉堂揮翰手，對此憶風流。」款曰「稚繩」，高陽孫相國字也。左側鐫小楷一詩曰：「草綠湘江叫子規，茶陵青史有微詞。流傳此硯人猶惜，應為高陽五字詩。」款曰「不凋」，乃太倉崔華之字。華，漁洋山人之門人。漁洋論詩絕句曰：「溪水碧于前渡日，桃花紅似去年時。江南腸斷何人會？只有崔郎七字詩。」即其人也。二詩本集皆不載，豈以詆訶前輩，微涉訐直，編集時自刪之歟？後以贈慶大司馬丹年，劉石庵參知頗疑其偽。然古人多有集外詩，終弗能明也。

又楊丈汶川（諱可鏡，楊忠烈公曾孫也。以拔貢官戶部郎中，與先姚安公同事）贈姚安公一小硯，背有銘曰：「自渡遼，攜汝伴。草軍書，恆夜半。余之心，惟汝見。」款題「芝岡銘」。蓋熊公廷弼軍中硯，云得之于其親串家。

又家藏一小硯，左側有「白谷手琢」四字，當是孫公傳庭所親製。二硯大小相近，姚安公皆前代名臣，合為一匣。後在長兒汝佶處。汝佶夭逝，二硯為婢媼所竊賣。今不可物色矣。

炕下桃杙

余十七歲時，自京師歸應童子試，宿文案孫氏（土語呼若巡詩，音之轉也）。室廬皆新建，而土炕下釘一桃杙。上下頗礙，呼主人去之。主人頗篤實，搖手曰：「是不可去，去則怪作矣。」詰問其故。曰：「吾買隙地構此店，宿者恆夜見炕前一女子立，不言不動，亦無他害。有膽者以手引之，乃虛無所觸。道士咒桃杙釘之，乃不復見。」余曰：「其下必古冢，人在上，鬼不安耳。

何不掘出其骨，具棺遷葬？」主人曰：「然。」然不知果遷否也。

又癸巳春，余乞假養痾北倉。姻家趙氏請余題主，先姚安公命之往。歸宿楊村，夜已深，余先就枕，僕隸秣馬尚未睡。忽見彩衣女子揭簾入，甫露面，即退出。疑為趁座妓女，呼僕隸遣去，皆云外戶已閉，無一人也。主人曰：「四日前，有宦家子婦宿此卒，昨移柩去。豈其回煞耶？」歸告姚安公。公曰：「我童子時，讀書陳氏舅家。值僕婦夜回煞，月明如晝；我獨坐其室外，欲視回煞作何狀，迄無見也。何爾乃有見耶？然則爾不如我多矣。」至今深愧此訓也。

有死不悔者

河豚惟天津至多，土人食之如園蔬；然亦恆有死者，不必家家皆善烹治也。姨丈惕園牛公言：有一人嗜河豚，卒中毒死。死後見夢于妻子曰：「祀我何以無河豚耶？」此真死而無悔也。

又姚安公言：里有人粗溫飽，後以博破家。臨歿，語其子曰：「必以博具置棺中。如無鬼，與白骨同為土耳，于事何害？如有鬼，荒榛蔓草間，非此何以消遣耶！」比大殮，僉曰：「死葬之以禮，亂命不可從也。」其子曰：「獨不云事死如事生乎？生不能幾諫，歿乃違之乎？我不講學，諸公勿干預人家事。」卒從其命。姚安公曰：「非禮也，然亦孝思無已之心也。吾惡夫事事遵古禮，而思親之心則漠然者也。」

妖狐多化形

一奴子業針工，其父母鬻身時未鬻此子，故獨別居于外。其婦年二十餘，為狐所媚，歲餘病瘵死。初不肯自言，病甚，乃言：「狐初來時為女形，自言新來鄰舍也。留與語，漸涉謔，既而漸相逼，遽前擁抱，遂昏昏如魘。自是每夜輒來，來必換一形，忽男忽女，忽老忽少，忽醜忽好，忽僧忽道，忽鬼忽神，忽今衣冠，忽古衣冠，歲餘無一重複者。至則四肢緩縱，口噤不能言，惟心目中了了而已。狐亦不交一言，不知為一狐所化，抑眾狐更番而來也。其尤怪者，婦小姑偶入其室，突遇狐出，一躍即逝。小姑所見，是方巾道袍人，白鬚鬖鬖；婦所見則黯黑垢膩，一賣煤人耳。同時異狀，更不可思議耳。

宋女貞烈

及孺愛先生言（先生于余為疏從表侄，然幼時為余開蒙，故始終以師禮）：交河有人田在叢冢旁，去家遠，乃築室就之。夜恆聞鬼語，習見不怪也。

一夕，聞冢間呼曰：「爾狼狽何至是？」一人應曰：「適路遇一女，攜一童子行。見其面有衰氣，死期已近，未之避也。不虞女忽一噓，其氣中人，如巨杵舂撞（平聲），傷而仆地。蘇息良久，乃得歸。今胸鬲尚作楚也。」此人默記其語。

次日，耘者聚集，具述其異，因問：「昨日誰家女子傍晚行，致中途遇鬼？」中一宋姓者曰：「我女昨晚同我子自外家歸，無遇鬼事也。」眾以為妄語。

數日後，宋女為強暴所執，捍刃抗節死。乃知貞烈之氣，雖屆衰絕，尚剛勁如是也。鬼魅畏正人，殆以此夫。

狐知夙債

張完質舍人言：有與狐為友者，將商于外，以家事托狐。凡火燭盜賊，皆為警衛；僮婢或作姦，皆摘發無遺。家政井井，逾于商未出時。惟其婦與鄰人昵，狐若弗知。

越兩歲，商歸，甚德狐。久而微聞鄰人事，又甚咎狐。狐謝曰：「此神所判，吾不敢違也。」商不服曰：「鬼神禍淫，又反導淫哉？」狐曰：「是有故。鄰人前世為巨室，君為司出納，因其倚信，侵蝕其多金。冥判以婦償負，一夕準宿妓之價銷金五星，今所欠只七十餘金矣。銷盡自絕，君何躁焉！君倘未信，試以所負償之，觀其如何耳。」商乃詣鄰人家曰：「聞君貧甚，僕此次幸多贏，謹以八十金奉助。」鄰人感且愧，自是遂與婦絕。歲暮，饋餉品示謝，甚精腆。計其所值，正合七十餘金所贏數。乃知夙生債負，受者毫釐不能增，與者毫釐不能減也。是亦可畏也已。

天不容狐媚

族侄竹汀言：有農家婦少寡，矢志不嫁，養姑撫子數年矣。

一日，見華服少年，從牆缺窺伺。以為過客誤入，詈之去。次日復來。念近村無此少年，土人亦無此華服，心知是魅，持梃驅逐。乃復拋擲磚石，損壞器物。自是日日來，登牆自道相悅意。婦無計，哭訴于社公祠，亦無驗。

越七八日，白晝晦冥，雷擊裂村南一古墓，魅乃絕。不知是狐是鬼也。以妖媚人，已干天律。況媚及柏舟之婦，其受殛也固宜。顧必遲久而後應，豈天人一理，事關殊死，亦待奏請而後刑，由社公輾轉上聞，稍稽時日乎？然匹婦一哭，遽達天聽，亦足見孝悌之通神明矣。

狼子野心

滄州一帶海濱煮鹽之地，謂之灶泡。袤延數百里，並斥鹵不可耕種，荒草粘天，略如塞外，故狼多窟穴于其中。捕之者掘地為阱，深數尺，廣三四尺，以板覆其上，中鑿圓孔如盂大，略如枷狀。人蹲阱中，攜犬子或豚子，擊使嗥叫。狼聞聲而至，必以足探孔中攫之。人即握其足立起，肩以歸。狼隔一板，爪牙無所施其利也。然或遇群行，則亦能搏噬。故見人則以喙據地嗥，眾狼畢集，若號令然，亦頗為行客道途患。

有富室偶得二小狼，與家犬雜畜，亦與犬相安。稍長，亦頗馴，竟忘其為狼。一日，主人晝寢廳事，聞群犬嗚嗚作怒聲，驚起周視無一人。再就枕將寐，犬又如前。乃偽睡以俟，則二狼伺其未覺，將齧其喉，犬阻之不使前也。乃殺而取其革。此事從侄虞惇言。

狼子野心，信不誣哉！然野心不過遁逸耳；陽為親昵，而陰懷不測，更不止于野心矣。獸不足道，此人何取而自貽患耶！

田村農婦

田村一農婦，甚貞靜。一日饁餉，有書生遇于野，從乞瓶中水，婦不應。出金一錠投其袖，婦擲且詈，書生惶恐遁。晚告其夫，物色之，無是人，疑其魅也。

數日後，其夫外出，阻雨不得歸。魅乃幻其夫形，作冒雨歸者，入與寢處，草草息燈，遽相媟戲。忽電光射窗，照見乃向書生。婦恚甚，爪敗其面。魅甫躍出窗，聞呦然一聲，莫知所往。次早夫歸，則門外一猴腦裂死，如刃所中也。

蓋妖之媚人，皆因其懷春而媾合。若本無是心，而乘其不意，變幻以敗其節，則罪當與強污等。揆諸神理，自必不容，而較前記竹汀所說事，其報更速。或社公權微，不能即斷；此遇天神立殛之？抑彼尚未成，此則已玷，可以不請而誅歟？

鬼非前知也

同年鄒道峰言：有韓生者，丁卯夏讀書山中。窗外為懸崖，崖下為澗。澗絕徒，兩岸雖近，然可望而不可至也。月明之夕，每對岸有人影，雖知為鬼，度其不能越，亦不甚怖。久而見慣，試呼與語。亦響應，自言是墮澗鬼，在此待替。戲以餘酒憑窗灑澗內，鬼下就飲，亦極感謝。自此遂為友，誦肄之暇，頗消岑寂。

一日試問：「人言鬼前知。吾今歲應舉，汝知我得失否？」鬼曰：「神不檢籍，亦不能知，何況于鬼。鬼但能以陽氣之盛衰，知人年運；以神光之明晦，知人邪正耳。若夫祿命，則冥官執役之鬼，或旁窺竊聽而知之；城市之鬼，或輾轉相傳而聞之；山野之鬼弗能也。城市之中，亦必捷巧之鬼乃聞之，鈍鬼亦弗能也。譬君靜坐此山，即官府之事不得知，況朝廷之機密乎！」一夕，聞隔澗呼曰：「與君送喜，頃城隍巡山，與社公相語，似言今科解元是君也。」生亦竊自賀。及榜發，解元乃韓作霖，鬼但聞其姓同耳。生太息曰：「鄉中人傳官裡事，果若斯乎！」

偶遇仙叟

王史亭編修言：有崔生者，以罪戍廣東。恐攜孥有意外，乃留其妻妾，隻身行。到戍後，窮愁抑鬱，殊不自聊；且回思「少婦登樓」，彌增忉怛。偶遇一叟，自云姓董，字無念。言頗契，愍其流落，延為子師，亦甚相得。

一夕，賓主夜酌，樓高月滿，忽動離懷，把酒倚欄，都忘酬酢。叟笑曰：「君其有『雲鬟玉臂』之感乎？托在契末，已早為經紀，但至否未可知，故先不奉告；旬月後當有耗耳。」又半載，叟忽戒僮婢掃治別室，意甚匆遽。頃之，則三小肩輿至，妻妾及一婢揭簾出矣。驚喜怪問。皆曰：「得君信相迓，囑隨某官眷屬至。急不能久待，故草草來；家事托幾房幾兄代治，約歲得租米，歲歲鬻金寄至矣。」問：「婢何來？」曰：「即某官之媵，嫡不能容，以賤價就舟中鬻得也。」生感激拜叟，至于涕零。從此完聚成家，無復故園之夢。

越數月，叟謂生曰：「此婢中途邂逅，患難相從，當亦是有緣。似當共侍巾櫛，無獨使向隅也。」又數載，遇赦得歸。生喜躍不能寐，而妻妾及婢俱慘慘有離別之色。生慰之曰：「爾輩戀主人恩耶？倘不死，會有日相報耳。」皆不答，惟趣為生治裝。瀕行，翁治酒作餞，並呼三女出曰：「今日事須明言矣。」因拱手對生曰：「老夫地仙也。過去生中，與君同官。歿後，君百計營求，歸吾妻子，恆耿耿不忘。今君別鶴離鸞，自合為君料理；但山川綿邈，二孱弱女子，何以能來？因攝召花妖，俾先至君家中半年，窺尊室容貌語言，摹擬俱似；並刺知家中舊事，使君有證不疑。渠本三姊妹，故多增一婢耳。渠皆幻相，君勿復思，到家相對舊人，仍與此間無異矣。」生請與三女俱歸。叟曰：「鬼神各有地界，可暫出不可久越也。」三女握手作別，灑淚沾衣，俯仰間已俱不見。登舟時，遙見立岸上，招之不至矣。

歸後，妻子具言家日落，賴君歲歲寄金來，得活至今。蓋亦此叟所為。使世間離別人皆逢此叟，則無復牛女銀河之恨矣。史亭曰：「信然。然粵東有地仙，他處亦必有地仙；董叟有此術，他仙亦必有此術。所以無人再逢者，當由過去生中原未受恩，故不肯竭盡心力縮地補天耳。」

狐亦受騙

有客在泊鎮宿妓，與以金。妓反覆審諦，就燈鑠之，微笑曰：「莫紙錠否？」怪問其故。云數日前糧艘演劇賽神，往看至夜深歸。遇少年與以金，就河干草屋野合。至家，探懷覺太輕，取出乃一紙錠。蓋遇鬼也。因言相近一妓家，有客贈衣飾甚厚。去後，皆己篋中物，鑰故未啟，疑為狐所紿矣。客戲曰：「天道好還。」

又瞽者劉君瑞言：青縣有人與狐友，時共飲甚昵。忽久不見，偶過叢莽，聞有呻吟聲，視之，此狐也。問：「何狼狽乃爾？」狐愧沮良久，曰：「頃見小妓頗壯盛，因化形往宿，冀採其精。不虞妓已有惡瘡，採得之後，毒滲命門，與平生所採混合為一，如油入面，不可複分。遂潰裂蔓延，達于面部。恥見故人，故久疏來往耳。」此又狐之敗于妓者。機械相乘，得失倚伏，膠膠擾擾，將伊于胡底乎？

美男某公子

李千之侍御言：某公子美丰資，有衛玠璧人之目。雍正末，值秋試，于豐宜門內租僧舍過夏。以一室設榻，一室讀書。每晨興，書室几榻筆墨之類，皆拂拭無纖塵。乃至插花、硯池注水，亦皆整頓如法，非粗材所辦。忽悟北地多狐女，或藉通情愫，亦未可知，于意亦良得。既而盤中稍稍置果餌，皆精品。雖不敢食，然益以美人之貽，拭目以待佳遇。

一夕月明，潛至北牖外穴紙竊窺，冀睹艷質。夜半，聞器具有聲，果一人在室料理。諦視，則修髯偉丈夫也。怖而卻走。次日，即移寓。移時，承塵上似有嘆聲。

黠鬼

康師，杜林鎮僧也。北俗呼僧多以姓，故名號不傳焉。工瘍醫。余小時曾及見之。言其鄉人家一婢，懷春死，魂不散，時出祟人。然不現形，不作聲，亦不附人語，不使人病。惟時與少年夢中接，稍尫瘦，則別媚他少年，亦不至殺人。故為祟而不以為祟。即嘗為所祟者，亦夢境恍惚，莫能確執。如是數十年，不為人畏，亦不為人所劾治。

真黠鬼哉！可謂善藏其用，善遁于虛，善留其不盡，善得老氏之旨矣。然終有人知之，有人傳之，則黠巧終無不敗也。

狐斃烈焰

相傳康熙中，瓜子店火（在正陽門之南而偏東）有少年病瘵不能出，並屋焚焉。火熄，掘之，屍已焦，而有一狐與俱死，知其病為狐媚也。然不知狐何以亦死。或曰：「狐情重，救之不出，守之不去也。」或曰：「狐媚人至死，神所殛也。」是皆不然。狐鬼皆能變幻，而鬼能穿屋透壁出（羅兩峰云爾）。鬼有形無質，純乎氣也，氣無所不達，故莫能礙。狐能大能小與龍等，然有形有質，質能化而小，不能化而無。故有隙即遁，而無隙則礙不能出。呈至靈之狐，往來亦必由戶牖。此少年未死間，狐尚來媚，猝遇火發，戶牖俱焰，故並為燼焉耳。

有富室昵婢

門人徐通判敬儒言：其鄉有富室，昵婢，寵眷甚至。婢亦傾意向其主，誓不更適。嫡心妒之而無如何。會富室以事他出，嫡密召女儈鬻諸人。待富室歸，則以竊逃報。家人知主歸，事必有變也，偽向女儈買出，而匿諸尼庵。婢自到女儈家，即直視不語，提之立則立，扶之行則行，捺之臥則臥，否則如木偶，終日不動。與之食則食，與之飲則飲，不與亦不索也。到尼庵亦然。醫以為憤恚痰迷，然藥之無效，至尼庵仍不蘇。如是不死不生者月餘。

富室歸，果與嫡操刃鬥，屠一羊瀝血告神，誓不與俱生。家人度不可隱，乃以實告。急往尼庵迎歸，痴如故。富室附耳呼其名，乃霍然如夢覺。自言初到女儈家，念此特主母意，主人當必不見棄，因自奔歸；慮為主母見，恆藏匿隱處，以待主人之來。今聞主人呼，喜而出也。因言家中某日見某人，某人某日作某事，歷歷不爽。乃知其形去而魂歸也。

因是推之，知所謂離魂倩女，其事當不過如斯，特小說家點綴成文，以作佳話。至云魂歸後衣皆重著，尤為誕謾。著衣者乃其本形，頃刻之間，襟帶不解，豈能層層攙入？何不云衣如委蛻，尚稍近事理乎？

不滿衝髑髏

客作田不滿（初以其取不自滿假之義，稱其命有古意。既乃知以饕餮得此名，取田填同音也），夜其失道，誤經墟墓間，足踏一髑髏。髑髏作聲曰：「毋敗我面！且禍爾。」不滿戇且悍，叱曰：「誰遣爾當路！」髑髏曰：「人移我于此，非我當路也。」不滿又叱曰：「爾何不禍移爾者？」髑髏曰：「彼運方盛，無如何也。」不滿笑且怒曰：「豈我衰耶？畏盛而凌衰，是何理耶？」髑髏作泣聲曰：「君氣亦盛，故我不敢祟，徒以虛詞恫喝也。畏盛凌衰，人情皆爾，君乃責鬼乎！哀而撥入土窟中，公之惠也。」不滿銜之竟過，惟聞背後嗚嗚聲，卒無他異。

余謂不滿無仁心。然遇莽鹵之人而以大言激其怒，鬼亦有過焉。

有輕薄士人

蔣苕生編修言：一士人北上，泊舟北倉、楊柳青之間（北倉去天津二十里，楊柳青距天津四十里）。時已黃昏，四顧渺漫。去人家稍稍遠，獨一小童倚樹立，姣麗特甚；然衣裳華潔，而神意不似大家兒。士故輕薄，自上岸與語。口操南音，自云流落至此，已有人相約攜歸，待尚未至。漸相款洽，因挑以微詞，解扇上漢玉佩為贈。赬顏謝曰：「君是解人，亦不能自諱。然故人情重，亦不忍別抱琵琶。」置佩而去。士人意未已，欲覘其居停，躡跡從之。數十步外，倏已滅跡，惟叢莽中一小墳，亦悟為鬼也。

女子事夫，大義也，從一則為貞，野合乃為蕩耳。男子而抱衾裯，已失身矣，猶言從一，非不揣本而齊末乎？然較反面負心，則終為差勝也。

正氣懾鬼

先師陳白崖先生言：業師某先生（忘其姓字，似是姓周），篤信洛、閩，而不鶩講學名，故窮老以終，聲華闃寂。然內行醇至，粹然古君子也。嘗稅居空屋數楹，一夜，聞窗外語曰：「有事奉白，慮君恐怖，奈何？」先生曰：「第入無礙。」入則一人戴首于項，兩手扶之；首無巾而身襴衫，血漬其半。先生拱之坐，亦謙遜如禮。先生問：「何語？」曰：「僕不幸，明末歿于盜，魂滯此屋內。向有居者，雖不欲為祟，然陰氣陽光，互相激薄，人多驚悸，僕亦不安。今有一策：鄰家一宅，可容君眷屬。僕至彼多作變怪，彼必避去；有來居者，擾之如前，必棄為廢宅。君以賤價售之，遷君于彼。僕仍安居于此。不兩得乎？」先生曰：「吾平生不作機械事，況役鬼以病人乎？義不忍為。吾讀書此室，圖少靜耳。君既在此，即改以貯雜物，日扃鎖之可乎？」鬼愧謝曰：「徒見君案上有性理，故敢以此策進。不知君竟真道學，僕失言矣。既荷見容，即托宇下可也。」後居之四年，寂無他異。蓋正氣足以懾之矣。

木偶幻化成人

凡物太肖人形者，歲久多能幻化。族兄中涵言：官旌德時，一同官好戲劇，命匠造一女子，長短如人，周身形體以及隱微之外，亦一一如人；手足與目與舌，皆施關捩，能屈伸運動；衣裙簪珥，可以按時更易。所費百金，殆奪偃師之巧。或植立書室案側，或坐于床凳，以資笑噱。一夜，僮僕聞書室格格聲。時已鐍閉，穴紙竊視，月光在牖，乃此偶人來往自行。急告主人自覘之，信然。焚之，嚶嚶作痛聲。

又先祖母言：舅祖蝶莊張公家，有空屋數間，貯雜物。媼婢或夜見院中有女人，容色姣好，而頷下修髯如戟，兩頰亦磔如猬毛，攜四五小兒游戲。小兒或跛或盲，或頭面破損，或無耳鼻。人至則倏隱，莫知何妖。然不為人害，亦不外出。或曰目眩，或曰妄語，均不甚留意。後檢點此屋，見破裂虎丘泥孩一床，狀如所見，其女子之鬚，則兒童嬉戲以墨筆所畫云。

乩神者果靈驗

景州方夔曲言：少嘗患心氣不寧，稍作勞則似簌簌動。服棗仁、遠志之屬，時作時止，不甚驗也。偶遇友人家扶乩，云是純陽真人。因拜乞方。乩判曰：「此證現于心，而其原出于脾，脾虛則子食母氣故也。可炒白朮常服之。」試之果驗。夔曲又言：嘗向乩仙問科第。乩判曰：「場屋文字，只筆酣墨飽，書味盎然，即中式矣，何必預問乎！」後至乾隆丙辰登進士，本房同考官出閱卷簿視之，所注批詞即此八字也。然則科各前定，並批詞亦前定乎？

原物歸主

高梅村言：有二村民同行，一人偶便旋，蹴起片瓦，下有一罌。瓦下刻一字，則同行者姓也。懼為所見，托故自返，而潛伏薈翳中；望其去遠，乃往私取，則滿罌皆清水矣。不勝其恚，舉而盡飲之。時日已暮；無可棲止，憶同行者家尚近，徑往借宿。夜中忽患霍亂，嘔洩並作，移其床席幾遍；愧不自容，竟宵遁。質明，其家視之，則皆精銀，如鎔汁瀉地成片然。

余謂此語特供諧笑，未必真有。而梅村堅執謂不誣。然則物各有主，非人力可強求，鑿然信矣。

狐叟報恩

梅村又言：有姜挺者，以販布為業，恆攜一花犬自隨。一日獨行，途遇一叟呼之往。問：「不相識，何見招？」叟遽叩首有聲曰：「我狐也。夙生負君命，三日後君當嗾花犬斷我喉。冥數已定，不敢逃死。然竊念事隔百餘年，君轉生人道，我墮為狐，必追殺一狐，與君何益？且君已不記被殺事，偶殺一狐，亦無所快于心。願納女自贖，可乎？」姜曰：「我不敢引狐入室，亦不欲乘危劫人女。貰則貰汝，然何以防犬終不噬也？」曰：「君但手批一帖曰：『某人夙負，自願銷除。』我持以告神，則犬自不噬。冤家債主，解釋須在本人，神不違也。」適攜記簿紙筆，即批帖予之。叟喜躍去。後七八載，姜販布渡大江，突遇暴風，帆不能落，舟將覆。見一人直上檣竿杪，掣斷其素，騎帆俱落。望之似是此叟，轉瞬已失所在矣。皆曰：「此狐能報恩。」余曰：「此狐無術自救，能數千里外救乎？此神以好生延其壽，遣此狐耳。」

劉哲娶狐女

周泰宇言：有劉哲者，先與一狐女狎，因以為繼妻。操作如常人，孝舅姑，睦娣姒，撫前妻子女如己出，尤人所難能。老而死，其屍亦不受狐形。或曰：「是本奔女，諱其事，托言狐也。」或曰：「實狐也，煉成人道，未得仙，故有老有死；已解形，故死而屍如人。」余曰：「皆非也，其心足以持之也。凡人之形，可以隨心化。郗皇后之為蟒，封使君之為虎，其心先蟒先虎，故其形亦蟒亦虎也。舊說狐本淫婦阿紫所化，其人而狐心也，則人可為狐。其狐而人心也，則狐亦可為人。緇衣黃冠，或坐蛻不仆；忠臣烈女，或骸存不腐，皆神足以持其形耳。此狐死變形，其類是夫！」泰宇曰：「信然。相傳劉初納狐，不能無疑懼。狐曰：『婦欲宜家耳，苟宜家，狐何異于人？且人徒知畏狐，而不知往往與狐侶。彼婦之容止無度，生疾損壽，何異狐之採補乎？彼婦之逾牆鑽穴，密會幽歡，何異狐之冶蕩乎？彼婦之長舌離間，生釁家庭，何異狐之媚惑乎？彼婦之隱盜資產，私給親愛，何異狐之攘竊乎？彼婦之囂凌詬誶，六親不寧，何異狐之祟擾乎？君何不畏彼而反畏我哉？』是狐之立志，欲在人上久矣，宜其以人始以人終也。若所說種種類狐者，六道輪迴，惟心所造，正恐眼光落地，不免墮入彼中耳。」

立嗣之爭

古者世祿世官，故宗子必立後，支子不祭，則禮無必立後之文。孟皮不聞有後，亦不聞孔子為立後，非嫡故也。支子之立後，其為煢嫠守志，不忍節婦之無祀乎？譬諸士本誄，而縣賁父則始誄，死職故也。童子本應殤，而汪錡則不殤，衛社稷故也。禮以義起，遂不可廢。凡支子之無後者，亦遂沿為例不可廢，而家庭之難，即往往由是作焉。

董曲江言：東昌有兄弟三人，仲先死無後，兄欲以其子繼，弟亦欲以其子繼。兄曰，弟當讓兄。弟曰：「兄之幼而其子長，弟又當讓兄。」訟經年，卒為兄奪。弟恚甚，鬱結成疾。疾甚時，語其子曰：「吾必求直于地下。」既而昏眩，經半日復蘇，曰：「豈特陽官悖哉，陰官之悖乃更甚。頃魂游冥司，陳訴此事。一陰官詰我曰：『汝為汝兄無後耶？汝兄已有後矣，汝特為資產爭耳。見獸于野，兩人並逐，捷足者先得。汝何訟焉？』竟不理也。夫爭繼原為資產，乃瞋目與我講宗祀，何不解事至此耶？多置紙筆我棺中，我且訴諸上帝也。」此真至死不悟者歟！曲江曰：「吾猶取其不自諱也。」

狐女講緣份

己卯典試山西時，陶序東以樂平令充同考官。卷未入時，共閒話仙鬼事。序東言有友嘗游南岳，至林壑深處，見女子倚石坐花下。稔聞智瓊、蘭香事，遽往就之。女子以紈扇障面曰：「與君無緣，不宜相近。」曰：「緣自因生，不可從此種因乎？」女子曰：「因須夙造，緣須兩合，非一人欲種即種也。」翳然滅跡，疑為仙也。

余謂情欲之因緣，此女所說是也。至恩怨之因緣，則一人欲種即種，又當別論矣。

真仙扶乩

大同宋中書瑞言：昔在家中戲扶乩，乩動，請問仙號。即書曰：「我本住深山，來往白雲裡。天風忽颯然，雲動如流水。我偶隨之游，飄飄因至此。荒村茅舍靜，小坐亦可喜。莫問我姓名，我忘已久矣。且問此門前，去山凡幾里？」書訖，乩遂不動。或者此乃真仙歟？

西域巨人

和和呼通諾爾之戰，兵士有設藩者。乙亥平定伊犁，望大兵旗幟，投出宥死，安置烏魯木齊，群呼之曰「小李陵」。此人不知李陵為誰，亦漫應之。久而竟迷其本名，己丑、庚寅間，余在烏魯木齊，猶見其人，已老矣。言在準噶爾轉鬻數主，皆司牧羊。大兵將至前一歲八月中旬，夜棲山谷，望見沙磧有火光。西域諸部，每互相鈔掠，疑為劫盜。登岡眺望，乃見一巨人，長丈許，衣冠華整，侍從秉燭前導，約七八十人。俄列隊分立，巨人端拱問東拜，意甚虔肅，知為山靈。時適準葛爾亂，已微聞阿睦爾撒納款塞清兵事，竊意或此地當內屬，故鬼神預東問耶？既而果然。時尚不知八月中旬為聖節，歸正後乃悟天聲震疊，為遙祝萬壽云。

焚乩之術

甘肅李參將名璇，精康節觀梅之術，占事多驗。平定西域時，從大學士溫公在軍營。有兵士遺火，焚轅前枯草，闊丈許。公使占何祥，曰：「此無他，公數日內當有密奏耳。火得枯草行最速，急遞之象也；煙氣上升，上達之象也。知為密奏，凡密奏，當焚草也。」公曰：「我無當密奏事。」曰：「遺火亦無心，非預定也。」既而果然。其占人終身，則使隨手拈一物，或同拈一物，而所斷又不同。

至京師時，一翰林拈煙筒。曰：「貯火而煙呼吸通于內，公非冷局官也；然位不甚通顯，尚待人吹噓故也。」問：「曆官當幾年？」曰：「公毋怪直言。火本無多，一熄則為灰燼，熱不久也。」問：「壽幾何？」搖首曰：「銅器原可經久，然未見百年煙筒也。」其人慍去。後歲餘，竟如所言。又一郎官同在座，亦拈此煙筒，觀其復何所云。曰：「煙筒火已熄，公必冷官也。已置于床，是曾經停頓也；然再拈于手，是又遇提攜復起矣。將來尚有熱時，但熱又占與前同耳。」後亦如所言。

仙筆之畫

吳惠叔攜一小幅掛軸，紙色似百年外物，云得之長椿寺市上。筆墨草略，半以淡墨掃煙靄，半作水紋，中惟一小舟，一女子坐篷下，一女子搖櫓而已。右角濃墨寫一詩曰：「沙鷗同住水雲鄉，不記荷花幾度香。頗怪麻姑太多事，猶知人世有滄桑。」款曰：「畫中人自畫並題。」無年月，無印記。或以為仙筆，然女仙手跡，人何自得之？或以為游女，又不應作此世外語。疑是明末女冠，避兵于漁莊蟹舍，自作此圖。無舊人跋語，亦難確信。惠叔索題，余無從著筆，置數日還之。惠叔歿于蜀中，此畫不知今在否也？

狐媚有度

舅氏實齋安公言：程老，村夫子也。女頗韶秀，偶門前買脂粉，為里中少年所挑，泣告父母。憚其暴橫，弗敢較，然恚憤不可釋，居恆鬱鬱。故與一狐友，每至輒對飲。一日，狐怪其慘沮，以實告，狐默然去。

後此少年復過其門，見女倚門笑，漸相軟語，遂野合于小圃空屋中。臨別，女涕泣不捨，相約私奔。少年因夜至門外，引以歸。防程老追索，以刃擬婦曰：「敢泄者死！」越數日，無所聞；知程老諱其事，意甚得，益狎昵無度。後此女漸露妖跡，乃知為魅；然相悅甚，弗能遣也。歲餘病瘵，惟一息僅存，此女乃去。百計醫藥，幸得不死，資產已蕩然。夫婦露棲，又尪弱不任力作，竟食婦夜合之資，非復從前之悍氣矣。程老不知其由，向狐述說。狐曰：「是吾遣黠婢戲之耳。必假君女形，非是不足餌之也；必使知為我輩，防敗君女之名也；瀕危而捨之，其罪不至死也。報之已足，君無更怏怏矣。」此狐中之朱家、郭解歟？其不為已甚，則又非朱家、郭解所能也。

妒悍之狐

從孫樹寶言：辛亥冬，與從兄道原訪戈孝廉仲坊，見案上新詩數十紙，中有二絕句云：「到手良緣事又違，春風空自鎖雙扉。人間果有乘龍婿，夜半居然破壁飛。」「豈但蛾眉鬥尹邢，仙家亦自妒娉婷。請看搔背麻姑爪，變相分明是巨靈。」皆不省所云，詢其本事。仲坊曰：「昨見滄州張君輔言：南皮某甲，年二十餘，未娶。忽二艷女夜相就。詰所從來，自云：『是狐，以夙命當為夫婦。雖不能為君福，亦不至禍君。』某甲耽昵其色，為之不婚。有規戒之者，某甲謝曰：『狐遇我厚，相處日久無疾病，非相魅者。且言當為我生子，子嗣續亦無害，實不忍負心也。』後族眾強為納婦，甲聞其女甚姣麗，遂頓負舊盟。迨洞房停燭之時，突聲若風霆，震撼檐宇，一手破窗而入，其大如箕，攫某甲以去。次日，四出覓訪，杳然無跡。七八日後，有數小兒言，某神祠中有聲如牛喘。北方之俗，凡神祠無廟祝者，慮流丐棲息，多以土墼墐其戶，而留一穴置香爐。自穴窺之，似有一人裸體臥，不辨為誰。啟戶視之，則某甲在焉，已昏昏不知人矣。多方療治，僅得不死，自是狐女不至。而婦家畏狐女之報，亦竟離婚。此二詩記此事也。」

夫狐已通靈，事與人異。某甲雖娶，何礙倏忽之往來？乃逞厥凶鋒，幾戕其命，狐可謂妒且悍矣。然本無夙約，則曲在狐；既不慎于始而與約，又不善其終而背之，則激而為祟，亦自有詞。是固未可罪狐也。

儒佛皆誤人耶

北方之橋，施欄楯以防失足而已。閩中多雨，皆于橋上覆以屋，以庇行人。邱二田言：有人夜中遇雨，趨橋屋。先有一吏攜案牘，與軍役押數人避屋下，枷鎖琅然。知為官府錄囚，懼不敢近，但畏縮于隅。中一囚號哭不止，吏叱曰：「此時知懼，何如當日勿作耶？」因泣曰：「吾為吾師所誤也。吾師日講學，凡鬼神報應之說，皆斥為佛氏之妄語。吾信其言，竊以為機械能深，彌縫能巧，則種種惟所欲為，可以終身不敗露；百年之後，氣反太虛，冥冥漠漠，並毀譽不聞，何憚而不恣吾意乎！不虞地獄非誣，冥王果有。始知為其所賣，故悔而自悲也。」又一囚曰：「爾之墮落由信儒，我則以信佛誤也。佛家之說，謂雖造惡業，功德即可以消滅；雖墮地獄，經懺即可以超度。吾以為生前焚香布施，歿後延僧持誦，皆非吾力所不能。既有佛法護持，則無所不為，亦非地府所能治。不虞所謂罪福，乃論作事之善惡，非論捨財之多少。金錢虛耗，舂煮難逃。向非恃佛之故，又安敢縱恣至此耶？」語訖長號。諸囚亦皆痛哭。乃知其非人也。

夫《六經》具在，不謂無鬼神；三藏所談，非以斂財賂。自儒者沽名，佛者漁利，其流弊遂至此極。佛本異教，緇徒藉是以謀生，是未足為責。儒者亦何必乃爾乎？

武清倪媼

倪媼，武清人，年未三十而寡。舅姑欲嫁之，以死自誓。舅姑怒，逐諸門外，使自謀生。流離艱苦，撫二子一女，皆婚嫁，而皆不才。煢煢無倚，惟一女孫度為尼，乃寄食佛寺，僅以自存，今七十八歲矣。所謂青年矢志，白首完貞者歟！余憫其節，時亦周之。馬夫人嘗從容謂曰：「君為宗伯，主天下市烈之旌典。而此媼失諸目睫前，其故何歟？」余曰：「國家典制，具有條格。節婦烈女，學校同舉于州郡，州郡條上于台司，乃具奏請旨，下禮曹議，從公論也。禮曹得察核之、進退之，而不得自搜羅之，防私防濫也。譬司文柄者，棘闈墨牘，得握權衡，而不能取未試遺材，登諸榜上。此媼久去其鄉，既無舉者；京師人海，又誰知流寓之內，有此孤嫠？滄海遺珠，蓋由于此。豈余能為而不為歟？」

念古來潛德，往往藉稗官小說，以發幽光。因撮厥大凡，附諸瑣錄。雖書原志怪，未免為例不純；于表章風教之旨，則未始不一耳。

卷十五　姑妄聽之【一】（五十七則）

余性耽孤寂，而不能自閒。卷軸筆硯，自束髮至今，無數十日相離也。三十以前，講考證之學，所坐之處，典籍環繞如獺祭。三十以後，以文章與天下相馳驟，抽黃對白，恆徹夜構思。五十以後，領修秘籍，復折而講考證。今老矣，無復當年之意興，惟時拈紙墨，追錄舊聞，姑以消遣歲月而已。故已成《灤陽消夏錄》等三書，復有此集，緬昔作者，如王仲任、應仲遠，引經據古，博辨宏通；陶淵明、劉敬叔、劉義慶，簡淡數言，自然妙遠。誠不敢妄擬前修，然大旨期不乖于風教。若懷挾恩怨，顛倒是非，如魏泰、陳善之所為，則自信無是矣。適盛子松雲欲為剞劂，因率書數行弁于首。以多得諸傳聞也，遂採莊子之語名曰《姑妄聽之》。乾隆癸丑七月二十五日，觀弈道人自題。

馮御史僕

馮御史靜山家，一僕忽發狂自撾，口作譫語云：「我雖落拓以死，究是衣冠。何物小人，傲不避路？今懲爾使知。」靜山自往視之，曰：「君白晝現形耶？幽明異路，恐于理不宜。君隱形耶？則君能見此輩，此輩不能見君，又何從而相避？」其僕俄如昏睡，稍頃而醒，則已復常矣。

門人桐城耿守愚，狷介自好，而喜與人爭禮數。余嘗與論此事，曰：「儒者每盛氣凌轢，以邀人敬，謂之自重。不知重與不重，視所自為。苟道德無愧于聖賢，雖王侯擁彗不能榮，雖胥靡版築不能辱。可貴者在我，則在外者不足計耳。如必以在外為重輕，是待人敬我我乃榮，人不敬我我即辱，輿台僕妾皆可操我之榮辱，毋乃自視太輕歟？」守愚曰：「公生長富貴，故持論如斯。寒士不貧賤驕人，則崖岸不立，益為人所賤矣。」余曰：「此田子方之言，朱子已駁之，其為客氣不待辯。即就其說而論，亦謂道德本重，不以貧賤而自屈；非毫無道德，但貧賤即可驕人也。信如君言，則乞丐較君為更貧，奴隸較君為更賤，群起而驕君，君亦謂之能立品乎？先師陳白崖先生，嘗手題一聯于書室曰：『事能知足心常愜，人到無求品自高。』斯真探本之論，七字可以千古矣！」

道士役狐

龔集生言：乾隆己未，在京師，寓靈佑宮，與一道士相識，時共杯酌。一日觀劇，邀同往，亦欣然相隨。薄暮歸，道士拱揖曰：「承諸君雅意，無以為酬，今夜一觀傀儡可乎？」入夜，至所居室中，惟一大方几，近邊略具酒果，中央則陳一棋局，呼童子閉外門，請賓四面圍几坐。酒一再行，道士拍界尺一聲，即有數小人長八九寸，落局上，合聲演劇。呦呦嚶嚶，音如四五歲童子；而男女裝飾，音調關目，一一與戲場無異。一齣終（傳奇以一折為一齣。古無是字，始見吳任臣《字彙補注》，曰讀如尺。相沿已久，遂不能廢。今亦從俗體書之），瞥然不見。又數人落下，別演一齣。眾且駭且喜。暢飲至夜分，道士命童子于門外几上置雞卵數百，白酒數罌。戛然樂止，惟聞餔啜之聲矣。詰其何術。道士曰：「凡得五雷法者，皆可以役狐。狐能大能小，故遣作此戲，為一宵之娛。然惟供驅使則可。若或役之盜物，役之祟人，或攝召狐女薦枕席，則天譴立至矣。」眾見所未見，乞後夜再觀，道士諾之，次夕詣所居，則早起已攜童子去。

二人對弈

卜者童西磵言：嘗見有二人對弈，一客預點一弈圖，如黑九三白六五之類，封置笥中。弈畢發視，一路不差。竟不知其操何術。按《前定錄》載：開元中，宣平坊王生，為李揆卜進取。授以一緘，可數十紙，曰：「君除拾遺日發此。」後揆以李璆薦，命宰臣試文詞：一題為《紫絲盛露囊賦》，一題為《答吐蕃書》，一題為《代南越獻白孔雀表》。揆自午至酉而成，凡塗八字，旁注兩句。翌日，授左拾遺。旬餘，乃發王生之緘視之，三篇皆在其中，塗注者亦如之。是古有此術，此人偶得別傳耳。夫操管運思，臨枰布子，雖當局之人，有不能預自主持者，而卜者乃能先知之。是任我自為之事，尚莫逃定數；巧取強求，營營然日以心門者，是亦不可以已乎！

藏地野人

烏魯木齊遣犯剛朝榮言：有二人詣西藏貿易，各乘一騾，山行失路，不辨東西。忽十餘人自懸崖躍下，疑為夾壩（西番以劫盜為夾壩，猶額魯特之瑪哈沁也）。漸近，則長皆七八尺，身毵毵有毛，或黃或綠，面目似人非人，語啁哳不可辨。知為妖魅，度必死，皆戰慄伏地。十餘人乃相向而笑，無搏噬之狀，惟挾人于脅下，而驅其騾行。至一山坳，置人于地，二騾一推墮坎中，一抽刀屠割，吹火燔熟，環坐吞噉。亦提二人就坐，各置肉于前。察其似無惡意，方饑困，亦姑食之。既飽之後，十餘人皆捫腹仰嘯，聲類馬嘶。中二人仍各挾一人，飛越峻嶺三四重，捷如猿鳥，送至官路旁，各予以一石，瞥然竟去。石巨如瓜，皆綠松也。攜歸貨之，得價倍于所喪。事在乙酉、丙戌間。朝榮曾見其一人，言之甚悉。此未知為山精，為木魅，觀其行事，似非妖物。殆幽岩穹谷之中，自有此一種野人，從古未與世通耳。

五色水晶

漳州產水晶，云五色皆備，然赤者未嘗見，故所貴惟紫。別有所謂金晶者，與黃晶迥殊，最不易得；或偶得之，亦大如豇豆，如瓜種止矣。惟海澄公家有一三足蟾，可為扇墜，視之如精金熔液，洞徹空明，為稀有之寶。楊制府景素官汀漳龍道時，嘗為余言，然亦相傳如是，未目睹也。姑錄之以廣異聞。

古硯

陳來章先生，余姻家也。嘗得一古硯，上刻雲中儀鳳形。梁瑤峰相國為之銘曰：「其鳴鏘鏘，乘雲翱翔。有媯之祥，其鳴歸昌。雲行四方，以發德光。」時癸巳閏三月也（按：原題惟作閏月，蓋古例如斯）。至庚子，為人盜去。丁未，先生仲子聞之，多方購得。癸丑六月，復乞銘于余。余又為之銘曰：「失而復得，如寶玉大弓。孰使之然？故物適逢。譬威鳳之翀雲，翩沒影于遙空；及其歸也，必仍止于梧桐。」故家子孫，于祖宗手澤，零落棄擲者多矣。余嘗見媒媼攜玉佩數事，云某公家求售。外裹殘紙，乃北宋槧《公羊傳》四頁，為悵惘久之。聞之于先人已失之器，越八載購得，又乞人銘以求其傳。人之用心，蓋相去遠矣。

三寶四寶

董家莊佃戶丁錦，生一子曰二牛。又一女贅曹寧為婿，相助工作，甚相得也。二牛生一子曰三寶。女亦生一女，因住母家，遂聯名曰四寶。其生也同年同月，差數日耳。姑嫂互相抱攜，互相乳哺，襁褓中已結婚姻。三寶四寶又甚相愛，稍長，即跬步不離。小家不知別嫌疑，于二兒嬉戲時，每指曰：「此汝夫，此汝婦也。」二兒雖不知為何語，然聞之則已稔矣。七八歲外，稍稍解事，然俱隨二牛之母同臥起，不相避忌。會康熙辛丑至雍正癸卯歲屢歉，錦夫婦並歿。曹寧先流轉至京師，貧不自存，質四寶于陳郎中家（不知其名，惟知為江南人）。二牛繼至，會郎中求館僮，亦質三寶于其家，而誡勿言與四寶為夫婦。郎中家法嚴，每笞四寶，三寶必暗泣；笞三寶，四寶亦然。郎中疑之，轉質四寶于鄭氏（或云，即貂皮鄭也），而逐三寶。三寶仍投舊媒媼，又引與一家為館僮。久而微聞四寶所在，乃夤緣入鄭氏家。數日後，得見四寶，相持痛哭，時已十三四矣。鄭氏怪之，則詭以兄妹相逢對。鄭氏以其名行第相連，遂不疑。然內外隔絕，僅出入時相與目成而已。後歲稔，二牛、曹寧並赴京贖子女，輾轉尋訪至鄭氏。鄭氏始知其本夫婦，意甚憫惻，欲助之合巹，而仍留服役。其館師嚴某，講學家也，不知古今事異，昌言排斥曰：「中表為婚禮所禁，亦律所禁，違之且有天誅。主人意雖善，然我輩讀書人，當以風化為己任，見悖理亂倫而不沮，是成人之惡，非君子也。」以去就力爭。鄭氏故良儒，二牛、曹寧亦鄉愚，聞違法罪重，皆懾而止。後四寶鬻為選人妾，不數月病卒。三寶發狂走出，莫知所終。或曰：「四寶雖被迫脅去，然毀容哭泣，實未與選人共房幃。惜不知其詳耳。」果其如是，則是二人者，天上人間，會當相見，定非一瞑不視者矣。惟嚴某作此惡業，不知何心，亦不知其究竟。然神理昭昭，當無善報。或又曰：「是非泥古，亦非好名，殆覬覦四寶；欲以自侍耳。」若然，則地獄之設，正為斯人矣。

水底羈魂

乾隆戊午，運河水淺，糧艘銜尾不能進。共演劇賽神，運官皆在。方演《荊釵記》投江一齣，忽扮錢玉蓮者長跪哀號，淚隨聲下，口喃喃訴不止，語作閩音，啁哳無一字可辨。知為鬼附，詰問其故。鬼又不能解人語。或投以紙筆。搖首似道不識字，惟指天畫地，叩額痛哭而已。無可如何，掖于岸上，尚嗚咽跳擲，至人散乃已。久而稍蘇，自云突見一女子，手攜其頭自水出。駭極失魂，昏然如醉，以後事皆不知也。此必水底羈魂，見諸官會集，故出鳴冤。然形影不睹，言語不通。遣善泅者求屍，亦無跡。旗丁又無新失女子者，莫可究詰。乃連銜具牒，焚于城隍祠。越四五日，有水手無故自刎死。或即殺此女子者，神譴之歟？

文士爭名

鄭太守慎人言：嘗有數友論閩詩，于林子羽頗致不滿。夜分就寢，聞筆硯格格有聲，以為鼠也。次日，見几上有字二行，曰：「如『檄雨古潭暝，禮星寒殿開』，似錢、郎諸公都未道及，可盡以為唐摹晉帖乎？」時同寢數人，書皆不類；數人以外，又無人能作此語者。知文士爭名，死尚未已。鄭康成為厲之事，殆不虛乎？

西域扶乩者

黃小華言：西城有扶乩者，下壇詩曰：「簌簌西風木葉飛，斷腸花謝雁來稀。吳娘日暮幽房冷，猶著玲瓏白苧衣。」皆不解所云。乩又書曰：「頃過某家，見新來稚妾，鎖閉空房。流落仳離，自其定命；但飢寒可念，棖觸人心，遂惻然詠此。敬告諸公，苟無馴獅、調象之才，勿輕舉此念，亦陰功也。」請問仙號。書曰：「無塵。」再問之，遂不答。按李無塵，明末名妓，祥符人。開封城陷，歿于水。有詩集，語頗秀拔。其《哭王烈女詩》曰：「自嫌予有淚，敢謂世無人！」措詞得體，尤為作者所稱也。

三女受騙

「遺秉」、「滯穗」，寡婦之利，其事遠見于周雅。鄉村麥熟時，婦孺數十為群，隨刈者之後，收所殘剩，謂之拾麥。農家習以為俗，亦不復回顧，猶古風也。人情漸薄，趨利若鶩，所殘剩者不足給，遂頗有盜竊攘奪，又浸淫而失其初意者矣。故四五月間，婦女露宿者遍野。有數人在靜海之東，日暮後趁涼夜行，遙見一處有燈火，往就乞飲。至則門庭華煥，僮僕皆鮮衣；堂上張燈設樂，似乎燕賓。遙望三貴人據榻坐，方進酒行炙。眾陳投止意，閽者為白主人，頷之。俄又呼回，似附耳有所囑。閽者出，引一媼悄語曰：「此去城市稍遠，倉卒不能致妓女。主人欲于同來女伴中，擇端正者三人侑酒薦寢，每人贈百金；其餘亦各有犒賞。媼為通詞，犒賞當加倍。」媼密告眾。眾利得資，慫恿幼婦應其請。遂引三人入，沐浴妝飾，更衣裙侍客；諸婦女皆置別室，亦大有酒食。至夜分，三貴人各擁一婦入別院，闔家皆滅燭就眠。諸婦女行路疲困，亦酣臥不知曉。比日高睡醒，則第宅人物，一無所睹，惟野草芃芃，一望無際而已。尋覓三婦，皆裸露在草間，所更衣裙已不見，惟舊衣拋十餘步外，幸尚存。視所與金，皆紙鋌。疑為鬼。而飲食皆真物，又疑為狐。或地近海濱，蛟螭水怪所為歟？貪利失身，乃只博一飽。想其惘然相對，憶此一宵，亦大似邯鄲枕上矣。先兄晴湖則曰：「舞衫歌扇，儀態萬方，彈指繁華，總隨逝水。鴛鴦社散之日，茫茫回首，舊事皆空。亦與三女子裸露草間，同一夢醒耳。豈但海市蜃樓，為頃刻幻景哉！」

二婦受污

烏魯木齊參將德君楞額言：向在甘州，見互控于張掖令者，甲云造言污蔑，乙云事有實證。訊其事，則二人本中表。甲攜妻出塞，乙亦同行。至甘州東數十里，夜失道。遇一人似貴家僕，言此僻徑少人，我主人去此不遠，不如投止一宿，明日指路上官道。隨行三四里，果有小堡。其人入，良久出，招手曰：「官喚汝等入。」進門數重，見一人坐堂上，問姓名籍貫，指揮曰：「夜深無宿飯，只可留宿。門側小屋，可容二人；女子令與媼婢睡可也。」二人就寢後，隱隱聞婦喚聲。暗中出視，摸索不得門。喚聲亦寂，誤以為耳偶鳴也。比睡醒，則在曠野中。急覓婦，則在半里外樹下，裸體反接，鬢亂釵橫，衣裳掛在高枝上。言一婢持燈導至此，有華屋數楹，婢媼數人。俄主人隨至，逼同坐。拒不肯，則婢媼合手抱持，解衣縛臂置榻上。大呼無應者，遂受其污。天欲明，主人以二物置頸旁，屋宇頓失，身已臥沙石上矣。視頸旁物，乃銀二鋌，各鐫重五十兩，其年號則崇禎，其縣名則榆次。土蝕黑黯，真百年以外鑄也。甲戒乙勿言，約均分。後違約，乙怒詬爭，其事乃泄。甲夫婦雖堅不承，然詰銀所自，則云拾得；又詰婦縛傷，則云搔破。其詞閃爍，疑乙語未必誣也。令笑譴甲曰：「于律得遺失物當入官。姑念爾貧，可將去。」又瞋視乙曰：「爾所告如虛，則同拾得，當同送官，于爾無分；所告如實，則此為鬼以酬甲婦，于爾更無分。再多言，且笞爾。」並驅之出。以不理理之，可謂善矣。此與拾麥婦女事相類：一以巧誘而以利移其心，一以強脅而以利消其怒；其揣度人情，投其所好，伎倆亦略相等也。

古今異尚

金重牛魚，即沈陽鱘鰉魚，今尚重之。又重天鵝，今則不重矣。遼重毗離，亦曰毗令邦，即宣化黃鼠，明人尚重之，今亦不重矣。明重消熊棧鹿，棧鹿當是以棧飼養，今尚重之；消熊則不知為何物，雖極富貴家，問此名亦云未睹。蓋物之輕重，各以其時之好尚，無定準也。記余幼時，人參、珊瑚、青金石價皆不貴，今則日昂。綠松石、碧鴉犀，價皆至貴，今則日減。雲南翡翠玉，當時不以玉視之，不過如藍田乾黃，強名以玉耳；今則以為珍玩，價遠出真玉上矣。又灰鼠舊貴白，今貴黑。貂裘舊貴長毳，故曰豐貂，今貴短毳。銀鼠舊比灰鼠價略貴，遠不及天馬，今則貴幾如貂。珊瑚舊貴鮮紅如榴花，今則貴淡紅如櫻桃，且有以白類車渠為至貴者。蓋相距五六十年，物價不同已如此，況隔越數百年乎！儒者讀《周禮》蚳醬，竊竊疑之，由未達古今異尚耳。

猩脣

八珍惟熊掌、鹿尾為常見，駝峰出塞外，已罕覯矣（此野駝之單峰，非常駝之雙峰也。語詳《槐西雜志》）。猩脣則僅聞其名。乾隆乙未，閔撫軍少儀饋余二枚，貯以錦函，似甚珍重。乃自額至頦全剝而臘之，口鼻眉目，一一宛然。如戲場面具，不僅兩脣。庖人不能治，轉贈他友。其庖人亦未知，又復別贈。不知轉落誰氏，迄未曉其烹飪法也。

苗地蘭蟲

李又聃先生言：東光畢公（偶忘其名，官貴州通判，征苗時運餉遇寇，血戰陣亡者也）嘗奉檄勘苗峒地界，土官盛宴款接。賓主各一磁蓋杯置面前，土官手捧啟視，則貯一蟲如蜈蚣，蠕蠕旋動。譯者云，此蟲蘭開則生，蘭謝則死，惟以蘭蕊為食，至不易得。今喜值蘭時，搜岩剔穴，得其二。故必獻生，表至敬也。旋以鹽末少許灑杯中，覆之以蓋。須臾啟視，已化為水，湛然淨綠，瑩澈如琉璃，蘭氣撲鼻。用以代醯，香沁齒頰，半日後尚留餘味。惜未問其何名也。

西域之果

西域之果，蒲桃莫盛于土魯番，瓜莫盛于哈密。蒲桃京師貴綠者，取其色耳。實則綠色乃微熟，不能甚甘；漸熟則黃，再熟則紅，熟十分則紫，甘亦十分矣。此福松岩額駙（名福增格，怡府婿也）鎮闢展時為余言。瓜則充貢品者，真出哈密。饋贈之瓜，皆金塔寺產。然貢品亦只熟至六分有奇，途間封閉包束，瓜氣自相鬱蒸，至京可熟至八分。如以熟八九分者貯運，則蒸而霉爛矣。余嘗問哈密國王蘇來滿（額敏和卓之子）：「京師園戶，以瓜子種殖者，一年形味並存；二年味已改，惟形粗近；三年則形味俱變盡。豈地氣不同歟？」蘇來滿曰：「此地土暖泉甘而無雨，故瓜味濃厚。種于內地，固應少減，然亦養子不得法。如以今年瓜子，明年種之，雖此地味亦不美，得氣薄也。其法當以灰培瓜子，貯于不濕不燥之空倉；三五年後乃可用。年愈久則愈佳，得氣足也。若培至十四五年者，國王之圃乃有之，民間不能待，亦不能久而不壞也。」其語似為近理。然其灰培之法，必有節度，亦必有宜忌，恐中國以意為之，亦未必能如所說耳。

狐女難誘好男

裘超然編修言：楊勤慤公年幼時，往來鄉塾，有綠衫女子時乘牆缺窺之。或偶避入，亦必回眸一笑，若與目成。公始終不側視。一日，拾塊擲公曰：「如此妍皮，乃裹痴骨！」公拱手對曰：「鑽穴逾牆，實所不解。別覓不痴者何如？」女子忽瞠目直視曰：「汝狡黠如是，安能從爾索命乎？且待來生耳。」散髮吐舌而去。自此不復見矣。此足見立心端正，雖冤鬼亦無如何；又足見一代名臣，在童稚之年，已自樹立如此也。

河間王仲穎

河間王仲穎先生（**安溪李文貞公為先生改字曰仲退。然原字行已久，無人稱其改字也**），名之銳，李文貞公之高弟。經術湛深，而行誼方正，粹然古君子也。乙卯、丙辰間，余隨姚安公在京師，先生猶官國子監助教，未能一見，至今悵然。

相傳先生夜偶至邸後空院，拔所種萊菔下酒，似恍惚見人影，疑為盜。倏已不見，知為鬼魅，因以幽明異路之理厲聲責之。聞叢竹中人語曰：「先生邃于《易》，一陰一陽，天之道也。人出以晝，鬼出以夜，是即幽明之分。人居無鬼之地，鬼居無人之地，是即異路焉耳。故天地間無處無人，亦無處無鬼，但不相干，即不妨並育。使鬼晝入先生室，先生責之是也。今時已深更，地為空隙，以鬼出之時，入鬼居之地，即不秉燭，又不揚聲，猝不及防，突然相遇，是先生犯鬼，非鬼犯先生。敬避似已足矣，先生何責之深乎？」先生笑曰：「汝詞直，姑置勿論。」自拔萊菔而返。後以語門人，門人謂：「鬼既能言，先生又不畏怖，何不叩其姓字，暫假詞色，問冥司之說為妄為真，或亦格物一道。」先生曰：「是又人與鬼狎矣，何幽明異路之云乎？」

仙靈之地

鄭慎人言：曩與數友往九鯉湖，宿仙游山家。夜涼未寢，出門步月。忽清風冷然，穿林而過，木葉簌簌，棲鳥驚飛。覺有種種花香，沁人心骨，出林後沿溪而去。水禽亦磔格亂鳴，似有所見。然凝睇無睹也，心知為仙靈來往。

次日，尋視林內，微雨新晴，綠苔如罽，步步皆印弓彎；又有跣足之跡，然總無及三寸者。溪邊泥跡亦然。數之，約二十餘人，指點徘徊，相與嘆異，不知是何神女也。慎人有四詩紀之，忘留其稿，不能追憶矣。

小人乘巨蝶

慎人又言：一日，庭花盛開，聞婢媼驚相呼喚。推窗視之，競以手指桂樹杪，乃一蛺蝶大如掌，背上坐一紅衫女子，大如拇指，翩翩翔舞。斯須過牆去，鄰家兒女又驚相呼喚矣。此不知為何怪，殆所謂花月之妖歟？說此事時，在劉景南家，景南曰：「安知非閨閣游戲，以蓪草花朵中人物，縛于蝶背而縱之耶？」是亦一說。慎人曰：「實見小人在蝶背，有磬控駕馭之狀，俯仰顧盼，意態生動。殊不類偶人也。」是又不可知矣。

神靈有眼

舅氏安公介然言：曩隨高陽劉伯絲先生官瑞州，聞城西土神祠有一泥鬼忽仆地，又一青面赤髮鬼，衣裝面貌與泥鬼相同，壓于其下。視之，則里中少年某，偽為鬼狀也，已斷脊死矣。眾相駭怪，莫明其故。久而有知其事者曰：「某鄰婦少艾，挑之，為所詈。婦是日往母家，度必夜歸過祠前。祠去人稍遠，乃偽為鬼狀伏像後，待其至而突掩之，將乘其驚怖昏仆，以圖一逞。不虞神之見譴也。」蓋其婦弟預是謀，初不敢告人，事定後，乃稍稍泄之云。

介然公又言：有狂童蕩婦，相遇于河間文廟前，調謔無所避忌。忽飛瓦破其腦，莫知所自來也。夫聖人道德侔乎天地，豈如二氏之教，必假靈異而始信，必待護法而始尊哉！然神鬼撝呵，則理所應有。必謂朱錦作會元，由于前世修文廟，視聖人太小矣；必謂數仞宮牆，竟無靈衛，是又儒者之迂也。

樵夫殺虎

三座塔（蒙古名古爾板蘇巴爾，漢唐之營州柳城縣，遼之興中府也。今為喀刺沁右翼地）金巡檢言（裘文達公之侄婿，偶忘其名）：有樵者山行遇虎，避入石穴中，虎亦隨入。穴故嵌空而繚曲，輾轉內避，漸不容虎。而虎必欲搏樵者，努力強入。樵者窘迫，見旁一小竇，尚足容身，遂蛇行而入；不意蜿蜒數步，忽睹天光，竟反出穴外。乃力運數石，窒虎退路，兩穴並聚柴以焚之。虎被薰灼，吼震岩谷，不食頃，死矣。此事亦足為當止不止之戒也。

孤石老人

金巡檢又言：巡檢署中一太湖石，高出檐際，皴皺斑駁，孔竅玲瓏，望之勢如飛動。云遼金舊物也。考金嘗拆艮岳奇石，運之北行，此殆所謂「卿雲萬態奇峰」耶？然金以大定府為北京，今大寧城是也。遼興中府，金降為州，不應置石于州治，是又疑不能明矣。又相傳京師兔兒山石，皆艮岳故物，余幼時尚見之。余虎坊橋宅，為威信公故第，廳事東偏，一石高七八尺，云是雍正中初造宅時所賜，亦自移兔兒山者。南城所有太湖石，此為第一。余又號「孤石老人」，蓋以此云。

京師花木最古者

京師花木最古者，首給孤寺呂氏藤花，次則余家之青桐，皆數百年物也。桐身橫徑尺五寸，聳峙高秀，夏月庭院皆碧色。惜蟲蛀一孔，雨漬其內，久而中朽至根，竟以枯槁。呂氏宅後售與高太守兆煌，又轉售程主事振甲。藤今猶在，其架用梁棟之材，始能支拄。其陰覆廳事一院，其蔓旁引，又覆西偏書室一院。花時如紫雲垂地，香氣襲衣。慕堂孝廉在日**（慕堂名元龍，庚午舉人，朱石君之妹婿也。與余同受業于董文恪公）**，或自宴客，或友人借宴客，觴詠殆無虛夕。迄今四十餘年，再到曾游，已非舊主，殊深鄰笛之悲。倪穟疇年丈嘗為題一聯曰：「一庭芳草圍新綠，十畝藤花落古香。」書法精妙，如渴驥怒猊，今亦不知所在矣。

狐語

陳句山前輩移居一宅，搬運家具時，先置書十餘篋于庭。似聞樹後小語曰：「三十餘年，此間不見物也。」視之闃如。或曰：「必狐也。」句山掉首曰：「解作此語，狐亦大佳。」

木偶為妖

先祖光祿公，康熙中于崔莊設質庫，司事者沈玉伯也。嘗有提傀儡者，質木偶二箱，高皆尺餘，製作頗精巧。逾期未贖，又無可轉售，遂為棄物，久置廢屋中。一夕月明，玉伯見木偶跳舞院中，作演劇之狀。聽之，亦咿嚶似度曲。玉伯故有膽，厲聲叱之。一時迸散。次日，舉火燒之，了無他異。

蓋物久為妖，焚之則精氣爍散，不能復聚。或有所憑亦為妖，焚之則失所依附，亦不能靈。固物理之自然耳。

獻縣一令

獻縣一令，待吏役至有恩。歿後，眷屬尚在署，吏役無一存問者。強呼數人至，皆猙獰相向，非復曩時，夫人憤恚，慟哭柩前，倦而假寐。恍惚見令語曰：「此輩無良，是其本分。吾望其感德已大誤，汝責其負德，不又誤乎？」霍然忽醒，遂無復怨尤。

神理分明

康熙末，張歌橋（河間縣地）有劉橫者（橫讀去聲，以其強悍得此稱，非其本名也），居河側。會河水暴滿，小舟重載者往往漂沒。偶見中流一婦，抱斷櫓浮沉波浪間，號呼求救。眾莫敢援，橫獨奮然曰：「汝曹非丈夫哉，烏有見死不救者！」自棹舴艋追三四里，幾覆沒者數，竟拯出之。

越日，生一子，月餘，横忽病，即命妻子治後事。時尚能行立，眾皆怪之。横太息曰：「吾不起也。吾援溺之夕，恍惚夢至一官府。吏卒導入，官持簿示吾曰：『汝平生積惡種種，當以今歲某日死，墮豕身，五世受屠割之刑。幸汝一日活二命，作大陰功，于冥律當延二紀。今銷除壽籍，用抵業報，仍以原注死日死。緣期限已迫，恐世人昧昧，疑有是善事，反促其生。故召爾證明，使知其故。今生因果並完矣，來生努力可也。』醒而心惡之，未以告人。今屆期果病，尚望活乎？」既而竟如其言。

此見神理分明，毫釐不爽。乘除進退，恆合數世而計之。勿以偶然不驗，遂謂天道無知也。

事必有因果

鄭蘇仙言：有約鄰婦私會，而病其妻在家者，夙負妻家錢數千，乃遣妻賚還。妻欣然往。不意鄰婦失期，而其妻乃途遇強暴，盡奪衣裙簪珥，縛置秫叢。皆客作流民，莫可追詰。其夫惟俯首太息，無復一言。人亦不知鄰婦事也。

後數年，有村媼之子挑人婦女，為媼所覺，反覆戒飭，舉此事以明因果。人乃稍知。蓋此人與鄰婦相聞，實此媼通詞，故知之審；惟鄰婦姓名，則媼始終不肯泄，幸不敗焉。

狐之幻化

狐所幻化，不知其自視如何，其互相視又如何。嘗于《灤陽消夏錄》論之。然狐本善為妖惑者也。至鬼則人之餘氣，其靈不過如人耳。人不能化無為有，化小為大，化醜為妍。而諸書載遇鬼者，其棺化為宮室，可延人入；其墓化為庭院，可留人居。其凶終之鬼，備諸惡狀者，可化為美麗。豈一為鬼而即能歟？抑有教之者歟？此視狐之幻，尤不可解。

憶在涼州路中，御者指一山坳曰：「曩與車數十輛露宿此山，月明之下，遙見山半有人家，土垣周絡，屋角一一可數。明日過之，則數冢而已。」是無人之地，亦能自現此象矣。明器之作，聖人其知此情狀乎？

豔女誘僧

吳僧慧貞言：有浙僧立志精進，誓願堅苦，脅未嘗至席。一夜，有豔女窺戶。心知魔至，如不見聞。女蠱惑萬狀，終不能近禪榻。後夜夜必至，亦終不能使起一念。女技窮，遙語曰：「師定力如斯，我固宜斷絕妄想。雖然，師忉利天中人也，知近我則必敗道，故畏我如虎狼。即努力得到非非想天，亦不過柔肌著體，如抱冰雪；媚姿到眼，如見塵埃，不能離乎色相也。如心到四禪天，則花自照鏡，鏡不知花；月自映水，水不知月，乃離色相矣。再到諸菩薩天，則花亦無花，鏡亦無鏡，月亦無月，水亦無水，乃無色無相，無離不離，為自在神通，不可思議。師如敢容我一近，而真空不染，則摩登伽一意皈依，不復再擾阿難矣。」僧自揣道力足以勝魔，坦然許之。偎倚撫摩，竟毀戒體。懊喪失志，侘傺以終。夫「磨而不磷，涅而不緇」，惟聖人能之，大賢以下弗能也。此僧中于一激，遂開門揖盜。天下自恃可為，遂為人所不敢為，卒至潰敗決裂者，皆此僧也哉！

對弈古不如今

德春齋扶乩，其仙降壇不作詩，自署名曰劉仲甫。眾不知為誰，有一國手在側，曰：「是南宋國手，著有《棋訣》四篇者也。」因請對弈。乩判曰：「弈則我必負。」固請，乃許。乩果負半子。眾曰：「大仙謙挹，欲獎成後進之名耶？」乩判曰：「不然，後人事事不及古，惟推步與弈棋則皆勝古。或謂因古人所及，更復精思，故已到竿頭，又能進步，是為推步言，非為弈棋言也。蓋風氣日薄，人情日巧，其傾軋攻取之術，兩機激薄，變幻萬端，吊詭出奇，不留餘地。古人不肯為之事，往往肯為；古人不敢冒之險，往往敢冒；古人不忍出之策，往往忍出。故一切世事心計，皆出古人上。弈棋亦心計之一，故宋元國手，至明已差一路，今則差一路半矣。然古之國手，極敗不過一路耳；今之國手，或敗至兩路三路，是則踏實蹈虛之辨也。」問：「弈竟無常勝法乎？」又判曰：「無常勝法，而有常不負法。不弈則常不負矣。僕猥以夙慧，得作鬼仙，世外閒身，名心都盡，逢場作戲，勝敗何關。若當局者角爭得失，尚慎旃哉！」四座有經歷世故者，多喟然太息。

雅狐高論

季滄洲言：有狐居某氏書樓中數十年矣，為整理卷軸，驅除蟲鼠，善藏弆者不及也。能與人語，而終不見其形。賓客宴集，或虛置一席，亦出相酬酢，詞氣恬雅，而談言微中，往往傾其座人。

一日，酒糾宣觴政，約各言所畏，無理者罰，非所獨畏者亦罰。有云畏講學者，有云畏名士者，有云畏富人者，有云畏貴官者，有云畏善諛者，有云畏過謙者，有云畏禮法周密者，有云畏緘默慎重、欲言不言者。最後問狐，則曰：「吾畏狐。」眾嘩笑曰：「人畏狐可也，君為同類，何所畏？請浮大白。」狐哂曰：「天下惟同類可畏也，夫甌、越之人，與奚、霫不爭地；江海之人，與車馬不爭路。類不同也。凡爭產者，必同父之子；凡爭寵者，必同夫之妻；凡爭權者，必同官之士；凡爭利者，必同市之賈。勢近則相礙，相礙則相軋耳。且射雉者媒以雉，不媒以雞鶩，捕鹿者由以鹿，不由以羊豕。凡反間內應，亦必以同類；非其同類，不能投其好而入，伺其隙而抵也。由是以思，狐安得不畏狐乎？」座有經歷險者，多稱其中理。獨一客酌酒狐前曰：「君言誠確。然此天下所同畏，非君所獨畏。仍宜浮大白。」乃一笑而散。余謂狐之罰觴，應減其半。蓋相礙相軋，天下皆知之；至伏肘腋之間，而為心腹之大患，托水乳之契，而藏鉤距之深謀，則不知者或多矣。

灶丁得狐妾

滄州李媪，余乳母也。其子曰柱兒，言昔往海上放青時（海濱空曠之地，茂草叢生。土人驅牛馬往牧，謂之放青），有灶丁夜方寢（海上煮鹽之戶，謂之灶丁），聞室內窸窣有聲。時月明穿牖，諦視無人，以為蟲鼠類也。俄聞人語嘈雜，自遠而至。有人連呼曰：「竄入此屋矣。」疑訝間已到窗外，扣窗問曰：「某在此乎？」室內泣應曰：「在。」又問：「留汝乎？」泣應曰：「留。」又問：「汝同床乎？別宿乎？」泣良久，乃應曰：「不同床，誰肯留也！」窗外頓足曰：「敗矣。」忽一婦大笑曰：「我度其出投他所，人必不相饒。汝以為未必，今竟何如？尚有面目攜歸乎？」此語之後，惟聞索索人行聲，不聞再語。既而婦又大笑曰：「汝尚不決，汝為何物乎？」扣窗呼灶丁曰：「我家逃婢投汝家，既已留宿，義無歸理。此非爾脅誘，老奴無詞以仇汝；

即或仇汝，有我在，老奴無能為也。爾等且寢，我去矣。」穴紙私窺，闃然無影；回顧枕畔，則一艷女橫陳。且喜且駭，問所自來。言：「身本狐女，為此家狐買作妾。大婦妒甚，日日加捶楚。度不可住，逃出求生。所以不先告君者。慮恐怖不留，必為所執。故趁伏床角，俟其追至，始冒死言已失身，冀或相捨。今幸得脫，願生死隨君。」灶丁慮無故得妻，或為人物色，致有他虞。女言：「能自隱形，不為人見，頃縮身為數寸，君頓忘耶！」遂留為夫婦，親操井臼，不異貧家，灶丁竟以小康。柱兒于灶丁為外兄，故知其審。李媪說此事時，云女尚在。今四十餘年，不知如何矣。此婢遭逢患難，不辭詭語以自污，可謂鋌而走險。然既已自污，則其夫留之為無理，其嫡去之為有詞，此冒險之計，實亦決勝之計也，婢亦黠矣哉。惟其夫初既不顧其後，後又不為之所，使此婢援絕路窮，至一決而橫潰，又何如度德量力，早省此一舉歟！

神語不誣

老儒周懋官，口操南音，不記為何許人。久困名場，流離困頓，嘗往來于周西擎、何華峰家。華峰本亦姓周，或二君之族歟？乾隆初，余尚及見之，迂拘拙鈍，古君子也。每應試，或以筆畫小誤被貼，或已售而以一二字被落。亦有過遭吹索，如題目寫曰字偶稍狹，即以誤作日字貼。寫己字末筆偶鋒尖上出，即以誤作已字貼。尤抑鬱不平。

一日，焚牒文昌祠，訴平生未作過惡，橫見沮抑。數日後，夢朱衣吏引至一殿，神據案語曰：「爾功名坎坷，遽瀆神明，徒挾怨尤，不知因果。爾前身本部院吏也，以爾狡黠舞文，故罰爾今生為書痴，毫不解事。以爾好指摘文牒，雖明知不誤，而巧詞鍛煉，以挾制取財，故罰爾今生處處以字畫見斥。」因指簿示之曰：「爾以曰字見貼者，此官前世乃福建駐防音德布之妻，老節婦也，因咨文寫音為殷，譯語諧聲，本無定字。爾反覆駁詰，來往再三，使窮困孤嫠所得建坊之金，不足供路費。爾以已字見帖者，此官前世以知縣起服，本歷俸三年零一月。爾需索不遂，改其文三字為五，一字為十，又以五年零十月核計，應得別案處分。比及辨白，坐原文錯誤，已沉滯年餘。業報牽纏，今生相遇，爾何冤之可鳴歟？其他種種，皆有夙因，不能為爾備陳，亦不可為爾預泄。爾宜委順，無更嘵嘵。倘其不信，則緇袍黃冠，行且有與爾為難者，可了然悟矣。」語訖，揮出。霍然而醒，殊不解緇袍黃冠之語。時方寓佛寺，因遷徙避之。至乙卯鄉試，闈中已擬第十三。二場僧道拜父母判中，有「長揖君親」字，蓋用傅弈表「不忠不孝，削髮而揖君親」語也。考官以為疵累，竟斥落。方知神語不誣。此其館步丈陳謨家（名登廷，棗強人，官製造府郎中）自詳述于步丈者。後不知所終，殆坎壈以歿矣。

妻借婢屍再生

虞倚帆侍詔言：有選人張某，攜一妻一婢至京師，僦居海豐寺街。歲餘，妻病歿。又歲餘，婢亦暴卒。方治櫬，忽似有呼吸，既而目睛轉動，已復蘇，呼選人執手泣曰：「一別年餘，不意又相見。」選人駭愕。則曰：「君勿疑譫語，我是君婦，借婢屍再生也。此婢雖侍君巾櫛，恆鬱鬱不欲居我下。商于妖尼，以術魘我。我遂發病死，魂為術者收瓶中，鎮以符咒，埋尼庵牆下。侷促昏暗，苦狀難言。會尼庵牆圮，掘地重築，圬者斸土破瓶，我乃得出。茫茫昧昧，莫知所往，伽藍神指我訴城隍。而有魘法者皆有邪神為城社，輾轉撐拄，獄不能成。達于東岳，乃捕逮術者，鞫治得狀，拘婢付泥犁。我壽未盡，屍已久朽，故判借婢屍再生也。」闔家悲喜，仍以主母事之。而所指作魘之尼，則謂選人欲以婢為妻，故詐死片時，造作斯語。不顧陷人于重辟，洶洶欲訐訟。事無實證，懼干妖妄罪，遂不敢言。然倚帆嘗私叩其僮僕，具道婦再生後，述舊事無纖毫差，其語音行步，亦與婦無纖毫異。又婢拙女紅，而婦善刺繡，有舊所製履未竟，補成其半，宛然一手，則似非偽托矣。此雍正末年事也。

忠孝烈女

范衡洲（山陰人，名家相，甲戌進士，官柳州府知府）之侄女，未婚殉節，吞金環不死，卒自投于河。曾太守（嘉祥人，曾子裔也，偶忘其名字）之女，以救母並焚死。其事跡始末，當時皆了了知之。今四十餘年，不能舉其詳矣。奇聞易記，庸行易忘，固事理之常歟！附存姓氏，冀不泯幽光。《孔子家語》載弟子七十二人，固不必一一皆具行實爾。

冥籍無誤

蘅洲言：其鄉某甲甚樸愿，一生無妄為。一日晝寢，夢數役持牒攝之去。至一公署，則冥王坐堂上，鞫以謀財殺某乙。某乙至，亦執甚堅。蓋某乙自外索逋歸，天未曙，趁涼早發。遇數人，見腰纏累然，共擊殺之，攫資遁，棄屍岸旁。某甲適棹舴艋過，見屍大駭，視之，識為某乙，尚微有氣。因屬鄰里，抱置舟上，欲送之歸。某乙垂絕，忽稍蘇，張目見某甲，以為眾奪財去，某甲獨載屍棄諸江也。故魂至冥司，獨訟某甲。冥王檢籍，云盜為某某，非某甲。某乙以親見固爭。冥吏又以冥籍無誤理，與某乙固爭。冥王曰：「冥籍無誤，論其常也。然安知千百萬年不誤者，不偶此一誤乎？我斷之不如人質之也，吏言之不如囚證之也。」故拘某甲。某甲具述載送意。照以業鏡，如所言。某乙乃悟。某甲初竊怪誤拘，冥王告以故，某甲亦悟。遂別治某乙獄，而送某甲歸。夫折獄之明決，至冥司止矣；案牘之詳確，至冥司亦止矣。而冥王若是不自信也，又若是不憚煩也，斯冥王所以為冥王歟！

某大姓恨盜甚

「仲尼不為已甚」，豈僅防矯枉過直哉，聖人之所慮遠也。老子曰：「民不畏死，奈何以死畏之！」夫民未嘗不畏死，至知必死乃不畏。至不畏死，則無事不可為矣。

小時聞某大姓為盜劫，懸賞格購捕。半歲餘，悉就執，亦俱引伏。而大姓恨盜甚，以多金賂獄卒，百計苦之：至足不躡地，脅不到席，束縛不使如廁，褌中蛆蟲蠕蠕嘬股髀，惟不絕飲食，使勿速死而已。盜恨大姓甚，私計強劫得財，律不分首從斬；輪姦婦女，律亦不分首從斬。二罪從一科斷，均歸一斬，萬無加至磔裂理。乃于庭鞫時，自供遍污其婦女。官雖不據以錄供，而眾口堅執，眾耳共聞，迄不能滅此語。不善大姓者又從而附會，謂：「盜已論死足蔽罪，而不惜多金，又百計苦之，其銜恨次骨正以此。」人言籍籍，亦無從而辨此疑，遂大為門戶玷，悔已無及。夫劫盜駢戮，不能怨主人；即拷掠追訊，桎梏幽縶，亦不能怨主人，法所應受也。至虐以法外，則其志不甘。擲石擊石，力過猛必激而反。取一時之快，受百世之污，豈非已甚之故乎？然則聖人之所慮遠矣。

高斗之妻

霍養仲言：雍正初，東光有農家，粗具中人產。一夕，有劫盜，不甚搜財物，惟就衾中曳其女，掖入後圃，仰縛曲項老樹上，蓋其意本不在劫也。女哭詈。客作高斗，睡圃中，聞之躍起，挺刃出與鬥。盜盡披靡，女以免。女恚憤泣涕，不語不食。父母寬譬終不解，窮詰再三，始出一語曰：「我身裸露，可令高斗見乎？」父母喻意，竟以妻斗。此與楚鍾建事適相類。然斗始願不及此，徒以其父病，主為醫藥。及死為棺斂，葬以隙地，而招其母司炊煮，故感激出死力耳。

羅大經《鶴林玉露》載詠朱亥詩曰：「高論唐虞儒者事，負君賣友豈勝言。憑君莫笑金椎陋，卻是屠沽解報恩。」至哉言乎！

中州李生

太白詩曰：「徘徊映歌扇，似月雲中見；相見不相親，不如不相見。」此為冶游言也。人家夫婦有睽離阻隔，而日日相見者，則不知是何因果矣。

郭石洲言：中州有李生者，娶婦旬餘而母病，夫婦更番守侍，衣不解結者七八月。母歿後，謹守禮法，三載不內宿。後貧甚，同依外家。外家亦僅僅溫飽，屋宇無多，掃一室留居。未匝月，外姑之弟遠就館，送母來依姊。無室可容，乃以母與女共一室，而李生別榻書齋，僅早晚同案食耳。閱兩載，李生入京規進取，外舅亦攜家就幕江西。後得信，云婦已卒。李生意氣懊喪，益落拓不自存，仍附舟南下覓外舅。外舅已別易主人，隨往他所。無所棲托，姑賣字餬口。

一日，市中遇雄偉丈夫，取視其字曰：「君書大好。能一歲三四十金，為人書記乎？」李生喜出望外，即同登舟。煙水渺茫，不知何處。至家，供張亦甚盛。及觀所屬筆札，則綠林豪客也。無可如何，姑且依止。慮有後患，因詭易里籍姓名。主人性豪侈，聲伎滿前，不甚避客。每張樂，必召李生。偶見一姬，酷肖其婦，疑為鬼。姬亦時時目李生，似曾相識。然彼此不敢通一語。蓋其外舅江行，適為此盜所劫，見婦有姿首，並掠以去。外舅以為大辱，急市薄櫬，詭言女中傷死，偽為哭斂，載以歸。婦憚死失身，已充盜後房。故于是相遇，然李生信婦已死，婦又不知李生改姓名，疑為貌似，故兩相失。大抵三五日必一見，見慣亦不復相目矣。

如是六七年，一日，主人呼李生曰：「吾事且敗，君文士不必與此難。此黃金五十兩，君可懷之，藏某處叢荻間。候兵退，速覓漁舟返。此地人皆識君，不慮其不相送也。」語訖，揮手使急去伏匿。未幾，聞哄然格鬥聲。既而聞傳呼曰：「盜已全隊揚帆去，且籍其金帛婦女。」時已曛黑，火光中窺見諸樂伎皆披髮肉袒，反接繫頸，以鞭杖驅之行，此姬亦在內，驚怖戰慄，使人心惻。明日，島上無一人，痴立水次。良久，忽一人棹小舟呼曰：「某先生耶？大王故無恙，且送先生返。」行一日夜，至岸，懼遭物色，乃懷金北歸。至則外舅已先返矣。生至家，貨所攜，漸豐裕。念夫婦至相愛，而結褵十載，始終無一月共枕席。今物力稍充，不忍終以薄櫬葬。擬易佳木，且欲一睹其遺骨，亦夙昔之情。外舅力沮不能止，詞窮吐實。急兼程至豫章，冀合樂昌之鏡。則所俘樂伎，分賞已久，不知流落何所矣。每回憶六七年中，咫尺千里，輒惘然如失。又回憶被俘時，縲絏鞭笞之狀，不知以後摧折，更復若何，又輒腸斷也。從此不娶。聞後竟為僧。

戈芥舟前輩曰：「此事竟可作傳奇，惜末無結束，與《桃花扇》相等。雖曲終不見，江山峰青，綿邈含情，正在煙波不盡，究未免增人怊悵耳。」

趙公婢紫桃

金可亭（此浙江金孝廉，名嘉炎。與金大司農同姓同號，各自一人）言：有趙公者，官監司。晚歲家居，得一婢曰紫桃，寵專房，他姬莫當夕。紫桃亦婉孌善奉事，呼之必在側，百不一失。趙公固聰察，疑有異，于枕畔固詰。紫桃自承為狐，然夙緣當侍公，與公無害。昵愛久，亦弗言。

家有園亭，一日立兩室間，呼紫桃。則兩室各一紫桃出。乃大駭。紫桃謝曰：「妾分形也。」偶春日策杖郊外，遂道士與語，甚有理致。情頗洽，問所自來。曰：「為公來。公本謫仙，限滿當歸三島。今金丹已為狐所盜，不可復歸。再不治，慮壽限亦減。僕公舊侶，故來視公。」趙公心知紫桃事，邀同歸。道士踞坐廳事，索筆書一符，曼聲長嘯。邸中紛紛擾擾，有數十紫桃，容色衣飾，無毫髮差，跪庭院皆滿。道士呼真紫桃出。眾相顧曰：「無真也。」又呼最先紫桃出。

一女叩額曰：「婢子是。」道士叱曰：「爾盜趙公丹已非，又呼朋引類，務敗其道，何也？」女對曰：「是有二故：趙公前生，煉精四五百年，元關堅固，非更番迭取不能得。然趙公非碌碌者，見眾美遝進，必覺為蠱惑，斷不肯納。故終始共幻一形，匿其跡也。今事已露，願散去。」道士揮手令出，顧趙公太息曰：「小人獻媚旅進，君子弗受也。一小人伺君子之隙，投其所尚，眾小人從而陰佐之，則君子弗覺矣。《易．姤卦》之初六，一陰始生，其象為繫于金柅。柅以止車，示當止也。不止則履霜之初，即堅冰之漸。浸假而《剝卦》六五至矣。今日之事，是之謂乎？然苟無其隙，雖小人不能伺；苟無所好，雖小人不能投。千金之堤，潰于蟻漏，有罅故也。公先誤涉旁門，欲講容成之術；既而耽玩艷冶，失其初心。嗜欲日深，故妖物乘之而麕集。釁因自起，于彼何尤？此始此終，固亦其理。驅之而不譴，蓋以是耳。吾來稍晚，于公事已無益。然從此攝心清靜，猶不失作九十翁。」再三珍重，瞥然而去。趙公後果壽八十餘。

深山孤狐

哈密屯軍，多牧馬西北深山中。屯弁或往考牧，中途恆憩一民家。主翁或具瓜果，意甚恭謹。久漸款洽，然竊怪其無鄰無里，不圃不農，寂歷空山，作何生計。

一日，偶詰其故。翁無詞自解，云實蛻形之狐。問：「狐喜近人，何以僻處？狐多聚族，何以獨居？」曰：「修道必世外幽棲，始精神堅定。如往來城市，則嗜欲日生，難以煉形服氣，不免于媚人採補，攝取外丹。倘所害過多，終干天律。至往來墟墓，種類太繁，則蹤跡彰明，易招弋獵，尤非遠害之方。故均不為也。」屯弁喜其樸誠，亦不猜懼，約為兄弟。翁亦欣然。因出便旋，循牆環視。翁笑曰：「凡變形之狐，其室皆幻；蛻形之狐，其室皆真。老夫屍解以來，久歸人道，此並葺茅伐木，手自經營，公毋疑如海市也。」他日再往，屯軍告月明之夕，不睹人形，而石壁時現二人影，高並丈餘，疑為鬼物，欲改牧廠。屯弁以問，此翁曰：「此所謂木石之怪夔魍魎也。山川精氣，翕合而生，其始如泡露，久而漸如煙霧，久而凝聚成形，尚空虛無質，故月下惟見其影；再百餘年，則氣足而有質矣。二物吾亦嘗見之，不為人害，無庸避也。」後屯弁泄其事，狐遂徙去。惟二影今尚存焉。此哈密徐守備所說。徐云久擬同屯弁往觀，以往返須數日，尚未暇也。

神能驅馬

烏魯木齊牧廠一夕大風雨，馬驚逸者數十匹，追尋無跡。七八日後，乃自哈密山中出。知為烏魯木齊馬者，馬有火印故也。是地距哈密二十餘程，何以不十日即至？知窮谷幽岩，人跡未到之處，別有捷徑矣。大學士溫公，遣台軍數輩，裹糧往探。皆糧盡空返，終不得路。或曰：「台軍憚路遠，在近山逗留旬日，詭云已往。」或曰：「台軍憚伐山開路勞，又憚移台搬運費，故諱不言。」或曰：「自哈密闢展至迪化（即烏魯木齊之城名，今因為州名），人煙相接，村落市廛，郵傳館舍如內地，又沙平如掌。改而山行，則路既險礙，地亦荒涼，事事皆不適。故不願。」或曰：「道途既減大半，則台軍之額，驛馬之數，以及一切轉運之費，皆應減大半，于官吏頗有損。故陰掣肘。」是皆不可知。然七八日得馬之事，終不可解。或又為之說曰：「失馬譴重，司牧者以牢醴禱山神。神驅之，故馬速出，非別有路也。」然神能驅之行，何不驅之返乎？

羊神

奴子王廷佑之母言：幼時家在衛河側，一日晨起，聞兩岸呼噪聲。時水暴漲，疑河決，踉蹌出視，則河中一羊頭昂出水上，巨如五斗栲栳，急如激箭，順流向北去。皆曰羊神過。余謂此蛟螭之類，首似羊也。《埤雅》載龍九似，亦稱首似牛云。

棒椎魚決堤

居衛河側者言：河之將決，中流之水必凸起，高于兩岸；然不知其在何處也。至棒椎魚集于一處，則所集之處不一兩日潰矣。父老相傳，驗之百不失一。棒椎魚者，像其形而名，平時不知在何所，網釣亦未見得之者，至河暴漲乃麕至。護堤者見其以首觸岸，如萬杵齊築，則決在斯須間矣，豈非數哉！然唐堯洪水，天數也；神禹隨刊，則人事也。惟聖人能知天，惟聖人不委過于天，先事而綢繆，後事而補救，雖不能消弭，亦必有所挽回。

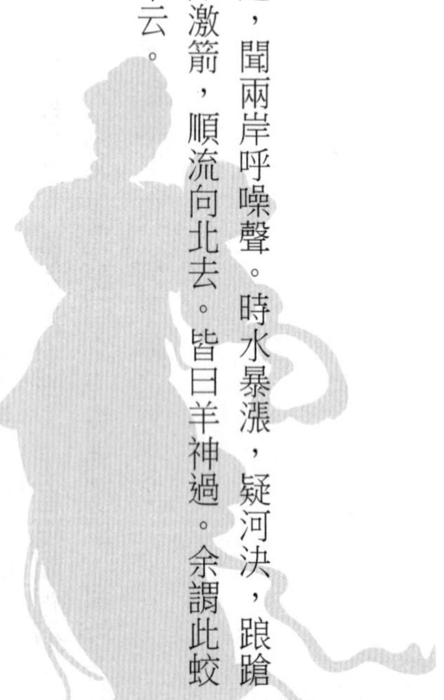

醉鬼

先曾祖母王太夫人八旬時，宴客滿堂，奴子李榮司茶酒，竊滄酒半罌，匿房內。夜歸將寢，聞罌中有鼾聲，怪而撼之。罌中忽語曰：「我醉欲眠，爾勿擾。」知為狐魅，怒而極撼之。鼾益甚。探手引之，則一人首出罌口，漸巨如斗，漸巨如栲栳。榮批其頰，則掉首一搖。連罌旋轉，砰然有聲，觸甕而碎，已涓滴不遺矣。榮頓足極罵，聞樑上語曰：「長孫無禮（長孫，榮之小名也），許爾盜不許我盜耶？爾既惜酒，我亦不勝酒。今還爾。」據其項而嘔。自頂至踵，淋漓殆遍。此與余所記西城狐事相似而更惡作劇。然小人貪冒，無一事不作奸，稍料理之，未為過也。

狐爭牙牌

安州陳大宗伯，宅在孫公園（其後廢墟，即孫退谷之別業）。後有樓貯雜物，云有狐居，然不甚露形聲也。一日，聞似相詬誶；忽亂擲牙牌于樓下，琤琤如雹。數之，得三十一扇，惟闕二四一扇耳。二四么二，牌家謂之至尊（以合為九數故也），得者為大捷。疑其爭此二扇，怒而拋棄歟？余兒時曾親見之。杜工部大呼五白，韓昌黎博塞爭財，李習之作《五木經》，楊大年喜葉子戲，偶然寄興，借此消閒，名士風流，往往不免。乃至「元邱校尉」亦復沿坡，余性迂疏，終以為非雅戲也。

攝召婦人之術

蔣心餘言：有客赴人游湖約，至則畫船簫鼓，紅裙而侑酒者，諦視乃其婦也。去家二千里，不知何流落至此，懼為辱，噤不敢言。婦乃若不相識，無恐怖意，亦無慚愧意，調絲度曲，引袖飛觴，恬如也。惟聲音不相似。又婦笑好掩口，此妓不然，亦不相似。而右腕紅痣如粟顆，乃復宛然。大惑不解，草草終筵，將治裝為歸計。俄得家書。婦半載前死矣。疑為見鬼，亦不復深求。所親見其意態殊常，密詰再三，始知其故，咸以為貌偶同也。後聞一游士來往吳越間，不事干謁，不通交游，亦無所經營貿易，惟攜姬媵數輩閉門居；或時出一二人，屬媒媼賣之而已。以為販鬻婦女者，無與人事，莫或過問也。

一日，意甚匆遽，急買舟欲赴天目山，求高行僧作道場。僧以其疏語掩抑支離，不知何事；又有「本是佛傳，當求佛佑，仰藉慈雲之庇，庶寬雷部之刑」語，疑有別故，還其襯施，謝遣之。至中途，果殞于雷，後從者微泄其事，曰：「此人從一紅衣番僧受異術，能持咒攝取新斂女子屍，又攝取妖狐淫鬼，附其屍以生，即以自侍。再有新者，即以舊者轉售人，獲利無算。因夢神責以惡貫將滿，當伏天誅，故懺悔以求免，竟不能也。」疑此容之婦，即為此人所攝矣。理藩院尚書留公亦言，紅教喇嘛有攝召婦女術，故黃教斥以為魔云。

盜墓珠者

外祖安公，前母安太夫人父也。歿時，家尚盛，諸舅多以金寶殉。或陳「璠璵」之戒，不省。又築室墓垣外，以數壯夫邏守，柝聲鈴聲，徹夜相答。或曰：「是樹幟招盜也。」亦不省。既而果被發。蓋盜乘守者晝寢，衣青蓑，逾垣伏草間，故未覺其入。至夜，以椎鑿破棺。柝二擊則亦二椎，柝三擊則亦三椎，故轉以鈴柝不聞聲。伏至天欲曉，鈴柝皆息，乃逾垣遁，故未覺其出。一含珠巨如龍眼核，亦裂頦取去。先聞之也，告官。大索未得間，諸舅同夢外祖曰：「吾夙生負此三人財，今取償，捕亦不獲。惟我未嘗屠割彼，而橫見酷虐，刃劃斷我頤，是當受報，吾得直于冥司矣。」後月餘，獲一盜，果取珠者。珠為屍氣所蝕，已青黯不值一錢。其二盜灼知姓名，而千金購捕不能得，則夢語不誣矣。

某甲買一妾

表叔王月阡言：近村某甲買一妾，兩月餘，逃去。其父反以妒殺焚屍訟。會縣官在京需次時，逃妾構訟，事與此類，觸其舊憤，窮治得誣狀。計不得逞，然堅不承轉鬻。蓋無誘逃實證，難于究詰，妾卒無蹤。某甲婦弟住隔縣。婦歸寧，聞弟新納妾，欲見之。妾閉戶不肯出，其弟自曳之來。一見即投地叩額，稱死罪，正所失妾也。婦弟以某甲舊妾，不肯納。某甲以曾侍婦弟，亦不肯納，鞭之百，以配老奴，竟以爨婢終焉。夫富室構訟，詞連帷薄，此不能旦夕結也，而適值是縣官。女子轉鬻，深匿閨幃，此不易物色求也，而適值其婦弟。機械百端，可云至巧，烏知造物更巧哉！

虎倀行騙

門人葛觀察正華，吉州人。言其鄉有數商，驅騾綱行山間。見樵徑上立一道士，青袍棕笠，以麈尾招其中一人曰：「爾何姓名？」具以對。又問籍何縣，曰：「是爾矣，爾本謫仙，今限滿當歸紫府。吾是爾本師，故來導爾。爾宜隨我行。」此人私念平生不能識一字，魯鈍如是，不應為仙人轉生；且父母年已高，亦無棄之求仙理，堅謝不往。道士太息，又招眾人曰：「彼既墮落，當有一人補其位。諸君相遇，即是有緣，有能隨我行者乎？千載一遇，不可失也。」眾亦疑駭無應者，道士怫然去。眾至逆旅，以此事告人。或云仙人接引，不去可惜。或云恐或妖物，不去是。

有好事者，次日循樵徑探之，甫登一嶺，見草間殘骸狼籍，乃新被虎食者也。惶遽而返。此道士殆虎倀歟？故無故而致非常之福，貪冒者所喜，明哲者所懼也。無故而作非分之想，僥倖者其偶，顛越者其常也。謂此人之魯鈍，正此人之聰明矣。

魂投蟹胎

宋人詠蟹詩曰：「水清詎免雙螯黑，秋老難逃一背紅。」借寓朱勔之貪婪必敗也。然他物供庖廚，一死焉而已。惟蟹則生投釜甑，徐受蒸煮，由初沸至熟，至速亦逾數刻，其楚毒有求死不得者。意非夙業深重，不墮是中。

相傳趙公宏燮官直隸巡撫時（時直隸尚未設總督），一夜夢家中已死僮僕媼婢數十人，環跪階下，皆叩額乞命，曰：「奴輩生受豢養恩，而互結朋黨，蒙蔽主人，久而枝蔓牽纏，根柢膠固，成牢不可破之局。即稍有敗露，亦眾口一音，巧為解結，使心知之而無如何。又久而陰相掣肘，使不如眾人之意，則不能行一事。坐是罪惡，墮入水族，使世世罹湯鑊之苦。明日主人供膳蟹，即奴輩後身，乞見赦宥。」公故仁慈，天曙，以夢告司庖，飭舉蟹投水，且為禮懺作功德。時霜蟹肥美，使宅所供，尤精選膏腴。奴輩皆竊笑曰：「老翁狡獪，造此語怖人耶！吾輩豈受汝紿者。」竟效校人之烹，而以已放告；又乾沒其功德錢，而以佛事已畢告。趙公竟終不知也。此輩作奸，固其常態；要亦此數十僮僕婢媼者，留此錮習，適以自戕。請君入甕，此之謂歟！

魂游夢外

魂與魄交而成夢，究不能明其所以然。先兄晴湖，嘗詠高唐神女事曰：「他人夢見我，我固不得知；我夢見他人，人又烏知之？孱王自幻想，神女寧幽期？如何巫山上，雲雨今猶疑。」足為瑤姬雪謗。然實有見人之夢者。

奴子李星，嘗月夜村外納涼，遙見鄰家少婦掩映棗林間，以為守圃防盜，恐其翁姑及夫或同在，不敢呼與語。俄見其循塍西行半里許，入秫叢中。疑其有所期會，益不敢近，僅遠望之。俄見穿秫叢出行數步，阻水而返，痴立良久，又循水北行百餘步，阻泥濘而返，折而東北入豆田。詰屈行，顛躓者再。如其迷路，乃遙呼曰：「幾嫂深夜往何處？迤北更無路，且陷淖中矣。」婦回顧應曰：「我不能出，幾郎可領我還。」急赴之，已無睹矣。知為遇鬼，心驚骨慄，狂奔歸家。乃見婦與其母坐門外牆下，言適紡倦睡去，夢至林野中，迷不能出，聞幾郎在後喚我，乃霍然醒。與星所見，一一相符。蓋疲困之極，神不守舍，真陽飛越，遂至離魂。魄與形離，是即鬼類，與神識起滅自生幻象者不同，故人或得而見之。獨孤生之夢游，正此類耳。

民喧貪吏冥報

有州牧以貪橫伏誅。既死之後，州民喧傳其種種冥報，至不可殫書。余謂此怨毒未平，造作訛言耳。先兄晴湖則曰：「天地無心，視聽在民；民言如是，是亦可危也已。」

里媼以灰治滯食者

里媼遇飯食凝滯者，即以其物燒灰存性，調水服之。余初斥其妄，然亦往往驗。審思其故，此皆油膩凝滯者也。蓋油膩先凝，物稍過多，則遇之必滯。凡藥物入胃，必湊其同氣。故某物之灰，能自到某物凝滯處。凡油膩得灰即解散，故灰到其處，滯者自行，猶之以灰浣垢而已。若脾弱之凝滯，胃滿之凝滯，氣鬱之凝滯，血瘀痰結之凝滯，則非灰所能除矣。

妖獸幻形誘人啖

烏魯木齊軍校王福言：曩在西寧，與同隊數人入山射生。遙見山腰一番婦獨行，有四狼隨其後。以為狼將搏噬，番婦未見也，共相呼噪，番婦如不聞。一人引滿射狼，乃誤中番婦，倒擲墮山下。眾方驚悔，視之，亦一狼也。四狼則已逸去矣。蓋妖獸幻形，誘人而啖，不幸遭殪也。豈惡貫已盈，若或使之歟！

卷十六　姑妄聽之【二】（五十四則）

鬼神憒憒

天下事，情理而已，然情理有時而互妨。里有姑虐其養媳者，慘酷無人理，遁歸母家。母憐而匿別所，詭言未見，因涉訟。姑以朱老與比鄰，當見其來往，引為證。朱私念言女已歸，則驅人就死；言女未歸，則助人離婚。疑不能決，乞簽于神。舉筒屢搖，簽不出。奮力再搖，簽乃全出。是神亦不能決也。辛彤甫先生聞之曰：「神殊憒憒！十歲幼女，而日日加炮烙，恩義絕矣。聽其逃死不為過。」

奇夢詠梅佳句

戈孝廉仲坊，丁酉鄉試後，夢至一處，見屏上書絕句數首。醒而記其兩句曰：「知是蓬萊第一仙，因何清淺幾多年？」壬子春，在河間見景州李生，偶話其事。李駭曰：「此余族弟屏上近人題梅花作也。句殊不工，不知何以入君夢？」前無因緣，後無徵驗，《周官》六夢，竟何所屬乎？

雄雞卵

《新齊諧》（即《子不語》之改名）載雄雞卵事，今乃知竟實有之。其大如指形，頂似閩中落花生，不能正圓，外有斑點，向日映之，其中深紅如琥珀，以點目眚，甚效。德少司空成，汪副憲承霈皆嘗以是物合藥。然不易得，一枚可以值十金。阿少司農迪斯曰：「是雖罕睹，實亦人力所為。」以肥壯雄雞閉籠中，縱群雌繞籠外，使相近而不能相接。久而精氣搏結，自能成卵。此亦理所宜然。然雞秉巽風之氣，故食之發瘡毒。其卵以盛陽不泄，鬱積而成，自必蘊熱，不知何以反明目。又《本草》之所不載，醫經之所未言，何以知其能明目？此則莫明其故矣。汪副憲曰：「有以蛇卵售欺者，但映日不紅，即為偽托。亦不可不知也。」

雞償盜錢

沈媼言：里有趙三者，與母俱傭于郭氏。母歿後年餘，一夕，似夢非夢，聞母語曰：「明日大雪，牆頭當凍死一雞，主人必與爾。爾慎勿食。我嘗盜主人三百錢，冥司判為雞以償。今生卵足數而去也。」

次日，果如所言。趙三不肯食，泣而埋之。反復窮詰，始吐其實。此數年內事也。然則世之供車騎受刲煮者，必有前因焉，人不知耳。此輩之狡黠攘竊者，亦必有後果焉，人不思耳。

千里求父骨

余十一二歲時，聞從叔燦若公言：里有齊某者，以罪戍黑龍江，歿數年矣。其子稍長，欲歸其骨，而貧不能往，恆蹙然如抱深憂。

一日，偶得豆數升，乃屑以為末，水摶成丸；衣以赭土，詐為賣藥者以往，姑以給取數文錢供口食耳。乃沿途買其藥者，雖危症亦立愈。轉相告語，頗得善價，竟藉是達戍所，得父骨，以篋負歸。歸途于窩集遇三盜，急棄其資斧，負篋奔。盜追及，開篋見骨，怪問其故。涕泣陳述。共憫而釋之，轉贈以金。方拜謝間，一盜忽擗踊大慟曰：「此人孱弱如是，尚數千里外求父骨。我堂堂丈夫，自命豪傑，顧乃不能耶？諸君好住，吾今往肅州矣。」語訖，揮手西行。其徒呼使別妻子，終不反顧，蓋所感者深矣。惜人往風微，無傳于世。余作《灤陽消夏錄》諸書，亦竟忘之。癸丑三月三日，宿海淀直廬，偶然憶及，因錄以補志乘之遺。倘亦潛德未彰，幽靈不泯，有以默啟余衷乎！

狐媚老叟

李蟠木言：其鄉有灌園叟，年六十餘矣。與客作數人同屋寢，忽聞其啞啞作顫聲，又呢呢作媚語，呼之不應。

一夕，燈未盡，見其布衾蠕蠕掀簸，如有人交接者，問之亦不言。既而白晝或忽趨僻處，或無故閉門。怪而覘之，輒有瓦石飛擊。人方知其為魅所據。久之不能自諱，言初見一少年至園中，似曾相識，而不能記憶；邀之坐，問所自來，少年言：「有一事告君，祈君勿拒。君四世前與我為密友，後忽藉胥魁勢豪奪我田。我訴官，反遭笞。鬱結以死，訴于冥官。主者以契交隙末，當以歡喜解冤。判君為我婦二十年。不意我以業重，遽墮狐身，尚有四年未了。比我煉形成道，君已再入輪迴，轉生今世。前因雖昧，舊債難消；夙命牽纏。遇于此地。業緣湊合，不能待君再墮女身，便乞相償，完此因果。」我方駭怪，彼遽噓我以氣，惘惘然如醉如夢，已受其污。自是日必一兩至，去後亦自悔恨，然來時又帖然意肯，竟自忘為老翁，不知其何以故也。

一夜，初聞狎昵聲，漸聞呻吟聲，漸聞悄悄乞緩聲，漸聞切切求免聲；至雞鳴後，乃噭然失聲。突樑上大笑曰：「此足抵笞三十矣。」自是遂不至。後葺治草屋，見樑上皆白粉所畫圈，十圈為一行。數之，得一千四百四十，正合四年之日數。乃知為所記淫籌。計其來去，不滿四年，殆以一度抵一日矣。或曰：「是狐欲媚此叟，故造斯言。」然狐之媚人，悅其色，攝其精耳。雞皮鶴髮，有何色之可悅？有何精之可攝？其非相媚也明甚。且以扶杖之年，講分桃之好，逆來順受，亦太不情。其為身異性存，夙根未泯，自然相就，如磁引針，亦明甚。狐之所云，殆非虛語。然則怨毒糾結，變端百出，至三生之後而未已，其亦慎勿造因哉！

少年山行

文水李秀升言：其鄉有少年山行，遇少婦獨騎一驢，紅裙藍帔，貌頗嫻雅，屢以目側睨。少年故謹厚，慮或招嫌，恆在其後數十步，俯首未嘗一視。至林谷深處，婦忽按轡不行，待其追及，語之曰：「君秉心端正，大不易得。我不欲害君，此非往某處路，君誤隨行。可于某樹下繞向某方，斜行三四里即得路矣。」語訖，自驢背一躍，直上木杪，其身漸漸長丈餘，俄風起葉飛，瞥然已逝。再視其驢，乃一狐也。少年悸幾失魂。殆飛天夜叉之類歟？使稍與狎昵，不知作何變怪矣。

舉子號舍遇鬼

癸丑會試，陝西一舉子于號舍遇鬼，驟發狂疾。眾掖出歸寓，鬼亦隨出，自以首觸壁，皮骨皆破。避至外城，鬼又隨至，卒以刃自刺死。未死間，手書片紙付其友，乃「天網恢恢，疏而不漏」八字。雖不知所為何事，其為冤報則鑿鑿矣。

克己之狐

南皮郝子明言：有士人讀書僧寺，偶便旋于空院，忽有飛瓦擊其背。俄聞屋中語曰：「汝輩能見人，人則不能見汝輩。不自引避，反嗔人耶？」方駭愕間，屋內又語曰：「小婢無禮，當即笞之，先生勿介意。然空屋多我輩所居，先生凡遇此等處，宜面牆便旋，勿對門窗，則兩無觸忤矣。」此狐可謂能克己。

余嘗謂僮僕吏役與人爭角而不勝，其長恆引以為辱，世態類然。夫天下至可恥者，莫過于悖理。不問理之曲直，而務求我所隸屬，人不能犯以為榮，果足為榮也耶?昔有屬官私其胥魁，百計袒護。余戲語之曰：「吾儕身後，當各有碑志一篇，使蓋棺論定，撰文者奮筆書曰：『公秉正不阿，于所屬吏役，犯法者一無假借。』人必以為榮，諒君亦以為榮也。又或奮筆書曰：『公平生喜庇吏役，雖受賕骫法，亦一一曲為諱匿。』人必以為辱，諒君亦以為辱也。何此時乃以辱為榮，以榮為辱耶？」先師董文恪公曰：「凡事不可載入行狀，即斷斷不可為。」斯言諒矣。

狐戲富賈

侍鷺川言（侍氏未詳所出，疑本侍其氏，明洪武中，凡複姓皆令去一字，因為侍氏也）：有賈于淮上者，偶行曲巷，見一女姿色明艷，殆類天人。私訪其近鄰，曰：「新來未匝月，只老母攜婢數人同居，未知為何許人也。」賈因賂媒媼覘之。其母言：「杭州金姓，同一子一女往依其婿。不幸子遘疾，卒于舟；二僕又乘隙竊資逃。煢煢孤嫠，懼遭強暴，不得已稅屋權住此，待親屬來迎。尚未知其肯來否？」語訖，泣下。媒舔以：「既無所歸，又無地主，將來作何究竟，有女如是，何不于此地求佳婿，暮年亦有所依。」母言：「甚善，我亦不求多聘幣。但弱女嬌養久，亦不欲草草。有能製衣飾奩具約值千金者，我即許之。所辦仍是渠家物，我惟至彼一閱視，不取纖芥歸也。」媒以告賈，賈私計良得。旬日內，趣辦金珠錦繡，殫極華美；一切器用，亦事事精好。先親迎一日，邀母來觀，意甚愜足。次日，簫鼓至門，乃堅閉不啟。候至數刻，呼亦不應，詢問鄰居，又未見其移居。不得已踰牆入視，則闃無一人。偏索諸室，惟破床堆髑髏數具，乃知其非人。回視家中，一物不失，然無所用之，重鬻僅能得半價。懊喪不出者數月，竟莫測此魅何所取。或曰：「魅本無意惑賈。賈妄生窺伺，反往覘魅，魅故因而戲弄之。」是于理當然。或又曰：「賈富而慳，心計可以析秋毫。犯鬼神之忌，故魅以美色顛倒之。」是亦理所宜有也。

癰中飛雉

《宣室志》載隴西李生左乳患癰，一日癰潰，有雉自乳飛出，不知所之。《聞奇錄》載崔堯封外甥李言吉左目患瘤，剖之有黃雀鳴噪而去。其事者皆不可以理解。札閣學郎阿親見其親串家小婢項上生瘡，瘡中出一白蝙蝠。知唐人記二事非虛。豈但「六合之外，存而不論」哉？

醉鍾馗圖

曹慕堂宗丞有乩仙所畫《醉鍾馗圖》，余題以二絕句曰：「一夢荒唐事有無，吳生粉本幾臨摹；紛紛畫手多新樣，又道先生是酒徒。」「午日家家蒲酒香，終南進士亦壺觴；太平時節無妖厲，任爾閒游到醉鄉。」畫者題者，均弄筆狡獪而已。

一日，午睡初醒，聽窗外婢媼悄語說鬼：有王媼家在西山，言曾月夕守瓜田，遙見雙燈自林外冉冉來，人語嘈雜，乃一大鬼醉欲倒，諸小鬼掖之踉蹌行。安知非醉鍾馗乎？天地之大，無所不有。隨意畫一人，往往遇一人與之肖；隨意命一名，往往有一人與之同。無心暗合，是即化工之自然也。

某狐之習儒者

相傳魏環極先生嘗讀書山寺，凡筆墨几榻之類，不待拂拭，自然無塵。初不為意，後稍稍怪之。

一日晚歸，門尚未啟，聞室中窸窣有聲；從隙竊覘，見一人方整飭書案。驟入掩之，其人瞥穿後窗去。急呼令近，其人遂拱立窗外，意甚恭謹。問：「汝何怪？」磬折對曰：「某狐之習儒者也。以公正人，不敢近，然私敬公，故日日竊執僕隸役。幸公勿訝。」先生隔窗與語，甚有理致。自是雖不敢入室，然遇先生不甚避，先生亦時時與言。

一日，偶問：「汝視我能作聖賢乎？」曰：「公所講者道學，與聖賢各一事也。聖賢依乎中庸，以實心勵實行，以實學求實用，道學則務語精微，先理氣，後彝倫，尊性命，薄事功，其用意已稍別。聖賢之于心，有是非心，無彼我心；有誘導心，無苛刻心。道學則各立門戶，不能不爭，既已相爭，不能不巧詆以求勝。以是意見，生種種作用，遂不盡可令孔孟見矣，公剛大之氣，正直之情，實可質鬼神而不愧，所以敬公者在此。公率其本性，為聖為賢亦在此。若公所講，則固各自一事，非下愚之所知也。」公默然遣之。後以語門人曰：「是蓋因明季黨禍，有激而言，非篤論也。然其抉摘情偽。固可警世之講學者。」

河中石獸

滄州南一寺臨河干，山門圮于河，二石獸並沉焉。閱十餘歲，僧募金重修，求二石獸于水中，竟不可得，以為順流下矣。棹數小舟，曳鐵鈀，尋十餘里無跡。

一講學家設帳寺中，聞之笑曰：「爾輩不能究物理。是非木柹，豈能為暴漲攜之去？乃石性堅重，沙性鬆浮，湮于沙上，漸沉漸深耳。沿河求之，不亦顛乎？」眾服為確論。

一老河兵聞之，又笑曰：「凡河中失石，當求之于上流。蓋石性堅重，沙性鬆浮，水不能衝石，其反激之力，必于石下迎水處嚙沙為坎穴。漸激漸深，至石之半，石必倒擲坎穴中。如是再嚙，石又再轉。轉轉不已，遂反溯流逆上矣。求之下流，固顛；求之地中，不更顛乎？」如其言，果得于數里外。然則天下之事，但知其一，不知其二者多矣，可據理臆斷歟！

輕佻農家子

交河及友聲言：有農家子，頗輕佻。路逢鄰村一婦，佇目睨視。方微笑挑之，適有饁者同行，遂各散去。閱日，又遇諸途，婦騎一烏牸牛，似相顧盼。農家子大喜，隨之。時霖雨之後，野水縱橫，牛行沮洳中甚速。沾體濡足，顛躓者屢，比至其門，氣殆不屬。及婦下牛，覺形忽不類；諦視之，乃一老翁。恍惚驚疑，有如夢寐。翁訝其痴立，問：「到此何為？」無可置詞，詭以迷路對，踉蹌而歸。

次日，門前老柳削去木皮三尺餘，大書其上曰：「私窺貞婦，罰行泥濘十里。」乃知為魅所戲也。鄰里怪問，不能自掩，為其父捶幾殆。自是愧悔，竟以改行。此魅雖惡作劇，即謂之善知識可矣。

友聲又言：一人見狐睡樹下，以片瓦擲之。不中，瓦碎有聲，狐驚躍去。歸甫入門，突見其婦縊樹上，大駭呼救。其婦狂奔而出，樹上縊者已不見。但聞檐際大笑曰：「亦還汝一驚。」此亦足為佻達者戒也。

徒敗其師

同年陳半江言：有道士善符籙，驅鬼縛魅，具有靈應。所至惟蔬食茗飲而已，不受銖金寸帛也。久而術漸不驗，十每失四五。後竟為群魅所遮，大見窘辱，狼狽遁走。訴于其師。師至，登壇召將，執群魅鞫狀。乃知道士雖不取一物，而其徒往往索人財，乃為行法；又竊其符籙，攝狐女媟狎。狐女因竊污其法器，故神怒不降，而仇之者得以逞也。師拊髀嘆曰：「此非魅敗爾，爾徒之敗爾也；亦非爾徒之敗爾，爾不察爾徒，適以自敗也。賴爾持戒清苦，得免幸矣；于魅乎何尤！」拂衣竟去。

夫天君泰然，百體從令，此儒者之常談也。然奸黠之徒，豈能以主人廉介，遂輟貪謀哉！半江此言，蓋其官直隸時，與某令相遇于余家，微以相諷。此令不悟，故清風兩袖，而卒被惡聲，其可惜也已。

少年自掘其妻墓

里有少年，無故自掘其妻墓，幾見棺矣。時耕者滿野，見其且詈且掘，疑為顛癇，群起阻之。詰其故，堅不肯吐；然為眾手所牽制，不能復掘，荷鋤恨恨去。皆莫測其所以然也。

越日，一牧者忽至墓下，發狂自撾曰：「汝播弄是非，間人骨肉多矣。今乃誣及黃泉耶？吾得請于神，不汝貸也。」因縷陳始末，自嚙其舌死。蓋少年恃其剛悍，顧盼自雄，視鄉黨如無物。牧者甚焉，因為造謗曰：「或謂某帷薄不修，吾固未信也。昨偶夜行，過其妻墓，聞林中嗚嗚有聲，懼不敢前，伏草間竊視。月明之下，見七八黑影，至墓前與其妻雜坐調謔，媟聲豔語，一一分明。人言其殆不誣耶？」有聞之者，以告少年。少年為其所中，遽有是舉。方竊幸得計，不虞鬼之有靈也。小人狙詐，自及也宜哉。然亦少年意氣憑陵，乃招是忌。故曰：「君子不欲多上人。」

噩夢果靈驗

從孫樹寶，鹽山劉氏甥也。言其外祖有至戚，生七女，皆已嫁。中一婿，夜夢與僚婿六人，以紅繩連繫，疑為不祥。會其婦翁歿，七婿皆赴吊。此人憶是噩夢，不敢與六人同眠食；偶或相聚，亦稍坐即避出。怪詰之，具述其故。皆疑其別有所嗛，托是言也。

一夕，置酒邀共飲，而私鍵其外戶，使不得遁。突殯宮火發，竟七人俱燼。乃悟此人無是夢則不避六人，不避六人則主人不鍵戶，不鍵戶則七人未必盡焚。神特以一夢誘之，使無一得脫也。此不知是何夙因？同為此家之婿，同時而死，又不知是何夙因？七女同生于此家，同時而寡，殆必非偶然矣。

有狐避雷劫者

周密庵言：其族有孀婦，撫一子，十五六矣。偶見老父攜幼女，飢寒困憊，踣不能行，言願與人為養媳。女故端麗，孀婦以千錢聘之。手書婚帖，留一宿而去。女雖孱弱，而善操作，井臼皆能任；又工針黹，家藉以小康。事姑先意承志；無所不至，飲食起居，皆經營周至，一夜往往三四起。遇疾病，日侍榻旁，經旬月目不交睫。姑愛之乃過于子。姑病卒，出數十金與其夫使治棺衾。夫詰所自來，女低回良久曰：「實告君，我狐之避雷劫者也。凡狐遇雷劫，惟德重祿重者庇之可免。然猝不易逢，逢之又皆為鬼神所呵護，猝不能近。此外惟早修善業，亦可以免。然善業不易修，修小善業亦不足度大劫。因化身為君婦，黽勉事姑。今藉姑之庇，得免天刑，故厚營葬禮以申報，君何疑焉！」子故孱弱，聞之驚怖，竟不敢同居。女乃泣涕別去。後遇祭掃之期，其姑墓上必先有焚楮酹酒跡，疑亦女所為也。是特巧于逭死，非真有愛于其故。然有為為之，猶邀神福，信孝為德之至矣。

村女

聞有村女，年十三四，為狐所媚。每夜同寢處，笑語媟狎，宛如伉儷。然女不狂惑，亦不疾病，飲食起居如常人，女甚安之。狐恆給錢米布帛，足一家之用。又為女製簪珥衣裳，及衾枕茵褥之類，所值逾數百金。女父亦甚安之。如是歲餘，狐忽呼女父語曰：「我將還山，汝女奩具亦略備，可急為覓一佳婿，吾不再來矣。汝女猶完璧，無疑我始亂終棄也。」女故無母，倩鄰婦驗之，果然。此余鄉近年事，婢媼輩言之鑿鑿，竟與乖崖還婢其事略同。狐之媚人，從未聞有如是者。其亦夙緣應了，夙債應償耶？

登萊木工之子

楊雨亭言：登萊間有木工，其子年十四五，甚姣麗。課之讀書，亦頗慧。一日，自鄉塾獨歸，遇道士對之誦咒，即惘惘不自主，隨之俱行。至山坳一草庵，四無居人，道士引入室，復相對誦咒。心頓明了，然口噤不能聲，四肢緩嚲不能舉。又誦咒，衣皆自脫。道士掖伏榻上，撫摩偎倚，調以媟詞，方露體近之，忽蹶起卻坐曰：「修道二百餘年，乃為此狡童敗乎？」沉思良久，復偃臥其側，周身玩視，慨然曰：「如此佳兒，千載難遇。縱敗吾道，不過再煉氣二百年，亦何足惜！」奮身相逼，勢已萬萬無免理。間不容髮之際，又掉頭自語曰：「二百年辛苦，亦大不易。」掣身下榻，立若木雞；俄繞屋旋行如轉磨。突抽壁上短劍，自刺其臂，血如湧泉。欹倚呻吟，約一食頃，擲劍呼此子曰：「爾幾敗，吾亦幾敗，今幸俱免矣。」更對之誦咒。此子覺如解束縛，急起披衣。道士引出門外，指以歸路。口吐火焰，自焚草庵，轉瞬已失所在，不知其為妖為仙也。

余謂妖魅縱淫，斷無顧慮。此殆谷飲岩棲，多年胎息，偶差一念，魔障遂生；幸道力原深，故忽迷忽悟，能勒馬懸崖耳。老子稱不見可欲，使心不亂；若已見已亂，則非大智慧不能猛省，非大神通不能痛割。此道士于欲海橫流，勢不能遏，竟毅然一決，以楚毒斷絕愛根，可謂地獄劫中證天堂果矣。其轉念可師，其前事可勿論也。

故宅遺詩

朱秋圃初入翰林時，租橫街一小宅，最後有破屋數楹，用貯雜物。一日，偶入檢視，見塵壁彷彿有字跡。拂拭諦觀，乃細楷書二絕句，其一曰：「紅蕊幾枝斜，春深道韞家。枝枝都看遍，原少並頭花。」其二曰：「向夕對銀釭，含情坐綺窗。未須憐寂寞，我與影成雙。」墨跡黯淡，殆已多年。又有行書一段，剝落殘缺。玩其句格，似是一詞，惟末二句可辨，曰：「天孫莫悵阻銀河，汝尚有牽牛相憶。」不知是誰家嬌女，寄感摽梅。然不畏人知，濡毫題壁，亦太放誕風流矣。余曰：「《摽梅》三章，非女子自賦耶？」秋圃曰：「舊說如是，于心終有所格格。憶先儒有一說，云是女子父母所作（案北宋戴岷隱之說），是或近之。」倪餘疆聞之曰：「詳詞末二語，是殆思婦之作，遘脫輻之變者也。二公其皆失之乎！」既而秋圃揭換壁紙，又得數詩，其一曰：「門掩花空落，梁空燕不來。惟餘雙小婢，鞋印在青苔。」其二曰：「久已梳妝懶，香奩偶一開。自持明鏡看，原讓趙陽台。」又一首曰：「咫尺樓窗夜見燈，雲山似阻幾千層。居家翻作無家客，隔院真成退院僧。鏡裡容華空若許，夢中晤對亦何曾？侍兒勸織回文錦，懶惰心情病未能。」則餘疆之說信矣。後為程文恭公誦之。公俯思良久，曰：「吾知之，吾不言。」既而曰：「語語負氣，不見答也亦宜。」

曠野鬼鬥

李漱六言：有佃戶所居枕曠野。一夕，聞兵仗格鬥聲，闔家驚駭，登牆視之，無所睹。而戰聲如故，至雞鳴乃息。知為鬼也。次日復然，病其聒不已，共謀伏銃擊之，果應聲啾啾奔散。既而屋上屋下，眾聲合噪曰：「彼劫我婦女，我亦劫彼婦女為質，互控于社公。社公憒憒，勸以互抵息事。俱不肯伏，故在此決勝負，何預汝事？汝以銃擊我，今共至汝家，汝舉銃則我去，汝置銃則我又來，汝能夜夜自昏至曉，發銃不止耶？」思其言中理，乃跪拜謝過，大具酒食紙錢送之去。然戰聲亦自此息矣。

夫不能不為之事，不出任之，是失機也；不能不除之害，不力爭之，是養癰也。鬼不干人，人反干鬼，鬼有詞矣，非開門揖盜乎！《孟子》有言：「鄉鄰有鬥者，被髮纓冠而往救之，則惑也。雖閉門可也。」

有趙延洪者

伊松林舍人言：有趙延洪者，性伉直，嫉惡至嚴，每面責人過，無所避忌。偶見鄰婦與少年語，遽告其夫。夫偵之有跡，因伺其私會騈斬之，攜首鳴官。官已依律勿論矣。

越半載，趙忽發狂自撾，作鄰婦語，與索命，竟嚙斷其舌死。夫蕩婦逾閑，誠為有罪。然惟其親屬得執之，惟其夫得殺之，非亂臣賊子，人人得而誅者也。且所失者一身之名節，所玷者一家之門戶，亦非神奸巨蠹，弱肉強食，虐焰橫煽，沉冤莫雪，使人人公憤者也。律以隱惡揚善之義，即轉語他人，已傷盛德。倘伯仁由我而死，尚不免罪有所歸；況直告其夫，是誠何意，豈非激以必殺哉！游魂為厲，固不為無詞。觀事經半載，始得取償，其必得請于神，乃奉行天罰矣。然則以訐為直，固非忠厚之道，抑亦非養福之道也。

負心之報

御史佛公倫，姚安公老友也。言貴家一傭奴，以游蕩為主人所逐。銜恨刺骨，乃造作蜚語，誣主人帷薄不修，縷述其下烝上報狀，言之鑿鑿，一時傳布。主人亦稍聞之，然無以箝其口，又無從而與辯；婦女輩惟爇香吁神而已。

一日，奴與其黨坐茶肆，方抵掌縱談，四座聳聽，忽噭然一聲，已仆于几上死。無由檢驗，以痰厥具報。官為斂埋，棺薄土淺，竟為群犬搰食，殘骸狼籍。始知為負心之報矣。佛公天性和易，不喜聞人過，凡僮僕婢媼，有言舊主之失者，必善遣使去，鑒此奴也。嘗語昀曰：「宋黨進聞平話說韓信（優人演說故實，謂之平話。《永樂大典》所載，尚數十部），即行斥逐。或請其故，曰：『對我說韓信，必對韓信亦說我，是烏可聽？』千古笑其憒憒，不知實絕大聰明。彼但喜對我說韓信，不思對韓信說我者，乃真憒憒耳。」真通人之論也。

貴官之魂

福建泉州試院，故海防道署也，室宇宏壯。而明季兵燹，署中多攖殺戮；又三年之中，學使按臨僅兩次。空閉日久，鬼物遂多。阿雨齋侍郎言：嘗于黃昏以後，隱隱見古衣冠人，暗中來往。即而視之，則無睹。余按臨是郡，時幕友孫介亭亦曾見紗帽紅袍人入奴子室中，奴子即夢魘。介亭故有膽，對窗唾曰：「生為貴官，死乃為僮僕輩作祟，何不自重乃爾耶？」奴子忽醒，此後遂不復見。意其魂即棲是室，故欲驅奴子出。一經斥責，自知理屈而止歟？

里俗卜病之法

里俗遇人病篤時，私剪其著體衣襟一片，熾火焚之。其灰有白文，斑駁如篆籀者，則必死；無字跡者，即生。又或聯紙為衾，其縫不以糊粘，但以秤錘就搗衣砧上捶之。其縫綴合者必死，不合者即生。試之，十有八九驗。此均不測其何理。

神警人為惡

莆田林生霈言：聞泉州有人，忽燈下自顧其影，覺不類己形，諦審之，運動轉側，雖一一與形相應，而首巨如斗，髮蓬鬆如羽葆，手足皆鉤曲如鳥爪，宛然一奇鬼也。大駭，呼妻子來視，所見亦同。自是每夕皆然，莫喻其故，惶怖不知所為。

鄰有塾師聞之，曰：「妖不自興，因人而興。子其陰有惡念，致羅剎感而現形歟？」其人悚然具服，曰：「實與某氏有積仇，擬手刃其一門，使無遺種，而跳身以從鴨母（**康熙末，台灣逆冠朱一貴結黨煽亂。一貴以養鴨為業，閩人皆呼為鴨母云**）。今變怪如是，毋乃神果警我乎！且輟是謀，觀子言驗否？」是夕鬼影即不見。此真一念轉移，立分禍福矣。

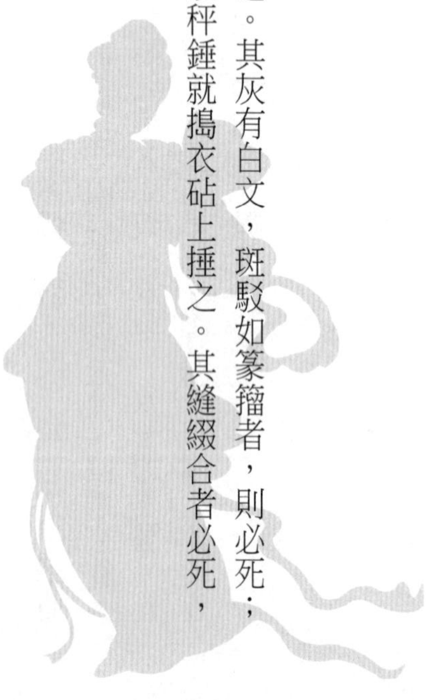

侮人反自侮

丁御史芷溪言：曩在天津，遇上元，有少年觀燈夜歸，遇少婦甚妍麗，徘徊歧路，若有所待，衣香鬢影，楚楚動人。初以為失侶之游女，挑與語，不答。問姓氏里居，亦不答。乃疑為幽期密約，遲所歡而未至者，計可以挾制留也，邀至家少憩。堅不肯。強迫之同歸。柏酒粉團，時猶未徹，遂使雜坐妻妹間，聯袂共飲。初甚靦覥，既而漸相調謔，媚態橫生，與其妻妹互勸酬。少年狂喜，稍露留宿之意。則微笑曰：「緣蒙不棄，故暫借君家一卸妝。恐伙伴相待，不能久住。」起解衣飾卷束之，長揖徑行，乃社會中拉花者也（秧歌隊中作女妝者，俗謂之拉花）。少年憤恚，追至門外，欲與鬥。鄰里聚問，有親見其強邀者，不能責以夜入人家；有親見其唱歌者，不能責以改妝戲婦女，竟哄笑而散。此真侮人反自侮矣。

女鬼戲人

老僕盧泰言：其舅氏某，月夜坐院中棗樹下，見鄰女在牆上露半身，向之索棗。撲數十枚與之。女言：「今日始歸寧，兄嫂皆往守瓜，父母已睡。」因以手指牆下梯，斜盼而去。其舅會意，躡梯而登。料女甫下，必有几凳在牆內，伸足試踏，乃踏空墮溷中。女父兄聞聲趨視，大受捶楚。眾為哀懇乃免。然鄰女是日實未歸，方知為魅所戲也。前所記騎牛婦，尚農家子先挑之；此則無因而至，可云無妄之災。然使招之不往，魅亦何施其技？仍謂之自取可矣。

有窺鬼者

李芍亭言：有友嘗避暑一僧寺，禪室甚潔，而以板實其後窗。友置榻其下。一夕，月明，枕旁有隙如指頂，似透微光。疑後為僧密室，穴紙覘之，乃一空園，為厝棺之所。意其間必有鬼，因側臥枕上，以一目就窺。夜半，果有黑影，彷彿如人，來往樹下。諦視粗能別男女，但眉目不了了。以耳就隙竊聽，終不聞語聲。厝棺約數十，然所見鬼少僅三五，多不過十餘。或久而漸散，或已入轉輪歟？如是者月餘，不以告人，鬼亦竟未覺。

一夕，見二鬼媟狎于樹後，距窗下才七八尺，冶蕩之態，更甚于人。不覺失聲笑，乃闃然滅跡。次夜再窺，不見一鬼矣。越數日，寒熱大作，疑鬼為祟，乃徙居他寺。變幻如鬼，不免于意想之外，使人得見其陰私。十目十手，殆非虛語。然智出鬼上，而卒不免為鬼驅。察見淵魚者不祥，又是之謂矣。

移甲代乙

大學士溫公鎮烏魯木齊日，軍屯報遣犯王某逃，緝捕無跡。久而微聞其本與一吳某皆閩人，同押解至哈密闢展間，王某道死。監送台軍不通閩語，不能別孰吳孰王。吳某因言死者為吳，而自冒王某之名，來至配所數月，伺隙潛遁。官府據哈密文牒，緝王不緝吳，故吳幸逃免。然事無佐證，疑不能明，竟無從究詰。

軍吏巴哈布因言：有賣絲者婦，甚有姿首。忽得奇疾，終日惟昏昏臥，而食則兼數人。如是兩載餘。一日，噭然長號，僵如屍厥。灌治竟夜，稍稍能言。自云魂為城隍判官所攝，逼為妾媵，而別攝一餓鬼附其形。至某日壽盡之期，冥牒拘召，判官又囑鬼役別攝一餓鬼抵。餓鬼亦喜得轉生，願為之代。迨城隍庭訊，乃察知偽狀，以判官鬼役付獄，遣我歸也。後判官塑像無故自碎，此婦又兩年餘乃終。計其復生至再死，與其得疾至復生，日數恰符。知以枉被掠奪，仍還其應得之壽矣。然則移甲代乙，冥司亦有，所惜者此少城隍一訊耳。

灤州民家

李阿亭言：灤州民家，有狐據其倉中居，不甚為祟；或偶然拋擲磚瓦，盜竊飲食耳。後延術士劾治，殪數狐；且留符曰：「再至則焚之。」狐果移去。然時時幻形為其家婦女，夜出與鄰舍少年狎；甚乃幻其幼子形，與諸無賴同臥起。大播醜聲，民固弗知。

一日，至佛寺，聞禪室嬉笑聲。穴紙竊窺，乃其女與僧雜坐。憤甚，歸取刃。其女乃自內室出。始悟為狐復仇，再延術士。術士曰：「是已竄逸，莫知所之矣。」夫狐魅小小擾人，事所恆有，可以不必治，即治亦罪不至死。遽駢誅之，實為已甚，其銜冤也固宜。雖有符可恃，狐不能再逞，而相報之巧，乃卒生于所備外。然則君子于小人，力不足勝，固遭反噬；即力足勝之，而機械潛伏，變端百出，其亦深可怖已。

海淀有貴家守墓者

嵩輔堂閣學言：海淀有貴家守墓者，偶見數犬逐一狐，毛血狼籍。意甚憫之，持杖擊犬散，提狐置室中，俟其蘇息，送至曠野，縱之去。

越數日，夜有女子款扉入，容華絕代。駭問所自來。再拜曰：「身是狐女，昨遘大難，蒙君再生，今來為君拂枕席。」守墓者度無惡意，因納之。往來狎昵，兩月餘，日漸瘵瘦，然愛之不疑也。

一日，方共寢，聞窗外呼曰：「阿六賤婢！我養創甫愈，未即報恩，爾何得冒托我名，魅郎君使病？脫有不諱，族黨中謂我負義，我何以自明？即知事出于爾，而郎君救我，我坐視其死，又何以自安？今偕姑姊來誅爾。」女子驚起欲遁，業有數女排闥入，捽擊立斃。守墓者惑溺已久，痛惜恚忿，反斥此女無良，奪其所愛。此女反覆自陳，終不見省，且拔刃躍起，欲為彼女報冤。此女乃痛哭越牆去。守墓者後為人言之，猶恨恨也。此所謂「忠而見謗，信而見疑」也歟！

有講學者

董曲江前輩言：有講學者，性乖僻，好以苛禮繩生徒。生徒苦之，然其人頗負端方名，不能詆其非也。塾後有小圃。一夕，散步月下，見花間隱隱有人影。時積雨初晴，土垣微圮，疑為鄰里竊蔬者。迫而詰之，則一麗人匿樹後，跪答曰：「身是狐女，畏公正人不敢近，故夜來折花。不虞為公所見，乞曲恕。」言詞柔婉，顧盼間百媚俱生。講學者惑之，挑與語。宛轉相就，且云：「妾能隱形，往來無跡，即有人在側亦不睹，不至為生徒知也。」因相燕昵。比天欲曉，講學者促之行。曰：「外有人聲，我自能從窗隙去，公無慮。」俄曉日滿窗，執經者麕至，女仍垂帳偃臥。講學者心搖搖，然尚冀人不見。忽外言某媼來迓女。女披衣徑出，坐皋比上，理鬢訖，斂衽謝曰：「未攜妝具，且歸梳沐。暇日再來訪，索昨夕纏頭錦耳。」乃里中新來角妓，諸生徒賄使為此也。講學者大沮，生徒課畢歸早餐，已自負衣裝遁矣。外有餘必中不足，豈不信乎！

濟南有貴公子

曲江又言：濟南有貴公子，妾與妻相繼歿。一日，獨坐荷亭，似睡非睡，恍惚若見其亡姬。素所憐愛，即亦不畏，問：「何以能返？」曰：「鬼有地界，土神禁不許闌入。今日明日，值娘子誦經期，連放焰口，得來領法食也。」問：「娘子已來否？」曰：「娘子獄事未竟，安得自來！」問：「施食無益于亡者，作焰口何益？」曰：「天心仁愛，佛法慈悲，賑人者佛天喜，賑鬼者佛天亦喜。是為亡者資冥福，非為其自來食也。」問：「泉下況味何似？」曰：「墮女身者妾夙業，充下陳者君夙緣。業緣俱滿，靜待轉輪，亦無大苦樂。但乏一小婢供驅使，君能為焚一偶人乎？」懵騰而醒，姑信其有，為作偶人焚之。次夕見夢，則一小婢相隨矣。夫束芻縛竹，剪紙裂繒，假合成質，何亦通靈？蓋精氣摶結，萬物成形；形不虛立，秉氣含精。雖久而腐朽，猶蜎蠕以化，芝菌以蒸。故人之精氣未散者為鬼，布帛之精氣，鬼之衣服，亦如生。其于物也，既有其質，精氣斯凝，以質為範，象肖以成。火化其渣滓，不化其菁英，故體為灰燼，而神聚幽冥。如人殂謝，魄降而魂升。夏作明器，殷周相承，聖人所以知鬼神之情也。若夫金釭、春條，未閟佳城，殯宮闃寂，彳亍夜行，投畀炎火，微聞呷嚶。是則衰氣所召，妖以人興，抑或他物之所憑矣（**有樊媼者，在東光見有是事**）。

仙靈之宅

朱子穎運使言：昔官敘永同知時，由成都回署，偶遇茂林，停輿小憩。遙見萬峰之頂，似有人家；而削立千仞，實非人跡所到。適攜西洋遠鏡，試以窺之，見草屋三楹，向陽啟戶，有老翁倚松立，一幼女坐檐下，手有所持，似俯首縫補；屋柱似有對聯，望不了了。俄雲氣滃鬱，遂不復睹。後重過其地，林麓依然，再以遠鏡窺之，空山而已。其仙靈之宅，誤為人見，遂更移居歟？

潘南田畫有逸氣

潘南田畫有逸氣，而性情孤峭，使酒罵座，落落然不合于時。偶為余作梅花橫幅，余題一絕曰：「水邊籬落影橫斜，曾在孤山處士家。只怪樛枝蟠似鐵，風流畢竟讓桃花。」蓋戲之也。後余從軍塞外，侍姬輩嫌其敝黯，竟以桃花一幅易之。然則細瑣之事，亦似皆前定矣。

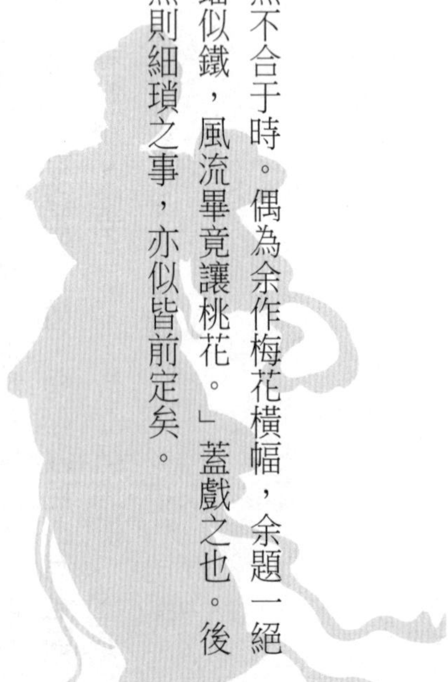

青縣王恩溥

青縣王恩溥，先祖母張太夫人乳母孫也。一日，自興濟夜歸，月明如晝，見大樹下數人聚飲，杯盤狼籍。一少年邀之入座，一老翁嗔語少年曰：「素不相識，勿惡作劇。」又正色謂恩溥曰：「君宜速去，我輩非人，恐小兒等于君不利。」恩溥大怖，狼狽奔走，得至家，殆無氣以動。後于親串家作吊，突見是翁，驚仆欲絕，惟連呼：「鬼！鬼！」老翁笑掖之起，曰：「僕耽曲蘖，日恆不足。前值月夜，荷鄰里相邀，酒已無多。遇君適至，恐增一客則不滿枯腸，故詭語遣君。君乃竟以為真邪！」賓客滿堂，莫不絕倒。中一客目擊此事，恆向人說之。偶夜過廢祠，見數人轟飲，亦邀入座。覺酒味有異，心方疑訝，乃為群鬼擠入深淖，化燐火熒熒散。東方漸白，有耕者救之，乃出。緣此膽破，反疑恩溥所見為真鬼。後途遇此翁，竟不敢接談。此表兄張自修所說。戴君恩詔則曰實有此事，而所傳殊倒置。乃此客先遇鬼，而恩溥聞之。偶夜過某村，值一多年未晤之友，邀之共飲。疑其已死，絕裾奔逃。後相晤于姻家，大遭詬誶也。二說未審孰是。然由張所說，知不可偶經一事，遂謂事事皆然，致失于誤信；由戴所說，知亦不可偶經一事，遂謂事事皆然，反敗于多疑也。

義狐之行

李秋崖言：一老儒家，有狐居其空倉中，三四十年未嘗為祟。恆與人對語，亦頗知書；或邀之飲，亦肯出。但不見其形耳。老儒歿後，其子亦諸生，與狐酬酢如其父。狐不甚答，久乃漸肆擾。生故設帳于家，而兼為人作訟牒。凡所批課文，皆不遺失；凡作訟牒，則甫具草輒碎裂，或從手中掣其筆。凡脩脯所入，毫釐不失；凡刀筆所得，雖扃鎖嚴密，輒盜去。凡學子出入，皆無所見；凡訟者至，或瓦石擊頭面流血，或檐際作人語，對眾發其陰謀。生苦之，延道士劾治。登壇召將，攝狐至。狐侃侃辯曰：「其父不以異類視我，與我交至厚。我亦不以異類自外，視其父如弟兄。今其子自墮家聲，作種種惡業，不隕身不止。我不忍坐視，故撓之使改圖；所攫金皆埋其父墓中，將待其傾覆，周其妻子，實無他腸。不虞煉師之見譴，生死惟命。」道士蹶然下座，三揖而握其手曰：「使我亡友有此子，吾不能也；微我不能，恐能者千百無一二。此舉乃出爾曹乎！」不別主人，太息徑去。其子愧不自容，誓輟是業，竟得考終。

長公泰有僕婦者

乾隆丙辰、丁巳間，戶部員外郎長公泰有僕婦，年二十餘，中風昏眩，氣奄奄如縷，至夜而絕。次日，方為營棺斂，手足忽動，漸能屈伸。俄起坐，問：「此何處？」眾以為猶譫語也。既而環視室中，意若省悟，喟然者數四，默默無語，從此病頓愈。然察其語音行步，皆似男子；亦不能自梳沐，見其夫若不相識。覺有異，細詰其由。始自言本男子，數日前死。魂至冥司，主者檢算未盡，然當謫為女身，命借此婦屍復生。覺倏如睡去，倏如夢醒，則已臥板榻上矣。問其姓名里貫，堅不肯言，惟曰事已至此，何必更為前世辱。遂不窮究。初不肯與僕同寢，後無詞可拒，乃曲從；然每一薦枕，輒飲泣至曉。或竊聞其自語曰：「讀書二十年，作官三十餘年，乃忍恥受奴子辱耶？」其夫又嘗聞囈語曰：「積金徒供兒輩樂，多亦何為？」呼醒問之，則曰未言。知其深諱，亦姑置之。長公惡言神怪事，禁家人勿傳，故事不甚彰，然亦頗有知之者。越三載餘，終鬱鬱病死。訖不知其為誰也。

狐戲二生

先師裘文達公言：有郭生，剛直負氣。偶中秋燕集，與朋友論鬼神，自云不畏。眾請宿某凶宅以驗之，郭慨然仗劍往。宅約數十間，秋草滿庭，荒蕪蒙翳。扃戶獨坐，寂無見聞。四鼓後，有人當戶立。郭奮劍欲起，其人揮袖一拂，覺口噤體僵，有如夢魘，然心目仍了了。其人磬折致詞曰：「君固豪士，為人所激，因至此。好勝者常情，亦不怪君。既蒙枉顧，本應稍盡賓主意。然今日佳節，眷屬皆出賞月，禮別內外，實不欲公見。公又夜深無所歸。今籌一策，擬請君入甕，幸君勿嗔；觴酒豆肉，聊以破悶，亦幸勿見棄。」遂有數人舁郭置大荷缸中，上覆方桌，壓以巨石。俄隔缸笑語雜遝，約男婦數十，呼酒行炙，一一可辨。忽覺酒香觸鼻，暗中摸索，有壺一、杯一、小盤四，橫擱象箸二。方苦飢渴，且姑飲啖。復有數童子繞缸唱艷歌，有人扣缸語曰：「主人命娛賓也。」亦靡靡可聽。良久，又扣缸語曰：「郭君勿罪，大眾皆醉，不能舉巨石。君且姑耐，貴友行至矣。」語訖，遂寂。

次日，眾見門不啟，疑有變，逾垣而入。郭聞人聲，在缸內大號。眾竭力移石，乃闖然出，述所見聞，莫不拊掌。視缸中器具，似皆己物。還家訊問，則昨夕家燕，並酒餚失之，方詬誶大索也。此魅可云狡獪矣。然聞之使人笑不使人怒，當出甕時，雖郭生亦自啞然也，真惡作劇哉。

余容若曰：「是猶玩弄為戲也。曩客秦隴間，聞有少年隨塾師讀書山寺。相傳寺樓有魅，時

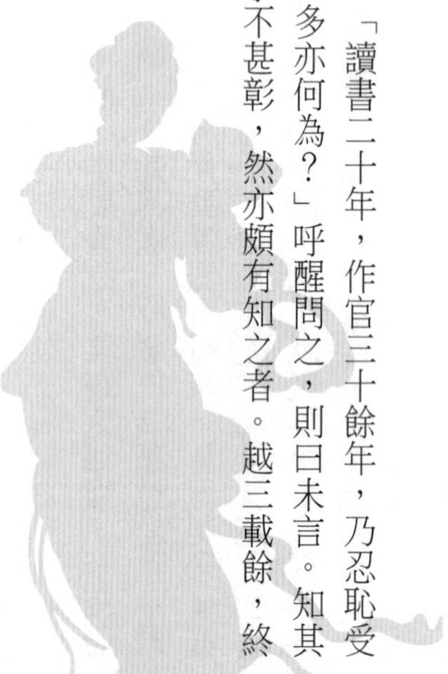

出媚人。私念狐女必絕豔，每夕詣樓外，禱以媟詞，冀有所遇。一夜，徘徊樹下，見小鬟招手。心知狐女至。躍然相就。小鬟悄語曰：『君是解人，不煩絮說。娘子甚悅君，然此何等事，乃公然致祝！主人怒君甚，以君貴人，不敢祟；惟約束娘子頗嚴。今夜幸他出，娘子使來私招君。君宜速往。』少年隨之行，覺深閨曲弄，都非寺內舊門徑。至一房，朱槅半開，雖無燈，隱隱見床帳。小鬟曰：「娘子初會，覺靦覥，已臥帳內。君第解衣，徑登榻，無出一言，恐他婢聞也。』語訖，徑去。少年喜不自禁，遽揭其被，擁于懷而接唇。忽其人驚起大呼。卻立愕視，則室廬皆不見，乃塾師睡檐下乘涼也。塾師怒，大施夏楚。不得已吐實，竟遭斥逐。此乃真惡作劇矣。」文達公曰：「郭生恃客氣，故僅為魅侮；此生懷邪心，故竟為魅陷。二生各自取耳，豈魅有善惡哉！」

李村有農家婦

李村有農家婦，每早晚出饁，輒見女子隨左右。問同行者，則不見。意大恐怖。後乃漸隨至家，然恆在院中，或在牆隅，不入寢室。婦逼視，即卻走；婦返，即仍前。知為冤對，因遙問之。女子曰：「汝前生與我皆貴家妾，汝妒我寵，以奸盜誣我致幽死。今來取償，詎汝今生事姑孝，恆為善神所護，我不能近，故日日相隨。揆度事勢，萬萬無可相報理。汝倘作道場度我，我得轉輪，即亦解冤矣。」婦辭以貧。女子曰：「汝貧非虛語，能發念誦佛號萬聲，亦可度我。」問：「此安能得度鬼？」曰：「常人誦佛號，佛不聞也，特念念如對佛，自攝此心而已。若忠臣孝子，誠感神明，一誦佛號，則聲聞三界，故其力與經懺等。汝是孝婦，知必應也。」婦如所說，發念持誦。每誦一聲，則見女子一拜。至滿萬聲，女子不見矣。此事故老時說之，知篤志事親，勝信心禮佛。

窪東劉某

又聞窪東有劉某者，母愛其幼弟，劉愛弟更甚于母。弟嬰痼疾，母憂之，廢寢食。劉經營療治，至鬻其子供醫藥。嘗語妻曰：「弟不救，則母可慮。毋寧我死耳？」妻感之，鬻及袓衣，無怨言。弟病篤，劉夫婦晝夜泣守。有丐者夜棲土神祠，聞鬼語曰：「劉某夫婦輪守其弟，神光照爍，猝不能入，有違冥限，奈何？」土神曰：「兵家聲東而擊西，汝知之乎？」

次日，其母灶下卒中惡。夫婦奔視，母蘇而弟已絕矣。蓋鬼以計取之也。後夫婦並年八十餘乃卒。奴子劉琪之女，嫁于窪東，言：「聞諸故老曰，劉自奉母以外，諸事蠢蠢如一牛。有告以某忤其母者，劉掉頭曰：『世寧有是人？人寧有是事？汝毋造言。』其痴多類此，傳以為笑。」不知乃天性純摯，直以盡孝為自然，故有是疑耳。元人王彥章墓詩曰：「誰信人間有馮道？」即此意矣。

翰林院鬼

景少司馬介茲官翰林時，齋宿清秘堂（此因乾隆甲子御題「集賢清秘」額，因相沿稱之，實無此堂名），積雨初晴，微月未上，獨坐廊下。聞瀛洲亭中語曰：「今日樓上看西山，知杜紫微『雨餘山態活』句，真神來之筆。」一人曰：「此句佳在活字，又佳在態字烘出活字。若作山色山翠，則興象俱減矣。」疑為博晰之等尚未睡，納涼池上，呼之不應；推戶視之，闃無人跡。次日，以告晰之。晰之笑曰：「翰林院鬼，故應作是語。」

有張仲深者

釋家能奪舍，道家能換形。奪舍者托孕婦而轉生；換形者血氣已衰，大丹未就，則借一壯盛之軀，與之互易也。狐亦能之。

族兄次辰云：有張仲深者，與狐友，偶問其修道之術。狐言：「初煉幻形，道漸深則煉蛻形，蛻形之後，則可以換形。凡人痴者忽黠，黠者忽顛，與初不學仙而忽好服餌導引，人怪其性情變常，不知皆魂氣已離，狐附其體而生也。然既換人形，即歸人道，不復能幻化飛騰。由是而精進，則與人之修仙同，其證果較易。或聲色貨利，嗜欲牽纏，則與人之惑溺同，其墮輪迴亦易。故非道力堅定，多不敢輕涉世緣，恐浸淫而不自覺也。」其言似亦近理。然則人欲之險，其可畏也哉。

誤入冥司

朱介如言：嘗因中暑眩瞀，覺忽至曠野中，涼風颯然，意甚爽適。然四顧無行跡，莫知所向。遙見數十人前行，姑往隨之。至一公署，亦姑隨入。見殿閣宏敞，左右皆長廊；吏役奔走，如大官將坐衙狀。中一吏突握其手曰：「君何到此？」視之，乃亡友張恆照。悟為冥司，因告以失路狀。張曰：「生魂誤至，往往有此，王見之亦不罪，然未免多一詰問。不如且坐我廊屋，俟放衙，送君返；我亦欲略問家事也。」

入坐未幾，王已升座。自窗隙竊窺，見同來數十人，以次庭訊。語不甚了了，惟一人昂首爭辯，似不服罪。王舉袂一揮，殿左忽現大圓鏡，圍約丈餘。鏡中現一女子反縛受鞭像。俄似電光一瞥，又現一女子忍淚橫陳像。其人叩顙曰：「伏矣。」即曳去。良久放衙，張就問子孫近狀。朱略道一二，張揮手曰：「勿再言，徒亂人意。」因問：「頃所見者業鏡耶？」曰：「是也。」

問：「影必肖形，今無形而現影，何也？」曰：「人鏡照形，神鏡照心。人作一事，心皆自知；既已自知，即心有此事；心有此事，即心有此事之象。故一照而畢現也。若無心作過，本不自知，則照亦不見。心無是事，即無是象耳。冥司斷獄，惟以有心無心別善惡，君其識之。」又問：「神鏡何以能照心？」曰：「心不可見，緣物以形。體魄已離，存者性靈。神識不滅，如燈熒熒。外光無翳，內光虛明，內外瑩澈，故纖芥必呈也。」語訖，遽曳之行。覺此身忽高忽下，如隨風敗籜。倏然驚醒，則已臥榻上矣。此事在甲子七月。怪其鄉試後期至，乃具道之。

東光馬節婦

東光馬節婦，余妻黨也。年未二十而寡，無翁姑兄弟，亦無子女。艱難困苦，坐臥一破屋中，以浣濯縫紉自給，至鬻釜以易粟，而拾破瓦盆以代釜。年八十餘，乃終。余嘗序《馬氏家乘》，然其夫之名字，與母子族氏，則忘之久矣。

相傳其十一二時，隨母至外家。故有狐，夜擲瓦石擊其窗。聞屋上厲聲曰：「此有貴人，汝輩勿取死。」然竟以民婦終，殆孟子所謂「天爵」歟？先師李又聃先生與同里，嘗為作詩曰：「早歲吟黃鵠，顛連四十春。懷貞心比鐵，完節鬢如銀。慷慨期千古，凋零剩一身。幾番經坎坷，此念未緇磷（原注：節婦初寡時，尚存薄田數畝。有欲迫之嫁者，侵凌至盡）。震撼驚風雨，撝呵賴鬼神（原注：一歲霖雨經旬，鄰屋新造者皆圮，節婦一破屋，支柱欹斜，竟得無恙）。天原常佑善，人竟不憐貧。稍覺親朋少，羞為乞索頻。一家徒四壁，九食度三旬。絕粒腸空轉，傭鍼手盡皴。有薪皆掃葉，無甑可生塵。黧面真如鵠，懸衣半似鶉。遮門才破薦（原注：屋扉破碎不能葺，以破薦代扉者十餘年），藉草是華茵。只自甘飢凍，翻嫌話苦辛。偷兒嗤餓鬼（原注：夜有盜過節婦屋上，節婦呼問，盜大笑曰：「吾何至進汝餓鬼家！」），女伴笑痴人（原注：有同巷貧婦，再醮富室。歸寧時華服過節婦曰：「看我享用，汝豈非大痴耶！」）生死心無改，存亡理亦均，喧闐憑燕雀，堅勁自松筠。伊我欽賢淑，多年共里闉。不辭歌詠拙，取表性情真。公議存鄉校，廷評待史臣。他時邀紫誥，光映九河濱。」蓋先生壬申公車主余家時所作，故僅云「頡連四十春」。詩格絕類香山。敬錄于此，一以昭節婦之賢，一以存先師之遺墨也。後外舅周籙馬公見此詩，遂割腴田三百畝為節婦之嗣，且為請旌。或亦諷喻之力歟！

誤傳仙筆

余從軍西域時，草奏草檄，日不暇給，遂不復吟詠。或得一聯一句，亦境過輒忘。《烏魯木齊雜詩》百六十首，皆歸途追憶而成，非當日作也。

一日，功加毛副戎自述生平，悵懷今昔，偶為賦一絕句曰：「雄心老去漸頹唐，醉臥將軍古戰場；半夜醒來吹鐵笛，滿天明月滿林霜。」毛不解詩，余亦不復存稿。後同年楊君逢元過訪，偶話及之。不知何日楊君登城北關帝祠樓，戲書于壁，不署姓名。適有道士經過，遂傳為仙筆。余畏人乞詩，楊君畏人乞書，皆不肯自言。人又微知余能詩不能書，楊君能書不能詩，亦遂不疑及，竟幾于流為丹青。迨余辛卯還京祖餞，于是始對眾言之。乃爽然若失。昔南宋閩人林外題詞于西湖，誤傳仙筆。元（元當作金。王庭筠，字子端，金河東人，自號黃華老人）王黃華詩刻于山西者，後摹刻于滇南，亦誤傳仙筆。然則諸書所謂仙詩者，此類多矣。

有選人釣魚台遇狐

圖裕齋前輩言：有選人游釣魚台。時西頂社會，游女如織。薄暮，車馬漸稀，一女子左抱小兒，右持鼗鼓，裊裊來。見選人，舉鼗一搖。選人一笑，女子亦一笑。選人故狡黠，揣女子裝束類貴家，而抱子獨行，又似村婦，蹤跡詭異，疑為狐魅，因逐之絮談。女子微露夫亡子幼意。選人笑語之曰：「毋多言，我知爾，亦不懼爾。然我貧，聞爾輩能致財。若能贍我，我即從爾去。」女子亦笑曰：「然則同歸耳。」至其家，屋不甚宏壯，而頗華潔；亦有父母姑姊妹。彼此意會，不復詰氏族，惟獻酬款洽而已。酒闌就宿，備極嬿婉。次日，入城攜小奴及襆被往，頗相安。惟女子冶蕩無度，奔命殆疲。又漸使拂枕簟，侍梳沐，理衣裳，司灑掃，至于煙筒茗碗之役，亦遣執之。久而其姑若姊妹，皆調謔指揮，視如僮婢。選人耽其色，私其財，不能拒也。

一旦，使滌廁牏，選人不肯。女子愠曰：「事事隨汝意，此乃不隨我意耶？」諸女亦助之誚責。由此漸相忤。既而每夜出不歸，云親戚留宿。又時有客至，皆曰中表，日嬉笑燕飲，或琵琶度曲，而禁選人勿至前。選人恚憤，女子亦怒，且笑曰：「不如是，金帛從何來？使我謝客易，然一家三十口，須汝供給，汝能之耶？」選人知不可留，攜小奴入京，僦住屋。次日再至，則荒煙蔓草，無復人居，並衣裝不知所往矣。選人本攜數百金，善治生。衣頗襤褸，忽被服華楚，皆怪之。具言贅婿狀，人亦不疑。俄又襤褸，諱不自言。後小奴私泄其事，人乃知之。曹慕堂宗丞曰：「此魅竊逃，猶有人理。吾所見有甚于此者矣。」

有選人納一姬

武強張公令譽，康熙丁酉舉人，劉景南之婦翁也。言有選人納一姬，聘幣頗輕，惟言其母愛女甚，每月當十五日在寓，十五日歸寧。悅其色美而值廉，竟曲從之。後一選人納姬，約亦如是。選人初不肯，則舉此選人為例。詢訪信然，亦曲從之。二人本同年，一日話及，前選人忽省曰：「君家阿嬌歸寧上半月耶？下半月耶？」曰：「下半月。」前選人大悟，忽引入內室視之，果一人也。蓋其初鬻之時，已預留再鬻地矣。張公淳實君子，度必無妄言。惟是京師鬻女之家，雖變幻萬狀，亦必欺以其方，故其術一時不遽敗。若月月克日歸寧，已不近事理；又不時往來于兩家，豈人不能聞。是必敗之道，狡黠者斷不出此。或傳聞失實，張公誤聽之歟？然紫陌看花，動多迷路。其造作是語，固亦不為無固耳。

李華麓千金納雙姬

朱青雷言：李華麓在京，以五百金納一姬。會以他事詣天津，還京之日，途遇一友，下車為禮。遙見姬與二媒媼同車馳過，大駭愕。而姬若弗見華麓者。恐誤認，思所衣繡衫又己所新製，益懷疑，草草話別。至家，則姬故在。一見，即問：「爾先至耶？媒媼又將爾嫁何處？」姬倉皇不知所對。乃怒遣家僮呼其父母來領女。父母狼狽至。其妹聞姊有變，亦同來。入門則宛然車中女，其繡衫乃借于姊者，尚未脫。蓋少其姊一歲，容貌略相似也。華麓方跳踉如虓虎，見之省悟，嗒然無一語。父母固詰相召意。乃述誤認之故，深自引愆。父母亦具述方鬻次女，借衣隨媒媼同往事。問價幾何，曰：「三百金，未允也。」華麓囅然，急開篋取五百金置几上曰：「與其姊同價可乎？」頃刻議定，留不遣歸，即是夕同衾焉。風水相遭，無心湊合。此亦可為佳話矣。

狂生某者

劉東堂言：狂生某者，性悖妄，詆訾今古，高自位置。有指摘其詩文一字者，銜之次骨，或至相毆。值河間歲試，同寓十數人，或相識，或不相識。夏夜散坐庭院納涼，狂生縱意高談。眾畏其唇吻，皆緘口不答。惟樹後坐一人，抗詞與辯，連抵其隙。理屈詞窮，怒問：「子為誰？」暗中應曰：「僕焦王相也。」（河間之宿儒）駭問：「子不久死耶？」笑應曰：「僕如不死，敢捋虎鬚耶？」狂生跳擲叫號，繞牆尋覓。惟聞笑聲吃吃，或在木杪，或在檐端而已。

狡狐誘人治水

王洪緒言：鄭州築堤時，有少婦抱衣袱行堤上，力若不勝，就柳下暫息。時傭作數十人，亦散憩樹下。少婦言歸自母家，幼弟控一驢相送。驢驚墜地，弟入秫田追驢，自辰至午尚未返。不得已沿堤自行。家去此西北四五里。誰能抱袱送我，當謝百錢。一少年私念此可挑，不然亦得謝，乃隨往。一路與調謔，不甚答亦不甚拒。行三四里，突七八人要于路曰：「何物狂且，敢覬覦我家婦女？」共執縛捶楚，皆曰：「送官徒涉訟，不如埋之。」少婦又述其謔語。益無可辯，惟再三哀祈。一人曰：「姑貰爾。然須罰掘開此塍，盡泄其積水。」授以一鍤，坐守促之。掘至夜半，水道乃通，諸人亦不見。環視四面，荒葦叢生，杳無村落。疑狐穴被水，誘此人濬治云。

卷十七　姑妄聽之【三】

（五十二則）

孝狐

族侄竹汀言：文安有傭工古北口外者，久無音問。其父母值歲荒，亦就食口外，且覓子。亦久無音問。後乃有人見之泰山下。言昔至密雲東北，日已暮，風雲並作。遙見山谷有燈光，漫往投止。至則土屋數楹，圍以秫籬，有老嫗應門，問其里貫，入以告。又遣問姓名年歲，並問：「曾有子出口否？子何名？年幾何歲？」具以實對。忽有女子整衣出，延入上坐，拜而侍立；促老嫗督婢治酒餚，意甚親昵。莫測其由，起而固詰。則失聲伏地曰：「兒不敢欺翁姑。兒狐女也，嘗與翁姑之子為夫婦。本出相悅，無相媚意。不虞其愛戀過度，竟以瘵亡。心恆愧悔，故誓不別適，依其墓以居。今無意與翁姑遇，幸勿他往，兒尚能養翁姑。」

初甚駭怖，既而見其意真切，相持涕泣，留共居，孤女奉事無不至，轉勝于有子。如是六七年，孤女忽遣老嫗市一棺，且具鍤畚。怪問其故，欣然曰：「翁姑宜賀兒。兒奉事翁姑，自追念逝者，聊盡寸心耳。不期感動土神，聞于岳帝。岳帝憫之，許不待丹成，解形證果。今以遺蛻合窆，表同穴意也。」引至側室，果一黑狐臥榻上，毛光如漆；舉之輕如葉，扣之乃作金石聲。信其真仙矣。葬事畢，又啟曰：「今隸碧霞元君為女官，當往泰山。請共往。」故相偕至此，僦屋與土人雜居。狐女惟不使人見形，其供養仍如初也。後不知其所終。

此與前所記狐女略相近，然彼有所為而為，故僅得逭誅；此無所為而為，故竟能成道。天上無不忠不孝之神仙，斯言諒哉。

夜宿城隍廟廊者

竹汀又言：有夜宿城隍廟廊者，聞殿中鬼語曰：「奉牒拘某婦。某婦戀其病姑，不肯死，念念固結，神不離舍，不能攝取，奈何？」城隍曰：「愚忠愚孝，多不計成敗。與命數爭，徒自苦者，固不少；精誠之至，鬼神所不能奪者，挽回一二，間亦有之。與強魂捍拒，其事迥殊，此宜申岳帝取進止，毋遽以厲鬼往也。」

語訖，遂寂。後不知究竟能攝否。然足知人定勝天，確有是理矣。

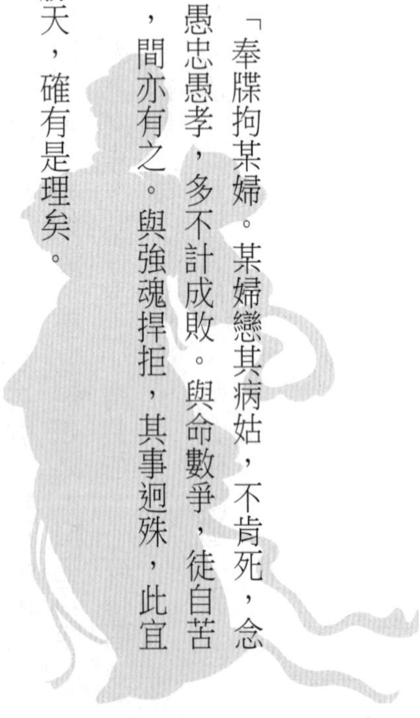

顧郎中德懋

顧郎中德懋，世所稱判冥者也。嘗自言平反一獄，頗自喜。其姓名不敢泄，其事則有姑出其婦者，以小姑之讒，非其罪也。姑姓愎，倉卒度無挽回理；而母家親黨無一人，遂披緇尼庵，待姑意轉。其夫憐之，時往視婦，亦不能無情。庵旁有廢園，每約以夜伏破屋，而自逾牆缺私就之。來往歲餘，為其師所覺。師持戒嚴，以為污佛地，斥其夫勿來，來且逐婦。夫遂絕跡。婦竟鬱鬱死。

冥官謂既入空門，宜遵佛法，乃耽淫犯戒，當從僧律科斷，議付泥犁。顧駁之曰：「尼犯淫戒，固有明刑。然必初念皈依，中違誓願，科以僧律，百喙無詞。此婦則無罪仳離，冀收覆水，恩非斷絕，志且堅貞。徒以孤苦無歸，托身荒剎。其為尼也，但可謂之毀容，未可謂之奉法；其在庵也，但可謂之借榻，不可謂之安禪。若據其浮蹤，執為惡業，則瑤光奪婿，更以何罪相加？至其感念故夫，逾牆幽會，跡似『贈以芍藥』，事均『采彼蘼蕪』。人本同衾，理殊失節。陽律于未婚私媾，僅擬杖刑，猶容納贖。茲之違禮，恐視彼為輕。況已抑鬱捐生，縱有微愆，足以蔽罪。自應寬其薄罰，徑付轉輪。準理酌情，似乎兩協。」事上，冥王竟從其議。此語真妄，無可證驗。

然據其所議，固持平之論矣。又顧臨歿，自云以多泄陰事，謫為社公。姑存其說，亦足為輕談溫室者箴也。

烏蘇台軍李印

庫爾喀喇烏蘇（庫爾喀喇，譯言黑；烏蘇，譯言水也）台軍李印，嘗隨都司劉德行山中。見懸崖老松貫一矢，莫測其由。

晚宿郵舍，印乃言昔過是地，遙見一騎飛馳來，疑為瑪哈沁，伏深草伺之。漸近，則一物似人非人，據馬上，馬乃野馬也。知為怪，發一矢，中之。嗡然如鐘聲，化黑煙去；野馬亦驚逸。今此矢在樹，知為木妖也。問：「頃見之何不言？」曰：「射時彼原未見我。彼既有靈，恐聞之或報復，故寧默也。」其機警多類此。

一日，搭爾巴哈台押逋寇滿答爾至，命印接解。以鐵杻貫手，以鐵鏈從馬腹橫鎖其足。時已病，奄奄僅一息。與之食，亦不甚咽；在馬上每欲倒擲下，賴縶足得不墮。但慮其死，不慮其逃也。至戈壁，兩馬相並，又作欲墮狀。印舉手引之。突挺然而起，以杻擊印僕馬下，即旋轡馳入戈壁去，戈壁東北連科布多（北路定邊副將軍所屬）綿亙數百里，古無人跡，竟莫能追。始知其病者偽也。參將岳濟，坐是獲重譴；印亦長枷。既而伊犁復捕得滿答爾。蓋額魯特來降者，賞賚最厚。滿答爾貪餌而出，因就擒。訊其何以敢再至。則曰：「我罪至重，諒必不料我來；我隨眾而來，亦必不疑其中有我。」其所計良是，而不虞識其頂上箭瘢也。

以印之巧密，而卒為術愚；以滿答爾之深險，而卒以詐敗。日以心鬥，誠不知其所窮。然任智終遇其敵，未有千慮不一失者，則定理也。

子夜鬼歌

李義山詩「空聞子夜鬼悲歌」，用晉時鬼歌子夜事也。李昌谷詩「秋墳鬼唱鮑家詩」，則以鮑參軍有《蒿里行》，幻窅其詞耳。然世固往往有是事。

田香沁言：嘗讀書別業。一夕，風靜月明；聞有度昆曲者，亮折清圓，凄心動魄。諦審之，乃《牡丹亭》叫畫一齣也。忘其所以，靜聽至終。忽省牆外皆斷港荒陂，人跡罕至，此曲自何而來？開戶視之，惟蘆荻瑟瑟而已。

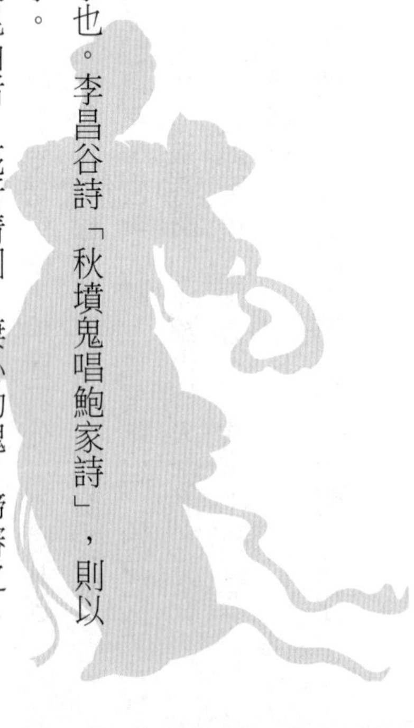

有老儒授徒野寺

香沁又言：有老儒授徒野寺。寺外多荒冢，暮夜或見鬼形，或聞鬼語。老儒有膽，殊不怖。其僮僕習慣，亦不怖也。

一夕，隔牆語曰：「鄰君已久，知先生不訝。嘗聞吟詠，案上當有溫庭筠詩，乞錄其《達摩支曲》一首焚之。」又小語曰：「末句『鄴城風雨連天草』，祈寫『連』為『粘』，則感極矣。頃爭此一字。與人賭小酒食也。」老儒適有溫集，遂舉投牆外。約一食頃，忽木葉亂飛，旋飆怒捲，泥沙灑窗戶如急雨。老儒笑且叱曰：「爾輩勿劣相。我籌之已熟：兩相角賭，必有一負；負者必怨，事理之常。然因改字以招怨，則吾詞曲；因其本書以招怨，則吾詞直。聽爾輩狡獪，吾不愧也。」語訖而風止。

褚鶴汀曰：「究是讀書鬼，故雖負氣求勝，而能為理屈。然老儒不出此集，不更兩全乎？」

王穀原曰：「君論世法也。老儒解世法，不老儒矣。」

有樵者伐木山岡

司爨王媼言（即見醉鍾馗者）：有樵者伐木山岡，力倦小憩。遙見一人持衣數襲，沿路棄之，不省其何故。諦視之，履險阻如坦途，其行甚速，非人可及；貌亦慘淡不似人，疑為妖魅。登高樹瞰之，人已不見。由其棄衣之路，宛轉至山坳，則一虎伏焉。知人為倀鬼，衣所食者之遺也。急棄柴自岡後遁。

次日，聞某村某甲于是地死于虎矣。路非人徑所必經，知其以衣為餌，導之至是也。物莫靈于人，人恆以餌取物。今物及以餌取人，豈人弗靈哉！利汩其靈，故智出物下耳。

然是事一傳，獵者因循衣所在，得虎窟，合銃群擊，殪其三焉。則虎又以智敗矣。輾轉倚伏，機械又安有窮歟？或又曰：「虎至悍而至愚，心計萬萬不到此。聞倀役于虎，必得代乃轉生。是殆倀誘人自代，因引人捕虎報冤也。」倀者人所化，揆諸人事，固亦有之。又惜虎知倀助己，不知即倀害己矣。

粵東大商喜學仙

梁豁堂言：有粵東大商，喜學仙，招納方士數十人，轉相神聖，皆曰沖舉可坐致。所費不貲，然亦時時有小驗，故信之益篤。

一日，有道士來訪，雖敝衣破笠，而神竟落落，如獨鶴孤松。與之言：微妙玄遠，多出意表。試其法，則驅役鬼神，呼召風雨，如操券也；松鱸、台菌、吳橙、閩荔，如取攜也，星娥琴竽，玉女歌舞，猶僕隸也。握其符，十洲三島，可以夢游。出黍顆之丹，點瓦石為黃金，百煉不耗。粵商大駭服。諸方士自顧不及，亦稽首稱聖師，皆願為弟子，求傳道。道士曰：「然則擇日設壇，當一一授汝。」至期，道士登座，眾拜訖。道士問：「爾輩何求？」曰：「求仙。」問：「求仙何以求諸我？」曰：「如是靈異，非真仙而何？」道士軒渠良久，曰：「此術也，非道也。夫道者沖漠自然，與元氣為一，烏有如是種種哉！蓋三教之放失久矣。儒之本旨，明體達用而已。文章記誦，非也；談天說性，亦非也。佛之本旨，無生無滅而已。布施供養，非也；機鋒語錄，亦非也。道之本旨，清淨沖虛而已。章咒符籙，非也；爐火服餌，亦非也。爾所見種種，是皆章咒符籙事，去爐火服餌，尚隔幾塵，況長生乎？然無所徵驗，遽斥其非，爾必謂譽其所能，而毀其所不能，徒大言耳。今示以種種能為，而告以種種不可為，爾庶幾知返乎！儒家釋家，情偽日增，門徑各別，可勿與辯也。吾疾夫道家之滋偽，故因汝好道，姑一正之。」

因指諸方士曰：「爾之不食，辟穀丸也。爾之前知，桃偶人也。爾之燒丹，房中藥也。爾之點金，縮銀法也。爾之入冥，茉莉根也。爾之召仙，攝靈鬼也。爾之返魂，役狐魅也。爾之搬運，五鬼術也。爾之辟兵，鐵布衫也。爾之飛躍，鹿盧蹺也。名曰道流，皆妖人耳。不速解散，雷部且至矣。」振衣欲起。眾牽衣叩額曰：「下士沉迷，已知其罪，幸逢仙駕，是亦前緣。忍不一度脫乎？」道士卻坐，顧粵商曰：「爾曾聞笙歌錦繡之中，有一人揮手飛升者乎？」顧諸方士曰：「爾曾聞炫術鬻財之輩，有一人脫屣羽化者乎？夫修道者須謝絕萬緣，堅持一念，使此心寂寂如死，而後可不死；使此氣綿綿不停，而後可長停。然亦非枯坐事也。仙有仙骨，亦有仙緣。骨非藥物所能換，緣亦非情好所能結。必積功累德，而後列名于仙籍，仙骨以生；仙骨既成，真靈自爾感通，仙緣乃湊。此在爾輩之自度，仙家安有度人法乎？」因索紙大書十六字曰：「內絕世緣，外積陰騭；無怪無奇，是真秘密。」投筆于案，聲如霹靂，已失所在矣。

有狐居倉中

表伯王洪生家，有狐居倉中，不甚為祟；然小兒女或近倉游戲，輒被瓦擊。一日，廚下得一小狐，眾欲捶殺以泄憤。洪生曰：「是挑釁也。人與妖鬥，寧有勝乎？」乃引至榻上，哺以果餌，親送至倉外。自是兒女輩往來其地，不復擊矣。此不戰而屈人也。

綠雲叩頭

又舅氏安公五占，居縣東留福莊。其鄰家二犬，一夕吠甚急。鄰婦出視無一人，惟聞屋上語曰：「汝家犬太惡，我不敢下。有逃婢匿汝家灶內，煩以煙薰之，當自出。」婦大駭，入視灶內，果嚶嚶有泣聲。問是何物，何以至此？灶內小語曰：「我名綠雲，狐家婢也。不勝鞭捶，逃匿于此，冀少緩須臾死，惟娘子哀之。」

婦故長齋禮佛，意頗憐憫，向屋仰語曰：「渠畏怖不出，我亦實不忍火攻。苟無大罪，乞仙家捨之。」（**里俗呼狐曰仙家**）屋上應曰：「我二千錢新買得，那能即捨？」婦曰：「二千錢贖之，可乎？」良久，乃應曰：「是或尚可。」

婦以錢擲于屋上，遂不聞聲。婦扣灶呼曰：「綠雲可出，我已贖得汝。汝主去矣。」灶內應曰：「感活命恩，今便隨娘子驅使。」婦曰：「人那可蓄狐婢，汝且自去；恐驚駭小兒女，亦慎勿露形。」果似有黑物瞥然逝。後每逢元旦，輒聞窗外呼曰：「綠雲叩頭。」

蒙古以羊骨卜

蒙古以羊骨卜，燒而觀其坼兆，猶蠻峒雞卜也。霍丈易書在葵蘇圖軍台時，有老婦解此術。使卜歸期。婦側睨良久，曰：「馬未鞍，人未冠，是不行也；然鞍與冠皆已具，行有兆矣。」越數月，又使卜。婦一視即拜曰：「馬已鞍，人已冠矣，公不久其歸乎！」既而果賜環。

又大學士溫公言：曩征烏什，俘回部十餘人，禁地窖中。一日，指口訴飢。投以杏。眾分食訖，一年老者握其核，喃喃密祝，擲于地上，觀其縱橫奇偶，忽失聲哭。其黨環視，亦皆哭。既而駢誅之牒至，疑其法如火珠林錢卜也。

是與蓍龜雖不同，然以骨取象者，龜之變；以物取數者，蓍之變。其藉人精神以有靈，理則一耳。

狐類相軋

康熙癸巳秋，宋村廠佃戶周甲，不勝其婦之捶楚，夜伺婦寢，逃匿破廟，將待曉，介鄰里乞憐。婦覺之，追跡至廟，對神像數其罪，叱使伏受鞭。廟故有狐。鞭甫十餘，方哀呼，群狐合噪而出，曰：「世乃有此不平事！」齊奪甲置牆隅，執其婦，褫無寸縷，即以鞭鞭之，至流血未釋。突狐婦又合噪而出，曰：「男子但解護男子。渠背妻私昵某家女，不應死耶？」亦奪其婦置牆隅，而相率執甲。群狐格鬥爭救，喧哄良久。守田者疑為劫盜，大呼鳴銃為聲援。狐乃各散。婦已委頓，甲竭蹶負以歸。王德庵先生時設帳于是，見婦在途中猶喃喃罵也。先生嘗曰：「快哉諸狐！可謂禮失而求野。狐婦乃惡傷其類，又別執一理，操同室之戈。蓋門戶分而朋黨起，朋黨盛而公論淆，轇轕紛紜，是非蜂起，其相軋也久矣。」

張鉉耳先生家婢

張鉉耳先生家，一夕覓一婢不見，意其逋逃。次日，乃醉臥宅後積薪下。空房鎖閉，不知其何從入也。沃髮漬面，至午乃蘇。言昨晚聞後院嬉笑聲，稔知狐魅，習慣不懼，竊從門隙窺之。見酒炙羅列，數少年方聚飲。俄為所覺，遽躍起擁我逾牆入。恍惚間如睡如夢，噤不能言，遂被逼入坐。陳釀醇濃，加以苛罰，遂至沉酣，不記幾時眠，亦不知其幾時去也。鉉耳先生素剛正，自往數之曰：「相處多年，除日日取柴外，兩無干犯。何突然越禮，以良家婢子作倡女侑觴？子弟猖狂，父兄安在？為家長者寧不愧乎？」

至夜半，窗外語曰：「兒輩冶蕩，業已笞之。然其間有一線乞原者：此婢先探手入門，作詎詞乞肉，非出強牽。且其月下花前，采蘭贈芍，閱人非一，碎璧多年，故兒輩敢通款曲。不然，則某婢某婢色豈不佳，何終不敢犯乎？防範之疏，僕與先生似當兩分其過，惟俯察之。」先生曰：「君既笞兒，此婢吾亦當痛笞。」狐哂曰：「過摽梅之年，而不為之擇配偶，鬱而橫決，罪豈獨在此婢乎？」先生默然。

次日，呼媒媼至，凡年長數婢盡嫁之。

西商杜奎

邱縣丞天錦言：西商有杜奎者，不知其鄉貫，其語似澤、潞人也。剛勁有膽，不畏鬼神，空宅荒祠，所至恆襆被獨宿，亦無所見聞。偶行經六盤山麓，日已曛黑，遂投止。廢堡破屋，荒煙蔓草，四無人蹤。度萬萬無寇盜，解裝絆馬，拾枯枝爇火禦寒，竟展衾安臥。方欲睡間，聞有哭聲。諦聽之，似在屋後，似出地下。時榾柮方燃，室明如晝，因側眠握刀以待之。俄聲漸近，已在窗外黑處，嗚嗚不已；然終不露形。杜叱問曰：「平生未曾見爾輩。是何鬼物？可出面言。」暗中有應者曰：「身是女子，裸無寸縷，愧難相見。如不見棄，許入被中，則有物蔽形，可以對語。」杜知其欲相媚惑，亦不懼之，微哂曰：「欲入即入。」陰風颯然，已一好女共枕矣。羞容靦覥，掩面泣曰：「一語才通，遽相偎倚。人雖冶蕩，何至于斯？緣有苦情，迫于陳訴，雖嫌造次，勿訝淫奔。此堡故群盜所居，妾偶獨行，為其所劫，盡褫衣裳簪珥，縛棄澗中。夏浸寒泉，冬埋積雪，沉陰冱凍，萬苦難名。後惡黨伏誅，廢為墟莽。無人可告，茹痛至今。幸空谷足音，得見君子，機緣難再，千載一時。故忍恥相投，不辭自獻，擬以一宵之愛，乞市薄櫬，移骨平原。庶地氣少溫，得安營魄。倘更作佛事，超拔轉輪，則再造之恩，誓世世長執巾櫛。」語訖拭淚，縱體入懷。

杜慨然曰：「本謂爾為妖，乃沉冤如是！吾雖耽花柳，然乘人窘急，挾制求歡，則落落丈夫，義不出此。汝既畏冷，無妨就我取溫；如講幽期，則不如徑去。」女伏枕叩額，亦不再言。杜擁之酣眠，帖然就抱。天曉，已失所在。乃留數日，為營葬營齋。越數載歸里，有鄰家小女，見杜輒戀戀相隨。後老而無子，求為側室。父母不肯。女自請相從，竟得一男。知其事者，皆疑為此鬼後身也。

珊瑚鉤

《宋書・符瑞志》曰：珊瑚鉤，王者恭信則見。然不言其形狀，蓋自然之寶也。杜工部詩曰：「飄飄青瑣郎，文采珊瑚鉤。」似即指此。蕭詮詩曰：「珠簾半上珊瑚鉤。」則以珊瑚為鉤耳。

余見故大學士楊公一帶鉤，長約四寸餘，圍約一寸六七分。其鉤就倒垂椏杈，截去附枝，作一螭頭。其繫絛環柱，亦就一橫出之癭瘤，作一芝草。其幹天然彎曲，脈理分明，無一毫斧鑿跡，色跡純作櫻桃紅，殆為奇絕。其掛鉤之環，則以交柯連理之枝，去其外歧，而存其周圍相屬者，亦似天成。然珊瑚連理者多，佩環似此者亦多，不為異也。云以千四百金得諸洋船。此在壬午、癸未間，其時珊瑚易致，價尚未昂云。

大學士溫公之玉

又余在烏魯木齊時，見故大學士溫公有玉一片，如掌大，可作臂閣。質理瑩白，面有紅斑四點，皆大如指頂，鮮活如花片，非血浸，非油煉，非琥珀燙，深入腠理，而暈腳四散，漸遠漸淡，以至于無，蓋天成也。公恆以自隨。木果木之戰，公埋輪縶馬，慷慨捐生。此物想流落蠻煙瘴雨間矣。

五寸玉簪

又嘗見賈人持一玉簪，長五寸餘，圓如畫筆之管，上半純白，下半瑩澈如琥珀，為目所未睹。有酬以九百金者，堅不肯售。余終疑為藥煉也。

董文恪公之玉蟹

五十年前，見董文恪公一玉蟹，質不甚巨，而純白無點瑕。獨視之亦常玉，以他白玉相比，則非隱青即隱黃隱赭，無一正白者，乃知其可貴。頃與柘林司農話及，司農曰：「公在日，偶值匱乏，以六百金轉售之矣。」

益都有書生

益都有書生，才氣飈發，頗為雋上。一日，晚涼散步，與村女目成。密遣僕婦通詞，約某夕虛掩後門待。生潛蹤匿影，方暗中捫壁竊行，突火光一掣，朗若月明，見一厲鬼當戶立。狼狽奔回，幾失魂魄。

次日登塾，塾師忽端坐大言曰：「吾辛苦積得小陰騭，當有一孫登第。何逾牆鑽穴，自敗成功？幸我變形阻之，未至削籍，然亦殿兩舉矣。爾受人脩脯，教人子弟，何無約束至此耶？」自批其頰十餘，昏然仆地。方灌治間，宅內僕婦亦自批其頰曰：「爾我家三世奴，豈朝秦暮楚者耶？幼主妄行當勸戒，不從則當告主人。乃獻媚希賞，幾誤其終身，豈非負心耶？後再不悛，且褫爾魄！」語訖，亦昏仆。並久之，乃蘇。門人李南澗曾親見之。

蓋祖父之積累如是其難，子孫其敗壞如是其易也，祖父之于子孫如是，其死尚不忘也，人可不深長思乎！然南澗言此生終身不第，顑頷以終。殆流蕩不返，其祖亦無如何歟？抑或附形于塾師，附形于僕婦，而不附形于其孫，亦不附形于其子，猶有溺愛者存，故終不知懲歟？

羅生求狐

狐魅，人之所畏也。里有羅生者，讀小說雜記，稔聞狐女之姣麗，恨不一遇。近郊古冢，人云有狐，又云時或有人與狎昵。乃詣其窟穴，具贄幣牲醴，投書求婚姻，且云：「或香閨嬌女，並已乘龍，或鄙棄樗材，不堪倚玉，則乞賜一豔婢，用充貴媵，銜感亦均。」再拜置之而返，數日寂然。

一夕，獨坐凝思，忽有好女出燈下，嫣然笑曰：「主人感君盛意，卜今吉日，遣小婢三秀來充下陳，幸見收錄。」因叩謁如禮，凝眸側立，妖媚橫生。生大欣慰，即于是夜定情。自以為彩鸞甲帳，不是過也。婢善隱形，人不能見；雖遠行別宿，亦復相隨，益惬生所願。惟性饕餮，家中食物，多被竊。食物不足，則盜衣裳器具，鬻錢以買，亦不知誰為料理，意有徒黨同來也。以是稍譙責之，然媚態柔情，搖魂動魄，低眉一盼，亦復回嗔。又冶蕩殊常，蠱惑萬狀，卜夜卜晝，靡有已時，尚嗛嗛不足。以是家為之凋，體亦為之敝。久而疲于奔命，怨詈時聞，漸起釁端，遂成仇隙。呼朋引類，妖祟大興，日不聊生。

延正一真人劾治，婢現形抗辯曰：「始緣祈請，本異私奔；繼奉主命，不為苟合。手札具存，非無故為魅也。至于盜竊淫佚，狐之本性，振古如是，彼豈不知？既以耽色之故，捨人而求狐；乃又責狐以人理，毋乃悖歟？即以人理而論，圖聲色之娛者，不能惜蓄養之費。既充妾媵，即當仰食于主人；所給不敷，即不免私有所取，家庭之內，似此者多。較攘竊他人，終為有間。若夫閨房燕昵，何所不有？聖人制禮，亦不能立以程限；帝王定律，亦不能設以科條。在嫡配尚屬常情，在姬侍尤其本分。錄以為罪，竊有未甘。」真人曰：「糾眾肆擾，又何理乎？」曰：「嫁女與人，意圖求取。不滿所欲，聚黨喧哄者，不知凡幾，未聞有人科其罪，乃科罪于狐歟？」真人俯思良久，顧羅生笑曰：「君所謂求仁得仁，亦復何怨。老夫耄矣，不能驅役鬼神，預人家兒女事。」後羅生家貧如洗，竟以瘵終。

奴子吳士俊

從侄秀山言：奴子吳士俊嘗與人鬥，不勝，恚而求自盡，欲于村外覓僻地，甫出柵，即有二鬼邀之。一鬼言投井佳，一鬼言自縊更佳，左右牽掣，莫知所適。

俄有舊識丁文奎者從北來，揮拳擊二鬼遁去，而自送士俊歸。士俊惘惘如夢醒，自盡之心頓息。文奎亦先以縊死者，蓋二人同役于叔父栗甫公家。文奎歿後，其母攖疾困臥。士俊嘗助以錢五百，故以是報之。

此余家近歲事，與《新齊諧》所記鍼工遇鬼略相似，信鑿然有之。而文奎之求代而來，報恩而去，尤足以激薄俗矣。

有御婢殘忍者

周景垣前輩言：有巨室眷屬，連艫之任，晚泊大江中。俄一大艦來同泊，門燈檣幟，亦官舫也。日欲沒時，艙中二十餘人露刃躍過，盡驅婦女出艙外。有靚妝女子隔窗指一少婦曰：「此即是矣。」群盜應聲曳之去。一盜大呼曰：「我即爾家某婢父，爾女酷虐我女，鞭捶炮烙無人理。幸逃出遇我。爾追捕未獲。銜冤刺骨，今來復仇也。」言訖，竟揚帆順流去，斯須滅影。緝尋無跡，女竟不知其所終，然情狀可想矣。

夫貧至鬻女，豈復有所能為？則不慮其能為盜也。婢受慘毒，豈復能報？而不慮其父能為盜也。此所謂蜂蠆有毒歟！

又李受公言：有御婢殘忍者，偶以小過閉空房，凍餓死，然無傷痕。其父訟不得直，反受笞。冤憤莫釋，夜逾垣入，並其母女手刃之。緝捕多年，竟終漏網，是不為盜亦能報矣。又言京師某家火，夫婦子女並焚，亦群婢怨毒之所為，事無顯證，遂無可追求。是不必有父亦自能報矣。余有親串，鞭笞婢妾，嬉笑如兒戲，間有死者。一夕，有黑氣如車輪，自檐墮下，旋轉如風，啾啾然有聲，直入內室而隱。次日，疽發于項如粟顆，漸以四潰，首斷如斬。是人所不能報，鬼亦報之矣。

人之愛子，誰不如我？其強者銜冤茹痛，鬱結莫申，一決橫流，勢所必至。其弱者橫遭荼毒，賚恨黃泉，哀感三靈，豈無神理！不有人禍，必有天刑，固亦理之自然耳。

西域之梅

世謂古玉皆昆吾刀刻，不盡然也。魏文帝《典論》已不信世有昆吾刀，是漢時已無此器。李義山詩「玉集胡沙割」是唐已沙碾矣。今琢玉之巧，以痕都斯坦為第一，其地即佛經之印度、《漢書》之身毒。精是技者，相傳猶漢武時玉工之裔，故所雕物象，頗有中國花草，非西域所有者，沿舊譜也。又云別有奇藥能軟玉，故細入毫芒，曲折如意。

余嘗見瑪少宰興阿自西域買來梅花一枝，虬幹夭矯，殆可以插瓶；而開之則上蓋下底成一盒，雖細條瓣亦皆空中。又嘗見一缽，內外兩重，可以轉而不可出，中間隙縫，僅如一髮。搖之無聲，斷無容刀之理；刀亦斷無屈曲三折，透至缽底之理。疑其又有粘合無跡之藥，不但能軟也。此在前代，偶然一見，謂之鬼工。今則納賮輸琛，有如域內，亦尋常視之矣。

閩女詐死

閩人有女未嫁卒，已葬矣。閱歲餘，有親串見之別縣。初疑貌相似，然聲音體態，無相似至此者。出其不意，從後試呼其小名。女忽回顧。知不謬，又疑為鬼。歸告其父母，開冢驗視，果空棺。共往蹤跡。初陽不相識。父母舉其胸脅瘢痣，呼鄰婦密視，乃俱伏。覓其夫，則已遁矣。蓋閩中茉莉花根，以酒磨汁飲之，一寸可屍蹶一日，服至六寸尚可蘇，至七寸乃真死。女已有婿，而私與鄰子狎，故磨此根使詐死，待其葬而發墓共逃也。婿家鳴官，捕得鄰子，供詞與女同。時吳林塘官閩縣，親鞫是獄。欲引開棺見屍律，則人實未死，事異圖財；欲引藥迷子女例，則女本同謀，情殊掠賣。無正條可以擬罪，乃仍以姦拐本律斷。

人情變幻，亦何所不有乎！

唐宋人最重通犀

唐宋人最重通犀，所云種種人物，形至奇巧者。唐武后之簡，作雙龍對立狀。宋孝宗之帶，作南極老人扶杖像。見于諸書者不一，當非妄語。今惟有黑白二色，未聞有肖人物形者，此何以故歟?惟大理石往往似畫，至今尚然。

嘗見梁少司馬鐵幢家一插屏，作一鷹立老樹斜柯上，嘴距翼尾，一一酷似；側身旁睨，似欲下搏，神氣亦極生動。朱運使子穎，嘗以大理石鎮紙贈亡兒汝佶，長約二寸，廣約一寸，厚約五六分。一面懸崖對峙，中有二人乘一舟順流下；一面作雙松欹立，鍼鬣分明，下有水紋，一月在松梢，一月在水。宛然兩水墨小幅。上有刻字，一題曰「輕舟出峽」，一題曰「松溪印月」，左側題「十岳山人」。字皆八分書。蓋明王寅故物也。汝佶以獻余，余于器玩不甚留意，後為人取去。煙雲過眼矣，偶然憶及，因並記之。舊蓄北宋苑畫八幅，不題名氏，絹絲如布，筆墨沉著，工密中有渾渾穆穆之氣，疑為真跡。所畫皆故事，而中有三幅不可考。一幅下作甲仗隱現狀，上作一月銜樹杪，一女子衣帶飄舞，翩如飛鳥，似御風而行。一幅作曠野之中，一中使背詔立；一人衣巾襤褸自右來，二小兒迎拜于左，其人作引手援之狀。中使若不見三人，三人亦若不見中使。一幅作一堂甚華敞，階下列酒罌五，左側作艷女數人，靚妝彩服，若貴家姬；右側作媼婢攜抱小兒女，皆侍立甚肅。中一人常服據榻坐，自抱一酒罌，持鑽鑽之。後前一幅辨為紅線，後二幅則終不知為誰。姑記于此，俟博雅者考之。

張石鄰先生

張石鄰先生，姚安公同年老友也。性伉直，每面折人過。然慷慨尚義，視朋友之事如己事，勞與怨皆不避也。嘗夢其亡友某公盛氣相詰曰：「君兩為縣令，凡故人子孫零替者，無不收恤。獨我子數千里相投，視如陌路，何也？」先生夢中怒且笑曰：「君忘之歟？夫所謂朋友，豈勢利相攀援，酒食相徵逐哉？為緩急可恃，而休戚相關也。我視君如弟兄，吾家奴結黨以蠹我，其勢蟠固。我無可如何。我嘗密托君察某某。君目睹其奸狀，而恐招嫌怨，諱不肯言。及某某貫盈自敗，君又博忠厚之名，百端為之解脫。我事之僨不僨，我財之給不給，君皆弗問，第求若輩感激，稱長者而已。是非厚其所薄，薄其所厚乎？君先陌路視我，而怪我視君如陌路，君忘之歟？」其人瑟縮而去。此五十年前事也。

大抵士大夫之習氣，類以不談人過為君子，而不計其人之親疏，事之利害。余嘗見胡牧亭為群僕剝削，至衣食不給。同年朱學士竹君奮然代為驅逐，牧亭生計乃稍蘇。又嘗見陳裕齋歿後，孀妾孤兒，為其婿所凌逼。同年曹宗丞慕堂亦奮然鳩率舊好，代為驅逐，其子乃得以自存。一時清議，稱古道者百不一二，稱多事者十恆八九也。又嘗見崔總憲應階娶孫婦，賃彩轎親迎。其家奴互相鉤貫，非三百金不能得，眾喙一音。至前期一兩日，價更倍昂。崔公恚憤，自求朋友代賃。朋友皆避怨不肯應，甚有謂彩轎無定價，貧富貴賤，各隨其人為消長，非他人所可代賃，以巧為調停者。不得已，以己所乘轎結彩繒用之。一時清議，謂坐視非理者亦百不一二，謂善體下情者亦十恆八九也。彼一是非，此一是非，將烏乎質之哉？

相類三事

朱青雷言：嘗謁椒山祠，見數人結伴入，眾皆叩拜，中一人獨長揖。或詰其故。曰：「楊公員外郎，我亦員外郎，品秩相等，無庭參禮也。」或又曰：「楊公忠臣。」佛然曰：「我奸臣乎？」于大羽因言：聶松岩嘗騎驢，遇一治磨者，嗔不讓路。治磨者曰：「石工遇石工（松岩安邱張卯君之弟子，以篆刻名一時），何讓之有？」余亦言：交河一塾師與張晴嵐論文相詆。塾師怒曰：「我與汝同歲入泮，同至今日皆不第，汝何處勝我耶？」

三事相類，雖善辯者無如何也。田白岩曰：「天地之大，何所不有？遇此種人，惟當以不治治之，亦于事無害；必欲其解悟，彌出葛藤。嘗見兩生同寓佛寺，一詈紫陽，一詈象山，喧詬至夜半。僧從旁解紛，又謂異端害正，共與僧鬥。次日，三人破額，詣訟庭。非天下本無事，庸人自擾之乎？」

昌平蓄雞老媼

昌平有老媼，蓄雞至多，惟賣其卵。有買雞充饌者，雖十倍其價不肯售。所居依山麓，日久滋衍，殆以谷量。將曙時，唱聲競作，如傳呼之相應也。會刈麥曝于門外，群雞忽千百齊至，圍繞啄食。媼持杖驅之不開，遍呼男女，交手撲擊，東散西聚，莫可如何。

方喧呶間，住屋五楹，訇然摧圮，雞乃俱驚飛入山去。此與《宣室志》所載李甲家鼠報恩事相類。夫鶴知夜半，雞知將旦，氣之相感而精神動焉，非其能自知時也。故邵子曰：「禽鳥得氣之先。」至萬物成毀之數，斷非禽鳥所先知，何以聚族而來，脫主人于厄乎？此必有憑之者矣！

捕狐為業者

從侄汝夔言：甲乙並以捕狐為業，所居相距十餘里。一日，伺得一冢有狐跡，擬共往，約日落後會于某所。乙至，甲已先在，同至冢側，相其穴，可容人。甲令乙伏穴內，而自匿冢畔叢薄中；待狐歸穴，甲禦其出路，而乙在內擒縶之。乙暗坐至夜半，寂無音響，欲出與甲商進止。呼良久，不應；試出尋之，則二墓碑橫壓穴口，僅隙光一線，闊寸許，重不可舉。乃知為甲所賣。

次日，聞外有叱牛聲，極力號叫。牧者始聞，報其家往視。鳩人移石，已幽閉一晝夜矣。疑甲謀殺，率子弟詣甲，將執訟官。至半途，乃見甲裸體反縛柳樹上。眾圍而唾詈，或鞭撲之。蓋甲赴約時，路遇饁婦相調謔，因私狎于秫叢。時盛暑，各解衣置地。甫脫手，婦躍起掣其衣走，莫知所向。幸無人見，狼狽潛歸。未至家，遇明火持械者，見之呼曰：「奴在此。」則鄰家少婦三四，睡于院中，忽見甲解衣就同臥，驚喚眾起，已棄衣逾牆遁。方其里黨追捕也。甲無以自白，惟呼天而已。乙述昨事，乃知皆為狐所賣。

然伺其穴而掩襲，此戕殺之仇也。戕殺之仇，以游戲報之：一閉使不出，而留隙使不死；一褫其衣使受縛無辯，而人覺即遁，使其罪亦不至死。猶可謂善留餘地矣。

兩家爭墳山

天下有極細之事，而皋陶亦不能斷者。門人折生遇蘭，健令也。官安定日，有兩家爭一墳山，訟四五十年，閱兩世矣。其地廣闊不盈畝，中有二冢，兩家各以為祖塋。問鄰證，則萬山之中，裏糧挈水乃能至，四無居人。問契券，則皆稱前明兵燹已不存。問地糧串票，則兩造具在。其詞皆曰：「此地萬不足耕，無錙銖之利，而有地丁之額。所以百控不已者，徒以祖宗丘隴，不欲為他人占耳。」又皆曰：「苟非先人之體魄，誰肯涉訟數十年，認他人為祖宗者。」或疑為謀占吉地，則又皆曰：「秦隴素不講此事，實無此心，亦彼此不疑有此心；且四圍皆石，不能再容一棺，如得地之後，掘而別葬，是反授不得者以間。誰敢為之？」竟無以折服，又無均分理，無入官理，亦莫能判定。大抵每祭必鬥，每鬥必訟官。惟就鬥論鬥，更不問其所因矣。後蔡西齋為甘肅藩司，聞之曰：「此爭祭非爭產也，盍以理喻之。」曰：「爾既自以為祖墓，應聽爾祭。其來爭祭者，既願以爾祖為祖，于爾祖無損，于爾亦無損也，聽其享薦亦大佳，何必拒乎？」亦不得已之權詞，然迄不知其遵否也。

有富室自有福者

胡牧亭言：其鄉一富室，厚自奉養，閉門不與外事，人罕得識其面。不善治生，而財終不耗；

不善調攝，而終無疾病。或有禍患，亦意外得解。嘗一婢自縊死，里胥大喜，張其事報官。官亦欣然即日來。比陳屍檢驗，忽手足蠕蠕動。方共駭怪，俄欠伸，俄轉側，俄起坐，已復蘇矣。官尚欲以逼污投繯，鍛煉羅織，微以語導之。婢叩首曰：「主人妾媵如神仙，寧有情到我？設其到我，方歡喜不暇，寧肯自戕？實聞父不知何故，為官所杖殺，悲痛難釋，憤恚求死耳，無他故也。」官乃大沮去。其他往往多類此。

鄉人皆言其蠢然一物，乃有此福，理不可明。偶扶乩召仙，以此叩之。乩判曰：「諸公誤矣，其福正以其蠢也。此翁過去生中，乃一村叟，其人淳淳悶悶，無計較心；悠悠忽忽，無得失心；落落漠漠，無愛憎心；坦坦平平，無偏私心；人或凌侮，無爭競心；人或欺紿，無機械心；人或謗詈，無嗔怒心；人或構害，無報復心。故雖槁死牖下，無大功德，而獨以是心為神所福，使之食報于今生。其蠢無知識，正其身異性存，未昧前世善根也。諸君乃以為疑，不亦誤耶！」時在側者，信不信參半。

吾竊有味斯言也，余曰：「此先生自作傳贊，托諸斯人耳。然理固有之。」

劉生

劉約齋舍人言：劉生名寅（此在劉景南家酒間話及。南北鄉音各異，不知是此寅字否也），家酷貧。其父早年與一友訂婚姻，一諾為定，無媒妁，無婚書庚帖，亦無聘幣；然子女則並知之也。劉生父卒，友亦卒。劉生少不更事，窶益甚，至寄食僧寮。友妻謀悔婚，劉生無如之何。女竟鬱鬱死，劉生知之，痛悼而已。

是夕，燈下獨坐，悒悒不寧。忽聞窗外啜泣聲，問之不應，而泣不已。固問之，彷彿似答一我字。劉生頓悟，曰：「是子也耶？吾知之矣。事已至此，來生相聚可也。」語訖，遂寂。

後劉生亦夭死，惜無人好事，竟不能合葬華山。《長恨歌》曰：「天長地久有時盡，此恨綿綿無了期。」此之謂乎！雖悔婚無跡，不能名以貞；又以病終，不能名以烈。然其志則貞烈兼矣。說是事時，滿座太息，而忘問劉生里貫。約齋家在蘇州，意其鄉里歟？

河間賣藥游僧

河間有游僧，賣藥于市。以一銅佛置案上，而盤貯藥丸，佛作引手取物狀。有買者，先禱于佛，而捧盤進之。病可治者，則丸躍入佛手；其難治者，則丸不躍。舉國信之。後有人于所寓寺內，見其閉戶研鐵屑。乃悟其盤中之丸，必半有鐵屑，半無鐵屑；其佛手必磁石為之，而裝金于外。驗之信然，其術乃敗。

會有講學者，陰作訟牒，為人所訐。到官昂然不介意，侃侃而爭。取所批《性理大全》核對，筆跡皆相符，乃叩額伏罪。太守徐公，諱景曾，通儒也。聞之笑曰：「吾平生信佛不信僧，信聖賢不信道學。今日觀之，灼然不謬。」

鬼問路

楊槐亭前輩有族叔，夏日讀書山寺中。至夜半，弟子皆睡，獨秉燭咿語。倦極假寐，聞叩窗語曰：「敢敬問先生，此往某村當從何路？」怪問為誰？曰：「吾鬼也。溪谷重復，獨行失路。空山中鬼本稀疏，偶一二無賴賤鬼，不欲與言；即問之，亦未必肯相告。與君幽明雖隔，氣類原同，故聞書聲而至也。」具以告之，謝而去。

後以語槐亭，槐亭憮然曰：「吾乃知孤介寡合，即作鬼亦難。」

有暗中論詩者

李秋崖與金谷村嘗秋夜坐濟南歷下亭，時微雨新霽，片月初生。秋崖曰：「韋蘇州『流雲吐華月』句氣象天然，覺張子野『雲破月來花弄影』句便多少著力。」谷村未答，忽暗中人語曰：「豈但著力不著力，意境迥殊。一是詩語，一是詞語，格調亦迥殊也。即如《花間集》『細雨濕流光』句，在詞家為妙語，在詩家則靡靡矣。」愕然驚顧，寂無一人。

奇道士

膠州法南埜，嘗偕一友登日觀。先有一道士倚石坐，傲不為禮。二人亦弗與言。俄丹曦欲吐，海天滉耀，千匯萬狀，不可端倪。南埜吟元人詩曰：「『萬古齊州煙九點，五更滄海日三竿。』不信然乎！」道士忽哂曰：「昌谷用作夢天詩，故為奇語。用之泰山，不太假借乎？」南埜回顧，道士即不再言。

既而踆烏湧上，南埜謂其友曰：「太陽真火，故入水不濡也。」道士又哂曰：「公謂日自海出乎？此由不知天形，故不知地形；不知地形，故不知水形也。蓋天橢圓如雞卵，地渾圓如彈丸，水則附地而流，如核桃之皴皺。橢圓者東西遠而上下近，凡有九重，最上曰宗動，元氣之表，無象可窺。次為恆星，高不可測。次七重，則日月五星各占一重，隨大氣旋轉，去地且二百餘萬里，無論海也。渾圓者地無正頂，身所立處皆為頂；地無正平，目所見處皆為平。至廣漠之野，四望天地相接處，其圓中規，中高而四隤之證也，是為地平。圓規以外，目所不見者，則地平下矣。湖海之中，四望天水相合處，亦圓中規，是又水隨地形，中高四隤之證也。然江河之水狹且淺，夾以兩岸，行于地中，故日出地上始受日光。惟海至廣至深，附于地面，無所障蔽，故中高四隤之處，如水晶球之半。日未至地平，倒影上射，則初見如一線；日將近地平，則斜影橫穿，未明先睹。今所見者是日之影，非日之形。是天上之日影隔水而映，非海中之日影浴水而出也。至日出地平，則影斜落海底，轉不能見矣。儒家蓋嘗見此景，故以為天包水，水浮地，日出入于水中。而不知日自附天，水自附地。佛家未見此景，故以須彌山四面為四州，日環繞此山，南晝則北夜，東暮則西朝，是日常旋轉，平行竟不入地。證以今日所見，其謬更無庸辯矣。」

南墅驚其博辯，欲與再言。道士笑曰：「更竟其說。子不知九萬里之圍圓，以漸而迤，以漸而轉，漸迤漸轉，遂至周環，必以為人能正立，不能倒立，拾楊光先之說，苦相詰難。老夫慵惰，不能與子到大郎山上看南斗（**大郎山在亞祿國，與中國上下反對。其地南極出地三十五度，北極入地三十五度**），不如其已也。」振衣徑去，竟莫測其何許人。

療創奇方

大學士溫公言：征烏什時，有驍騎校腹中數刃，醫不能縫。適生俘數回婦，醫曰：「得之矣。」擇一年壯肥白者，生剖腹皮，冪于創上，以匹帛纏束，竟獲無恙。創愈後，渾合為一，痛癢亦如一。公謂非戰陣無此病，非戰陣亦無此藥。

信然。然叛徒逆黨，法本應誅；即不剝膚，亦即斷脰，用救忠義之士，固異于殺人以活人爾。

有二士游黃山

周化源言：有二士游黃山，留連松石，日暮忘歸。夜色蒼茫，草深苔滑，乃共坐于懸崖之下，仰視峭壁，猿鳥路窮，中間片石斜欹，如雲出岫。缺月微升，見有二人坐其上，知非仙即鬼，屏息靜聽。

右一人曰：「頃游岳麓，聞此翁又作何語？」左一人曰：「去時方聚眾講《西銘》，歸時又講《大學衍義》也。」右一人曰：「《西銘》論萬物一體，理原知是。然豈徒心知此理，即道濟天下乎？父母之于子，可云愛之深矣，子有疾病，何以不能療？子有患難，何以不能救？無術焉而已。此猶非一身也。人之一身，慮無不深自愛者，己之疾病，何以不能療？己之患難，何以不能救？亦無術焉而已。今不講體國經野之政，捍災禦變之方，而曰吾仁愛之心，同于天地之生物。果此心一舉，萬物即可以生乎？吾不知之矣。至《大學》條目，自格致以至治平，節節相因，而節節各有其功力。譬如土生苗，苗成禾，禾成穀，穀成米，米成飯，本節節相因。然土不耕則不生苗，苗不灌則不得禾，禾不刈則不得穀，穀不舂則不得米，米不炊則不得飯，亦節節各有其功力。西山作《大學衍義》，列目至齊家而止，謂治國平天下可舉而措之。不知虞舜之時，果瞽瞍允諾而洪水即平，三苗即格乎？抑猶有治法在乎？又不知周文之世，果太姒徽音而江漢即化，崇侯即服乎？抑別有政典存乎？今一切棄置，而歸本于齊家，毋亦如土可生苗，即炊土為飯乎？吾又不知之矣。」左一人曰：「瓊山所補，治平之道其備乎？」右一人曰：「真氏過于泥其本，丘氏又過于逐其末，不究古今之時勢，不揆南北之情形，瑣瑣屑屑，縷陳多法，且一一疏請施行，是亂天下也。即其海運一議，臚列歷年漂失之數，謂所省轉運之費，足以相抵。不知一舟人命，詎止數十；合數十舟即逾千百，又何為抵乎？亦妄談而已矣。」左一人曰：「是則然矣。諸儒所述封建井田，皆先王之大法，有太平之實驗，究何如乎？」右一人曰：「封建井田，斷不可行，駁者眾矣。然講學家，持是說者，意別有在，駁者未得其要領也。夫封建井田不可行，微駁者知之，講學者本自知之。知之而必持是說，其意固欲借一必不行之事，以藏其身也。蓋言理言氣，言性言心，皆恍惚無可質，誰能考未分天地之前，作何形狀；幽微曖昧之中，作何情態乎？至于實事，則有憑矣。試之而不效，則人人見其短長矣。故必持一不可行之說，使人必不能試，必不肯試，必不敢試，而後可號于眾曰：『吾所傳先王之法，吾之法可為萬世致太平，而無如人不用，何也！』人莫得而究詰，則亦相率而歡曰：『先生王佐之才，惜哉不竟其用』云爾。以棘刺之端為母猴，而要以三月齋戒乃能觀，是即此術。第彼猶有棘刺，猶有母猴，故人得以求其削。此更托之空言，並無削之可求矣。天下之至巧，莫過于是。駁者乃以迂闊議之，烏識其用意哉！」相與太息者久之，劃然長嘯而去。

二士竊記其語，頗為人述之。有講學者聞之，曰：「學術聞道而已。所謂道者，曰天曰性曰心而已。忠孝節義，猶為末務；禮樂刑政，更末之末矣。為是說者，其必永嘉之徒也夫！」

劉香畹寓齋扶乩

劉香畹寓齋扶乩，邀余未赴。或傳其二詩曰：「是處春山長藥苗，閒隨蝴蝶過溪橋；林中借得樵童斧，自斫槐根木癭瓢。」「飛岩倒掛萬年藤，猿狖攀緣到未能。記得隨身棕拂子，前年遺在最高層。」雖意境微狹，亦楚楚有致。

君子與人為善

《春秋》有原心之法，有誅心之法。青縣有人陷大闢，縣令好外寵。其子年十四五，頗秀麗。

乘其赴省宿館舍，邀之于途，托言牒訴而自獻焉。獄竟解。實為孌童，人不以孌童賤之，原其心也。

里有少婦與其夫狎昵無度，夫病瘵死。姑察其性冶蕩，恆自監之，眠食必共，出入必偕，五六年未嘗離一步。竟鬱鬱以終。實為節婦，人不以節婦許之，誅其心也。

余謂此童與郭六事相類，惟欠一死耳（語詳《灤陽消夏錄》）。此婦心不可知，而身則無玷。《大車》之詩所謂「畏子不奔，畏子不敢」者，在上猶為有刑政，則在下猶為守禮法。君子與人為善，蓋棺之後，固應仍以節許之。

啄木能禹步劾禁

啄木能禹步劾禁，竟實有之。奴子李福，性頑劣，嘗登高木之杪，以杙塞其穴口，而鋸平其外，伏草間伺之。啄木返，果翩然下樹，以喙畫沙若符籙，畫畢，以翼拂之；其穴口之杙，錚然拔出如激矢。此豈可以理解歟？余在書局，銷毀妖書，凡《萬法歸宗》中載有是符，其畫縱橫交貫，略如小篆兩無字相並之形。不知何以得之，亦不知其信否也。

李福夜作鬼聲

李福又嘗于月黑之夜，出村南叢冢間，嗚嗚作鬼聲，以恐行人。俄燐火四起，皆嗚嗚來赴。福乃狼狽逃歸。此以類相召也。

故人家子弟，于交游當慎其所召。

里有入山樵採者

壬午順天鄉試，與安溪李延彬前輩同分校。偶然說虎，延彬曰：「里有入山樵採者，凡一美婦隔澗行，衣飾華麗，不似村妝。心知為魅，伏叢薄中覘所往。適一鹿引麑下澗飲，婦見之，突撲地化為虎，衣飾委地如蟬蛻，徑搏二鹿食之。斯須仍化美婦，整頓衣飾，款款循山去。臨流照影，妖媚橫生，幾忘其曾為虎也。」

秦澗泉前輩曰：「妖媚蠱惑，但不變虎形耳，搏噬之性則一也。偶露本質，遽相驚訝，此樵何少見多怪乎！」

中唐氣韻

大學士伍公鎮烏魯木齊日，頗喜吟詠，而未睹其稿。惟于驛壁見一詩曰：「極目孤城上，蒼茫見四郊。斜陽高樹頂，殘雪亂山坳。牧馬嘶歸櫪，啼鳥倦返巢。秦兵真耐冷，薄暮尚鳴骹。」殊有中唐氣韻。

有李氏婦

東州佃戶邵仁我言：有李氏婦，自母家歸。日薄暮，風雨大作，避入廢廟中。入夜稍止，已暗不能行。適客作（俗謂之短工。為人鋤田刈禾，計日受值，去來無定者也）數人荷鋤入。懼遭強暴，又避入廟後破屋。客作暗中見影，相呼追跡。婦窘急無計，乃嗚嗚作鬼聲。既而牆內外並嗚嗚有聲，如相應答。數人怖而返。夜半雨晴，竟潛蹤得脫。此與李福事相類，而一出偶相追逐，一似來相救援。雖謂秉心貞正，感動幽靈，亦未必不然也。

奇女子

仁我又言：有盜劫一富室，攻樓門垂破。其黨手炬露刃，迫脅家眾曰：「敢號呼者死！且大風，號呼亦不聞，死何益！」皆噤不出聲。一灶婢年十五六，睡廚下，乃密持火種，黑暗中伏地蛇行，潛至後院，乘風縱火，焚其積柴。煙焰燭天，闔村驚起，數里內鄰村亦救視。大眾既集，火光下明如白晝，群盜格鬥不能脫，竟駢首就擒。主人深感此婢，欲留為子婦。其子亦首肯，曰：「具此智略，必能作家，雖灶婢何害。」主人大喜，趣取衣飾，即是夜成禮。曰：「遲則講尊卑，論良賤，是非不一，恐有變局矣。」亦奇女子哉！

鬼魅善語

邊秋崖前輩言：一宦家夜至書齋，突見案上一人首，大駭，疑為咎徵。里有道士能符籙，時預人喪葬事。急召占之。亦駭曰：「大凶！然可禳解，齋醮之費，不過百餘金耳。」正擬議間，窗外有人語曰：「身不幸伏法就終，幽魂無首，則不可轉生，故恆自提攜，累如疣贅。頃見公棐几滑淨，偶置其上。適公猝至，倉皇忘取，以致相驚。此自僕之粗疏，無關公之禍福。術士妄語，慎不可聽。」道士乃喪氣而去。

又言：一宦家患狐祟，延術士劾治，法不驗，反為狐所窘。走投其師，更乞符籙至。方登壇檄將，已聞樓上搬移聲、呼應聲，洶洶然相率而去。術士顧盼有德色。宦家亦深感謝。忽舉首見壁上一帖曰：「公衰運將臨，故吾輩得相擾。昨公捐金九百，建育嬰堂，德感神明，又增福澤，故吾輩舉族而去。術士行法，適價其時；據以為功，深為忝竊。賜以觴豆，為稍障羞顏，庶幾或可；若有所酬贈，則小人太徼幸矣。」字徑寸餘，墨痕猶濕。術士慚沮，竟噤不敢言。梁簡文帝《與湘東王書》引諺曰：「山川而能語，葬師食無所；肺腑而能語，醫師面如土。」此二事者，可謂鬼魅能語矣，術士其知之。

有妻服已釋忽為禮懺者

朱導江言：有妻服已釋，忽為禮懺者，意甚哀切，過于初喪。問之，初不言。所親或私叩之，乃泫然曰：「亡婦相聚半生，初未覺其有顯過。頃忽夢至冥司，見女子數百人，鎖以鋃鐺，驅以骨朵，入一大官署中，俄聞號呼凄慘，栗魄動魂。既而一一引出，並流血被骭，匍匐膝行，如牽羊豕。中一人見我招手，視即亡婦。驚問：『何罪至此？』曰：『坐事事與君懷二意。初謂為家庭常態，不意陰律至嚴，與欺父欺君竟同一理，故墮落如斯。』問：『二意者何事？』曰：『不過骨肉之中私庇子女，奴隸之中私庇婢媼，親串之中私庇母黨，均使君不知而已。今每至月朔，必受鐵杖三十，未知何日得脫。此累累者皆是也。』尚欲再言，已為鬼卒曳去。多年伉儷，未免有情，故為營齋造福耳。」

夫同牢之禮，于情最親，親則非疏者所能間；敵體之義，于分本尊，尊則非卑者所能違。故二人之心，則家庭之纖微曲折，男子所不能知、與知而不能自為者，皆足以彌縫其闕。苟徇其私愛，意有所偏，則機械百出，亦可于耳目所不及者無所不為，種種釁端，種種敗壞，皆從是起。

所關者大，則其罪自不得輕。況信之者至深，托之者至重，而欺其不覺，為所欲為，在朋友猶屬負心，應干神譴；則人原一體，分屬三綱者，其負心之罪不更加倍蓰乎？尋常細故，斷以嚴刑，固不得謂之深文矣。

京師人情狙詐

人情狙詐，無過于京師。余嘗買羅小華墨十六鋌，漆匣黯敝，真舊物也。試之，乃摶泥而染以黑色，其上白霜，亦盦于濕地所生。又丁卯鄉試，在小寓買燭，爇之不燃。乃泥質而冪以羊脂。又燈下有唱賣爐鴨者，從兄萬周買之。乃盡食其肉，而完其全骨，內傅以泥，外糊以紙，染為炙煿之色，塗以油，惟兩掌頭頸為真。

又奴子趙平以二千錢買得皮靴，甚自喜。一日驟雨，著以出，徒跣而歸。蓋靿則烏油高麗紙揉作縐紋，底則糊粘敗絮，緣之以布。其他作偽多類此，然猶小物也。

有選人見對門少婦甚端麗，問之，乃其夫游幕，寄家于京師，與母同居。越數月，忽白紙糊門，合家號哭，則其夫訃音至矣。設位祭奠，誦經追薦，亦頗有弔者。既而漸鬻衣物，云乏食，且議嫁。選人因贅其家。又數月，突其夫生還。始知為誤傳兇問。夫怒甚，將訟官。母女哀吁，乃盡留其囊篋，驅選人出。越半載，選人在巡城御史處，見此婦對簿。則先歸者乃婦所歡，合謀挾取選人財，後其夫真歸而敗也。

黎丘之技，不愈出愈奇乎！又西城有一宅，約四五十楹，月租二十餘金。有一人住半載餘，恆先期納租，因不過問。一日，忽閉門去，不告主人。主人往視，則縱橫瓦礫，無復寸椽，惟前後臨街屋僅在。蓋是宅前後有門，居者于後門設木肆，販鬻屋材，而陰拆宅內之梁柱門窗，間雜賣之。各居一巷，故人不能覺。累棟連甍，搬運無跡，尤神乎技矣。然是五六事，或以取賤值，或以取便易，因貪受餌，其咎亦不盡在人。

錢文敏公曰：「與京師人作緣，斤斤自守，不入陷阱已幸矣。稍見便宜，必藏機械，神奸巨蠹，百怪千奇，豈有便宜到我輩。」誠哉是言也。

有弟謀奪兄產者

王青士言：有弟謀奪兄產者，招訟師至密室，篝燈籌畫。訟師為設機阱，一一周詳，並反間內應之術，無不曲到。謀既定，訟師掀髯曰：「令兄雖猛如虎豹，亦難出鐵網矣。然何以酬我乎？」弟感謝曰：「與君至交，情同骨肉，豈敢忘大德。」時兩人對據一方几，忽几下一人突出，繞室翹一足而跳舞，目光如炬，長毛毿毿如蓑衣，指訟師曰：「先生斟酌：此君視先生如骨肉，先生其危乎？」且笑且舞，躍上屋檐而去。二人與侍側童子並驚仆。家人覺聲息有異，相呼入視，已昏不知人。灌治至夜半，童子先蘇，具述所聞見。二人至曉乃能動。事機已泄，人言藉藉，竟寢其謀，閉門不出者數月。

相傳有狎一妓者，相愛甚。然欲為脫籍，則拒不從；許以別宅自居，禮數如嫡，拒益力。怪詰其故，喟然曰：「君棄其結髮而昵我，此豈可托終身者乎？」與此鬼之言，可云所見略同矣。

婦女偏私

張夫人，先祖母之妹，先叔之外姑也。病革時，顧侍者曰：「不起矣。聞將死者見先亡，今見之矣。」既而環顧病榻，若有所覓，喟然曰：「錯矣！」俄又拊枕曰：「大錯矣！」俄又瞑目嚙齒、掐掌有痕曰：「真大錯矣！」疑為譫語，不敢問。良久，盡呼女媳至榻前，告之曰：「吾向以為夫族疏而母族親，今來導者皆夫族，無母族也；吾向以為媳疏而女親，今亡媳在左右而亡女不見也。非一氣者相關，異派者不屬乎？回思平日之存心，非厚其所薄，薄其所厚乎？吾一誤矣，爾曹勿再誤也。」此三叔母張太宜人所親聞。

婦女偏私。至死不悟者多矣。此猶是大智慧人，能回頭猛省也。

諷諫有道

孔子有言：諫有五，吾從其諷。聖人之究悉物情也。親串中一婦，無子而陰忮其庶子，侄若婿又媒孽短長，私黨膠固，殆不可以理喻。婦有老乳母，年八十餘矣。聞之，匍匐入謁，一拜，輒痛哭曰：「老奴三日不食矣。」婦問：「曷不依爾侄？」曰：「老奴初有所蓄積，侄事我如事母，誘我財盡。今如不相識，求一盂飯不得矣。」又問：「曷不依爾女若婿？」曰：「婿誘我財如我侄，我財盡後，棄我亦如我侄，雖我女無如何也。」又問：「至親相負，曷不訟之？」曰：「訟之矣，官以為我已出嫁，于本宗為異姓；女已出嫁，又于我為異姓。其收養為格外情，其不收養律無罪，弗能直也。」又問：「爾將來奈何？」曰：「亡夫昔隨某官在外，娶婦生一子，今長成矣。吾訟侄與婿時，官以為既有此子，當養嫡母，不養則律當重誅。已移牒拘喚，但不知何日至耳。」婦爽然若失，自是所為遂漸改。此親戚族黨脣焦舌敝不能爭者，而此媼以數言回其意。

現身說法，言之者無罪，聞之者足以戒耳。觸龍之于趙太后，蓋用此術矣。

卷十八 姑妄聽之【四】（五十則）

有妾多智勇者

馬德重言：滄州城南，盜劫一富室，已破扉入，主人夫婦並被執，眾莫敢誰何。有妾居東廂，變服逃匿廚下，私語灶婢曰：「主人在盜手，是不敢與鬥。渠輩屋脊各有人，以防救應；然不能見檐下。汝扶後窗循檐出，密告諸僕：各乘馬執械，四面伏三五里外。盜四更後必出。四更不出，則天曉不能歸巢也。出必挾主人送；苟無人阻，則行一二里必釋，不釋恐見其去向也。俟其釋主人，急負還而相率隨其後，相去務在半里內。彼如返鬥即奔還，彼止亦止，彼行又隨行。再返鬥仍奔，再止仍止，再行仍隨行。如此數四，彼不返鬥則隨之。得其巢，彼返鬥則既不得戰，又不得遁，逮至天明，無一人得脫矣。」婢冒死出告，眾以為中理，如其言，果並就擒。重賞灶婢。妾與嫡故不甚協，至是亦相睦。後問妾何以辦此？泫然曰：「吾故盜魁某甲女，父在時，嘗言行劫所畏惟此法，然未見用之者。今事急姑試，竟僥倖驗也。」故曰，用兵者務得敵之情。又曰，以賊攻賊。

有狐居人家空屋中

戴東原言：有狐居人家空屋中，與主人通言語，致饋遺，或互假器物，相安若比鄰。一日，狐告主人曰：「君別院空室，有縊鬼多年矣。君近拆是屋，鬼無所棲，乃來與我爭屋。時時現惡狀，恐怖小兒女，已自可憎；又作祟使患寒熱，尤不堪忍。某觀道士能劾鬼，君盍求之除此害。」主人果求得一符，焚于院中。俄暴風驟起，聲轟然如雷霆，方駭愕間，聞屋瓦格格亂鳴，如數十人奔走踐踏者，屋上呼曰：「吾計大左，悔不及。頃神將下擊，鬼縛而吾亦被驅，今別君去矣。」蓋不忍其憤，急于一逞，未有不兩敗俱傷者。觀于此狐，可為炯鑒。

又呂氏表兄言（忘其名字，先姑之長子也）：有人患狐祟，延術士焚咒。狐去而術士需索無厭，時遣木人紙虎之類至其家擾人。賂之，暫止。越旬日復然，其祟更甚于狐。攜家至京師避之，乃免。銳于求勝，借助小人，未有不遭反噬者。此亦一徵矣。

山精

烏魯木齊參將海起雲言：昔征烏什時，戰罷還營，見崖下樹椏間一人探首外窺。疑為間諜，奮矛刺之（軍中呼矛曰苗子，蓋聲之轉），中石上，火光激進，矛折，臂幾損。疑為目眩，然矛上地上皆有血跡，不知何怪。余謂此必山精也。深山大澤，何所不育。《白澤圖》所載，雖多附會，殆亦有之。

又言：有一游兵，見黑物蹲石上，疑為熊，引滿射之。三發皆中，而此物夷然如不知。駭極，馳回呼伙伴，攜銃往，則已去矣。余謂此亦山精耳。

長姐

常山峪道中加班轎夫劉福言（九卿肩輿，以八人更番，出京則加四人，謂之加班）：長姐者，忘其姓，山東流民之女。年十五六，隨父母就食于赤峰（即烏藍哈達。烏藍譯言紅，哈達譯言峰也。今建為赤峰州），租田以耕。

一日，入山採樵，遇風雨，避岩下。雨止已昏黑，畏虎不敢行，匿草間。遙見雙炬，疑為虎目。至前，則官役數人，衣冠不古不今，叱問何人，以實告。官坐石上，令曳出。眾呼跪，長姐以為山神，匍匐聽命。官曰：「汝夙孽應充我食。今就擒，當啖爾。速解衣伏石上，無留寸縷，致掛礙齒牙。」知為虎王，觳觫祈免。官曰：「視爾貌尚可，肯侍我寢，當赦爾。後當來往于爾家，且福爾。」長姐憤怒躍起曰：「豈有神靈肯作此語？必邪魅也。啖則啖耳，長姐良家女，不能蒙面作此事。」拾石塊奮擊，一時奔散。此非其力足勝之，其氣足勝之，其貞烈之心足以帥其氣也。故曰：「其為氣也，至大至剛。」

角妓玉面狐

張太守墨谷言：德、景間有富室，恆積穀而不積金，防劫盜也。康熙、雍正間，歲頻歉，米價昂。閉廩不肯糶升合，冀米價再增。鄉人病之，而無如何。有角妓號玉面狐者曰：「是易與，第備錢以待可耳。」乃自詣其家曰：「我為鴇母錢樹，鴇母顧常虐我。昨與勃谿，約我以千金自贖。我亦厭倦風塵，願得一忠厚長者托終身，念無如公者。公能捐千金，則終身執巾櫛。聞公不喜積金，即錢二千貫亦足抵。昨有木商聞此事，已回天津取資。計其到，當在半月外。我不願隨此庸奴。公能于十日內先定，則受德多矣。」張故惑此妓，聞之驚喜，急出穀賤售。廩已開，買者坌至，不能復閉，遂空其所積，米價大平。穀盡之日，妓遣謝富室曰：「鴇母養我久，一時負氣相詬，致有是議，今悔過挽留，義不可負心。所言姑俟諸異日。」富室原與私約，無媒無證，無一錢聘定，竟無如何也。此事李露園亦言之，當非虛謬。聞此妓年甫十六七，遽能辦此，亦女俠哉！

某孝廉四十無子

丁藥園言：有孝廉年四十無子，買一妾，甚明慧。嫡不能相安，旦夕詬誶。越歲，生一子。益不能容，竟轉鬻于遠處。孝廉惘惘如有失。獨宿書齋，夜分未寐，妾忽搴帷入。驚問：「何來？」曰：「逃歸耳。」孝廉沉思曰：「逃歸慮來追捕，妒婦豈肯匿？且事已至此，歸何所容？」妾笑曰：「不欺君，我實狐也。前以人來，人有人理，不敢不忍詬；今以狐來，變幻無端，出入無跡，彼烏得而知之？」因嬿婉如初。

久而漸為僮婢泄，嫡大恚，多金募術士劾治。一術士檄將拘妾至，妾不服罪，攘臂與術士爭曰：「無子納妾，則納為有理；生子遣妾，則夫為負心。無故見出，罪不在我。」術士曰：「既見出矣，豈可私歸？」妾曰：「出母未嫁，與子未絕；出婦未嫁，于夫亦未絕。況鬻我者妒婦，非見出于夫。夫仍納我，是未出也，何不可歸？」術士怒曰：「爾本獸類，何敢據人理爭？」妾曰：「人變獸心，陰律陽律皆有刑。獸變人心，反以為罪，法師據何憲典耶？」術士益怒曰：「吾持五雷法，知誅妖耳，不知其他。」妾大笑曰：「妖亦天地之一物，苟其無罪，天地未嘗不並育。上帝所不誅，法師乃欲盡誅乎？」術士拍案曰：「媚惑男子，非爾罪耶？」妾曰：「我以禮納，不得為媚惑，倘其媚惑，則攝精吸氣，此生久槁矣。今在家兩年，復歸又五六年，康強無恙，所謂媚惑者安在？法師受妒婦多金，鍛煉周內，以酷濟貪耳，吾豈服耶！」問答之頃，術士顧所召神將，已失所在。無可如何，嗔目曰：「今不與爾爭，明日會當召雷部。」明日，嫡再促設壇，則宵遁矣。

蓋所持之法雖正，而法以賄行，故魅亦不畏，神將亦不滿也。相傳劉念台先生官總憲時，題御史台一聯曰：「無欲常教心似水，有言自覺氣如霜。」可謂知本矣。

鄉人患疫

莫雪崖言：有鄉人患疫，困臥草榻，魂忽已出門外，覺頓離熱惱，意殊自適。然道路都非所曾經，信步所之。偶遇一故友，相見悲喜。憶其已死，忽自悟曰：「我其入冥耶？」友曰：「君未合死，離魂到此耳。此境非人所可到，盍同游覽，以廣見聞。」因隨之行，所經城市墟落，都不異人世；往來擾擾，亦各有營。見鄉人皆目送之，然無人交一語也。鄉人曰：「聞有地獄，可一觀乎？」友曰：「地獄如囚牢，非冥官不能啟，非冥吏不能導，吾不能至也。有三數奇鬼，近乎地獄，君可以往觀。」因改循歧路，行半里許，至一地，空曠如墟墓。見一鬼，狀貌如人，而鼻下則無口。問：「此何故？」曰：「是人生時，巧于應對，諛詞頌語，媚世悅人，故受此報，使不能語；或遇焰口漿水，則飲以鼻。」又見一鬼尻聳向上，首折向下，面著于腹，以兩手支柱而行。問：「此何故？」曰：「是人生時，妄自尊大，故受此報，使不能仰面傲人。」又見一鬼，自胸至腹，裂罅數寸，五臟六腑，虛無一物。問：「此何故？」曰：「是人生時，城府深隱，人不能測，故受是報，使中無匿形。」又見一鬼，足長二尺，指巨如椎，踵巨如斗，重如千斛之舟，努力半刻，始移一寸。問：「此何故？」曰：「此人生時，高材捷足，事事務居人先，故受此報，使不能行。」又見一鬼，兩耳拖地，如曳雙翼，而混沌無竅。問：「此何故？」曰：「此人生時，懷忌多疑，喜聞蜚語，故受此報，使不能聽。是皆按惡業淺深，待受報期滿，始入轉輪。其罪減地獄一等，如陽律之徒流也。」

俄見車騎雜遝，一冥官經過，見鄉人，驚曰：「此是生魂，誤游至此，恐迷不得歸。誰識其家，可導使去。」友跪啟是舊友。官即令送返。將至門，大汗而醒，自是病愈。雪崖天性爽朗，胸中落落無宿物；與朋友諧戲，每俊辯橫生。此當是其寓言，未必真有。然莊生、《列子》，半屬寓言，義足勸懲，固不必刻舟求劍爾。

書生月夕遇姣婦

陳半江言：有書生月夕遇一婦，色頗姣麗，挑以微詞，欣然相就。自云家在鄰近，而不肯言姓名。又云夫恆數日一外出，家有後窗可開，有牆缺可逾，遇隙即來，不能預定期也。如是五六年，情好甚至。

一歲，書生將遠行，婦夜來話別。書生言隨人作計，後會無期。凄戀萬狀，哽咽至不成語。婦忽嬉笑曰：「君如此情痴，必相思致疾，非我初來相就意。實與君言，我鬼之待替者也。凡人與鬼狎，無不病且死，陰剝陽也。惟我以愛君韶秀，不忍玉折蘭摧，故必越七八日後，待君陽復，乃肯再來。有剝有復，故君能無恙。使遇他鬼，則縱情冶蕩，不出半載，索君于枯魚之肆矣。我輩至多，求如我者則至少，君其宜慎。感君義重，此所以報也。」語訖，散髮吐舌作鬼形，長嘯而去。書生震慄幾失魂，自是雖遇冶容，曾不側視。

交河有為盜誣引者

王梅序言：交河有為盜誣引者，鄉民樸願，無以自明，以賂求援于縣吏。吏聞盜之誣引，由私調其婦，致為所毆，意其婦必美，卻賂而微示以意曰：「此事秘密，須其婦潛身自來，乃可授方略。」居間者以告鄉民。鄉民憚死失志，呼婦母至獄，私語以故。母告婦，怫然不應也。

越兩三日，吏家有人夜扣門。啟視，則一丐婦，布帕裹首，衣百結破衫，闖然入。問之不答，且行且解衫與帕，則鮮妝華服艷婦也。驚問所自，紅潮暈頰，俯首無言，惟袖出片紙，就所持燈視之，「某人妻」三字而已。吏喜過望，引入內室，故問其來意。婦掩淚曰：「不喻君語，何以夜來？既已來此，不必問矣，惟祈毋失信耳。」吏發洪誓，遂相燕婉。潛留數日，大為婦所蠱惑，神志顛倒，惟恐不得當婦意。婦暫辭去，言村中日日受侮，難于久住，如城中近君租數楹，便可托庇蔭，免無賴凌藉，亦可朝夕相往來。吏益喜，竟百計白其冤。獄解之後，遇鄉民，意甚索漠，以為狎昵其婦，愧相見也。

後因事到鄉，詣其家，亦拒不見。知其相絕，乃大恨。會有挾妓誘博者訟于官，官斷妓押歸原籍，吏視之，鄉民婦也，就與語。婦言苦為夫禁制，悔相負，相憶殊深。今幸相逢，乞念舊時數日歡，免杖免解。吏又惑之，因告官曰：「妓所供乃母家籍，實縣民某妻，宜究其夫。」蓋覬慫恿官賣，自買之也。遣拘鄉民，鄉民攜妻至，乃別一人。問鄉里皆云不偽。問吏何以誣鄉民？吏不能對，答曰風聞。問聞之何人？則噤無語。呼妓問之，妓乃言吏初欲挾污鄉民妻，妻念從則失身，不從則夫死，值妓新來，乃盡脫簪珥，賂妓冒名往，故與吏狎識。今當受杖，適與相逢，因仍詭托鄉民妻，冀脫棰楚。不虞其又有他謀，致兩敗也。官覆勘鄉民，果被誣。姑念其計出救死，又出于其妻，釋不究，而嚴懲此吏焉。

神奸巨蠹，莫吏若矣，而為村婦所籠絡，如玩弄嬰孩。蓋愚者恆為智者敗，而物極必反，亦往往于所備之外，有智出其上者，突起而勝之。無往不復，天之道也。使智者終不敗，則天地間惟智者存，愚者斷絕矣，有是理哉！

鬼魔人至死

鬼魔人至死，不知何意。倪餘疆曰：「吾聞諸施亮生矣，取啖其生魂耳。蓋鬼為餘氣，漸消漸減，以至于無；得生魂之氣以益之，則又可再延。故女鬼恆欲與人狎，攝其精也。男鬼不能攝人精，則殺人而吸其生氣，均猶狐之採補耳。」

因憶劉挺生言：康熙庚子，有五舉子晚遇雨，棲破寺中。四人已眠，惟一人眠未穩，覺陰風颯然，有數黑影自牖入，向四人噓氣，四人即夢魘。又向一人噓氣，心雖了了，而亦漸昏瞀，覺似有拖曳之者。乃稍醒，已離故處，似被縶縛，欲呼則噤不能聲；視四人亦縱橫偃臥。眾鬼共舉一人啖之，斯須而盡；又以次食二人。至第四人，忽有老翁自外入，厲聲叱曰：「野鬼無造次！此二人有祿相，不可犯也。」眾鬼駭散。

二人倏然自醒，述相見相同。後一終于教諭，一終于訓導。鮑敬亭先生聞之，笑曰：「平生自薄此官，不料為鬼神所重也。」觀其所言，似亮生之說不虛矣。

朱立園奇遇

李慶子言：朱生立園，辛酉北應順天試。晚過羊留之北，因繞避泥濘，遂迂迴失道，無逆旅可棲。遙見林外有人家，試往投止。至則土垣瓦舍，凡六七楹，一童子出應門。朱具道乞宿意。一翁衣冠樸雅，延賓入，止旁舍中。呼燈至，黯黯無光。翁曰：「歲歉油不佳，殊令人悶，然無如何也。」又曰：「夜深不能具餚饌，村酒小飲，勿以為褻。」意甚款洽。朱問：「家中有何人？」曰：「零丁孤苦，惟老妻與僮婢同居耳。」問朱何適，朱告以北上。曰：「有一札及少物欲致京中，僻路苦無書郵。今遇君甚幸。」朱問：「四無鄰里，獨居不怖乎？」曰：「薄田數畝，課奴輩耕作，因就之卜居。貧無儲蓄，不畏盜也。」朱曰：「謂曠野多鬼魅耳。」翁曰：「鬼魅即未見，君如怖是，陪坐至天曙，可乎？」因借朱紙筆，入作書札；又以雜物封函內，以舊布裹束，密縫其外。付朱曰：「居址已寫于函上，君至京拆視自知。」天曙作別，又切囑信物勿遺失，始殷勤分手。

朱至京，拆視布裹，則函題「朱立園先生啟」字，其物乃金簪銀釧各一雙。其札稱：「僕老無子息，誤惑婦言，以婿為嗣。至外孫猶間一祭掃，後則視為異姓，紙錢麥飯，久已闕如；三尺孤墳，亦就傾圮。九泉茹痛，百悔難追。謹以殉棺薄物，祈君貨鬻，歸途以所得之值，修治荒塋，並稍浚冢南水道，庶淫潦不浸幽窀。如允所祈，定如杜回結草。知君畏鬼，當暗中稽首，不敢見形，勿滋疑慮。亡人楊寧頓首。」朱駭汗浹背，方知遇鬼；以書中歸途之語，知必不售，既而果然。還至羊留，以所賣簪釧錢遣僕往治其墓，竟不敢再至焉。

秦生不畏鬼

吳雲岩言：有秦生者，不畏鬼，恆以未一見為歉。

一夕，散步別業，聞樹外朗吟唐人詩曰：「自去自來人不知，歸時惟對空山月。」其聲哀厲而長。隔葉窺之，一古衣冠人倚石坐。確知為鬼，遽前掩之，鬼亦不避。秦生長揖曰：「與君路異幽明，人殊今古，邂逅相遇，無可寒溫。所以來者，欲一問鬼神情狀耳。敢問鬼時何似？」曰：「一脫形骸，即已為鬼，如繭成蝶，亦不自知。」問：「果魂升魄降，還入太虛乎？」曰：「自我為鬼，即在此間。今我全身現與君對，未嘗隨絪緼元氣，升降飛揚。子孫祭時始一聚，子孫祭畢則散也。」問：「果有神乎？」曰：「鬼既不虛，神自不妄。譬有百姓，必有官師。」問：「先儒稱雷神之類，皆旋生旋化，果不誣乎？」曰：「作措大時，飽聞是說。然竊疑霹靂擊格，轟然交作，如一雷一神，則神之數多于蚊蚋；如雷止神滅，則神之壽促于蜉蝣。以質先生，率遭呵叱。為鬼之後，乃知百神奉職，如世建官，皆非頃刻之幻影。恨不能以所聞見，再質先生。然爾時擁皋比者，計為鬼已久，當自知之，無庸再詰矣。大抵無鬼之說，聖人未有。諸大儒恐人諂瀆，故強造斯言。然禁沉湎可，並廢酒醴則不可；禁淫蕩可，並廢夫婦則不可；禁貪惏可，並廢財貨則不可；禁鬥爭可，並廢五兵則不可。故以一代盛名，挾百千萬億朋黨之助，能使人噤不敢語，而終不能愜服其心，職是故耳。傳其教者，雖心知不然，然不持是論，即不得稱為精義之學，亦違心而和之曰，理必如是云爾。君不察先儒矯托之意，生于相激，非其本心；後儒僻邪之說，壓于所畏，亦非其本心。竟信儒者，真謂無鬼神，皇皇質問，則君之受紿久矣。泉下之人，不欲久與生人接；君亦不宜久與鬼狎。言盡于此，餘可類推。」曼聲長嘯而去。

案此謂儒者明知有鬼，故言無鬼，與黃山二鬼謂儒者明知井田封建不可行，故言可行，皆洞見癥結之論。僅目以迂闊，猶墮五里霧中矣。

西湖扶乩者

汪主事厚石言：有在西湖扶乩者，下壇詩曰：「舊埋香處草離離，只有西陵夜月知。詞客情多來吊古，幽魂腸斷看題詩。滄桑幾劫湖仍綠，雲雨千年夢尚疑。誰信靈山散花女，如今佛火對琉璃。」眾知為蘇小小也。客或請曰：「仙姬生在南齊，何以亦能七律？」乩判曰：「閱歷歲時，幽明一理。性靈不昧，即與世推移。宣聖惟識大篆，祝詞何寫以隸書？釋迦不解華言，疏文何行以駢體？是知千載前人，其性識至今猶在，即能解今之語，通今之文。江文通、謝玄暉（謝玄暉當係謝希逸之誤）能作《愛妾換馬》八韻律賦，沈休文子青箱能作《金陵懷古》五言律詩，古有其事，又何疑于今乎？」又問：「尚能作永明體否？」即書四詩曰：「歡來不得來，儂去不得去。懊惱石尤風，一夜斷人渡。」「歡從何處來？今日大風雨，濕盡杏子衫，辛苦皆因汝。」「結束蛺蝶裙，為歡棹舴艋。宛轉沿大堤，綠波雙照影。」「莫泊荷花汀，且泊楊柳岸。花外有人行，柳深人不見。」蓋《子夜歌》也。雖才鬼依托，亦可云俊辯矣。

失屍疑案

表兄安伊在言：河城秋穫時，有少婦抱子行塍上，忽失足仆地，臥不復起。穫者遙見之，疑有故。趨視，則已死，子亦觸瓦角腦裂死。駭報田主，田主報里胥。辨驗死者，數十里內無此婦；目衣飾華潔，子亦銀釧紅綾衫，不類貧家。大惑不解，且覆以葦箔，更番守視，而急聞于官。河城去縣近，官次日晡時至，啟箔檢視，則中置稾秸一束，二屍已不見；壓箔之磚固未動，守者亦未頃刻離也。官大怒，盡拘田主及守者去，多方鞫治，無絲毫謀殺棄屍狀。糾結繳繞至年餘，乃以疑案上。上官以案情恍惚，往返駁詰。

又歲餘，乃姑俟訪，而是家已蕩然矣。此康熙癸巳、甲午間事。相傳村南墟墓間，有黑狐夜夜拜月，人多見之。是家一子好弋獵，潛往伏伺，彀弩中其股。噭然長號，化火光西去。搜其穴，得二小狐，縶以返。旋逸去，月餘而有是事。疑狐變幻來報冤。然荒怪無據，人不敢以入供，官亦不敢入案牘，不能不以匿屍論，故紛擾至斯也。

又言：城西某村有丐婦，為姑所虐，縊于土神祠。亦箔覆待檢，更番守視。官至，則屍與守者俱不見。亦窮治如河城。後七八年，乃得之于安平（深州屬縣）。蓋婦頗白晰，一少年輪守時，褫下裳淫其屍。屍得人氣復生，竟相攜以逃也。此康熙末事。或疑河城之事當類此，是未可知。或並為一事，則傳聞誤矣。

攝魂術

同年龔肖夫言：有人四十餘無子，婦悍妒，萬無納妾理，恆鬱鬱不適。偶至道觀，有道士招之曰：「君氣色凝滯，似有重憂，道家以濟物為念，盍言其實，或一效鉛刀之用乎！」異其言，具以告。道士曰：「固聞之，姑問君耳。君為製鬼卒衣裝十許具，當有以報命。如不能製，即借諸伶官亦可也。」心益怪之，然度其誑取無所用，當必有故，姑試其所為。是夕，婦夢魘，呼不醒，且呻吟號叫聲甚慘。次日，兩股皆青黯。問之，秘不言，吁嗟而已。三日後復然。自是每三日後皆復然。半月後，忽遣奴喚媒媼，云將買妾。人皆弗信；其夫亦慮後患，殊持疑。既而婦昏瞀累日，醒而促買妾愈急，布金于案，與僮僕約：三日不得必重抶，得而不佳亦重抶。觀其狀，似非詭語。覓二女以應，並留之。是夕，即整飾衾枕，促其夫入房。舉家駭愕，莫喻其意；夫亦惘惘如夢境。

後復見道士，始知其有術能攝魂：夜使觀中道眾為鬼裝，而道士星冠羽衣坐堂上，焚符攝婦魂，言其祖宗翁姑，以斬祀不孝，具牒訴冥府，用桃杖決一百；遣歸，克期令納妾。婦初以為噩夢，尚未肯。俄三日一攝，如徵比然。其昏瞀累日，則倒懸其魂，灌鼻以醋，約三日不得好女子，即付泥犁也。攝魂小術，本非正法。然法無邪正，惟人所用，如同一戈矛，用以殺掠則劫盜，用以征討則王師耳。術無大小，亦惟人所用，如不龜手之藥，可以洴澼絖，亦可以大敗越師耳。道士所謂善用其術歟！至嚚頑悍婦，情理不能喻，法令不能禁，而道士能以術制之。堯牽一羊，舜從而鞭，羊不行，一牧豎驅之則群行。物各有所制，藥各有所畏。神道設教，以馴天下之強梗，聖人之意深矣。講學家烏乎識之？

有太學生資巨萬者

褚鶴汀言：有太學生，資巨萬。妻生一子死。再娶，豐于色，太學惑之，托言家政無佐理，迎其母至。母又攜二妹來。不一載，其一兄二弟亦挈家來。久而僮僕婢媼皆妻黨，太學父子反煢煢若寄食。又久而筦鑰簿籍、錢粟出入，皆不與聞；殘杯冷炙，反遭厭薄矣。稍不能堪，欲還奪所侵權，則妻兄弟哄于外，妻母妹等詬于內。嘗為眾所聚毆，至落鬢敗面，呼救無應者。其子狂奔至，一摑仆地，惟叩額乞緩死而已。恚不自勝，詣後圃將自經。忽一老人止之曰：「君勿爾，君家之事，神人共憤久矣。我居君家久，不平尤甚。君但焚牒土神祠，云乞遣後圃狐驅逐，神必許君。」如其言。

是夕，果屋瓦亂鳴，窗扉震撼，妻黨皆為磚石所擊，破額流血。俄而妻黨婦女並為狐媚，雖其母不免。晝則發狂裸走，醜詞褻狀，無所不至；夜則每室坌集數十狐，更番嬲戲，不勝其創，哀乞聲相聞。廚中餚饌，俱攝置太學父子前；妻黨所食，皆雜以穢物。知不可住，皆竄歸。太學乃稍稍招集舊僕，復理家政，始可以自存。妻黨覬覦未息，恆來探視，入門輒被擊。或私有所攜，歸家則囊已空矣。其妻或私饋亦然。由是遂絕跡。然核計資產，損耗已甚，微狐力，則太學父子餓殍矣。

此至親密友所不能代謀，此狐百計代謀之，豈狐之果勝人哉？人于世故深，故遠嫌畏怨，趨易避難，坐視而不救；狐則未諳世故，故不巧博忠厚長者名，義所當為，奮然而起也。雖狐也，為之執鞭，所欣慕焉。

一瞽者

瞽者劉君瑞言：一瞽者年三十餘，恆往來衛河旁，遇泊舟者，必問：「此有殷桐乎？」又必申之曰：「夏殷之殷，梧桐之桐也。」有與之同宿者，其夢中囈語，亦惟此二字。問其姓名，則旬日必一變，亦無深詰之者。如是十餘年，人多識之，或逢其欲問，輒呼曰：「此無殷桐，別覓可也。」

一日，糧艘泊河干，瞽者問如初。一人挺身上岸曰：「是爾耶，殷桐在此，爾何能為？」瞽者狂吼如虓虎，撲搶其頸，口囓其鼻，血淋漓滿地。眾前拆解，牢不可開，竟共墮河中，隨流而沒。後得屍于天妃宮前（海口不受屍，凡河中求屍不得，至天妃宮前必浮出），桐捶其左脅骨盡斷，終不釋手；十指摳桐肩背，深入寸餘；兩顴兩頰，囓肉幾盡。迄不知其何仇，疑必父母之冤也。

夫以無目之人，偵有目之人，其不得決也；以孱弱之人，搏強橫之人，其不敵亦決也。此較伍胥之楚仇，其報更難矣。乃十餘年堅意不回，竟卒得而食其肉，豈非精誠之至，天地亦不能違乎！宋高宗之歌舞湖山，究未可以勢弱解也。

仙人神語

王昆霞作《雁宕游記》一卷，朱導江為余書掛幅，摘其中一條云：四月十七日，晚出小石門，至北磵，耽玩忘返，坐樹下待月上。倦欲微眠，山風吹衣，慄然忽醒。微聞人語曰：「夜氣澄清，尤為幽絕，勝罨畫圖中看金碧山水。」以為同游者夜至也。俄又嘆曰：「古琴銘云：『山虛水深，萬籟蕭蕭。古無人蹤，惟石嶕嶢。』真妙寫難狀之景。嘗乞洪谷子畫此意，竟不能下筆。」竊訝斯是何人，乃見荊浩？起坐聽之。又曰：「頃東坡為畫竹半壁，分柯布葉，如春雲出岫，疏疏密密，意態自然，無杈椏怒張之狀。」又一人曰：「近見其西天目詩，如空江秋淨，煙水渺然，老鶴長唳，清飈遠引，亦消盡縱橫之氣。緣才子之筆，務殫心巧，飛仙之筆，妙出天然，境界故不同耳。」知為仙人，立起仰視。忽撲簌一聲，山花亂落，有二鳥衝雲去，其詩有「躡屐頗笑謝康樂，化鶴親見徐佐卿」句，即記此事也。

打鼓者

劉擬山家失金釧，掠問小女奴，具承賣與打鼓者（京師無賴游民，多婦女在家倚門，其夫白晝避出，擔二荊筐，操短柄小鼓擊之，收買雜物，謂之打鼓。凡僮婢幼孩竊出之物，多以賤價取之。蓋雖不為盜，實盜之羽翼。然贓物細碎，所值不多，又蹤跡詭秘，無可究詰，故王法亦不能禁也）。又掠問打鼓者衣服形狀，求之不獲。仍復掠問，忽承塵上微嗽曰：「我居君家四十年，不肯露形聲，故不知有我。今則實不能忍矣。此釧非夫人檢點雜物，誤置漆奩中耶？」如言求之，果不謬，然小女奴已無完膚矣。擬山終身愧悔，恆自道之曰：「時時不免有此事，安能處處有此狐！」故仕宦二十餘載，鞫獄未嘗以刑求。

景州扶乩者

多小山言：嘗于景州見扶乩者，召仙不至。再焚符，乩搖撼良久，書一詩曰：「薄命輕如葉，殘魂轉似蓬。練拖三尺白，花謝一枝紅。雲雨期雖久，煙波路不通。秋墳空鬼唱，遺恨宋家東。」知為縊鬼，姑問姓名。又書曰：「妾係本吳門，家僑楚澤。偶業緣之相湊，宛轉通詞；詎好夢之未成，倉皇就死。律以聖賢之禮，君子應譏；諒其兒女之情，才人或憫。聊抒哀怨，莫問姓名。」此才不減李清照；其聖賢兒女一聯，自評亦確也。

呂留良之罪

《新齊諧》載冥司榜呂留良之罪曰：「闢佛太過。」此必非事實也。留良之罪，在明亡以後，既不能首陽一餓，追跡夷齊；又不能戢影逃名，鴻冥世外，如真山民之比。乃青衿應試，身列膠庠；其子葆中，亦高掇科名，以第二人入翰苑。則久食周粟，斷不能自比殷頑。何得肆作謗書，熒惑黔首？詭托于桀犬之吠堯，是首鼠兩端，進退無據，實狡黠反覆之尤。核其生平，實與錢謙益相等。歿罹陰譴，自必由斯。至其講學闢佛，則以尊朱之故，不得不闢陸、王為禪。既已闢禪，自不得不牽連闢佛，非其本志，亦非其本罪也。

金人入夢以來，闢佛者多，闢佛太過者亦多。以是為罪，恐留良轉有詞矣。抑嘗聞五台僧明玉之言曰：闢佛之說，宋儒深而昌黎淺，宋儒精而昌黎粗。然而披緇之徒，畏昌黎不畏宋儒，銜昌黎不銜宋儒也。蓋昌黎所闢，檀施供養之佛也，為愚夫婦言之也。宋儒所闢，明心見性之佛也，為士大夫言之也。天下士大夫少而愚夫婦多；僧徒之所取給，亦資于士大夫者少，資于愚夫婦者多。使昌黎之說勝，則香積無煙，祇園無地，雖有大善知識，能率恆河沙眾，枵腹露宿而說法哉！此如用兵者先斷糧道，不攻而自潰也。故畏昌黎甚，銜昌黎亦甚。使宋儒之說勝，不過爾儒理如是，儒法如是，爾不必從我；我佛理如是，佛法如是，我亦不必從爾。各尊所聞，各行所知，兩相枝柱，未有害也。故不畏宋儒，亦不甚銜宋儒。然則唐以前之儒，語語有實用；宋以後之儒，事事皆空談。

講學家之闢佛，于釋氏毫無所加損，徒喧哄耳。錄以為功，因為黨論；錄以為罪，亦未免重視留良耳。

奴子王發夜獵歸

奴子王發，夜獵歸。月明之下，見一人為二人各捉一臂，東西牽曳，而寂不聞聲。疑為昏夜之中，剝奪衣物，乃向空虛鳴一銃。二人奔迸散去，一人返奔歸，倏皆不見，方知為鬼。比及村口，則一家燈火出入，人語嘈囋，云：「新婦縊死復蘇矣。」婦云：「姑命晚餐作餅，為犬銜去兩三枚。姑疑竊食，痛批其頰。冤抑莫白，痴立樹下。俄一婦來勸：『如此負屈，不如死。』猶豫未決，又一婦來慫恿之。恍惚迷瞀，若不自知，遂解帶就縊，二婦助之。悶塞痛苦，殆難言狀，漸似睡去，不覺身已出門外。一婦曰：『我先勸，當代我。』一婦曰：『非我後至不能決，當代我。』方爭奪間，忽霹靂一聲，火光四照，二婦驚走，我乃得歸也。」

後發夜歸，輒遙聞哭詈，言破壞我事，誓必相殺。發亦不畏。一夕，又聞哭詈。發訶曰：「爾殺人，我救人，即告于神，我亦理直。敢殺即殺，何必虛相恐怖！」自是遂絕。然則救人于死，亦招欲殺者之怨，宜袖手者多歟？此奴亦可云小異矣。

夢游冥府

宋清遠先生言：昔在王坦齋先生學幕時，一友言夢游至冥司，見衣冠數十人纍纍入；冥王詰責良久，又纍纍出，各有愧恨之色。偶遇一吏，似相識，而不記姓名，試揖之，亦相答。因問：「此並何人，作此形狀？」吏笑曰：「君亦居幕府，其中豈無一故交耶？」曰：「僕但兩次佐學幕，未入有司署也。」吏曰：「然則真不知矣。此所謂四救先生者也。」問：「四救何義？」曰：「佐幕者有相傳口訣，曰救生不救死，救官不救民，救大不救小，救舊不救新。救生不救死者，死者已死，斷無可救；生者尚生，又殺以抵命，是多死一人也，故寧委曲以出之。而死者銜冤與否，則非所計也。救官不救民者，上控之案，使冤得申，則官之禍福不可測；使不得申，即反坐不過軍流耳。而官之枉斷與否，則非所計也。救大不救小者，罪歸上官，則權位重者譴愈重，且牽累必多；罪歸微官，則責任輕者罰可輕，且歸結較易。而小官之當罪與否，則非所計也。救舊不救新者，舊官已去，有所未了，羈留之恐不能償；新官方來，有所委卸，強抑之尚可以辦。其新官之能堪與否，則非所計也。是皆以君子之心，行忠厚長者之事，非有所求取巧為舞文。亦非有所恩仇私相報復。然人情百態，事變萬端，原不能執一而論。苟堅持此例，則矯枉過直，顧此失彼，本造福而反造孽，本弭事而反釀事，亦往往有之。今日所鞫，即以此貽禍者。」問：「其果報何如乎？」曰：「種瓜得瓜，種豆得豆。夙業牽纏，因緣終湊。未來生中，不過亦遇四救先生，列諸四不救而已矣。」俯仰之間，霍然忽醒，莫明其入夢之故，豈神明或假以告人歟？

石膏治病

乾隆癸丑春夏間，京中多疫。以張景岳法治之，十死八九；以吳又可法治之，亦不甚驗。有桐城一醫，以重劑石膏治馮鴻臚星實之姬，人見者駭異。然呼吸將絕，應手輒痊。踵其法者，活人無算。有一劑用至八兩，一人服至四斤者。雖劉守真之《原病式》、張子和之《儒門事親》，專用寒涼，亦未敢至是，實自古所未聞矣。

考喜用石膏，莫過于明繆仲淳（名希雍，天、崇間人，與張景岳同時，而所傳各別），本非中道，故王懋竑《白田集》有《石膏論》一篇，為辯其非。不知何以取效如此。此亦五運六氣，適值是年，未可執為定例也。

中表某丈

從伯君章公言：中表某丈，月夕納涼于村外。遇一人似是書生，長揖曰：「僕不幸獲譴于社公，自禱弗解也。一社之中，惟君祀社公最豐，而數十年一無所祈請。社公甚德君，亦甚重君。君為禱，必見從。」表丈曰：「爾何人？」曰：「某故諸生，與君先人亦相識，今下世三十餘年矣。昨偶問某家索食，為所訴也。」表丈曰：「己事不祈請，乃祈請人事乎？人事不祈請，乃祈請鬼事乎？僕無能為役，先生休矣。」其人掉臂去曰：「自了漢耳，不足謀也。」

夫餔酒必豐，敬鬼神也；無所祈請，遠之也。敬鬼神而遠之，即民之義也。視流俗之諂瀆，迂儒之傲侮，為得其中矣。

說此事時，余甫八九歲，此表丈偶忘姓名。其時鄉風淳厚，大抵必端謹篤實之家，始相與為婚姻，行誼似此者多，不能揣度為誰也。「高山仰止，景行行止」，俯仰七十年間，能勿睪然遠想哉！

黃葉道人潘斑

黃葉道人潘斑，嘗與一林下巨公連坐，屢呼巨公為兄。巨公怒且笑曰：「老夫今七十餘矣。」時潘已被酒，昂首曰：「兄前朝年歲，當與前朝人序齒，不應闌入本朝。若本朝年歲，則僕以順治二年九月生，兄以順治元年五月入大清，僅差十餘月耳。唐詩曰：『與兄行年較一歲。』稱兄自是古禮，君何過責耶？」滿堂為之咋舌。論者謂潘生狂士，此語太傷忠厚，宜其坎壈終身，然不能謂其無理也。

余作《四庫全書總目》，明代集部以練子寧至金川門卒龔詡八人列解縉、胡廣諸人前，並附案語曰：「謹案練子寧以下八人，皆惠宗舊臣也。考其通籍之年，蓋有在解縉等後者。然一則效死于故君，一則邀恩于新主，梟鸞異性，未可同居，故分編之，使各從其類。至龔詡卒于成化辛丑，更遠在縉等後，今亦升列于前，用以昭名教是非。千秋論定，紆青拖紫之榮，竟不能與荷戟老兵爭此一紙之先後也。」黃泉易逝，青史難誣。潘生是言，又安可以恌薄廢乎？

祠後密語

曾映華言：有數書生赴鄉試，長夏溽暑，趁月夜行。倦投一廢祠之前，就階小憩，或睡或醒。一生聞祠後有人聲，疑為守瓜棗者，又疑為盜，屏息細聽。一人曰：「先生何來？」一人曰：「頃與鄰家爭地界，訟于社公。先生老于幕府者，請揣其勝負。」一人笑曰：「先生真書痴耶！夫勝負烏有常也？此事可使後訟者勝，詰先訟者曰：『彼不訟而爾訟，是爾興戎侵彼也。』可使先訟者勝，詰後訟者曰：『彼訟而爾不訟，是爾先侵彼，知理曲也。』可使後至者勝，詰先至者曰：『爾乘其未來，早占之也。』可使先至者勝，詰後至者曰：『久定之界，爾忽翻舊局，是爾無故生釁也。』可使富者勝，詰貧者曰：『爾貧無賴，欲使畏訟賂爾也。』可使貧者勝，詰富者曰：『爾為富不仁，兼併不已，欲以財勢壓孤煢也。』可使強者勝，詰弱者曰：『人情抑強而扶弱，爾欲以膚受之訴聳聽也。』可使弱者勝，詰強者曰：『天下有強凌弱，無弱凌強。彼非真枉，不敢冒險攖爾鋒也。』可以使兩勝，曰：『無券無證，糾結安窮？中分以息訟，亦可以已也。』可以使兩敗，曰：『人有阡陌，鬼寧有疆畔？一棺之外，皆人所有，非爾輩所有，讓為閒田可也。』可以是種種勝負，烏有常乎？」一人曰：「然則究竟當何如？」一人曰：「是十說者，各有詞可執，又各有詞以解，紛紜反覆，終古不能已也。城隍社公不可知，若夫冥吏鬼卒，則長擁兩美莊矣。」語訖遂寂。此真老于幕府之言也。

蛇能報冤

蛇能報冤，古記有之，他毒物則不能也。然聞故老之言曰：「凡遇毒物，無殺害心，則終不遭螫；或見即殺害，必有一日受其毒。」驗之頗信。是非物之知報，氣機相感耳。狗見屠狗者群吠，非識其人，亦感其氣也。又有生啖毒蟲者，云能益力。毒蟲中人或至死，全貯其毒于腹中，乃反無恙，此又何理歟？

崔莊一無賴少年習此術，嘗見其握一赤練蛇，斷其首而生嚙，如有餘味。殆其剛悍鷙忍之氣足以勝之乎？力何必益？即益力，方藥亦頗多，又何必是也？

狐之報復惡矣

賈公霖言：有貿易來往于樊屯者，與一狐友。狐每邀之至所居，房舍一如人家，但出門後，回顧則不見耳。

一夕，飲狐家。婦出行酒，色甚妍麗。此人醉後心蕩，戲捘其腕。婦目狐，狐側睨笑曰：「弟乃欲作陳平耶？」亦殊不怒，笑謔如平時。

此人歸後，一日，忽家中客作控一驢送其婦來，云：「得急信，君暴中風，故借驢倉皇連夜至。」此人大駭，以為同伴相戲也。旅舍無地容眷屬，呼客作送歸。客作已自去。距家不一日程，時甫辰巳，乃自控送婦。中途遇少年與婦摩肩過，手觸婦足。婦怒詈，少年惟笑謝，語涉輕薄。此人憤與相搏，致驢驚逸入歧路，蜀秫方茂，斯須不見。此人捨少年追婦，尋蹄跡行一二里，驢陷淖中，婦則不知所往矣。野田連陌，四無人蹤，徹夜奔馳，徬徨至曉。姑騎驢且返，再商覓婦。未及數里，聞路旁大呼曰：「賊得矣。」則鄰村驢昨夜被竊，方四出緝捕也。眾相執縛，大受捶楚。賴遇素識多方辯說，始得免。懊喪至家，則紡車琤然，婦方引線。問以昨事，茫然不知。始悟婦與客作及少年皆狐所幻，惟驢為真耳。狐之報復惡矣，然釁則此人自啟也。

採木者奇遇

王子春，灤陽採木者數十人夜宿山坳，見隔澗坡上有數鹿散游，又有二人往來林下，相對泣。共詫人入鹿群，鹿何不驚？疑為仙鬼，又不應對泣。雖崖高水急，人徑不通，然月明如晝，了然可見，有微辨其中一人似舊木商某者。

俄山風陡作，木葉亂鳴，一虎自林突出，搏二鹿殪焉。知頃所見，乃其生魂矣。東坡詩曰，「未死神先泣」，是之謂乎！聞此木商亦無大惡，但心計深密，事事務得便宜耳。陰謀者道家所忌，良有以夫。

神來飛矢

又聞巴公彥弼言：征烏什時，一日攻城急，一人方奮力酣戰，忽有飛矢自旁來，不及見也；一人在側見之，急舉刀代格，反自貫顱死。此人感而哭奠之。夜夢死者曰：「爾我前世同為官，凡任勞任怨之事，吾皆卸爾；凡見功見長之事，則抑爾不得前。以是因緣，冥司注今生代爾死。自今以往，兩無恩仇。我自有賞恤，毋庸爾祭也。」此與木商事相近。木商陰謀，故譴重；此人小智，故譴輕耳。然則所謂巧者，非正其拙歟！

郝瑗遇狐

門人郝瑗，孟縣人，余己卯典試所取士也。成進士，授進賢令。菲衣惡食，視民事如家事。倉庫出入，月月造一冊。預儲歸途舟車費，扃一笥中，雖窘急不用銖兩。囊篋皆結束室中，如治裝狀，蓋無日不為去官計。人見其日日可去官，亦無如之何。後患病乞歸，不名一錢，以授徒終于家。

聞其少時，值春社，游人如織。見一媼將二女，村妝野服，而姿致天然，瑗與同行，未嘗側盼。忽見媼與二女，踏亂石橫行至絕澗，鵠立樹下。怪其不由人徑，若有所避，轉凝睇視之。媼從容前致詞曰：「節物喧妍，率兒輩踏青，各覓眷屬。以公正人不敢近，亦乞公毋近兒輩，使刺促不寧。」瑗悟為狐魅，掉臂去之。然則花月之妖，為人心自召明矣。

虎化石

木蘭伐官木者，遙見對山有數虎。懸崖削壁，非迂迴數里不能至；人不畏虎，虎亦不畏人也。俄見別隊伐木者，衝虎徑過。眾頓足危慄。然人如不見虎，虎如不見人也。數日後，相晤話及。別隊者曰：「是日亦遙見眾人，亦似遙聞呼噪聲，然所見乃數巨石，無一虎也。」

是殆命不遭咥乎？然命何能使虎化石，其必有司命者矣。司命者空虛無朕，冥漠無知，又何能使虎化石？其必天與鬼神矣。天與鬼神能司命，而顧謂天即理也，鬼神二氣之良能也。然則理氣渾淪，一屈一伸，偶遇斯人，怒而搏者，遂峙而嶙峋乎？吾無以測之矣。

景州高冠瀛

景州高冠瀛，以夢高江村而生，故亦名士奇。篤學能文，小試必第一，而省闈輒北，竟坎壈以終。年二十餘時，日者推其命，謂天官、文昌、魁星貴人皆集于一宮，于法當以鼎甲入翰林。而是歲只得食餼。計其一生遭遇，亦無更得志于食餼者。蓋其賦命本薄，故雖極盛之運，所得不過如是也。

田白岩曰：「張文和公八字，日者以其一生仕履，較量星度，其開坊僅抵一衿耳。此與冠瀛之命，可以互勘。術家宜以此消息，不可徒據星度，遽斷休咎也。」

又嘗見一術士云，凡陣亡將士，推其死綏之歲月，運必極盛。蓋盡節一時，垂名千古，馨香百世，榮逮子孫，所得有在王侯將相之上者故也。立論極奇，而實有至理。此又法外之意，不在李虛中等格局中矣。

冠瀛久困名場，意殊抑鬱，嘗語余及雪崖曰：「聞舊家一宅，留宿者夜輒遭魔，或鬼或狐，莫能明也。一生有膽力，欲伺為祟者何物，故寢其中。二更後，果有黑影瞥落地，似前似劫，聞生轉側，即伏不動，知其畏人，佯睡以俟之，漸作鼾聲。俄覺自足而上，稍及胸腹，即覺昏沉，急奮右手搏之，執得其尾，即以左手扼其項。噭然一聲，作人言求釋。急呼燈視之，乃一黑狐。眾共捺制，刃穿其髀，貫以索而自繫于左臂。度不能幻化，乃持刀問其作祟意。狐哀鳴曰：『凡狐之靈者，皆修煉求仙：最上者調息煉神，講坎離龍虎之旨，吸精服氣，餌日月星斗之華，用以內結金丹，蛻形羽化。是須仙授，亦須仙才。若是者吾不能。次則修容成素女之術，妖媚蠱惑，攝精補益，內外配合，亦可成丹。然所採少則道不成，所採多則戕人利己，不干冥謫，必有天刑。若是者吾不敢。故以剽竊之功，為獵取之計，乘人酣睡，仰鼻息以收餘氣，如蜂採蕊，無損于花，湊合漸多，融結為一，亦可元神不散，歲久通靈。即我輩是也。雖道淺術疏，積功亦苦。如不見釋，則百年精力，盡付東流，惟君子哀而恕之。』生憫其詞切，意縱之使去。此事在雍正末年，相傳已久。吾因是以思，科場上者鴻才碩學，吾亦不能；次者行險徼倖，吾亦不敢；下者剽竊獵取，庶幾能之，而吾又有所不肯，吾道窮矣。」二君皆早掇科第，其何以教我乎？」雪崖戲曰：「以君作江村後身，如香山之為白老矣。惟此一念，當是身異性存。此病至深，僕輩實無藥相救也。」相與一笑而罷。

蓋冠瀛為文，喜戛戛生造，硬語盤空，屢躓有司，率多坐是。故雪崖用以為戲。《賈長江集》有「獨行潭底影，數息樹邊身」一聯，句下夾注一詩曰：「兩句三年得，一吟雙淚流；知音如不賞，歸臥故山秋。」千古畸人，其意見略相似矣。

山中奇人

吉木薩台軍言：嘗逐雉入深山中，見懸崖之上，似有人立。越澗往視，去地不四五丈，一人衣紫氆氌，面及手足皆黑毛，茸茸長寸許；一女子甚姣麗，作蒙古裝，惟跣足不靴，衣則綠氆氌也，方對坐共炙肉，旁侍黑毛人四五，皆如小兒，身不著寸縷，見人嘻笑。其語非蒙古，非額魯特，非回部，非西番，啁哳如鳥不可辨。觀其情狀，似非妖物，乃跪拜之。忽擲一物于崖下，乃熟野騾肉半肘也。又拜謝，皆搖手。乃攜以歸，足三四日食。再與牧馬者往跡，不復見矣。意其山神歟？

妖氣化虹

世言虹見則雨止，此倒置也，乃雨止則虹見耳。蓋雲破日露，則迴光返照，射對面之雲。天體渾圓，上覆如笠，在頂上則仰視，在四垂則側視，故斂為一線。其形隨下垂，兩面之勢，屈曲如弓。又側視之中，斜對目者近，平對目者遠。以漸而遠，故重重雲氣，皆見其邊際，疊為重重紅綠色；非真有一物如帶，橫亙天半也。其能下澗飲水，或見其首如驢者（見朱子語錄），並有能狎昵婦女者（見《太平廣記》），當是別一妖氣，其形似虹；或別一妖物，化形為虹耳。

入耳之蠅

及孺愛先生言：嘗親見一蠅，飛入人耳中為祟，能作人言，惟病者聞之。或謂蠅之蠢蠢，豈能成魅？或魅化蠅形耳。此語近之。青衣童子之宣赦，渾家門客之吟詩，皆小說妄言，不足據也。

辟塵之珠

辟塵之珠，外舅馬公周籙曾遇之，確有其物，而惜未睹其形也。初，隆福寺鬻雜珠寶者，布茵于地（俗謂之擺攤）。羅諸小篋于其上。雖大風霾，無點塵。或戲以囊有辟塵珠。其人椎魯，漫笑應之。弗信也，如是半載。

一日，頓足大呼曰：「吾真誤賣至寶矣！」蓋是日飛塵忽集，始知從前果珠所辟也。按醫書有服響豆法。響豆者，槐實之夜中爆響音也，一樹只一顆，不可辨識。其法槐始花時，即以絲網冪樹上，防鳥鵲啄食。結子熟後，多縫布囊貯之，夜以為枕，聽無聲即棄去。如是遞枕，必有一囊作爆聲者。取此一囊，又多分小囊貯之，枕聽，初得一響者則又分。如二枕漸分至僅存二顆，再分枕之，則響豆得矣。

此人所鬻之珠，諒亦無幾。如以法分試，不數刻得矣，何至交臂失之乎?乃漫然不省，卒以輕棄，當緣祿相原薄耳。

濟南火災

乾隆甲辰，濟南多火災。四月杪，南門內西橫街又火，自東而西，巷狹風猛，夾路皆烈焰。有張某者，草屋三楹在路北，火未及時，原可挈妻孥出；以有母柩，籌所以移避，既勢不可出，夫婦與子女四人，抱棺悲號，誓以身殉。時撫標參將方督軍撲救，隱隱聞哭聲，令標軍升後巷屋尋聲至所居，垂綆使縋出。張夫婦並呼曰：「母柩在此，安可棄也？」其子女亦呼曰：「父母殉父母，我不當殉父母乎？」亦不肯上。俄火及，標軍越屋避去，僅以身免。以為闔門並煨燼，遙望太息而已。乃火熄巡視，其屋巋然獨存。

蓋回飈忽作，火轉而北，繞其屋後，焚鄰居一質庫，始復西也。非鬼神呵護，何以能然！此事在癸丑七月，德州山長張君慶源錄以寄余，與余《灤陽消夏錄》載孀婦事相類。而夫婦子女，齊心同願，則尤難之難。夫「二人同心，其利斷金」，況六人乎！庶女一呼，雷霆下擊，況六人並純孝乎！精誠之至，哀感三靈，雖有命數，亦不能不為之挽回。人定勝天，此亦其一。事雖異聞，即謂之常理可也。

余與張君不相識，而張君間關郵致，務使有傳，則張君之志趣可知矣。因為點定字句，錄之此編。

停柩遇火

呂太常含暉言：京師有一民家，停柩遇火，無路可出，亦無人肯助舁。乃闔家男婦，鍬鐝刀鑵，合手于室內掘一坎，置棺于中，上覆以土。坎甫掩而火及，屋雖被焚，棺在坎中，竟無恙。火性炎上故也。此亦應變之急智，因張孝子事附錄之。

交河王某善技擊

交河泊鎮有王某，善技擊，所謂王飛骽者是也（骽俗作腿，相沿已久，然非正字也）。一夕，偶過墟墓間，見十餘小兒當路戲，約皆四五歲，叱使避，如不聞。怒摑其一，群兒共噪詈。王愈怒，蹴以足。群兒坌湧，各持磚瓦擊其髁，捷若猿猱，執之不得；拒左則右來，禦前則後至，盤旋撐柱，竟以顛隕；頭目亦被傷，屢起屢仆，至于夜半，竟無氣以動。次日，家人覓之歸，兩足青紫，臥半月乃能起。

小兒蓋狐也。以王之力，平時敵數十壯夫，尚揮霍自如；而遇此小魅，乃一敗塗地。《淮南子》引堯誡曰：「戰戰慄慄，日慎一日，人莫躓于山，而躓于垤。」《左傳》曰：「蜂蠆有毒。」信夫！

有狐戲人者

郭彤綸言：阜城有人外出，數載無音問。一日，倉皇夜歸，曰：「我流落無藉，誤落群盜中，所劫殺非一。今事敗，幸跳身免；然聞他被執者已供我姓名居址，計已飛檄拘眷屬。汝曹宜自為計，俱死無益也。」揮淚竟去，更無一言。闔家震駭，一夜星散盡，所居竟廢為墟。人亦不明其故也。

越數載，此人至其故宅，訪父母妻子移居何處。鄰人告以久逃匿，亦茫然不測所由。稍稍蹤跡，知其妻在彤綸家傭作。叩門尋訪，乃知其故。然在外實無為盜事，後亦實無夜歸事。彤綸為稽官牘，亦並無緝捕事。久而憶耕作八溝時（漢右北平之故地也），築室山岡。岡後有狐，時或竊物，又或夜中嗥叫攪人睡。乃聚徒劚破其穴，薰之以煙，狐乃盡去。疑或其為魅以報歟？

奴子史錦文

奴子史錦文，嘗往滄州延醫。暑月未攜眠被，乘一馬而行。至張家溝西，痁忽作，乃繫馬于樹，倚樹小憩。漸懵騰睡去，夢至一處，草屋數楹，一翁一媼坐門外，見錦文邀坐，問姓名；自言：「姓李行六，曾在崔莊住兩載，與其父史成德有交，錦文幼時亦相見，今如是長成耶？」感念存歿，意頗淒愴。媼又問：「五魁無恙否？（五魁，史錦彩之乳名）三黑尚相隨否？」（三黑，李姓，錦文異父弟，隨繼母同來者也）亦頗周至。

翁因言今年水潦，由某路至某處水雖深，然沙底不陷；由某路至某處水雖淺，然皆紅土膠泥，粘馬足難行。雨且至，日已過午，爾宜速往，不留汝坐矣。霍然而醒，遙見四五丈外，有一孤冢，意即李六所葬歟？如所指路，晚至常家磚河，果遇雨。歸告其繼母，繼母曰：「是嘗在崔莊賣瓜果，與爾父日游醉鄉者也。」殂謝黃泉，尚惓惓故人之子，亦小人之有意識者矣。

奴子傅顯

奴子傅顯，喜讀書，頗知文義，亦稍知醫藥。性情迂緩，望之如偃蹇老儒。一日，雅步行市上，逢人輒問：「見魏三兄否？」（奴子魏藻，行三也）或指所在，復雅步以往。比相見，喘息良久。魏問相見何意？曰：「適在苦水井前，遇見三嫂在樹下作針黹，倦而假寐。小兒嬉戲井旁，相距三五尺耳，似乎可慮。男女有別，不便呼三嫂使醒，故走覓兄。」魏大駭，奔往，則婦已俯井哭子矣。

夫僮僕讀書，可云佳事。然讀書以明理，明理以致用也。食而不化，至昏憒僻謬，貽害無窮，亦何貴此儒者哉！

老成遠慮

武強一大姓，夜有劫盜，群起捕逐。盜逸去，眾合力窮追。盜奔其祖塋松柏中，林深月黑，人不敢入，盜亦不敢出。相持之際，樹內旋□四起，沙礫亂飛，人皆眯目不相見，盜乘間突圍得脫。

眾相詫異，先靈何反助盜耶？主人夜夢其祖曰：「盜劫財不能不捕，官捕得而伏法，盜亦不能怨主人。若未得財，可勿追也；追而及，盜還鬥傷人，所失不大乎？即眾力足殪盜，盜殪則必告官，官或不諒，坐以擅殺，所失不更大乎？且我眾烏合，盜皆死黨；盜可夜夜伺我，我不能夜夜備盜也。一與為仇，隱憂方大，可不深長思乎？旋風我所為，解此結也，爾又何尤焉！」主人醒而喟然曰：「吾乃知老成遠慮，勝少年盛氣多矣。」

平姐

滄州城守尉永公寧，與舅氏張公夢徵友善。余幼在外家，聞其告舅氏一事曰：「某前鋒有女曰平姐，年十八九，未許人。一日，門外買脂粉，有少年挑之，怒詈而入。父母出視，路無是人，鄰里亦未見是人也。夜扃戶寢，少年乃出于燈下。知為魅，亦不驚呼，亦不與語，操利剪偽睡以俟之。少年不敢近，惟立于床下，誘說百端。平姐如不見聞。少年倏去，越片時復來，握金珠簪珥數十事，值約千金，陳于床上。平姐仍如不見聞。少年又去，而其物則未收，至天欲曙，少年突出曰：『吾伺爾徹夜，爾竟未一取視也！人至不可以利動，意所不可，鬼神不能爭，況我曹乎？吾誤會爾私祝一言，妄謂托詞于父母，故有是舉，爾勿嗔也。』斂其物自去。蓋女家素貧，母又老且病，父所支餉不足贍，曾私祝佛前，願早得一婿養父母，為魅所竊聞也。」然則一語之出，一念之萌，曖昧中俱有伺察矣。耳目之前，可塗飾假借乎！

瑤涇有好博者

瑤涇有好博者，貧至無甑，夫婦寒夜相對泣，悔不可追。夫言：「此時但有錢三五千，即可挑販給朝夕，雖死不入囊家矣。顧安所從得乎？」忽聞扣窗語曰：「爾果悔，是亦易得，即多于是亦易得，但恐故智復萌耳。」以為同院尊長憫惻相周，遂飲泣設誓，詞甚堅苦。隨開門出視，月明如晝，寂無一人，惘惘莫測其所以。

次夕，又聞扣窗曰：「錢已盡返，可自取。」秉火起視，則數百千錢累累然皆在屋內，計與所負適相當。夫婦狂喜，以為夢寐，彼此掐腕皆覺痛，知灼然是真（**俗傳夢中自疑是夢者，但自掐腕覺痛者是真，不痛者是夢也**）。以為鬼神佑助，市牲醴祭謝。途遇舊博徒曰：「爾術進耶？

運轉耶？何數年所負，昨一日盡復也？罔知所對，唯唯而已。」歸甫設祭，聞檐上語曰：「爾勿妄祭，致招邪鬼。昨代博者我也。我居附近爾父墓，以爾父憤爾游蕩，夜夜悲嘯，我不忍聞，故幻爾形往囊家取錢歸。爾父寄語：事可一不可再也。」語訖，遂寂。

此人亦自此改行，溫飽以終。嗚呼！不肖之子，自以為惟所欲為矣，其亦念黃泉之下，有夜夜悲嘯者乎！

神延其祀

李秀升言：山西有富室，老惟一子。子病瘵，子婦亦病瘵，勢皆不救，父母甚憂之。子婦先卒，其父乃趣為子納妾。其母駭曰：「是病至此，不速之死乎？」其父曰：「吾固知其必不起。然未生是子以前，吾嘗祈嗣于靈隱，夢大士言：『汝本無後，以捐金助賑活千人，特予一孫送汝老。』不趁其未死，早為納妾，孫自何來乎？」促成其事。不三四月而子卒，遺腹果生一子，竟延其祀。山谷詩曰：「能與貧人共年穀，必有明月生蚌胎。」信不誣矣。

孝子艾子誠

寶坻王泗和，余姻家也。嘗示余《書艾孝子事》一篇，曰：「艾子誠，寧河之艾鄰村人。父文仲，以木工自給。偶與人鬥，擊之踣，誤以為死，懼而逃，雖其妻莫知所往，第彷彿傳聞似出山海關爾。是時妻方娠，越兩月，始生子誠。文仲不知已有子。子誠幼鞠于母，亦不知有父也。

迨稍有知，乃問母父所在，母泣語以故。子誠自是惘惘如有失，恆絮問其父之年齒狀貌，及先世之名字，姻婭之姓氏里居。亦莫測其意，姑一一告之。比長，或欲妻以女，子誠固辭曰：「烏有其父流離，而其子安處室家者？」始知其有志于尋父，徒以孀母在堂，不欲遠離耳。然文仲久無音耗，子誠又生未出里閭，天地茫茫，何從蹤跡？皆未信其果能往。

子誠亦未嘗議及斯事，惟力作以養母。越二十年，母以疾卒。營葬畢，遂治裝裹糧赴遼東，有沮以存之難定者，子誠泫然曰：「苟相遇，生則共返，歿則負骨歸。苟不相遇，寧老死道路間，不生還矣。」眾揮涕而送之。子誠出關後，念父避罪亡命，必潛蹤于僻地。凡深山窮谷，險阻幽隱之處，無不物色。久而資斧既竭，行乞以糊口。凡二十載，終無悔心。

一日，于馬家城山中遇老父，哀其窮餓，呼與語。詢得其故，為之感泣，引至家，款以酒食。俄有梓人攜具入，計其年與父相等。子誠心動，諦審其貌，與母所說略相似。因牽裾泣涕，具述其父出亡年月，且縷述家世及戚黨，冀其或是。是人且駭且悲，似欲相認，而自疑在家未有子。子誠具陳始末，乃噭然相持哭。蓋文仲輾轉逃避，乃至是地，已閱四十餘年；又變姓名為王友義。故尋訪無跡，至是始偶相遇也。老父感其孝，為之謀歸計。而文仲流落久，多逋負，滯不能行。子誠乃踉蹌奔還，質田宅，貸親黨，得百金再往，竟奉以歸。歸七年，以壽終。子誠得父之後，始娶妻。今有四子，皆勤儉能治生。

昔文安王原尋親萬里之外，子孫至今為望族。子誠事與相似，天殆將昌其家乎？子誠佃種余田，所居距余別業僅二里。余重其為人，因就問其詳而書其大略如右，俾學士大夫，知隴畝間有是人也。時癸丑重陽後二日。案子誠求父多年，無心忽遇，與宋朱壽昌尋母事同，皆若有神助，非人力所能為。然精誠之至，故哀感幽明，雖謂之人力亦可也。

一產三男

引據古義，宜徵經典；其餘雜說，參酌而已，不能一一執為定論也。《漢書·五行志》（《漢書》疑《元史》之誤。《元史·五行志》：「中統二年九月，河南民王四妻鄒氏一產三男。」）以一產三男列于人痾，其說以為母氣盛也，故謂之咎徵。然成周八士，四乳而生，聖人不以為妖異，抑又何歟？

夫天地氤氳，萬物化醇，非地之自能生也。男女構精，萬物化生，非女之自能生也。使三男不夫而孕，謂之人痾可矣；既為有父之子，則父氣亦盛可知，何獨以為陰盛陽衰乎？循是以推，則嘉禾專車，異畝同穎，見于《書序》者，亦將謂地氣太盛乎？大抵《洪範五行》，說多穿鑿，而此條之難通為尤甚，不得以源出伏勝，遂以傳為經。

國家典制，凡一產三男，皆予賞賚。一掃曲學之陋說，真千古定議矣。余修《續文獻通考》，于祥異考中，變馬氏之例，削去此門，遵功令也。癸丑七月草此書成，適儀曹以題賞一產三男本稿請署。偶與論此，因附記于書末。

姑妄聽之跋

河間先生典校秘書廿餘年，學問文章，名滿天下。而天性孤峭，不甚喜交游。退食之餘，焚香掃地，杜門著述而已。年近七十，不復以詞賦經心，惟時時追錄舊聞，以消閒送老。

初作《灤陽消夏錄》，又作《如是我聞》，又作《槐西雜志》，皆已為坊賈刊行。今歲夏秋之間，又筆記四卷，取莊子語題曰《姑妄聽之》。以前三書，甫經脫稿，即為鈔胥私寫去。脫文誤字，往往而有。故此書特付時彥校之。時彥嘗謂先生諸書，雖托諸小說，而義存勸戒，無一非典型之言，此天下之所知也。至于辨析名理，妙極精微；引據古義，具有根柢，則學問見焉。敘述剪裁，貫穿映帶，如雲容水態，迥出天機，則文章亦見焉。讀者或未必盡知也。第曰：「先生出其余技，以筆墨游戲耳。」然則視先生之書去小說幾何哉？夫著書必取熔經義，而後宗旨正；必參酌史載，而後條理明；必博涉諸子百家，而後變化盡。譬大匠之造宮室，千楹廣廈，與數椽小築，其結構一也。故不明著書之理者，雖詁經評史，不雜則陋；明著書之理者，雖稗官脞記，亦具有體例。先生嘗曰：「《聊齋誌異》盛行一時，然才子之筆，非著書者之筆也。虞初以下，干寶以上，古書多佚矣。其可見完帙者，劉敬叔《異苑》、陶潛《續搜神記》，小說類也；《飛燕外傳》、《會真記》，傳記類也。《太平廣記》，事以類聚，故可並收。今一書而兼二體，所未解也。小說既述見聞，既屬敘事，不比戲場關目，隨意裝點。伶元之傳得諸樊嫕，故猥瑣具詳；元稹之記出于自述，故約略梗概；楊升庵偽撰秘辛，尚知此意；升庵多見古書故也。今燕昵之詞，媟狎之態，細微曲折，摹繪如生。使出自言，似無此理；使出作者代言，則何從而聞見之？又所未解也。留仙之才，余誠莫逮其萬一；惟此二事，則夏蟲不免疑冰。劉舍人云：『滔滔前世，既洗予聞；渺渺來修，諒塵彼觀。』心知其意，倘有人乎？」因先生之言，以讀先生之書，如疊矩重規，毫釐不失，灼然與才子之筆，分路而揚鑣。自喜區區私議，尚得窺先生涯涘已，因附記于末，以告世之讀先生書者。

乾隆癸丑十一月　門人盛時彥謹跋

卷十九　灤陽續錄【一】（二十九則）

景薄桑榆，精神日減，無復著書之志，惟時作雜記，聊以消閒。《灤陽消夏錄》等四種，皆弄筆遣日者也。年來並此懶為，或時有異聞，偶題片紙；或忽憶舊事，擬補前編。又率不甚收拾，如雲煙之過眼，故久未成書。今歲五月，扈從灤陽。退直之餘，晝長多暇，乃連綴成書命曰《灤陽續錄》。繕寫既完，因題數語，以志緣起。若夫立言之意，則前四書之序詳矣。茲不復衍焉。

嘉慶戊午七夕後三日，觀弈道人書于禮部直廬，時年七十有五。

瞽者郝生

嘉慶戊午五月，余扈從灤陽。將行之前，趙鹿泉前輩云：「有瞽者郝生，主彭芸楣參知家，以揣骨游士大夫間，語多奇驗。惟揣胡祭酒長齡，知其四品，不知其狀元耳。在江湖術士中，其藝差精。郝自稱河間人。余詢鄉里無知者，殆久游于外歟？郝又稱其師乃一僧，操術彌高，與人接一兩言，即知其官祿；久住深山，立意不出。其事太神，則余不敢信矣。」

按相人之法，見于《左傳》，其書漢志亦著錄；惟太素脈、揣骨二家，前古未聞。太素脈至北宋始出，其授受淵源，皆支離附會，依托顯然。余于《四庫全書總目》已詳論之。揣骨亦莫明所自起。考《太平廣記》一百三十六引《三國・典略》稱：北齊神武與劉貴、賈智等射獵，遇盲嫗，遍捫諸人，云並富貴；及捫神武，云皆由此人。似此術南北朝已有。又《定命錄》稱：天寶十四載，東陽縣瞽者馬生，捏趙自勤頭骨，知其官祿。劉公《嘉話錄》稱：貞元末，有相骨山人，瞽雙目。人求相，以手捫之，必知貴賤。《劇談錄》稱：開成中，有龍復本者，無目，善聽聲揣者，是此術至唐乃盛行也。流傳既古，當有所受。故一知半解，往往或中，較太素脈稍有據耳。

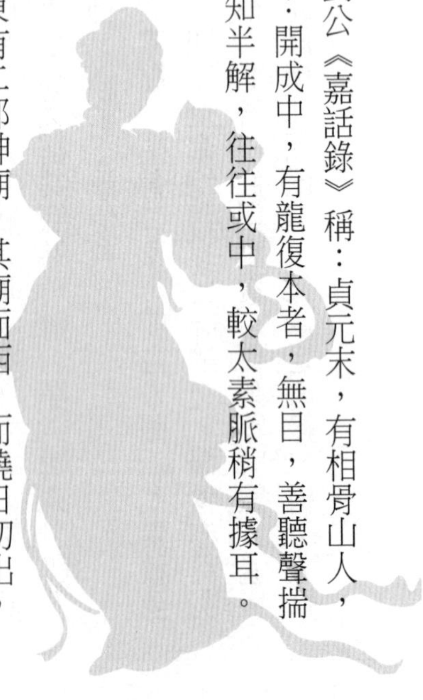

二郎神廟

誠謀英勇公阿公（**文成公之子，襲封**）言：燈市口東有二郎神廟。其廟面西，而曉日初出，輒有金光射室中，似乎返照。其鄰屋則不然，莫喻其故。或曰：「是廟基址與中和殿東西相直，殿上火珠（**宮殿金頂，古謂之火珠。唐崔曙有明堂火珠詩是也**）映日回光耳。」其或然歟？

有身無首人

阿公偶問余刑天干戚事，余舉《山海經》以對。阿公曰：「君勿謂古記荒唐，是誠有也。昔科爾沁台吉達爾瑪達都嘗獵于漠北深山，遇一鹿負箭而奔，因引弧殪之。方欲收取，忽一騎馳而至，鞍上人有身無首，其目在兩乳，其口在臍，語啁哳自臍出。雖不可辨，然觀其手所指畫，似言鹿其所射，不應奪之也。

從騎皆震懾失次，台吉素有膽，亦指畫示以彼射未仆，此射乃獲，當剖而均分。其人會意，亦似首肯，竟持半鹿而去。不知其是何部族，居于何地。據其形狀，豈非刑天之遺類歟！天下之大，何所不有，儒者自拘于見聞耳。」

案《史記》稱：《山海經》、《禹本紀》所有怪物，余不敢信。是其書本在漢以前。《列子》

稱大禹行而見之，伯益知而名之，夷堅聞而志之。其言必有所受，特後人不免附益又竄亂之，故往往悠謬太甚，且雜以秦漢之地名，分別觀之，可矣。必謂本依附《天問》作《山海經》，不應引《山海經》反注《天問》，則太過也。

鬼之形狀仍如人

胡中丞太初、羅山人兩峰，皆能視鬼。恆閣學蘭台，亦能見之，但不能常見耳。戊午五月，在避暑山莊直廬，偶然話及。蘭台言：鬼之形狀仍如人，惟目直視。衣紋則似片片掛身上，而束之下垂，與人稍殊。質如煙霧，望之依稀似人影。側視之，全體皆見；正視之，則似半身入牆中，半身凸出。其色或黑或蒼，去人恆在一二丈外，不敢逼近。偶猝不及避，則或瑟縮匿牆隅，或隱入坎井，人過乃徐徐出。蓋燈昏月黑、日暮雲陰，往往遇之，不為訝也。所言與胡、羅二君略相類，而形狀較詳。知幽明之理，不過如斯。其或黑或蒼者，鬼本生人之餘氣，漸久漸散，以至于無。故《左傳》稱新鬼大，故鬼小。殆由氣有厚薄，斯色有濃淡歟？

晴晝龍跡

蘭台又言：嘗晴晝仰視，見一龍自西而東，頭角略與畫圖同，惟四足開張，搖撼如一舟之鼓四棹；尾扁而闊，至末漸纖，在似蛇似魚之間；腹下正白如匹練。夫陰雨見龍，或露首尾鱗爪耳，未有天無纖翳，不風不雨，不雹不雷，視之如此其明者。錄之亦足資博物也。

黑白二鬼

趙鹿泉前輩言：孫虛船先生未第時，館于某家。主人之母適病危。館童具晚餐至。以有他事，尚未食，命置別室几上。倏見一白衣人入室內，方恍惚錯愕，又一黑衣短人逡巡入。先生入室尋視，則二人方相對大嚼。厲聲叱之。白衣者遁去，黑衣者以先生當門，不得出，匿于牆隅。先生乃坐于戶外觀其變。俄主人踉蹌出，曰：「頃病者作鬼語，稱冥使奉牒來拘。其一為先生所扼，不得出。恐誤程限，使亡人獲大咎。未審真偽，故出視之。」先生乃移坐他處，彷彿見黑衣短人狼狽去，而內寢哭聲如沸矣。先生篤實君子，一生未嘗有妄語，此事當實有也。惟是陰律至嚴，神聽至聰，而攝魂吏卒不免攘奪病家酒食。然則人世之吏卒，其可不嚴察乎！

邪心召狐魅

門人伊比部秉綬言：有書生赴京應試，寓西河沿旅舍中。壁懸仕女一軸，風姿艷逸，意態如生。每獨坐，輒注視凝思，客至或不覺。

一夕，忽翩然自畫下，宛一好女子也。書生雖知為魅，而結念既久，竟不自持，遂相與笑語嬿婉。比下第南歸，竟買此畫去。至家懸之書齋，寂無靈響，然真真之喚弗輟也。三四月後，忽又翩然下。與話舊事，不甚答。亦不暇致詰，但相悲喜。自此狎媟無間，遂患羸疾。其父召茅山道士劾治。道士熟視壁上，曰：「畫無妖氣，為祟者非此也。」結壇作法。次日，有一狐殪壇下。知先有邪心，以邪召邪，狐故得而假借。其京師之所遇，當亦別一狐也。

婢女柳青

斷天下之是非，據禮據律而已矣。然有于禮不合，于律必禁，而介然孤行其志者。親黨家有婢名柳青，七八歲時，主人即指與小奴益壽為婦。迨年十六七，合婚有日。益壽忽以博負逃，久而無耗。主人將以配他奴，誓死不肯。婢頗有姿，主人乘間挑之，許以側室。亦誓死不肯。乃使一媪說之曰：「汝既不肯負益壽，且暫從主人，當多方覓益壽，仍以配汝。如不從，即鬻諸遠方，無見益壽之期矣。」婢暗泣數日，竟俯首薦枕席，惟時時促覓益壽。

越三四載，益壽自投歸。主人如約為合巹。合巹之後，執役如故，然不復與主人交一語。稍近之，輒避去。加以鞭箠，並賂益壽，使逼脅，訖不肯從。無可如何，乃善遣之。臨行以小篋置主母前，叩拜而去。發之，皆主人數年所私給，纖毫不缺。後益壽負販，婢縫紉，拮据自活，終無悔心。

余乙酉家居，益壽尚持銅磁器數事來售，頭已白矣。問其婦，云久死。異哉，此婢不貞不淫，亦貞亦淫，竟無可位置，錄以待君子論定之。

老狐報怨殞身

吳茂鄰，姚安公門客也。見二童互詈，因舉一事曰：交河有人嘗于途中遇一叟泥滑失足，擠此人幾仆。此人故暴橫，遂辱詈叟母。叟怒，欲與角，忽俯首沉思，揖而謝罪，且叩其名姓居址，至歧路別去。此人至家，其母白晝閉房門。呼之不應，而喘息聲頗異，疑有他故。穴窗窺之，則其母裸無寸絲，昏昏如醉，一人據而淫之。諦視，即所遇叟也。憤激叫呶，欲入捕捉，而門窗俱堅固不可破。乃急取鳥銃自檽外擊之，噭然而仆，乃一老狐也。鄰里聚視，莫不駭笑。

此人詈狐之母，特托空言，竟致此狐實報之，可以為善詈者戒。此狐快一朝之憤，反以殞身，亦足為睚眥必報者戒也。

小溪巨珠

誠謀英勇公言：暢春苑前有小溪，直夜內侍，每雲陰月黑，輒見空中朗然懸一星。共相詫異，輾轉尋視，乃見光自溪中出。知為寶氣，晝計取之。得一蚌，橫徑四五寸。剖視得二珠，綴合為一，一大一稍小，巨似棗，形似葫蘆。不敢私匿，遂以進御，至今用為朝冠之頂。此乾隆初事也。小溪不能產巨蚌，蚌珠未聞有合歡，斯由天命。聖人因地呈符瑞，壽躋九旬，康強如昔，豈偶然也哉！

秋蓮

蓮以夏開，惟避暑山莊之蓮至秋乃開，較長城以內遲一月有餘。然花雖晚開，亦復晚謝，至九月初旬，翠蓋紅衣，宛然尚在。苑中每與菊花同瓶對插，屢見于聖製詩中。蓋塞外地寒，春來較晚，故夏亦花遲。至秋早寒而不早凋，則莫明其理。今歲恭讀聖制詩注，乃知苑中池沼匯武列水之三源，又引溫泉以注之，暖氣內涵，故花能耐冷也。

寶銃

戴遂堂先生諱亨，姚安公癸巳同年也。罷齊河令歸，嘗館余家。言其先德本浙江人，心思巧密，好與西洋人爭勝。在欽天監，與南懷仁忤（懷仁西洋人，官欽天監正），遂徙鐵嶺。故先生為鐵嶺人。言少時見先人造一鳥銃，形若琵琶，凡火藥鉛丸皆貯于銃脊，以機輪開閉。其機有二，相銜如牝牡，扳一機則火藥鉛丸自落筒中，第二機隨之並動，石激火出而銃發矣。計二十八發，火藥鉛丸乃盡，始需重貯。擬獻于軍營，夜夢一人訶責曰：「上帝好生，汝如獻此器使流布人間，汝子孫無噍類矣。」乃懼而不獻。

說此事時，顧其侄秉瑛（乾隆乙丑進士，官甘肅高台知縣）曰：「今尚在汝家乎？可取來一觀。」其侄曰：「在戶部學習時，五弟之子竊以質錢，已莫可究詰矣。」其為實已亡失，或愛惜不出，蓋不可知。然此器亦奇矣。

誠謀英勇公因言：征烏什時，文成公與勇毅公明公犄角為營，距寇壘約里許。每相往來，輒有鉛丸落馬前後，幸不為所中耳。度鳥銃之力不過三十餘步，必不相及，疑溝中有伏。搜之無見，皆莫明其故。破敵以後，執虜訊之，乃知其國寶器有二銃，力皆可及一里外。搜索得之，試驗不虛，與勇毅公各分其一。勇毅公征緬甸，歿于陣，銃不知所在。文成公所得，今尚藏于家。究不知何術製作也。

克敵弓

宋代有神臂弓，實巨弩也，立于地而踏其機，可三百步外貫鐵甲。亦曰克敵弓，洪容齋試詞科，有《克敵弓銘》是也。宋軍拒金，多倚此為利器。軍法不得遺失一具，或敗不能攜，則寧碎之，防敵得其機輪仿製也。元世祖滅宋，得其式，曾用以制勝。至明乃不得其傳，惟《永樂大典》尚全載其圖說。然其機輪一事一圖，但有短長寬窄之度與其牝牡凸凹之形，無一全圖。余與鄒念喬侍郎窮數日之力，審諦逗合，訖無端緒。余欲鉤摹其樣，使西洋人料理之。先師劉文正公曰：「西洋人用意至深，如算術借根法，本中法流入西域，故彼國謂之東來法。今從學算，反秘密不肯盡言。此弩既相傳利器。安知不陰圖以去，而以不解謝我乎？《永樂大典》貯在翰苑，未必後來無解者，何必求之于異國？」余與念喬乃止。「維此老成，瞻言百里」，信乎所見者大也。

地方鬼

貝勒春暉主人言：熱河碧霞元君廟（俗謂之娘娘廟）兩廂，塑地獄變相。西廂一鬼卒，慘淡可畏，俗所謂地方鬼也。有人見其出買雜物，如柴炭之類，往往堆積于廟內。問之土人，信然。然不為人害，亦習而相忘。

或曰：「鬼不烹飪，是安用此？《左傳》曰：『石不能言，物或憑焉。』其他精怪歟？恐久且為患，當早圖之。」余謂天地之大，一氣化生。深山大澤，何所不有。熱河穹岩巨壑，密邇居民，人本近彼，彼遂近人，于理當有之。抑或草木之妖，依其本質；狐狸之屬，原其故居，借形幻化，托諸土偶，于理當亦有之。要皆造物所並育也。聖人以魑魅魍魎鑄于禹鼎，庭氏方相列于周官，去其害民者而已，原未嘗盡除異類。既不為害，自可聽其去來。海客狎鷗，忽翔不下（鷗字《列子》本作漚，蓋古字假借。然今古行用。從無書作漚鳥者，故今以通行字書之）。機心一起，機心應之，或反膠膠擾擾矣。

宛平陳鶴齡

宛平陳鶴齡，名永年，本富室，後稍落。其弟永泰，先亡。弟婦求析箸，不得已從之。弟婦又曰：「兄本男子能經理，我一孀婦，子女又幼，乞與產三分之二。」親族皆曰不可。鶴齡曰：「弟婦言是，當從之。」弟婦又以孤寡不能徵逋負，欲以資財當二分，而以積年未償借券，並利息計算，當鶴齡之一分。亦曲從之。後借券皆索取無著，鶴齡遂大貧。此乾隆丙午事也。陳氏先無登科者，是年鶴齡之子三立，竟舉于鄉。放榜之日，余同年李步玉居與相近，聞之喟然曰：「天道固終不負人。」

張浮槎之子小像

南皮張浮槎，名景運，即著《秋坪新語》者也。有一子，早亡，其婦縊以殉。縊處壁上，有其子小像，高尺餘，眉目如生。其跡似畫非畫，似墨非墨。婦固不解畫，又無人能為追寫，且寢室亦非人所能到。是時親黨畢集，均莫測所自來。張氏紀氏為世姻，紀氏之女適張者數十人，張氏之女適紀者亦數十人。眾目同觀，咸詫為異。余謂此烈婦精誠之至極，不為異也。蓋神之所注，氣即聚焉。氣之所聚，神亦凝焉。神氣凝聚，象即生焉。象之所麗，跡即著焉。生者之神氣動乎此，亡者之神氣應乎彼，兩相翕合，遂結此形。故曰緣心生象，又曰至誠則金石為開也。浮槎錄其事跡，徵士大夫之歌詠。余擬為一詩，而其理精微，筆力不足以闡發，凡數易稿，皆不自愜。至今耿耿于心，姑錄于此以昭幽明之惑，詩則期諸異日焉。

服藥者

神仙服餌，見于雜書者不一，或亦偶遇其人；然不得其法，則反能為害。戴遂堂先生言：嘗見一人服松脂十餘年，肌膚充溢，精神強固，自以為得力。然久而覺腹中小不適，又久而病燥結，潤以麻仁之類，不應。攻以硝黃之類，所遺者細僅一線。乃悟松脂粘掛于腸中，積漸凝結愈厚，則其竅愈窄，故束而至是也。無藥可醫，竟困頓至死。又見一服硫黃者，膚裂如磔，置冰上，痛乃稍減。古詩「服藥求神仙，多為藥所誤」，豈不信哉！

羅漢雙塔二峰

長城以外，萬山環抱，然皆坡陀如岡阜。至王家營迤東，則嶔崎秀拔，皴皺皆含畫意。蓋天開地獻，靈氣之所鍾故也。

有羅漢峰，宛似一僧趺坐，頭頂胸腹臂肘，歷歷可數。有磬錘峰，即《水經注》所稱武列水側有孤石雲舉者也，上豐下銳，屹若削成。余修《熱河志》時，曾躡梯挽綆至其下，乃無數石卵與碎砂凝結而成，亙古不圮，莫明其故。

有雙塔峰，亭亭對立，遠望如兩浮圖，拔地湧出。無路可上，或夜聞上有鐘磬經唄聲，晝亦時有片雲往來。乾隆庚戌，命守吏構木為梯，遣人登視。一峰周圍一百六步，上有小屋。屋中一几一香爐，中供片石，鐫「王仙生」三字。一峰周圍六十二步，上種韭二畦；塍畛方正，如園圃之所築。是決非人力所到，不謂之仙蹤靈跡不得矣。耳目之前，倘恍莫測尚如此，講學家執其私見，動曰此理之所無，不亦顛乎（距雙塔峰里許有關帝廟，住持僧悟真云：乾隆壬寅，一夜大雷雨，雙塔峰墜下一石佛，今尚供廟中。然僅粗石一片，其一面略似佛形而已。此事在庚戌前八年。

毋乃以此峰尚有靈異，欲引而歸諸彼法歟？疑以傳疑，並附著之）？

深山破屋壁詩

同年蔡芳三言：嘗與諸友游西山，至深處，見有微徑，試緣而登，寂無居人，只破屋數間，苔侵草沒。視壁上大書一我字，筆力險勁。因入觀之，復有字跡，諦視乃二詩。其一曰：「溪頭散步遇鄰家，邀我同嘗嫩蕨芽。攜手貪論南渡事，不知觸折亞枝花。」其二曰：「酒酣醉臥老松前，露下空山夜悄然。野鹿經年相見熟，也來分我綠苔眠。」不著年月姓名。味其詞意，似前代遺民。或以為仙筆，非也。

又表弟安中寬，昔隨木商出古北口，因訪友至古爾板蘇巴爾漢（俗稱三座塔，即唐之營州，遼之興中府也）。居停主人云：山家嘗捕得一鹿，方縛就澗邊屠割，忽繩寸寸斷，蹶然逸去。遙見對山一戴笠人，似舉手指畫，疑其以術禁制之。是山陡立，古無人跡，或者其仙歟？

詠懷詩讖

先師何勵庵先生，諱琇，雍正癸丑進士，官至宗人府主事。宦途坎坷，貧病以終。著有《樵香小記》，多考證經史疑義，今著錄《四庫全書》中。為詩頗喜陸放翁。一日，作《詠懷》詩曰：「冷署蕭條早放衙，閒官風味似山家。偶來舊友尋棋局，絕少餘錢落畫叉。淺碧好儲消夏酒，嫣紅已到殿春花。鏡中頻看頭如雪，愛惜流光倍有加。」為余書于扇上。姚安公見之，沉吟曰：「何摧抑哀怨乃爾，殆神志已頹乎？」果以是年夏秋間謝世。古云詩讖，理或有之。

呂城不置關帝祠

趙鹿泉前輩言：呂城，吳呂蒙所築也。夾河兩岸，有二土神祠。其一為唐汾陽王郭子儀，已不可解。其一為袁紹部將顏良，更不省其所自來。土人祈禱，頗有靈應。所屬境周十五里，不許置一關帝祠，置則為禍。

有一縣令不信，值顏祠社會，親往觀之，故令伶人演《三國志》雜劇。狂風忽起，捲蘆棚苫蓋至空中，鬥擲而下，伶人有死者；所屬十五里內，瘟疫大作，人畜死亡；令亦大病幾殆。

余謂兩軍相敵，各為其主，此勝彼敗，勢不並存。此以公義殺人，非以私恨殺人也。其間以智勇之略，敗于意外者，其數在天，不得而尤人。以駑下之才，敗于勝己者，其過在己，亦不得而尤人。張睢陽厲鬼殺賊，以社稷安危，爭是一郡，是為君國而然，非為一己而然也。使功成事定之後，歿于戰陣者皆挾以為仇，則古來名將，無不為鬼所殛矣，有是理乎！且顏良受殲已久，越一二千年，曾無靈響，何忽今日而為神？何忽今日而抱怨？揆以天理，殆必不然。是蓋廟祝師巫，造為詭語，山妖水怪，因民聽熒惑而依托之。劉敬叔《異苑》曰：「丹陽縣有袁雙廟，真第四子也。真為桓宣武誅，便失所在。太元中，形見于丹陽，求立廟。未即就功，大有虎災。被害之家，輒夢雙至，催功甚急。百姓立祠，于是猛暴用息。常以二月晦，鼓舞祈祠，其日恆風雨。至元嘉五年，設奠訖，村人邱都于廟後見一物，人面鼉身，葛巾，七孔端正而有酒氣。未知為雙之神，為是物憑也。」余謂來必風雨，其為水怪無疑，然則是事古有之矣。

一銃兩狐

舅氏張公夢徵（亦字尚文，諱景說）言：滄州吳家莊東一小庵，歲久無僧，恆為往來憩息也。

有月作人，每于庵前遇一人招之坐談，頗相投契。漸與赴市沽飲，情益款洽。偶詢其鄉貫居址，其人愧謝曰：「與君交厚，不敢欺，實此庵中老狐也。」月作人亦不怖畏，來往如初。一日復遇，挈鳥銃相授曰：「余狎一婦，余弟亦私與狎，是盜嫂也。禁之不止，毆之則余力不敵，憤不可忍，將今夜伺之于路歧，與決生死。聞君善用銃，俟交鬥時，乞發以擊彼，感且不朽。月明如晝，君望之易辨也。」月作人諾之，即所指處伏草間。既而私念曰：「其弟無禮，誠當死，然究所媚之外婦，彼自有夫，非嫂也。骨肉之間，宜善處置，必致之死，不太忍乎？彼兄弟猶如此，吾時與往來，倘有睚眥，慮且及我矣。」因乘其糾結不解，發一銃而兩殺之。《棠棣》之詩曰：「兄弟鬩于牆，外禦其侮。」家庭交構，未有不歸于兩傷者。舅氏恆舉此事為子侄戒，蓋是人負兩狐歸，嘗目睹也。

甲婦之節

司庖楊媼言：其鄉某甲將死，囑其婦曰：「我生無餘資，身後汝母子必凍餓。四世單傳，存此幼子。今與汝約：不拘何人，能為我撫孤則嫁之，亦不限服制月日，食盡則行。」囑訖，閉目不更言，惟呻吟待盡。越半日，乃絕。

有某乙聞其有色，遣媒妁請如約。婦雖許婚，以尚足自活，不忍行。數月後，不能舉火，乃成禮。合巹之夜，已滅燭就枕，忽聞窗外太息聲。婦識其聲咳，知為故夫之魂。隔窗嗚咽，語之曰：「君有遺言，非我私嫁。今夕之事，于勢不得不然，君何以為祟？」魂亦嗚咽曰：「吾自來視兒，非來祟汝。因聞汝啜泣卸妝，念貧故使汝至于此，心脾淒動，不覺喟然耳。」某乙悸甚，急披衣起曰：「自今以往，所不視君子如子者，有如日。」靈語遂寂。

後某乙耽玩艷妻，足不出戶。而婦恆惘惘，如有失。某乙倍愛其子以媚之，乃稍稍笑語。七八載後，某乙病死，無子，亦別無親屬。婦據其資，延師教子，竟得游泮。又為納婦，生兩孫。至婦年四十餘，忽夢故夫曰：「我自隨汝來，未曾離此。因吾子事事得所，汝雖日與彼狎昵，而念念不忘我，燈前月下，背人彈淚。我皆見之，故不欲稍露形聲，驚爾母子。今彼已轉輪，汝壽亦盡，餘情未斷，當隨我同歸也。」數日果微疾，以夢告其子，不肯服藥，荏苒遂卒。其子奉棺合葬于故夫，從其志也。

程子謂餓死事小，失節事大。是誠千古之正理，然為一身言之耳。此婦甘辱一身，以延宗祀，所全者大，似又當別論矣。楊媼能舉其姓氏里居，以碎璧歸趙，究非完美，隱而不書。憫其遇，悲其志，為賢者諱也。

又吾鄉有再醮故夫之三從表弟者，兩家所居，距一牛鳴地。嫁後仍以親串禮回視其姑，三數日必一來問起居，且時有贍助，姑賴以活。歿後，出資斂葬，歲恆遣人祀其墓。

又京師一婦，少寡，雖頗有姿首，而針黹烹飪，皆非所能。乃謀于翁姑，偽稱其女，鬻為宦家妾，竟養翁姑終身。是皆墮婦之節，原不足稱；然不忘舊恩，亦足勵薄俗。君子與人為善，固應不沒其寸長。講學家持論務嚴，遂使一時失足者，無路自贖，反甘心于自棄，非教人補過之道也。

文士之鬼

慧燈和尚言：有舉子于豐宜門外租小庵過夏，地甚幽僻。一日，得揣摩秘本，于燈下手鈔。聞窗外似窸窣有人，試問為誰。外應曰：「身是幽魂，沉滯于此，不聞書聲者百餘年矣。連日聽君諷誦，悵觸夙心，思一晤談，以消鬱結。與君氣類，幸勿相驚。」語訖，揭簾徑入，舉止溫雅，甚有士風。舉子惶怖，呼寺僧。僧至，鬼亦不畏，指一椅曰：「師且坐，我故識師。師素樸野，無叢林市井氣，可共語也。」僧及舉子俱踧踖不能答。鬼乃探取所錄書，才閱數行，遽擲之于地，奄然而滅。

大蛇之魂

楊雨亭言：萊州深山，有童子牧羊，日恆亡一二，大為主人撲責。留意偵之，乃二大蛇從山罅出，吸之吞食。其巨如甕，莫敢攖也。童子恨甚，乃謀于其父，設犁刀于山罅，果一蛇裂腹死。懼其偶之報復，不敢復牧于是地。時往潛伺，寂無形跡，意其他徙矣。

半載以後，貪是地水草勝他處，仍驅羊往牧。牧未三日，而童子為蛇吞矣。蓋潛匿不出，以誘童子之來也。童子之父有心計，陽不搜索，而陰祈營弁藏一炮于深草中，時密往伺察。兩月以外，見石上有蜿蜒痕，乃載燧夜伏其旁。蛇果下飲于澗，簌簌有聲。遂一發而糜碎焉。還家之後，忽發狂自撾曰：「汝計殺我夫，我計殺汝子，適相當也。我已深藏不出，汝又百計以殺我，則我為枉死矣，今必不舍汝。」越數日而卒。俚諺有之曰：「角力不解，必同仆地；角飲不解，必同沉醉。」斯言雖小，可以喻大矣。

扶乩靈驗

孟鷺洲自記巡視台灣事曰：「乾隆丁酉，偶與友人扶乩，乩贈余以詩曰：『乘槎萬里渡滄溟，風雨魚龍會百靈。海氣粘天迷島嶼，潮聲簸地走雷霆。鯨波不阻三神島，鮫室爭看二使星，記取白雲飄渺處，有人同望蜀山青。』時將有巡視台灣之役，余疑當往。

數日，果命下。六月啟行，八日至廈門，渡海，駐半載始歸。歸時風利，一晝夜即登岸。去時飄蕩十七日，險阻異常。初出廈門，即雷雨交作，雲霧晦冥。信帆而往，莫知所適。忽腥風觸鼻，舟人曰：『黑水洋也。』其水比海水凹下數十丈，闊數十里，長不知其所極。黝然而深，視如潑墨。舟中搖手戒勿語，云：「其下即龍宮，為第一險處，度此可無虞矣。」至白水洋，遇巨魚鼓鬣而來，舉其首如危峰障日，每一撥刺，浪湧如山，聲砰訇如霹靂，移數刻始過盡，計其長，當數百里。舟人云來迎天使，理或然歟？

既而颶風四起，舟幾覆沒。忽有小鳥數十，環繞檣竿。舟人喜躍，稱天后來拯。風果頓止，遂得泊澎湖。聖人在上，百神效職，不誣也。遐思所歷，一一與詩語相符，非鬼神能前知歟！

時先大夫尚在堂，聞余有過海之役，命兄到赤嵌來視余。遂同登望海樓，並末二句亦巧合。益信數皆前定，非人為所能為矣。戊午秋，扈從灤陽，與曉嵐宗伯話及。宗伯方草《灤陽續錄》，因書其大略付之，或亦足資談柄耶。」（**以上皆鷺洲自序**）考唐鍾輅作《定命錄》，大旨在戒人躁競，毋涉妄求。此乩仙預告未來，其語皆驗，可使人知無關禍福之驚恐，與無心聚散之蹤跡，皆非偶然，亦足消趨避之機械矣。

山東巨室

高密單作虞言：山東一巨室，無故家中廩自焚，以為偶遺火也。俄怪變數作，闔家大擾。一日，廳事上砰磕有聲，所陳設玩器俱碎。主人性素剛勁，厲聲叱問曰：「青天白日之下，是何妖魅，敢來為祟？吾行訴爾于神矣！」樑上朗然應曰：「爾好射獵，多殺我子孫。銜爾次骨，至爾家伺隙八年矣。爾祖宗澤厚，福運未艾，中霤神、灶君、門尉禁我弗使動，我無如何也。今爾家兄弟外爭，妻妾內訌，一門各分朋黨，儼若寇仇。敗徵已見，戾氣應之，諸神不歆爾祀，邪鬼已闞爾室，故我得而甘心焉。爾尚憒憒哉！」其聲憤厲，家眾共聞。

主人悚然有思，撫膺太息曰：「妖不勝德，古之訓也，德之不修，于妖乎何尤？」乃呼弟與妻妾曰：「禍不遠矣，幸未及也。如能共釋宿憾，各逐私黨，翻然一改其所為，猶可以救。今日之事，當自我始。爾等聽我，祖宗之靈，子孫之福也；如不聽我，我披髮入山矣。」反覆開陳，引咎自責，淚涔涔漬衣袂。眾心感動，並伏几哀號，立逐離間奴婢十餘人。凡彼此相軋之事，並一時頓改。執豕于牢，歃血盟神曰：「自今日以往，懷二心者如此豕！」方彼此謝罪，聞樑上頓足曰：「我復仇而自漏言，我之過也夫！」嘆詫而去，此乾隆八九年間事。

詩讖之靈

侍姬明玕，粗知文義，亦能以常言或韻語。嘗夏夜月明，窗外夾竹桃盛開，影落枕上。因作花影詩曰：「絳桃映月數枝斜，影落窗紗透帳紗。三處婆娑花一樣，只憐兩處是空花。」意頗自喜。次年竟病歿。其婢玉台，侍余二年餘，年甫十八，亦相繼夭逝。兩處空花，遂成詩讖。氣機所動，作者殊不自知也。

憶劉景南詩

一庖人隨余數年矣，今歲扈從灤陽，忽無故束裝去，借住于附近巷中。蓋挾余無人烹飪，故居奇以索高價也。同人皆為不平，余亦不能無憤恚。既而忽憶武強劉景南官中書時，極貧窘，一家奴偃蹇求去。景南送之以詩曰：「饑寒迫汝各謀生，送汝依依尚有情。留取他年相見地，臨階惟嘆兩三聲。」忠厚之言，溢于言表。再三吟誦，覺褊急之氣都消。

卷二十　灤陽續錄【二】（二十四則）

瓜子小人

一館吏議敘得經歷，需次會城，久不得差遣，困頓殊甚。上官有憐之者，權令署典史。乃大作威福，復以氣焰轢同僚，緣是以他事落職。

邵二雲學士偶話及此，因言其鄉有人方夜讀，聞窗櫺有聲，諦視之，紙裂一罅，有兩小手擘之，大才如瓜子。即有一小人躍而入，彩衣紅履，頭作雙髻，眉目如畫，高僅二寸餘。掣案頭筆舉而旋舞，往來騰踏于硯上，拖帶墨瀋，書卷俱污。此人初甚錯愕，坐觀良久，覺似無他技，乃舉手撲之，噭然就執。踡跼掌握之中，音呦呦如蟲鳥，似言乞命。此人恨甚，徑于燈上燒殺之，滿室作枯柳木氣，迄無他變。煉形甫成，毫無幻術，而肆然侮人以取禍，其此吏之類歟！此不知實有其事，抑二雲所戲造，然聞之亦足以戒也。

忠義之魂

昌吉守備劉德言：昔征回部時，因有急檄，取珠爾士斯路馳往。陰晦失道，十餘騎皆迷，裹糧垂盡，又無水泉，姑坐樹根，冀天晴辨南北。見崖下有人馬骨數具，雖風雪剝蝕，衣械並朽，察其形製，似是我兵。因對之慨嘆曰：「再兩日不晴，與君輩在此為侶矣。」頃之，旋風起林外，忽來忽去，似若相招。試縱馬隨之，風即前導；試暫憩息，風亦不行。曉然知為斯骨之靈。隨之返行三四十里，又度嶺兩重，始得舊路，風亦欻然息矣。眾哭拜之而去。

嗟乎！生既捐軀，魂猶報國；精靈長在，而名氏翳如。是亦可悲也已。

神仙

謂無神仙，或云遇之；謂有神仙，又不恆遇。劉向、葛洪、陶宏景以來，記神仙之書，不啻百家；所記神仙之名姓，不啻千人。然後世皆不復言及。後世所遇，又自有後世之神仙。豈保固精氣，雖得久延，而究亦終歸遷化耶？又神仙清淨，方士幻化，本各自一途。諸書所記，凡幻化者皆曰神仙，殊為無別。

有王媼者，房山人，家在深山。嘗告先母張太夫人曰：「山有道人，年約六七十，居一小庵，拾山果為糧，掬泉而飲，日夜擊木魚誦經，從未一至人家。有就其庵與語者，不甚酬答，饋遺亦不受。王媼之侄傭于外，一夕，歸省母，過其庵前。道人大駭曰：『夜深虎出，爾安得行！須我送爾往。』乃琅琅擊木魚前道。未半里，果一虎突出。道人以身障之，虎自去，道人不別亦自去。後忽失所在。」此或似仙歟？

從叔梅庵公言：「嘗見有人使童子登三層明樓上（**北方以覆瓦者為暗樓，上層作雉堞形以備禦寇者為明樓**），以手招之，翩然而下，一無所損。又以銅盂投溪中，呼之，徐徐自浮出。此皆方士禁制之術，非神仙也。舅氏張公健亭言：磚河農家，牧數牛于野，忽一時皆暴死。有道士過之，曰：『此非真死，為妖鬼所攝耳。急灌以吾藥，使臟腑勿壞。吾為爾劾治，召其魂。』因延至家，禹步作法。約半刻，牛果皆蹶然起。留之飯，不顧而去。有知其事者曰：『此先以毒草置草中，後以藥解之耳。不肯受謝，示不圖財，為再來熒惑地也。吾在山東，見此人行此術矣。』此語一傳，道士遂不復至。」是方士之中，又有真偽，何概曰神仙哉！

輕薄招辱

李南澗言：其鄰縣一生，故家子也。少年佻達，頗漁獵男色。一日，自親串家飲歸，距城稍遠，雲陰路黑，度不及入，微雪又簌簌下。方躊躇間，見十許步外有燈光，遣僕往視，則茅屋數間，四無居人，屋中惟一童一媼。問：「有棲止處否？」媼曰：「子久外出，惟一孫與我住此。尚有空屋兩間，不嫌湫隘，可權宿也。」遂呼童繫二馬樹上，而邀生入坐。媼言老病須早睡，囑童應客。童年約十四五，衣履破敝，而眉目極姣好。試挑與言，自吹火煮茗不甚答。漸與諧笑，微似解意，忽乘間悄語曰：「此地密邇祖母房，雪晴，當親至公家乞賞也。」生大喜慰，解繡囊玉玦贈之。亦羞澀而受。軟語良久，乃掩門持燈去。生與僕倚壁倦憩，不覺昏睡。比醒，則屋已不見，乃坐人家墓柏下，狐裘貂冠，衣褲靴襪，俱已褫無寸縷矣。裸露雪中，寒不可忍。二馬亦不知所在。幸僕衣未褫，乃脫其敝裘蔽上體，蹩躠而歸，詭言遇盜。俄二馬識途自歸，已盡剪其尾鬣。衣冠則得于溷中，並狼籍污穢，灼然非盜。無可置詞，僕始具泄其情狀。乃知輕薄招侮，為狐所戲也。

關帝萬里顯靈

戊子昌吉之亂，先未有萌也。屯官以八月十五夜，犒諸流人，置酒山坡，男女雜坐。屯官醉後，逼諸流婦使唱歌，遂頃刻激變，戕殺屯官，劫軍裝庫，據其城。十六日曉，報至烏魯木齊。大學士溫公促聚兵。時班兵散在諸屯，城中僅一百四十七人，然皆百戰勁卒，視賊蔑如也。溫公率之即行，至紅山口，守備劉德叩馬曰：「此去昌吉九十里，我馳一日至城下，是彼逸而我勞，彼坐守而我仰攻，非百餘人所能辦也。且此去昌吉皆平原，瑪納斯河雖稍闊，然處處策馬可渡，無險可扼，所可扼者此山口一線路耳。賊得城必不株守，其勢當即來。公莫如駐兵于此，借陡崖遮蔽。賊不知多寡，俟其至而扼險下擊，是反攻為守，反勞為逸，賊可破也。」溫公從之。

及賊將至，德左執紅旗，右執利刃，令于眾曰：「望其塵氣，雖不過千人，然皆亡命之徒，必以死鬥，亦不易當。幸所乘皆屯馬，未經戰陣，受創必反走。爾等各擘槍屈一膝跪，但伏而擊馬，馬逸則人亂矣。」又令曰：「望影鳴槍，則槍不及賊，火藥先盡，賊至反無可用。爾等視我旗動，乃許鳴槍；敢先鳴者，手刃之。」

俄而賊眾槍爭發，砰訇動地。德曰：「此皆虛發，無能為也。」迨鉛丸擊前隊一人傷，德曰：「彼槍及我，我槍必及彼矣。」舉旗一揮，眾槍齊發。賊馬果皆橫逸，自相衝擊。我兵噪而乘之，賊遂殲焉。溫公嘆曰：「劉德狀貌如村翁，而臨陣鎮定乃爾。參將都司，徒善應對趨蹌耳。」故是役以德為首功。然捷報不能縷述曲折，今詳著之，庶不湮沒焉。

由烏魯木齊至昌吉，南界天山，無路可上；北界葦湖，連天無際，淤泥深丈許，入者輒滅頂。賊之敗也，不西還據昌吉，而南北橫奔，悉入絕地，以為惶遽迷瞀也。後執俘訊之，皆曰驚潰之時，本欲西走。忽見關帝立馬雲中，斷其歸路，故不得已而旁行，冀或匿免也。神之威靈，乃及于二萬里外。國家之福祚，又能致神助于二萬里外。蜩鋒螗斧，潢池盜弄何為哉！

通判赫爾喜

昌吉未亂以前，通判赫爾喜奉檄調至烏魯木齊，核檢倉庫。及聞城陷，憤不欲生，請示溫公曰：「屯官激變，其反未必本心。願單騎迎賊于中途，諭以利害。如其縛獻渠魁，可勿勞征討；如其梟獍成群，不肯反正，則必手刃其帥，不與俱生。」

溫公阻之不可，竟櫜鞬馳去，直入賊中，以大義再三開導。賊皆曰：「公是好官，此無與公事。事已至此，勢不可回。」遂擁至路旁，置之去。知事不濟，乃掣刀奮力殺數賊，格鬥而死。

當時公論惜之曰：「屯官非其所屬，流人非其所治，無所謂縱也。釁起一時，非預謀不軌，無所謂失察也。奉調他出，身不在署，無所謂守禦不堅與棄城逃遁也。所劫者軍裝庫，營弁所掌，無所謂疏防也。于理于法，皆可以無死。而終執城存與存，城亡與亡之一言，甘以身殉。推是志也，雖為常山、睢陽可矣。」故于其柩歸，罔不哭奠。而于屯官之殘骸歸（屯官為賊以鐵剸自踵寸寸剸至頂。亂定後，始掇拾之），無焚一陌紙錢者。

長卷異詩

朱青雷言：曾見一長卷，字大如杯，怪偉極似張二水。首題紀夢十首，而蠹蝕破爛，惟二首尚完整可讀。其一曰：「夢到蓬萊頂，瓊樓碧玉山。波浮天半壁，日湧海中間。遙望仙官立，翩輸野老閒。雲帆三十丈，高掛徑西還。」其二曰：「鬱鬱長生樹，層層太古苔。空山未開鑿，元氣尚胚胎。靈境在何處？夢游今幾回？最憐魚鳥意，相見不驚猜。」年月姓名，皆已損失，不知誰作也。

嘗為李玉典書扇，並附以跋。或曰：「此青雷自作，托之古人。」然青雷詩格婉秀如秦少游小石調，與二詩筆意不近。或又曰：「詩字皆似張東海。」東海集余昔曾見，不記有此二詩否，待更考之（青雷跋謂，前詩後四句，未經人道。然昌黎詩：「我能屈曲自世間，安能從汝求神仙？」即是此意，特襲取無痕耳）。

京都富室子

京都有富室子，形狀擁腫，步履蹣跚，又不修邊幅，垢膩恆滿面。然好游狹斜，遇婦女必注視。

一日獨行，遇幼婦，風韻絕佳。時新雨泥濘，遽前調之曰：「路滑如是，嫂莫要扶持否？」幼婦正色曰：「爾勿憒憒，我是狐女，平生惟拜月煉形，從不作媚人採補事。爾自顧何物，乃敢作是言，行且禍爾。」遂掬沙屑灑其面。驚而卻步，忽墮溝中，努力踴出，幼婦已不知所往矣。自是心恆惴惴，慮其為祟，亦竟無患。

數日後，友人邀飲，有新出小妓侑酒。諦視，即前幼婦也。疑似惶惑，罔知所措，強試問之曰：「某日雨後，曾往東村乎？」妓漫應曰：「姊是日往東村視阿姨，吾未往也。姊與吾貌似，公當相見耶？」語殊恍惚，竟莫決是怪是人，是一是二，乃托故逃席去。去後，妓述其事曰：「實憎其醜態，且懼行強暴，姑誑以偽詞，冀求解免。幸其自仆，遂匿于麥場積柴後。不虞其以為真也。」席中莫不絕倒。一客曰：「既入青樓，焉能擇客？彼固能千金買笑者也，盍挈爾詣彼乎！」遂偕之同往，具述妓翁姑及夫名氏，其疑乃釋（**妓姊妹即所謂大楊、二楊者，當時名士多作《楊柳枝詞》，皆借寓其姓也**）。

妓復謝以小時固識君，昨喜見憐，故答以戲謔，何期反致唐突，深為歉仄，敢抱衾枕以自贖。吐詞嫻雅，姿態橫生。遂大為所惑，留連數夕。召其夫至，計月給夜合之資。狎昵經年，竟殞于消渴。

先兄晴湖曰：「狐而人，則畏之，畏死也。人而狐，則非惟不畏，且不畏死，是尚為能充其類也乎！行且禍汝，彼固先言。是子也死于妓，仍謂之死于狐可也。」

三槐愧疚自咎

郭大椿、郭雙桂、郭三槐，兄弟也。三槐屢辱其兄，且訟縣訟之。歸憩一寺，見緇袍滿座，梵咒竟作。主人雖吉服，而容色慘沮，宣疏通誠之時，淚隨聲下。叩之，寺僧曰：「某公之兄病危，為叩佛祈福也。」三槐痴立良久，忽發顛狂，頓足捶胸而呼曰：「人家兄弟如是耶？」如是一語，反覆不已。掖至家，不寢不食，仍頓足捶胸，誦此一語，兩三日不止。大椿、雙桂故別往，聞信俱來，持其手哭曰：「弟何至是？」三槐又痴立良久，突抱兩兄曰：「兄故如是耶！」長號數聲，一踴而絕。

咸曰：「神殛之。」非也。三槐愧而自咎，此聖賢所謂改過，釋氏所謂懺悔也。苟充是志，雖田荊、姜被，均所能為。神方許之，安得殛之？其一慟立殞，直由感動于中，天良激發，自覺不可立于世，故一瞑不視，戢影黃泉，豈神之褫其魄哉？惜知過而不知補過，氣質用事，一往莫收；無學問以濟之，無明師益友以導之，無賢妻子以輔之，遂不能惡始美終，以圖晚蓋，是則其不幸焉耳。昔田氏姊買一小婢，倡家女也。聞人誚鄰婦淫亂，瞿然驚曰：「是不可為耶？吾以為當如是也。」後嫁為農家妻，終身貞潔。然則三槐悖理，正坐不知。故子弟當先使知禮。

天然棋子

朝鮮使臣鄭思賢，以棋子兩奩贈余，皆天然圓潤，不似人工。云黑者海灘碎石，年久為潮水沖激而成；白者為小車渠殼，亦海水所磨瑩，皆非難得。惟檢尋其厚薄均，輪廓正，色澤勻者，日積月累，比較抽換，非一朝一夕之力耳。置之書齋，頗為雅玩。後為范大司農取去。司農歿後，家計蕭然，今不知在何所矣。

三島五城

海中三島十洲，崑崙五城十二樓，詞賦家沿用久矣。朝鮮、琉球、日本諸國，皆能讀華書。日本余見其五京地志及山川全圖，疆界袤延數千里，無所謂仙山靈境也。朝鮮、琉球之貢使，則余嘗數數與談，以是詢之，皆曰東洋自日本以外，大小國土凡數十，大小島嶼不知幾千百，中朝人所必不能至者，每帆檣萬里，商舶往來，均不聞有是說。惟琉球之落漈，似乎三千弱水。然落漈之舟，偶值潮平之歲，時或得還，亦不聞有白銀宮闕，可望而不可及也。然則三島十洲，豈非純構虛詞乎！

《爾雅》、《史記》，皆稱河出崑崙。考河源有二：一出和闐，一出蔥嶺。或曰蔥嶺其正源，和闐之水入之。或曰和闐其正源，蔥嶺之水入之。雙流既合，亦莫辨誰主誰賓。然蔥嶺、和闐，則皆在今版圖內，開屯列戍四十餘年，即深岩窮谷，亦通耕牧。不論兩山之水，孰為正源，兩山之中，必有一崑崙，確矣。而所謂瑤池、懸圃、珠樹、芝田，概乎未見，亦概乎未聞。然則五城十二樓，不又荒唐矣乎！不但此也，靈鷲山在今拔達克善，諸佛菩薩，骨塔具存，題記梵書，一一與經典相合。尚有石室六百餘間，即所謂大雷音寺，回部游牧者居之。我兵追剿波羅泥都、霍集占，曾至其地，所見不過如斯。

種種莊嚴，似亦藻繪之詞矣。相傳回部祖國，以銅為城。近西之回部云，銅城在其東萬里。近東之回部云，銅城在其西萬里。彼此遙拜，迄無人曾到其地。因是以推，恐南懷仁《坤輿圖說》所記五大人洲，珍奇靈怪，均此類焉耳。周編修書昌則曰：「有佛緣者，然後能見佛界；有仙骨者，然後能見仙境。未可以尋常耳目，斷其有無。曾見一道士游崑崙歸，所言與舊記不殊也。」是則余不知之矣。

蔡家奇禍

蔡季實殿撰有一僕，京師長隨也。狡黠善應對，季實頗喜之。忽一日，二幼子並暴卒，其妻亦自縊于家。莫測其故，姑殮之而已。

其家有老媼私語人曰：「是私有外遇，欲毒殺其夫，而後攜子以嫁。陰市砒製餅餌，待其夫歸。不虞二子竊食，竟並死。婦悔恨莫解，亦遂並命。」然媼昏夜之中，窗外竊聽，僅粗聞密謀之語，未辨所遇者為誰，亦無從究詰矣。其僕旋亦發病死。死後，其同儕竊議曰：「主人惟信彼，彼乃百計欺主人。他事毋論，即如昨日四鼓詣圓明園侍班，彼故縱駕車騾逸，御者追之復不返。更漏已促，叩門借車必不及。急使雇倩，則曰：『風雨將來，非五千錢人不往。』主人無計，竟委曲從之。不太甚乎！奇禍或以是耶！」季實聞之，曰：「是死晚矣，吾誤以為解事人也。」

鄉有宦成歸里者

楊槐亭前輩言：其鄉有宦成歸里者，閉門頤養，不預外事，亦頗得林下之樂，惟以無嗣為憂。晚得一子，珍惜殊甚。患痘甚危，聞勞山道士能前知，自往叩之。道士韉然曰：「賢郎尚有多少事未了，那能便死！」果遇良醫而愈。

後其子冶游驕縱，竟破其家，流離寄食，若敖之鬼遂餒。鄉黨論之曰：「此翁無咎無譽，未應遽有此兒。惟蕭然寒士，作令不過十年，而宦囊逾數萬。毋乃致富之道有不可知者在乎？」

學茅山法者

槐亭又言：有學茅山法者，劾治鬼魅，多有奇驗。有一家為狐所祟，請往驅除。整束法器，克日將行。有素識老翁詣之曰：「我久與狐友。狐事急，乞我一言。狐非獲罪于先生，先生亦非有憾于狐也。不過得其贄幣，故為料理耳。狐聞事定之後，彼許饋廿四金。今願十倍其數，納于先生，先生能止不行乎？」因出金置案上。此人故貪惏，當即受之。

次日，謝遣請者曰：「吾法能治凡狐耳。昨召將檢查，君家之祟乃天狐，非所能制也。」得金之後，意殊自喜。因念狐既多金，可以術取。遂考召四境之狐，脅以雷斧火獄，俾納賄焉。徵索既頻，狐不堪擾，乃共計盜其符印。遂為狐所憑附，顛狂號叫，自投于河。群狐仍攝其金去，銖兩不存。人以為如費長房、明崇儼也。後其徒陰泄之，乃知其致敗之故。

夫操持符印，役使鬼神，以驅除妖厲，以其權與官吏侔矣。受賂縱奸，已為不可；又多方以盈其谿壑，天道神明，豈逃鑑察。微群狐殺之，雷霆之誅，當亦終不免也。

滄州某甲女

天高地遠，鬼神茫昧，似與人無預。而有時其應如響，殫人之智力，不能與爭。

滄州上河涯，有某甲女，許字某乙子。兩家皆小康，婚期在一二年內矣。有星士過某甲家，阻雨留宿。以女命使推。星士沉思良久曰：「未攜算書，此命不能推也。」覺有異，窮詰之。始曰：「據此八字，側室命也，君家似不應至此。且聞嫁已有期，而干支無刑克，斷不再醮。此所以愈疑也。」有黠者聞此事，欲借以牟利，說某甲曰：「君家資幾何，加以嫁女必多費，益不支矣。命既如是，不如先詭言女病，次詭言女死，市空棺速葬；而夜攜女走京師，改名姓鬻為貴家妾，則多金可坐致矣。」某甲從之。

會有達官嫁女，求美媵。以二百金買之。越月餘，泛舟送女南行，至天妃閘，闔門俱葬魚腹，獨某甲女遇救得生。以少女無敢收養，聞于所司。所司問其由來，女在是家未久，僅知主人之姓，而不能舉其爵里；惟父母姓名居址，言之鑿鑿。乃移牒至滄州，其事遂敗。

時某乙子已與表妹結婚，無改盟理。聞某甲之得多金也，憤恚欲訟。某甲窘迫，願仍以女嫁其子。其表妹家聞之，又欲訟。紛紜轇轕，勢且成大獄。兩家故舊戚眾為調和，使某甲出資往迎女，而為某乙子之側室，其難乃平。

女還家後，某乙子已親迎。某乙以牛車載女至家，見其姑，苦辯非己意。姑曰：「既非爾意，鬻爾時何不言有夫？」女無詞以應。引使拜嫡，女稍趑趄。姑曰：「爾賣為媵時，亦不拜耶？」又無詞以應，遂拜如禮。姑終身以奴隸畜之。此雍正末年事。

先祖母張太夫人，時避暑水明樓，知之最悉。嘗語侍婢曰：「其父不過欲多金，其女不過欲富貴，故生是謀耳。烏知非徒無益，反失所本有哉！汝輩視此，可消諸妄念矣。」

婢女文鸞

先四叔母李安人，有婢曰文鸞，最憐愛之。會余寄書覓侍女，叔母于諸侄中最喜余，擬以文鸞贈。私問文鸞，亦殊不拒。叔母為製衣裳簪珥，已戒日脂車。有妒之者嗾其父多所要求，事遂沮格。文鸞竟鬱鬱發病死。余不知也。

數年後稍稍聞之，亦如雁過長空，影沉秋水矣。今歲五月，將扈從啟行，摒擋小倦，坐而假寐。忽夢一女翩然來。初不相識，驚問：「為誰？」凝立無語。余亦遽醒，莫喻其故也。適家人會食，余偶道之。第三子婦，余甥女也，幼在外家與文鸞嬉戲，又稔知其賫恨事，瞿然曰：「其文鸞也耶？」因具道其容貌形體，與夢中所見合。是耶非耶？何二十年來久置度外，忽無因而入夢也？詢其葬處，擬將來為樹片石。皆曰丘隴已平，久埋沒于荒榛蔓草，不可識矣。姑錄于此，以慰黃泉。

憶乾隆辛卯九月，余題秋海棠詩曰：「憔悴幽花劇可憐，斜陽院落晚秋天。詞人老大風情減，猶對殘紅一悵然。」宛似為斯人詠也。

拙鵲亭記

宗室敬亭先生，英郡王五世孫也。著《四松堂集》五卷，中有《拙鵲亭記》曰：「鵲巢鳩居，謂鵲巧而鳩拙也。小園之鵲，乃十百其侶，惟林是棲。窺其意，非故厭乎巢居，亦非畏鳩奪之也。蓋其性拙，視鳩為甚，殆不善于為巢者。故雨雪霜霰，毛羽褵褷；而朝陽一晞，乃復群噪于木杪，其音怡然，似不以露棲為苦。且飛不高翥，去不遠颺，惟飲啄于園之左右。或時入主人之堂，值主人食棄其餘，便就而置其喙；主人之客來，亦不驚起，若視客與主人皆無心機者然。辛丑初冬，作一亭于堂之北，凍林四合，鵲環而棲之，因名曰拙鵲亭。夫鳩拙宜也，鵲何拙？然不拙不足為吾園之鵲也。」案此記借鵲寓意，其事近在目前，定非虛構，是亦異聞也。先生之弟倉場侍郎宜公，刻先生集竟，余為校仇，因掇而錄之，以資談柄。

楊橫虎

瘍醫殷贊庵，自深州病家歸，主人遣楊姓僕送之。楊素暴戾，眾名之曰橫（去聲）虎，沿途尋釁，無一日不與人競也。

一日，昏夜至一村，旅舍皆滿，乃投一寺。僧曰：「惟佛殿後空屋三楹。然有物為祟，不敢欺也。」楊怒曰：「何物敢祟楊橫虎！正欲尋之耳。」促僧掃榻，共贊庵寢。贊庵心怯，近壁眠；橫虎臥于外，明燭以待。人定後，果有聲嗚嗚自外入，乃一麗婦也。漸逼近榻，楊突起擁抱之，即與接唇狎戲。婦忽現縊鬼形，惡狀可畏。贊庵戰慄，齒相擊。楊徐笑曰：「汝貌雖可憎，下當不異人，且一行樂耳。」左手攬其背、右手遽褪其褌，將按置榻上，鬼大號逃去，楊追呼之，竟不返矣。遂安寢至曉。臨行，語寺僧曰：「此屋大有佳處，吾某日還，當再宿，勿留他客也。」

贊庵嘗以語滄州王友三曰：「世乃有逼姦縊鬼者，橫虎之名，定非虛得。」

科場撥房

科場為國家取人材，非為試官取門生也。後以諸房額數有定，而分卷之美惡則無定，于是有撥房之例。

雍正癸丑會試，楊丈農先房（楊丈諱椿，先姚安公之同年），撥入者十之七。楊丈不以介意，曰：「諸卷實勝我房卷，不敢心存畛域，使黑白倒置也。」（此聞之座師介野園先生，先生即撥入楊丈房者也）乾隆壬戌會試，諸襄七前輩不受撥，一房僅中七卷，總裁亦聽之。聞靜儒前輩，本房第一，為第二十名。王銘錫竟無魁選。任釣台前輩，乃一房兩魁。戊辰會試，朱石君前輩為湯藥岡前輩之房首，實從金雨叔前輩房撥入，是雨叔亦一房兩魁矣。當時均未有異詞。所刻同門卷，余皆嘗親見也。庚辰會試，錢籜石前輩以藍筆畫牡丹，遍贈同事，遂遞相題詠。時顧晴沙員外撥出卷最多，朱石君撥入卷最多，余題晴沙畫曰：「深澆春水細培沙，養出人間富貴花。好似艷陽三四月，餘香風送到鄰家。」邊秋厓前輩和余韻曰：「一番好雨淨塵沙，春色全歸上苑花。

此是沉香亭畔種（上聲），莫教移到野人家。」又題石君畫曰：「乞得仙園花幾莖，嫣紅姹紫不知名。何須問是誰家種，到手相看便有情。」石君自和之曰：「春風春雨剩枯莖，傾國何曾一問名，心似維摩老居士，天花來去不關情。」張鏡壑前輩繼和曰：「墨搗青泥硯涴沙，濃藍寫出洛陽花。云何不著胭脂染，擬把因緣問畫家。」「黛為花片翠為莖，《歐譜》知居第幾名？卻怪玉盤承露冷，香山居士太關情。」蓋皆多年密友，脫略形骸，互以虐謔為笑樂，初無成見于其間也。

蔣文恪公時為總裁，見之曰：「諸君子跌宕風流，自是佳話。然古人嫌隙，多起于俳諧。不如並此無之，更全交之道耳。」皆深佩其言。蓋老成之所見遠矣。錄之以志少年綺語之過，後來英俊，慎勿效焉。

拜榜

科場填榜完時，必卷而橫置于案。總裁、主考，具朝服九拜，然後捧出，堂吏謂之拜榜。此誤也。以公事論，一榜皆舉子，試官何以拜舉子？以私誼論，一榜皆門生，座主何以拜門生哉？或證以《周禮》拜受民數之文，殊為附會。蓋放榜之日，當即以題名錄進呈。錄不能先寫，必拆卷唱一名，榜填一名，然後付以填榜之紙條，寫錄一名。今紙條猶謂之錄條，以此故也。必拜而送之，猶拜摺之禮也。榜不放，錄不出；錄不成，榜不放。故錄與榜必並陳于案，始拜。榜大錄小，燈光晃耀之下，人見榜而不見錄，故誤認為拜榜也。厥後，或繕錄未完，天已將曉；或試官急于復命，先拜而行。遂有拜時不陳錄于案者，久而視為固然。堂吏或因可無錄而拜，遂竟不陳錄。又因錄既不陳，可暫緩寫而追送，遂至寫榜竣後，無錄可陳，而拜遂潛移于榜矣。嘗以問先師阿文勤公，公述李文貞公之言如此。文貞即公已丑座主也。

禁忌不可破

翰林院堂不啟中門，云啟則掌院不利。癸巳，開四庫全書館，質郡王臨視，司事者啟之，俄而掌院劉文正公、覺羅奉公相繼逝。又門前沙堤中，有土凝結成丸，倘或誤碎，必損翰林。癸未，雨水沖激，露其一，為兒童擲裂。吳雲岩前輩旋歿。又原心亭之西南隅，翰林有父母者，不可設坐，坐則有刑克。陸耳山時為學士，毅然不信，竟丁外艱。至左角門久閉不啟，啟則司事者有譴謫，無人敢試，不知果驗否也。其餘部院，亦各有禁忌。如禮部甬道屏門，舊不加搭渡（**搭渡以夾木二方，夾于門限，坡陀如橋狀，使堂官乘車者可從中入，以免于旁繞**）。錢籜石前輩不聽，旋有天壇燈杆之事者，亦往往有應。此必有理存焉，但莫詳其理安在耳。

二姑娘

相傳翰林院寶善亭，有狐女曰二姑娘，然未睹其形跡。惟褚筠心學士齋宿時，夢一麗人攜之行，逾越牆壁，如踏雲霧。至城根高麗館。遇一老叟，驚曰：「此褚學士，二姑娘何造次乃爾？速送之歸。」遂霍然醒。筠心在清秘堂，曾自言之。

錢難驅鬼

神奸機巧，有時敗也；多財恣橫，亦有時敗也。以神奸用其財，以多財濟其奸，斯莫可究詰矣。

景州李露園言：燕、齊間有富室失偶，見里人新婦而艷之。陰遣一媪，税屋與鄰，百計游說，厚賂其舅姑，使以不孝出其婦，約勿使其子知。又別遣一媪與婦家素往來者，以厚賂游說其父母，偽送婦還。舅姑亦偽作悔意，留之飯，已呼婦入室矣。俄彼此語相侵，仍互詬，逐婦歸，亦不使婦知。于是買休賣休，與母家同謀之事，俱無跡可尋矣。既而二媪詐為媒，與兩家議婚。富室以憚其不孝辭，婦家又以貧富非偶辭，于是謀娶之計亦無跡可尋矣。遲之又久，復有親友為作合，仍委禽焉。

其夫雖貧，然故士族，以迫于父母，無罪棄婦，已怏怏成疾，猶冀破鏡再合；聞嫁有期，遂憤鬱死。死而其魂為厲于富室。合巹之夕，燈下見形，撓亂不使同衾枕，如是者數夜。改卜其晝，婦又恚曰：「豈有故夫在旁，而與新夫如是者？又豈有三日新婦，而白日閉門如是者？」大泣不從。無如之何，乃延術士劾治。術士登壇焚符，指揮叱咤，似有所睹，遽起謝去，曰：「吾能驅邪魅，不能驅冤魄也。」延僧禮懺，亦無驗。忽憶其人素頗孝，故出婦不敢阻。乃再賂婦之舅姑，使諭遣其子。舅姑雖痛子，然利其金，姑共來怒詈。鬼泣曰：「父母見逐，無復住理，且訟諸地下耳。」從此遂絕。

不半載，富室竟死。殆訟得直歟？富室是舉，使鄧思賢不能訟，使包龍圖不能察。且恃其錢神，至能驅鬼，心計可謂巧矣，而卒不能逃幽冥之業鏡。聞所費不下數千金，為歡無幾，反以殞生。雖謂之至拙可也，巧安在哉！

京師張相公廟

京師有張相公廟，其緣起無考，亦不知張相公為誰。土人或以為河神。然河神宜在沽水、潞縣間，京師非所治也。又密云亦有張相公廟，是實山區，並非水國，不去河更遠乎！委巷之談，殊未足徵信。

余謂唐張守珪、張仲武皆曾鎮平盧，考高適《燕歌行》序，是詩實為守珪作。一則曰：「戰士軍前半死生，美人帳下猶歌舞。」再則曰：「君不見邊庭征戰苦，至今猶憶李將軍。」于守珪大有微詞。仲武則摧破奚寇，有捍禦保障之功，其露布今尚載《文苑英華》。以理推之，或士人立廟祀仲武，未可知也。行篋無書可檢，俟扈從回鑾後，當更考之。

卷二十一 灤陽續錄【三】 （二十四則）

輪迴之說

輪迴之說，鑿然有之。恆蘭台之叔父，生數歲，即自言前身為城西萬壽寺僧。從未一至其地，取筆粗畫其殿廊門徑，莊嚴陳設，花樹行列。往驗之，一一相合。然平生不肯至此寺，不知何意。此真輪迴也。

朱子所謂輪迴雖有，乃是生氣未盡，偶然與生氣湊合者，亦實有之。余崔莊佃戶商龍之子，甫死，即生于鄰家。未彌月，能言。元旦父母偶出，獨此兒在襁褓。有同村人叩門，云賀新歲。兒識其語音，遽應曰：「是某丈耶？父母俱出，房門未鎖，請入室小憩可也。」聞者駭笑。然不久夭逝。朱子所云，殆指此類矣。天下之理無窮，天下之事亦無窮，未可據其所見，執一端論之。

兄妹二狐

德州李秋崖言：嘗與數友赴濟南秋試，宿旅舍中，屋頗敝陋。而旁一院，屋二楹，稍整潔，乃鎖閉之。怪主人不以留客，將待富貴者居耶？主人曰：「是屋有魅？不知其狐與鬼，久無人居，故稍潔。非敢擇客也。」一友強使開之，展襆被獨臥，臨睡大言曰：「是男魅耶，吾與爾角力；是女魅耶，爾與吾薦枕。勿瑟縮不出也。」閉戶滅燭，殊無他異。

人定後，聞窗外小語曰：「薦枕者來矣。」方欲起視，突一巨物壓身上，重若磐石，幾不可勝。捫之，長毛鬖鬖，喘如牛吼。此友素多力，因抱持搏擊。此物亦多力，牽拽起仆，滾室中幾遍。諸友聞聲往視，門閉不得入，但聽其砰訇而已。約二三刻許，魅要害中拳，噭然遁。此友開戶出，見眾人環立，指天畫地，說頃時狀，意殊自得也。時甫交三鼓，仍各歸寢。

此友將睡未睡，聞窗外又小語曰：「薦枕者真來矣。頃欲相就，家兄急欲先角力，因爾唐突。今渠已愧沮不敢出，妾敬來尋盟也。」語訖，已至榻前，探手撫其面，指纖如春蔥，滑澤如玉，脂香粉氣，馥馥襲人。心知其意不良，愛其柔媚，且共寢以觀其變。遂引之入衾，備極繾綣。至歡暢極時，忽覺此女腹中氣一吸，即心神恍惚，百脈沸湧，昏昏然竟不知人。比曉，門不啟，呼之不應，急與主人破窗入，噀水噴之，乃醒，已儽然如病夫。送歸其家，醫藥半載，乃杖而行。自此豪氣都盡，無復軒昂意興矣。

力能勝強暴，而不能不敗于妖冶。歐陽公曰：「禍患常生于忽微，智勇多困于所溺。」豈不然哉！

鬼怕貞婦

余家水明樓與外祖張氏家度帆樓，皆俯臨衛河。一日，正乙真人舟泊度帆樓下。先祖母與先母，姑侄也，適同歸寧。聞真人能役鬼神，共登樓自窗隙窺視。見三人跪岸上，若陳訴者；俄見真人若持筆判斷者。度必邪魅事，遣僕偵之。僕還報曰：「對岸即青縣境。青縣有三村婦，因拾麥，俱僵于野。以為中暑，舁之歸。乃口俱喃喃作譫語，至今不死不生，知為邪魅。聞天師舟至，並來陳述。天師亦莫省何怪，為書一符，鈐印其上，使持歸焚于拾麥處，云姑召神將勘之。」數日後，喧傳三婦為鬼所劫，天師劾治得復生。久之，乃得其詳曰：「三婦魂為眾鬼攝去，擁至空林，欲迭為無禮。一婦俯首先受污。一婦初撐拒，鬼揶揄曰：『某日某地，汝與某幽會秫叢內。

我輩環視嬉笑，汝不知耳，遽詐為貞婦耶！』婦猝為所中，無可置辯，亦受汙。十餘鬼以次媟褻，狼籍困頓，殆不可支。次牽拽一婦，婦怒詈曰：『我未曾作無恥事。為汝輩所挾，妖鬼何敢爾！』舉手批其頰。其鬼奔仆數步外，眾鬼亦皆鬨易，相顧曰：『是有正氣，不可近，誤取之矣。』乃共擁二婦入深林，而棄此婦于田塍，遙語曰：『勿相怨，稍遲遣阿姥送汝歸。』正徬徨尋路，忽一神持戟自天下，直入林中。即聞呼號乞命聲，頃刻而寂。神擕二婦出曰：『鬼盡誅矣。汝等隨我返。』恍惚如夢，已回生矣。往詢二婦，皆呻吟不能起。其一本倚市門，太息而已；其一度此婦必泄其語，數日，移家去。」

余嘗疑婦烈如是，鬼安敢攝。先兄晴湖曰：「是本一庸人婦，未遘患難，無從見其烈也。迨觀兩婦之賤辱，義憤一激烈心，陡發剛直之氣，鬼遂不得不避之。故初誤觸而終不敢干也。夫何疑焉！」

導引求仙者

劉書台言：其鄉有導引求仙者，坐而運氣，致手足拘攣，然行之不輟。有聞其說而悅之者，禮為師，日從受法，久之亦手足拘攣。妻孥患其閒廢至鬱結，乃各製一椅，恆舁于一室，使對談丹訣。二人促膝共語，寒暑無間，恆以為神仙奧妙，天下惟爾知我知，無第三人能解也。人或竊笑。二人聞之，太息曰：「朝菌不知晦朔，蟪蛄不知春秋，信哉是言，神仙豈以形骸論乎！」至死不悔，猶囑子孫秘藏其書，待五百年後有緣者。或曰：「是有道之士，托廢疾以自晦也。」余于雜書稍涉獵，獨未一閱丹經。然歟否歟？非門外人所知矣。

貧而鬻妻者

安公介然言：束州有貧而鬻妻者，已受幣，而其妻逃。鬻者將訟，其人曰：「賣休買休，厥罪均，幣且歸官，君何利焉？今以妹償，是君失一再婚婦，而得一室女也，君何不利焉。」鬻者從之。或曰：「婦逃以全貞也。」或曰：「是欲鬻其妹而畏人言，故托諸不得已也。」既而其妻歸，復從人逃。皆曰：「天也。」

士人與狐女狎

程編修魚門言：有士人與狐女狎，初相遇即不自諱，曰：「非以採補禍君，亦不托詞有夙緣，特悅君美秀，意不自持耳。然一見即戀戀不能去，倘亦夙緣耶？」不數數至，曰：「恐君以耽色致疾也。」至或遇其讀書作文，則去，曰：「恐妨君正務也。」如是近十年，情若夫婦。

士人久無子，嘗戲問曰：「能為我誕育否耶？」曰：「是不可知也。夫胎者，兩精相搏，翕合而成者也。媾合之際，陽精至而陰精不至，陰精至而陽精不至，皆不能成。皆至矣，時有先後，則先至者氣散不攝，亦不能成。不先不後，兩精並至，陽先衝而陰包之，則陽居中為主而成男；陰先衝而陽包之，則陰居中為主而成女。此化生自然之妙，非人力所能為。故有一合即成者，有千百合而終不成者。故曰不可知也。」問：「孿生何也？」曰：「兩氣並盛，遇而相衝，正衝則歧而二，偏衝則其一陽多而陰少，陽即包陰；其一陰多而陽少，陰即包陽。故二男二女者多，亦或一男一女也。」問：「精必歡暢而後至。幼女新婚，畏縮不暇，乃有一合而成者，陰精何以至耶？」曰：「燕爾之際，兩心相悅，或先難而後易；或貌瘁而神怡。其情既洽，其精亦至，故亦偶一遇之也。」問：「既由精合，必成于月信落紅以後，何也？」曰：「精如穀種，血如土膏，舊血敗氣，新血生氣，乘生氣乃可養胎也。吾曾侍仙妃，竊聞講生化之源，故粗知其概。『愚夫婦所知能，聖人有所不知能』，此之謂矣。」

後士人年過三十，鬚暴長。狐忽嘆曰：「是鬑鬑者如芒刺，人何以堪！見輒生畏，豈夙緣盡耶！」初謂其戲語，後竟不再來。魚門多髯，任子田因其納姬，說此事以戲之。魚門素聞此事，亦為失笑。既而曰：「此狐實大有詞辯，君言之未詳。」遂具述其論如右。以其頗有理致，因追憶而錄存之。

義妓救翁

《呂覽》稱黎丘之鬼，善幻人形。是誠有之。余在烏魯木齊，軍吏巴哈布曰：甘肅有杜翁者，饒于資。所居故曠野，相近多狐獾穴。翁惡其中夜嗥呼，悉薰而驅之。

俄而，其家人見內室坐一翁，廳外又坐一翁，凡行坐之處，又處處有一翁來往，殆不下十餘。形狀聲音衣服如一，摒擋指揮家事，亦復如一。闔門大擾，妻妾皆閉門自守。妾言翁腰有繡囊可辨，視之無有，蓋先盜之矣。有教之者曰：「至夜必入寢，不納即返者翁也。堅欲入者即妖也。」已而皆不納即返。又有教之者曰：「使坐于廳外，而舁器物以過，詐仆碎之。嗟惜怒叱者翁也，漠然者妖也。」已而皆嗟惜怒叱。喧呶一晝夜，無如之何。

有一妓，翁所昵也，十日恆三四宿其家。聞之，詣門曰：「妖有黨羽，凡可以言傳者必先知，凡可以物驗者必幻化。盍使至我家，我故樂籍，無所顧惜。使壯士執巨斧立榻旁，我裸而登榻，以次交接，其間反側曲伸，疾徐進退，與夫撫摩偎倚，口舌所不能傳，耳目所不能到者，纖芥異同，我自意會，雖翁不自知，妖決不能知也。我呼曰：『斫！』即速斫，妖必敗矣。」眾從其言，一翁啟衾甫入，妓呼曰：「斫！」斧落，果一狐腦裂死。再一翁稍趑趄，妓呼曰：「斫！」果驚竄去。至第三翁，妓抱而喜曰：「真翁在此，餘並殺可也。」刀杖並舉，殪其大半，皆狐與貛也。其逃者遂不復再至。

禽獸夜鳴，何與人事？此翁必掃其穴，其擾實自取。狐貛既解化形，何難見翁陳訴，求免播遷？遽逞妖惑，其死亦自取也。計其智數，蓋均出此妓下矣。

二女鬼論法僧

吳青紆前輩言：橫街一宅，舊云有祟，居者多不安。宅主病之，延僧作佛事。入夜放焰口時，忽二女鬼現燈下，向僧作禮曰：「師等皆飲酒食肉，誦經禮懺殊無益；即焰口施食，亦皆虛拋米穀，無佛法點化，鬼弗能得。煩師傳語主人，別延道德高者為之，則幸得超生矣。」僧怖且愧，不覺失足落座下，不終事，滅燭去。後先師程文恭公居之，別延僧禪誦，音響遂絕。此宅文恭公歿後，今歸滄州李臬使隨軒。

狐女反唇某人妻

表兄安伊在言：縣人有與狐女昵者，多以其婦夜合之資，買簪珥脂粉贈狐女。狐女常往來其家，惟此人見之，他人不見也。一日，婦詬其夫曰：「爾財自何來，乃如此之用？」狐女忽暗中應曰：「汝財自何來，乃獨責我？」聞者皆絕倒。余謂此自伊在之寓言，然亦足見惟無瑕者可以責人。

賽商鞅者

賽商鞅者，不欲著其名氏里貫，老諸生也。挈家寓京師。天資刻薄，凡善人善事，必推求其疵類，故得此名。

錢敦堂編修歿，其門生為經紀棺衾，贍恤妻子，事事得所。賽商鞅曰：「世間無如此好人。必欲博古道之名，使要津聞之，易于攀援奔競耳。」一貧民母死于路，跪乞錢買棺，形容枯槁，聲音酸楚。人競以錢投之。賽商鞅曰：「此指屍斂財，屍亦未必其母。他人可欺，不能欺我也。」過一旌表節婦坊下，仰視微哂曰：「是家富貴，僕從如雲，豈少秦宮、馮子都耶！此事須核，不敢遽言非，亦不敢遽言是也。」平生操論皆類此。人皆畏而避之，無敢延以教讀者，竟困頓以歿。

歿後，妻孥流落，不可言狀。有人于酒筵遇一妓，舉止尚有士風。訝其不類倚門者，問之，即其小女也。亦可哀矣。先姚安公曰：「此老生平亦無大過，但務欲其識加人一等，故不覺至是耳。可不戒哉！」

扶乩者之詩

乾隆壬午九月，門人吳惠叔邀一扶乩者至，降仙于余綠意軒中。下壇詩曰：「沉香亭畔艷陽天，斗酒曾題詩百篇。二八嬌嬈親捧硯，至今身帶御爐煙。」「滿城風葉薊門秋，五百年前感舊游。偶與蓬萊仙子遇，相攜便上酒樓家。」余曰：「然則青蓮居士耶？」批曰：「然。」趙春澗突起問曰：「大仙斗酒百篇，似不在沉香亭上。楊貴妃馬嵬隕玉，年已三十有八，似爾時不止十六歲。大仙平生足跡，未至漁陽，何以忽感舊游？天寶至今，亦不止五百年。何以大仙誤記？」乩惟批「我醉欲眠」四字。再叩之，不動矣。

大抵乩仙多靈鬼所托，然尚實有所憑附。此扶乩者，則似粗解吟詠之人，煉手法而為之，故必此人與一人共扶，乃能成字，易一人則不能書。其詩亦皆流連光景，處處可用。知決非古人降壇也。爾日猝為春澗所中，窘迫之狀可掬。後偶與戴庶常東原議及，東原駭曰：「嘗見別一扶乩者，太白降壇，亦是此二詩，但改滿城為滿林，薊門為大江耳。」知江湖游士，自有此種稿本，轉相授受，固不足深詰矣（宋蒙泉前輩亦曰：有一扶乩者至德州，詩頃刻即成。後檢之，皆村書詩學大成中句也）。

鑿井得異鏡

田丈耕野，統兵駐巴爾庫爾時（即巴里坤。坤字以吹唇聲讀之，即庫爾之合聲），軍士鑿井得一鏡，製作精妙。銘字非隸非八分（隸即今之楷書，八分即今之隸書），似景龍鐘銘；惟土蝕多剝損。田丈甚寶惜之，常以自隨。歿于廣西戎幕時，以授余姊婿田香谷。傳至香谷之孫，忽失所在。後有親串戈氏于市上得之，以還田氏。

昨歲欲製為鏡屏，寄京師乞余考定。余付翁檢討樹培，推尋銘文，知為唐物。余為其鐫其釋文于屏趺，而題三詩于屏背曰：「曾逐氈車出玉門，中唐銘字半猶存。幾回反覆分明看，恐有崇徽舊手痕。」「黃鵠無由返故鄉，空留鸞鏡沒沙場。誰知土蝕千年後，又照將軍鬢上霜。」「暫別仍歸舊主人，居然寶劍會延津。何如指盡珍珠粉，滿匣龍吟送紫珍。」香谷孫自有題識，亦鐫屏背，敘其始末甚詳。《夜燈隨錄》載威信公岳公鍾琪西征時，有裨將得古鏡。岳公求之不得，其人遂遘禍。正與田丈同時同地，疑即此鏡傳訛也。

有盜獨取耳者

門人邱人龍言：有赴任官，舟泊灘河。夜半，有數盜執炬露刃入。眾皆懾伏。一盜拽其妻起，半跪曰：「乞夫人一物，夫人勿驚。」即割一左耳，敷以藥末，曰：「數日勿洗，自結痂愈也。」遂相率呼嘯去。

怖幾失魂，其創果不出血，亦不甚痛，旋即平復。以為仇耶，不殺不淫；以為盜耶，未劫一物。既不劫不殺不淫矣，而又戕其耳；既戕其耳，而又贈以良藥。是專為取耳來也。取此耳又何意耶？千思萬索，終不得其所以然，天下真有理外事也。

邱生曰：「苟得此盜，自必有其所以然；其所以然必在理中，但定非我所見理耳。」然則論天下事，可據理以斷有無哉（**恆蘭台曰：「此或採補折割之黨，取以煉藥。」似為近之**）！

董天士先生

董天士先生，前明高士，以畫自給，一介不妄取，先高祖厚齋公老友也。厚齋公多與唱和，今載于《花王閣剩稿》者，尚可想見其為人。

故老或言其有狐妾，或曰天士孤僻，必無之。伯祖湛元公曰：「是有之，而別有說也。吾聞諸董空如曰：天士居老屋兩楹，終身不娶；亦無僕婢，井臼皆自操。

一日晨興，見衣履之當著者，皆整頓置手下；再視則盥漱俱已陳。天士曰：『是必有異，其妖將媚我乎！』窗外小語應曰：『非敢媚公，欲有求于公。難于自獻，故作是以待公問也。』天士素有膽，命之入。入輒跪拜，則娟靜好女也。問其名，曰：『溫玉。』問何求，曰：『狐所畏者五：曰凶暴，避其盛氣也；曰術士，避其劾治也；曰神靈，避其稽察也；曰有福，避其旺運也；

曰有德，避其正氣也。然凶暴不恆有，亦究自敗。術士與神靈，吾不為非，皆無如我何。有福者運衰，亦復玩之。惟有德者，則畏而且敬。得自附于有德者，則族黨以為榮，其品格即高出儕類上。公雖貧賤，而非義弗取，非禮弗為。倘準奔則為妾之禮，許侍巾櫛，三生之幸也；如不見納，則乞假以虛名，為畫一扇，題曰某年月日為姬人溫玉作，亦明公之末光矣。』即出精扇置几上，濡墨調色，拱以立俟。天士笑從之。女自取天士小印印扇上，曰：『此姬人事，不敢勞公也。』再拜而去。次日晨興，覺足下有物，視之，則溫玉。笑而起曰：『誠不敢以賤體玷公，然非共榻一宵，非親執媵御之役，則姬人字終為假托。』遂捧衣履侍洗漱訖，再拜曰：『妾從此逝矣。』瞥然不見，遂不再來，豈明季山人聲價最重，此狐女亦移于風氣乎？然襟懷散朗，有王夫人林下風，宜天士之不拒也。」

書痴

先姚安公曰：「子弟讀書之餘，亦當使略知家事，略知世事，而後可以治家，可以涉世。明之季年，道學彌尊，科甲彌重。于是黠者坐講心學，以攀援聲氣；樸者株守課冊，以求功名。致讀書之人，十無二三能解事。

崇禎壬午，厚齋公攜家居河間，避孟村土寇。厚齋公卒後，聞大兵將至河間，又擬鄉居。瀕行時，比鄰一叟顧門神嘆曰：『使今日有一人如尉遲敬德、秦瓊，當不至此。』汝兩曾伯祖，一諱景星，一諱景辰，皆名諸生也。方在門外束襆被，聞之，與辯曰：『此神荼、鬱壘像，非尉遲敬德、秦瓊也。』叟不服，檢邱處機《西遊記》為證。二公謂委巷小說不足據，又入室取東方朔《神異經》與爭。時已薄暮，檢尋既移時，反覆講論又移時，城門已闔，遂不能出。次日將行，而大兵已合圍矣。城破，遂全家遇難。惟汝曾祖光祿公、曾伯祖鎮番公及叔祖雲台公存耳。死生呼吸，間不容髮之時，尚考證古書之真偽，豈非惟知讀書不預外事之故哉！」姚安公此論，余初作各種筆記，皆未敢載，為涉及兩曾伯祖也。今再思之，書痴尚非不佳事，古來大儒似此者不一，因補書于此。

奴子劉福榮

奴子劉福榮，善製網罟弓弩，凡弋禽獵獸之事，無不能也。析爨時分屬于余，無所用其技，頗鬱鬱不自得。年八十餘，尚健飯，惟時一攜鳥銃，散步野外而已。其銃發無不中。一日，見兩狐臥隴上，再擊之不中，狐亦不驚。心知為靈物，惕然而返，後亦無他。

外祖張公水明樓，有值更者范玉，夜每聞瓦上有聲，疑為盜；起視則無有，潛蹤偵之，見一黑影從屋上過。乃設機瓦溝，仰臥以聽。半夜聞機發，有女子呼痛聲。登屋尋視，一黑狐折股死矣。是夕聞屋上詈曰：「范玉何故殺我妾？」時鄰有劉氏子為妖所媚，玉私度必是狐，亦還詈曰：「汝縱妾私奔，不知自愧，反詈吾。吾為劉氏子除患也。」遂寂無語。然自是覺夜夜有人以石灰滲其目，交睫即來，旋洗拭，旋又如是。漸腫痛潰裂，竟至雙瞽，蓋狐之報也。其所見遜劉福榮遠矣，一老成經事，一少年喜事故也。

門人作令雲南者

門人有作令雲南者，家本苦寒，僅攜一子一僮，拮据往，需次會城。久之，得補一縣，在滇中，尚為膏腴地。然距省窵遠，其家又在荒村，書不易寄。偶得魚雁，亦不免浮沉，故與妻子幾斷音問。惟于坊本縉紳中，檢得官某縣而已。偶一狡僕舞弊，杖而遣之。此僕銜次骨。其家事故所備知，因偽造其僮書云，主人父子先後卒，二棺今浮厝佛寺，當借資來迎。並述遺命，處分家事甚悉。初，令赴滇時，親友以其樸訥，意未必得缺；即得缺，亦必惡。後聞官是縣，始稍稍親近，並有周恤其家者，有時相饋問者。其子或有所稱貸，人亦輒應，且有以子女結婚者。鄉人有宴會，其子無不與也。及得是書，皆大沮，有來唁者，有不來唁者。漸有索逋者，漸有道途相遇似不相識者。僮奴婢媼皆散，不半載，門可羅雀矣。既而令托入覲官寄千二百金至家迎妻子，始知前書之偽。舉家破涕為笑，如在夢中。親友稍稍復集，避不敢見者，頗亦有焉。後令與所親書曰：「一貴一賤之態，身歷者多矣；一貧一富之態，身歷者亦多矣。若夫生而忽死，死逾半載而復生，中間情事，能以一身親歷者，僕殆第一人矣。」

閩有深山夜行者

門人福安陳坊言：閩有人深山夜行，倉卒失路。恐愈迷愈遠，遂坐崖下，待天曉。忽聞有人語，時缺月微升，略辨形色，似二三十人坐崖上，又十餘人出沒叢薄間。顧視左右皆亂冢，心知為鬼物，伏不敢動。俄聞互語社公來，竊睨之，衣冠文雅，年約三十餘，頗類書生，殊不作劇場白鬚布袍狀。先至崖上，不知作何事。次至叢薄，對十餘鬼太息曰：「汝輩何故自取橫亡，使眾鬼不以為伍？饑寒可念，今有少物哺汝。」遂撮飯撒草間。十餘鬼爭取，或笑或泣。社公又太息曰：「此邦之俗，大抵勝負之念太盛，恩怨之見太明。其弱者力不能敵，則思自戕以累人。不知自盡之案，律無抵法，徒自隕其生也。其強者妄意兩家各殺一命，即足相抵，則械鬥以泄憤。不知律凡殺二命，各別以生者抵，不以死者抵。死者方知悔之已晚，生者不知為之彌甚，不亦悲乎！」十餘鬼皆哭。俄遠寺鐘動，一時俱寂。此人嘗以告陳生，陳生曰：「社公言之，不如令長言之也。然神道設教，或挽回一二，亦未可知耳。」

陰險之鬼

嘉慶丙辰冬，余以兵部尚書出德勝門監射。營官以十刹海為館舍，前明古寺也。殿宇門徑，與劉侗《帝京景物略》所說全殊，非復僧住一房佛亦住一房之舊矣。寺僧居寺門一小屋，余所居則在寺之後殿，室亦精潔。而封閉者多，驗之，有乾隆三十一年封者，知曠廢已久。余住東廊室內，氣冷如冰，爇數爐不熱，數燈皆黯黯作綠色。知非佳處，然業已入居，姑宿一夕，竟安然無恙。奴輩住西廊，皆不敢睡，列炬徹夜坐廊下，亦幸無恙。惟聞封閉室中，喁喁有人語，聽之不甚了了耳。轎夫九人，入室酣眠。天曉，已死其一矣。飭別覓居停，乃移住真武祠。祠中道士云，聞有十刹海老僧，嘗見二鬼相遇，其一曰：「汝何來？」曰：「我轉輪期未至，偶此閒游。汝何來？」其一曰：「我縊魂之求代者也。」問：「居此幾年？」曰：「十餘年矣。」又問：「何以不得代？」曰：「人見我皆驚走，無如何也。」其一曰：「善攻人者藏其機，匕首將出袖而神色怡然，乃有濟也。汝以怪伏驚之，彼奚為不走耶？汝盍脂香粉氣以媚之，抱衾薦枕以悅之，必得當矣。」老僧素嚴正，厲聲叱之，欻然入地。數夕後，寺果有縊者。此鬼可謂陰險矣。然寺中所封閉，似其鬼尚多，不止此一二也。

老僧說前生

汪閣學曉園言：有一老僧過屠市，泫然流涕。或訝之。曰：「其說長矣。吾能記兩世事：吾初世為屠人，年三十餘死，魂為數人執縛去。冥司責以殺業至重，押赴轉輪受惡報。覺恍惚迷離，如醉如夢，惟惱熱不可忍。忽似清涼，則已在豕欄矣。斷乳後，見食不潔，心知其穢；然饑火燔燒，五臟皆如焦裂，不得已食之。後漸通豬語，時與同類相問訊，能記前身者頗多，特不能與人言耳。大抵皆自知當屠割，其時作呻吟聲也，愁也；目睫往往有濕痕者，自悲也。軀幹痴重，夏極苦熱，惟汨沒泥水中少可，然不常得。毛疏而勁，冬極苦寒，視犬羊軟毳厚氄，有如仙獸。遇捕執時，自知不免，姑跳踉奔避，冀緩須臾。追得後，蹴踏頭項，拗捩蹄肘，繩勒四足深至骨，痛若刀劙。或載以舟車，則重疊相壓，肋如欲折，百脈湧塞，腹如欲裂。或貫以竿而扛之，更痛甚三木矣。至屠市，提擲于地，心脾皆震動欲碎。或即日死，或縛至數日，彌難忍受。時見刀俎在左，湯鑊在右，不知著我身時，作何痛楚，輒簌簌戰慄不止。又時自顧已身，念將來不知礫裂分散，作誰家杯中羹，凄慘欲絕。比受戮時，屠人一牽拽，即惶怖昏瞀，四體皆軟，覺心如左右震蕩，魂如自頂飛出，又復落下。見刀光晃耀，不敢正視，惟瞑目以待刲剔。屠人先剚刃于喉，搖撼擺撥，瀉血盆盎中。其苦非口所能道，求死不得，惟有長號。血盡始刺心，大痛，遂不能作聲，漸恍惚迷離，如醉如夢，如初轉生時。良久稍醒，自視已為人形矣。冥官以夙生尚有善業，仍許為人，是為今身。頃見此豬，哀其荼毒，因念昔受此荼毒時，又惜此持刀人將來亦必受此荼毒，三念交縈，故不知涕淚之何從也。」屠人聞之，遽擲刀于地，竟改業為賣菜傭。

屠人轉世為豬

曉園說此事時，李匯川亦舉二事曰：「有屠人死，其鄰村人家生一豬，距屠人家四五里。此豬恆至屠人家中臥，驅逐不去。其主人捉去，仍自來；縶以鎖，乃已。疑為屠人後身也。又一屠人死，越一載餘，其妻將嫁。方彩服登舟，忽一豬突至，怒目眈眈，徑裂婦裙，嚙其脛。眾急救護，共擠豬落水，始得鼓棹行。豬自水躍出，仍沿岸急追。適風利揚帆去，豬乃懊喪自歸。亦疑屠人後身，怒其妻之琵琶別抱也。此可為屠人作豬之旁證。」

又言：「有屠人殺豬甫死，適其妻有孕，即生一女，落蓐即作豬號聲，號三四日死。此亦可證豬還為人。」余謂此即朱子所謂生氣未盡，與生氣偶然湊合者，別自一理，又不以輪迴論也。

夢說

汪編修守和為諸生時，夢其外祖史主事珥攜一人同至其家，指示之曰：「此我同年紀曉嵐，將來汝師也。」因竊記其衣冠形貌。後以己酉拔貢應廷試，值余閱卷，擢高等。授官來謁時，具述其事，且云衣冠形貌，與今毫髮不差，以為應夢。迨嘉慶丙辰會試，余為總裁，其卷適送余先閱（凡房官薦卷，皆由監試御史先送一主考閱定，而復轉輪公閱），復得中式，殿試以第二人及第。乃知夢為是作也。

按人之有夢，其故難明。《世說》載衛玠問樂令夢，樂云是想，又云是因。而未深明其所以然。戊午夏，扈從灤陽，與伊子墨卿以理推求。有念所專注，凝神生象，是為意識所造之夢，孔子夢周公是也。有禍福將至，朕兆先萌，與見乎蓍龜，動乎四體相同，是為氣機所感之夢，孔子夢奠兩楹是也。其或心緒瞀亂，精神恍惚，心無定主，遂現種種幻形，如病者之見鬼，眩者之生花，此意想之歧出者也。或吉凶未著，鬼神前知，以象顯示，以言微寓，此氣機之旁召者也。雖變化杳冥，千態萬狀，其大端似不外此。至占夢之說，見于《周禮》，事近祈禳，禮參巫覡，頗為攻《周禮》者所疑。然其文亦見于《小雅》「大人占之」，固鑿然古經載籍所傳，雖不免多所附會，要亦實有此術也。惟是男女之愛，骨肉之情，有凝思結念，終不一夢者，則意識有時不能造。倉卒之患，意外之福，有忽至而不知者，則氣機有時不必感。且天下之人，如恆河沙數，鬼神何獨示夢于此人？此人一生得失，亦必不一，何獨示夢于此事？且事不可泄，何必示之？既示之矣，而又隱以不可知之象，疑以不可解之語（如《酉陽雜俎》載夢得棗者，謂棗字似兩來字，重來者，呼魄之象，其人果死。《朝野僉載》崔湜夢座下聽講而照鏡，謂座下聽講，法從上來，鏡字，金旁竟也。小說所說夢事，如此迂曲者不一），是鬼神日日造謎語，不已勞乎？事關重大，示以夢可以也；而猥瑣小事，亦相告語（如《敦煌實錄》載宋補夢人坐桶中，以兩杖極打之，占桶中人為肉食，兩杖像兩箸，果得飽肉食之類），不亦褻乎？大抵通其所可通，其不可通者，置而不論可矣。至于《謝小娥傳》，其父夫之魂既告以為人劫殺矣，自應告以申春、申蘭。乃以「田中走，一日夫」隱申春，以「車中猴，東門草」隱申蘭，使尋索數年而後解，不又顛乎？此類由于記錄者欲神其說，不必實有是事。凡諸家所占夢事，皆可以是觀之，其法非大人之舊也。

青宮太保

何純齋舍人，何恭惠公之孫也。言恭惠公官浙江海防同知時，嘗于肩輿中見有道士跪獻一物。似夢非夢，渙然而醒，道士不知所在，物則宛然在手中，乃一墨晶印章也。辨驗其文，鐫「青宮太保」四字，殊不解其故。後官河南總督，卒于任（官制有河東總督，無河南總督。時公以河南巡撫加總督銜，故當日有是稱），特贈太子太保。始悟印章為神預告也。案仕路升沉，改移不一，惟身後飾終之典，乃為一生之結局。《定命錄》載李迥秀自知當為侍中，而終于兵部尚書，身後乃贈侍中。又載張守珪自知當為涼州都督，而終于括州刺史，身後乃贈涼州都督。知神注錄籍，追贈與實授等也。恭惠公官至總督，而神以贈官告，其亦此意矣。

人求狐助

高冠瀛言：有人宅後空屋住一狐，不見其形，而能對面與人語。其家小康，或以為狐所助也。有信其說者，因此人以求交于狐。狐亦與款洽。一日，欲設筵饗狐。狐言老而饕餮。乃多設酒餚以待。比至日暮，有數狐醉倒現形，始知其呼朋引類來也。如是數四，疲于供給，衣物典質一空，乃微露求助意。狐大笑曰：「吾惟無錢供酒食，故數就君也。使我多財，我當自醉自飽，何所取而與君友乎？」從此遂絕。此狐可謂無賴矣，然余謂非狐之過也。

卷二十二　灤陽續錄【四】（二十二則）

老儒墨塗女鬼

劉香畹言：有老儒宿丁親串家，俄主人之婿至，無賴子也。彼此氣味不相入，皆不願同住一屋。乃移老儒于別室。其婿睨之而笑，莫喻其故也。室亦雅潔，筆硯書籍皆具。老儒于燈下寫書寄家，忽一女子立燈下，色不甚麗，而風致頗嫺雅。老儒知其為鬼，然殊不畏，舉手指燈曰：「既來此，不可閒立，可剪燭。」女子遽滅其燈，逼而對立。老儒怒，急以手摩硯上墨瀋，摑其面而塗之，曰：「以此為識，明日尋汝屍，銼而焚之！」鬼呀然一聲去。

次日，以告主人。主人曰：「原有婢死于此室，夜每出擾人；故惟白晝與客坐，夜無人宿。昨無地安置君，揣君耆德碩學，鬼必不出。不虞其仍現形也。」乃悟其婿竊笑之故。

此鬼多以月下行院中，後家人或有偶遇者，即掩面急走。他日留心伺之，面上仍墨污狼籍。鬼有形無質，不知何以能受色?當仍是有質之物，久成精魅，借婢幻形耳。《酉陽雜俎》曰：「郭元振嘗山居，中夜，有人面如盤，瞚目出于燈下。元振染翰題其頰曰：『久戍人偏老，長征馬不肥。』其物遂滅。後隨樵閒步，見巨木上有白耳，大數斗，所題句在焉。」是亦一證也。

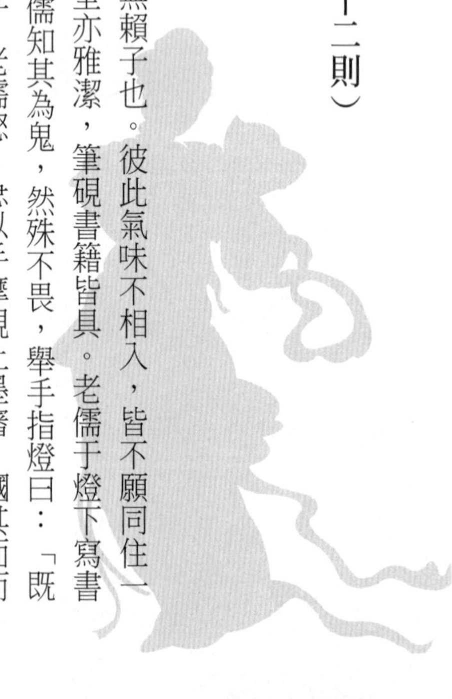

瑪哈沁食人

烏魯木齊農家多就水灌田，就田起屋，故不能比閭而居。往往有自築數椽，四無鄰舍，如杜工部詩所謂「一家村」者。且人無徭役，地無丈量，納三十畝之稅，即可坐耕數百畝之產。故深岩窮谷，此類尤多。

有吉木薩軍士入山行獵，望見一家，門戶堅閉，而院中似有十餘馬，鞍韂悉具。度必瑪哈沁所據，譟而圍之。瑪哈沁見勢眾，棄鍋帳突圍去。眾憚其死鬥，亦遂不追。入門，見骸骨狼籍，寂無一人，惟隱隱有泣聲。尋視，見幼童約十三四，裸體懸窗櫺上。解縛問之，曰：「瑪哈沁四日前來，父兄與鬥不勝，即一家並被縛。率一日牽二人至山溪洗濯，曳歸，共臠割炙食，男婦七八人並盡矣。今日臨行，洗濯我畢，將就食，中一人搖手止之。雖不解額魯特語，觀其指畫，似欲支解為數段，各擕于馬上為糧。幸兵至，棄去，今得更生。」泣絮絮不止。憫其孤苦，引歸營中，姑使執雜役。童子因言其家尚有物埋窖中。營弁使導往發掘，則銀幣衣服甚多。細詢童子，乃知其父兄並劫盜。其行劫必于驛路近山處，瞭見一二車孤行，前後十里無援者，突起殺其人，即以車載屍入深山；至車不能通，則合手以巨斧碎之，與屍及襆被並投于絕澗，惟以馬馱貨去。再至馬不能通，則又投羈絏于絕澗，縱馬任其所往，共負之由鳥道歸，計去行劫處數百里矣。歸而窖藏一兩年，乃使人偽為商販，繞道至闢展諸處賣于市，故多年無覺者。而不虞瑪哈沁之滅其門也。童子以幼免連坐，後亦牧馬墜崖死，遂無遺種。

此事余在軍幕所經理，以盜已死，遂置無論。由今思之，此盜蹤跡詭秘，猝不易緝；乃有瑪哈沁來，以報其慘殺之罪。瑪哈沁食人無魘，乃留一童子，以明其召禍之由。此中似有神理，非偶然也。盜姓名久忘，惟童子墜崖時，所司牒報記名秋兒云。

戀人遇鬼

佃戶劉破車婦云：嘗一日早乘涼掃院，見屋後草棚中有二人裸臥。驚呼其夫來，則鄰人之女與其月作人也，並僵臥，似已死。俄鄰人亦至，心知其故，而不知何以至此。以姜湯灌蘇，不能自諱，云：「久相約，而逼仄無隙地。乘雨後牆缺，天又陰晦，知破車草棚無人，遂藉草私會。倦而憩，尚相戀未起。忽雲破月來，皎然如晝。回顧棚中，坐有七八鬼，指點揶揄。遂驚怖失魂，至今始醒。」眾以為奇。破車婦云：「我家故無鬼，欲觀戲劇，隨之而來。」先從兄懋園曰：「何處無鬼？何處無鬼觀戲劇？但人有見有不見耳。此事不奇也。」

因憶福建囦關公館（**俗謂之水口**），大學士楊公督浙閩時所重建。值余出巡，語余曰：「公至水口公館，夜有所見，慎勿怖，不為害也。余嘗宿是地，已下鍵睡。因天暑，移床近窗，隔紗幌視天晴陰。時雖月黑，而檐掛六燈尚未燼。見院中黑影，略似人形，在階前或坐或臥，或行或立，而寂然無一聲。夜半再視之，仍在。至雞鳴，乃漸漸縮入地。試問驛史，均不知也。」余曰：「公為使相，當有鬼神為陰從。余焉有是？」公曰：「不然。仙霞關內，此地為水陸要衝，用兵者所必爭。明季唐王，國初鄭氏、耿氏，戰鬥殺傷，不知其幾。此其沉淪之魄，乘室宇空虛而竊據；有大官來，則避而出耳。」此亦足證無處無鬼之說。

天下惟鬼最痴

老僕施祥嘗曰：「天下惟鬼最痴。鬼據之室，人多不住，偶然有客來宿，不過暫居耳，暫讓之何害？而必出擾之。遇祿命重、血氣剛者，多自敗；甚或符籙劾治，更蹈不測。即不然，而人既不居，屋必不葺，久而自圮，汝又何歸耶？」老僕劉文斗曰：「此語誠有理，然誰能傳與鬼知？汝毋乃更痴于鬼！」姚安公聞之，曰：「劉文斗正患不痴耳。」祥小字舉兒，與姚安公同庚，八歲即為公伴讀。數年，始能暗誦《千字文》，開卷乃不識一字。然天性忠直，視主人之事如己事，雖嫌怨不避。爾時家中外倚祥，內倚廖媼，故百事皆井井。

雍正甲寅，余年十一，元夜偶買玩物。祥啟張太夫人曰：「四官今日游燈市，買雜物若干。錢固不足惜，先生明日即開館，不知顧戲弄耶？顧讀書耶？」太夫人首肯曰：「汝言是。」即收而鍵諸篋。此雖細事，實言人所難言也。今眼中遂無此人，徘徊四顧，遠想慨然。

先兄第四子汝來

先兄晴湖第四子汝來，幼韶秀，余最愛之，亦頗知讀書。娶婦生子後，忽患顛狂。如無人料理，即髮不薙，面不盥；夏或衣絮，冬或衣葛，不自知也。然亦無疾病，似寒暑不侵者。呼之食即食，不呼之食亦不索。或自取市中餅餌，呼兒童共食，不問其價，所殘剩亦不顧惜。或一兩日覓之不得，忽自歸。

一日，遍索無跡。或云村外柳林內，似彷彿有人。趨視，已端坐僵矣。其為迷惑而死，未可知也。其或自有所得，托以混跡，緣盡而化去，亦未可知也。憶余以福建歸里時，見余猶跪拜如禮，拜訖，卒然曰：「叔大辛苦。」余曰：「是無奈何。」又卒然曰：「叔不覺辛苦耶？」默默退去。後思其言，似若有意，故至今終莫能測之。

小人之心

姚安公言：廬江孫起山先生謁選時，貧無資斧，沿途雇驢而行，北方所謂短盤也。

一日，至河間南門外，雇驢未得。大雨驟來，避民家屋檐下，主人見之，怒曰：「造屋時汝未出錢，築地時汝未出力，何無故坐此？」推之立雨中。時河間猶未改題缺，起山入都，不數月竟掣得是縣。赴任時，此人識之，惶愧自悔，謀賣屋移家。起山聞之，召來笑而語之曰：「吾何至與汝輩較。今既經此，後無復然。亦忠厚養福之道也。」因舉一事曰：「吾鄉有愛蒔花者，一夜偶起，見數女子立花下，皆非素識。知為狐魅，遽擲以塊，曰：『妖物何得偷看花！』一女子笑而答曰：『君自晝賞，我自夜游，于君何礙？夜夜來此，花不損一莖一葉，于花又何礙？遽見聲色，何鄙吝至此耶？吾非不能揉碎君花，恐人謂我輩所見，亦與君等，故不為耳。』飄然共去。後亦無他。狐尚不與此輩較，我乃不及狐耶？」

後此人終不自安，移家莫知所往。起山嘆曰：「小人之心，竟謂天下皆小人。」

太原申鐵蟾

太原申鐵蟾，好以香奩艷體寓不遇之感。嘗謁某公未見，戲為無題詩曰：「堊粉圍牆罨畫樓，隔窗聞撥細箜篌；分（去聲）無信使通青鳥，枉遣游人駐紫騮。月姊定應隨顧兔，星娥可止待牽牛？垂楊疏處雕櫳近，只恨珠簾不上鉤。」殊有玉溪生風致。

王近光曰：「似不應疑及織女，誣蔑仙靈。」余曰：「『已矣哉，織女別黃姑，一年一度相見，彼此隔河何事無？』元微之詩也。『海客乘槎上紫氛，星娥罷織一相聞。只應不憚牽牛妒，故把支機石贈君。』李義山詩也。微之之意，在于雙文；義山之意，在于令狐。文士掉弄筆墨，借為比喻，初與織女無涉。鐵蟾此語，亦猶元、李之志云爾，未為誣蔑仙靈也。至于純構虛詞，宛如實事；指其時地，撰以姓名，《靈怪集》所載郭翰遇織女事（《靈怪集》今佚。此條見《太平廣記》六十八），則悖妄之甚矣。夫詞人引用，漁獵百家，原不能一一核實，然過于誣罔，亦不可不知。蓋自莊、列寓言，借以抒意，戰國諸子，雜說彌多，讖緯稗官，遞相祖述，遂有肆無忌憚之時。如李亢《獨異誌》誣伏羲兄妹為夫婦，已屬喪心；張華《博物誌》更誣及尼山，尤為狂吠（案張華不應悖妄至此，殆後人依托）。如是者不一而足。今尚流傳，可為痛恨。又有依傍史文，穿鑿鍛煉。如《漢書・賈誼傳》，有太守吳公愛幸之之語，《駢語雕龍》（此書明人所撰，陳枚刻之，不著作者姓名）遂列長沙于孌童類中。注曰：『大儒為龍陽。』《史記・高帝本紀》稱母媼在大澤中，太公往視，見有蛟龍其上。晁以道詩遂有『殺翁分我一杯羹，龍種由來事杳冥』句，以高帝乃龍交所生，非太公子。《左傳》有成風私事季友、敬嬴私事襄仲之文。私事云者，密相交結，以謀立其子而已。後儒拘泥「私」字，雖朱子亦有『卻是大惡』之言。如是者亦不一而足。學者當考校真妄，均不可炫博矜奇，遽執為談柄也。」

二少年夜覓狐跡

從叔梅庵公言：族中有二少年（此余小時聞公所說，忘其字號；大概是伯叔行也），聞某墓中有狐跡，夜攜銃往，共伏草中伺之，以背相倚而睡。醒則二人之髮交結為一，貫穿繚繞，猝不可解；互相牽掣，不能行，亦不能立；稍稍轉動，即彼此呼痛。膠擾徹曉，望見行路者，始呼至，斷以佩刀，狼狽而返。憤欲往報，父老曰：「彼無形聲，非力所勝，且無故而侵彼，理亦不直。侮實自召，又何仇焉？仇必敗滋甚。」二人乃止。

此狐小虐之使警，不深創之以激其必報，亦可謂善自全矣。然小虐亦足以激怒，不如斂戢勿動，使伺之無跡彌善也。

太和門下石匱

太和門丹墀下有石匱，莫知何名，亦莫知所貯何物。德慎齋前輩（慎齋名德保，與定圃前輩同名。乾隆壬戌進士，官至翰林院侍讀。故當時以大德保小德保別之云）云：圖裕齋之先德，昔督理殿工時，曾開視之。以問裕齋，曰：「信然。其中皆黃色細屑，僅半匱不能滿，凝結如土坯。諦審似是米穀歲久所化也。」

余謂丹墀左之石闕，既貯嘉種，則此為五穀，于理較近。且大駕鹵部中，象背寶瓶，亦貯五穀。蓋稼穡維寶，古訓相傳；八政首食，見于《洪範》。定制之意，誠淵乎遠矣。

五火神墓

宣武門子城內，如培塿者五，砌之以磚，土人云：五火神墓。明成祖北征時，用火仁、火義、火禮、火智、火信製飛炮，破元兵于亂柴溝。後以其術太精，恐或為變，殺而葬于是。立五竿于麗譙側，歲時祭之，使鬼有所歸，不為厲焉。後成祖轉生為莊烈帝，五人轉生李自成、張獻忠諸賊，乃復仇也。此齊東之語，非惟正史無此文，即明一代稗官小說，充棟汗牛，亦從未言及斯人斯事也。

戊子秋，余見漢軍步校董某，言聞之京營舊卒云：「此水平也。京城地勢，惟宣武門最低，衢巷之水，遇雨皆匯于子城。每夜雨太驟，守卒即起，視此培塿，水將及頂，則呼開門以泄之；沒頂則門扉為水所壅，不能啟矣。今日久漸忘，故或有時阻礙也。其城上五竿，則與白塔信炮相表裡。設聞信炮，則晝懸旗，夜懸燈耳。與五火神何與哉！」此言似近乎理，當有所受之。

科場撥卷

科場撥卷，受撥者意多不愜，此亦人情。然亦視其卷何如耳。壬午順天鄉試，余充同考官（時閱卷尚不迴避本省）。得一合字卷，文甚工而詩不佳。因甫改試詩之制，可以恕論，遂呈薦主考梁文莊公，已取中矣。臨填草榜，梁公病其「何不改乎此度」句侵下文「改」字（題為「始吾于人也」四字），駁落。別撥一合字備卷與余先視。其詩，第六聯曰：「素娥寒對影，顧兔夜眠香。」（題為《月中桂》）已喜其秀逸。及觀其第七聯曰：「倚樹思吳質，吟詩憶許棠。」遂躍然曰：「吳剛字質，故李賀《李憑箜篌引》曰：『吳質不眠倚桂樹，露腳斜飛濕寒兔。』此詩選本皆不錄，非曾見《昌谷集》者不知也。華州試《月中桂》詩，舉許棠為第一人。棠詩今不傳，非曾見王定保《摭言》、計敏夫《唐詩紀事》者不知也。中彼卷之『開花臨上界，持斧有仙郎』，何如中此詩乎！微公撥入，亦自願易之。」即朱子穎也。

放榜後，時已九月，貧無絮衣。蔣心餘素與唱和，借衣與之。乃來見，以所作詩為贄。余丙子扈從古北口時，車馬壅塞，就旅舍小憩。見壁上一詩，剝殘過半，惟三四句可辨。最愛其「一水漲喧人語外，萬山青到馬蹄前」二語，以為「雲中路繞巴山色，樹裡河流漢水聲」不是過也，惜不得姓名。及展其卷，此詩在焉。乃知針芥契合，已在六七年前，相與太息者久之。子穎待余最盡禮，歿後，其二子承父之志；見余尚依依有情。翰墨因緣，良非偶爾，何嘗以撥房為親疏哉（余嚴江舟中詩曰：「山色空濛淡似煙，參差綠到大江邊。斜陽流水推蓬坐，處處隨人欲上船。」實從「萬山」句奪胎。嘗以語子穎曰：「人言青出于藍，今日乃藍出于青。」子穎雖遜謝，意似默可。此亦詩壇之佳話，並附錄于此）。

凶兆

先師介野園先生，官禮部侍郎。扈從南巡，卒于路。卒前一夕，有星隕于舟前。卒後，京師尚未知，旋夫人夢公乘馬至門前，騎從甚多，然佇立不肯入。但遣人傳語曰：「家中好自料理，吾去矣。」匆匆竟過。夢中以為時方扈從，疑或有急差遣，故不暇入。覺後，乃驚怛。比凶問至，即公卒之夜也。

公屢掌文柄，凡四主會試，四主鄉試，其他雜試殆不可縷數。嘗有恩榮宴詩曰：「鸚鵡新班宴御園（案「鸚鵡新班」不知出典，當時擬問公，竟因循忘之），摧頹老鶴也乘軒。龍津橋上黃金榜，四見門生作狀元。」丁丑年作也（案此詩為金吏部尚書張大節之作，題為《同新進士呂子成輩宴集狀元樓》，見《中州集》。惟御園作杏園，摧頹作不妨，四見作三見，作狀元作是狀元）。于文襄公亦贈以聯曰：「天下文章同軌轍，門牆桃李半公卿。」可謂儒者之至榮。然日者推公之命云：「終于一品武階，他日或以將軍出鎮耶！」公笑曰：「信如君言，則將軍不好武矣。」及公卒，聖心悼惜，特贈都統。蓋公雖官禮曹，而兼攝副都統。其扈從也，以副都統班行，故即武秩進一階。日者之術，亦可云有驗矣。

乩仙亦有小驗

乩仙多偽托古人，然亦時有小驗。溫鐵山前輩（名溫敏，乙丑進士，官至盛京侍郎）嘗遇扶乩者，問壽幾何。乩判曰：「甲子年華有二秋。」以為當六十二。後二年卒，乃知二秋為二年。蓋靈鬼時亦能前知也。

又聞山東巡撫國公，扶乩問壽。乩判曰：「不知。」問：「仙人豈有所不知？」判曰：「他人可知，公則不可知。修短有數，常人盡其所稟而已。若封疆重鎮，操生殺予奪之權，一政善，則千百萬人受其福，壽可以增；一政不善，則千百萬人受其禍，壽亦可以減。此即司命之神不能預為注定，何況于吾？豈不聞蘇頲誤殺二人，減二年壽；婁師德亦誤殺二人，減十年壽耶？然則年命之事，公當自問，不必問吾也。」此言乃鑿然中理，恐所遇竟真仙矣。

黠者以狐召狐

族叔育萬言：張歌橋之北，有人見黑狐醉臥場屋中（場中守視穀麥小屋，俗謂之場屋）。初欲擒捕，既而念狐能致財，乃覆以衣而坐守之。狐睡醒，伸縮數四，即成人形。甚感其護視，遂相與為友。狐亦時有所饋贈。

一日，問狐曰：「設有人匿君家，君能隱蔽弗露乎？」曰：「能。」又問：「君能憑附人身狂走乎？」曰：「亦能。」此人即懇乞曰：「吾家酷貧，君所惠不足以贍，而又愧于數瀆君。今里中某甲甚富，而甚畏訟。頃聞覓一婦司庖，吾欲使婦往應。居數日，伺隙逃出，藏君家；而吾以失婦，陽欲訟。婦尚粗有資首，可誣以蜚語，脅多金。得金之後，公憑附使奔至某甲別墅中，然後使人覓得，則承惠多矣。」狐如所言，果得多金，覓婦返後，某甲以在其別墅，亦不敢復問。然此婦狂疾竟不愈，恆自妝飾，夜似與人共嬉笑，而禁其夫勿使前。急往問狐，狐言無是理，試往偵之。

俄歸而頓足曰：「敗矣！是某甲家樓上狐，悅君婦之色，乘吾出而彼入也。此狐非我所能敵，無如何矣！」此人固懇不已。狐正色曰：「譬如君里中某，暴橫如虎，使彼強據人婦，君能代爭乎？」後其婦顛癇日甚，且具發其夫之陰謀。針灸劾治皆無效，卒以瘵死。里人皆曰：「此人狡黠如鬼，而又濟以狐之幻，宜無患矣。不虞以狐召狐，如螳螂黃雀之相伺也。古詩曰：『利旁有倚刀，貪人還自賊。』信矣！」

忻州以貧鬻婦者

門人王廷紹言：忻州有以貧鬻婦者，去幾二載。忽自歸，云初被買時，引至一人家。旋有一道士至，攜之入山，意甚疑懼。然業已賣與，無如何。道士令閉目，即聞兩耳風颼颼。俄令開目，已在一高峰上。室廬華潔，有婦女二十餘人，共來問訊，云此是仙府，無苦也。因問：「到此何事？」曰：「更番侍祖師寢耳。此間金銀如山積，珠翠錦繡、嘉餚珍果，皆役使鬼神，隨呼立至。服食日用，皆比擬王侯。惟每月一回小痛楚，亦不害耳。」因指曰：「此處倉庫，此處庖廚，此我輩居處，此祖師居處。」指最高處兩室曰：「此祖師拜月拜斗處，此祖師煉銀處。」亦有給使之人，然無一男子也。自是每白晝則呼入薦枕席，至夜則祖師升壇禮拜，始各歸寢。惟月信落紅後，則淨褫內外衣，以紅絨為巨綆，縛大木上，手足不能絲毫動；並以綿丸窒口，喑不能聲。祖師持金管如箸，尋視脈穴，刺入兩臂兩股肉內，吮吸其血，頗為酷毒。吮吸後，以藥末糝創孔，即不覺痛，頃刻結痂。次日，痂落如初矣。其地極高，俯視雲雨皆在下。

忽一日狂飈陡起，黑雲如墨壓山頂，雷電激射，勢極可怖。祖師惶遽，呼二十餘女，並裸露環抱其身，如肉屏風。火光入室者數次，皆一掣即返。俄一龍爪大如箕，于人叢中攫祖師去。霹靂一聲，山谷震動，天地晦冥。覺昏瞀如睡夢，稍醒，則已臥道旁。詢問居人，知去家僅數百里。乃以臂釧易敝衣遮體，乞食得歸也。忻州人尚有及見此婦者，面色枯槁，不久患瘵而卒。

蓋精血為道士採盡矣。據其所言，蓋即燒金御女之士，其術靈幻如是，尚不免于天誅；況不得其傳，徒受人之蠱惑，而冀得神仙，不亦顛哉！

江南吳孝廉

江南吳孝廉，朱石君之門生也。美才夭逝，其婦誓以身殉，而屢縊不能死。忽燈下孝廉形見，曰：「易彩服則死矣。」從其言，果絕。

孝廉鄉人錄其事徵詩，作者甚眾。余亦為題二律。而石君為作墓志，于孝廉之坎坷、烈婦之慷慨，皆深致悼惜，而此事一字不及。或疑某鄉人之粉飾，余曰：「非也。文章流別，各有體裁。郭璞注《山海經》、《穆天子傳》，于西王母事鋪敘綦詳。其注《爾雅・釋地》，于『西至西王母』句，不過曰『西方昏荒之國』而已，不更益一語也。蓋注經之體裁，當如是耳。金石之文，與史傳相表裡，不可與稗官雜記比，亦不可與詞賦比。石君博極群書，深知著作之流別，其不著此事于墓志，古文法也，豈以其偽而削之哉！」

余老多遺忘，記孝廉名承紱，烈婦之姓氏，竟不能憶。姑存其略于此，俟扈蹕回鑾，當更求其事狀，詳著之焉。

老僕施祥

老僕施祥，嘗乘馬夜行至張白。四野空曠，黑暗中有數人擲沙泥，馬驚嘶不進。祥知是鬼，叱之曰：「我不至爾墟墓間，何為犯我？」群鬼揶揄曰：「自作劇耳，誰與爾論理。」祥怒曰：「既不論理，是尋鬥也。」即下馬，以鞭橫擊之。喧哄良久，力且不敵；馬又跳踉掣其肘。意方窘急，忽遙見一鬼狂奔來，厲聲呼曰：「此吾好友，爾等毋造次！」群鬼遂散。祥上馬馳歸，亦不及問其為誰。

次日，攜酒于昨處奠之，祈示靈響，寂然不應矣。祥之所友，不過廝養屠沽耳。而九泉之下，故人之情乃如是。

如願小傳

門人吳鍾僑，嘗作《如願小傳》，寓言滑稽，以文為戲也。後作蜀中一令，值金川之役，以監運火藥歿于路。詩文皆散佚，惟此篇偶得于故紙中，附錄于此。其詞曰：

如願者，水府之女神，昔彭澤清洪君以贈廬陵歐明者是也。以事事能給人之求，故有是名。水府在在皆有之，其遇與不遇，則係人之祿命耳。有四人同訪道，涉歷江海，遇龍神召之，曰：「鑒汝等精進，今各賜如願一。」即有四女子隨行。其一人求無不獲，意極適，不數月病且死，女子曰：「今世之所享，皆前生之所積；君夙生所積，今數月銷盡矣。請歸報命。」是人果不起。又一人求無不獲，意猶未已。至冬月，求鮮荔巨如瓜者。女子曰：「谿壑可盈，是不可饜，非神道所能給。」亦辭去，又一人所求有獲有不獲，以咎女子。女子曰：「神道之力，亦有差等，吾有能致不能致也。然日中必昃，月盈必虧。有所不足，正君之福，不見彼先逝者乎？」是人惕然，女子遂隨之不去。又一人雖得如願，未嘗有求。如願時為自致之，亦蹙然不自安。女子曰：「君道高矣，君福厚矣，天地鑒之，鬼神佑之。無求之獲，十倍有求，可無待乎我；我惟陰左右之而已矣。」他日相遇，各道其事，或喜或悵。曰：「惜哉！逝者之不聞也。」

此鍾僑弄筆狡獪之文，偶一為之，以資懲勸，亦無所不可；如累牘連篇，動成卷帙，則非著書之體矣。

有巨室使女而男淫

郭石洲言：河南一巨室，宦成歸里，年六十餘矣，強健如少壯，恆蓄幼妾三四人。至二十歲，則治奩具而嫁之，皆宛然完璧。娶者陰頌其德，人亦多樂以女鬻之。然在其家時，枕衾狎昵，與常人同。或以為但取紅鉛供藥餌，或以為徒悅耳目，實老不能男，莫知其審也。後其婢媼私泄之，實使女而男淫耳。有老友密叩虛實，殊不自諱，曰：「吾血氣尚盛，不能絕嗜欲。御女猶可以生子，實懼為身後累；欲漁男色，又懼艾猳之事，為子孫羞。是以出此間道也。」此事奇創，古所未聞。

夫閨房之內，何所不有？床笫事可勿深論。惟歲歲轉易，使良家女得再嫁名，似于人有損；而不稽其婚期，不損其貞體，又似于人有恩。此種公案，竟無以斷其是非。戈芥舟前輩曰：「是不難斷，直恃其多財，法外縱淫耳。昔竇二東之行劫，必留其禦寒之衣衾，還鄉之資斧，自以為德。此老之有恩，亦若是而已矣。」

矯捷多力丁一士

里有丁一士者，矯捷多力，兼習技擊、超距之術。兩三丈之高，可翩然上；兩三丈之闊，可翩然越也。余幼時猶及見之，嘗求睹其技。使余立一過廳中，余面向前門，則立前門外面相對；余轉面後門，則立後門外相對。如是者七八度，蓋一躍即飛過屋脊耳。後過杜林鎮，遇一友，邀飲橋畔酒肆中。酒酣，共立河岸。友曰：「能越此乎。」一士應聲聳身過。友招使還，應聲又至。足甫及岸，不虞岸已將圮，近水陡立處開裂有紋。一士未見，誤踏其上，岸崩二尺許。遂隨之墜河，順流而去。素不習水，但從波心躍起數尺，能直上而不能旁近岸，仍墜水中。如是數四，力盡，竟溺焉。

蓋天下之患，莫大于有所恃。恃財者終以財敗，恃勢者終以勢敗，恃智者終以智敗，恃力者終以力敗。有所恃，則敢于蹈險故也。田侯松岩于灤陽買一勞山杖，自題詩曰：「月夕花晨伴我行，路當坦處亦防傾。敢因恃爾心無慮，便向崎嶇步不平！」斯真閱歷之言，可貴而佩者矣。

滄州老尼景城僧

滄州憇水井有老尼，曰慧師父，不知其為名為號，亦不知是此「慧」字否，但相沿呼之云爾。余幼時，嘗見其出入外祖張公家。戒律謹嚴，並糖不食，曰：「糖亦豬脂所點成也。」不衣裘，曰：「寢皮與食肉同也。」不衣綢絹，曰：「一尺之帛，千蠶之命也。」供佛麵筋必自製，曰：「市中皆以足踏也。」焚香必敲石取火，曰：「灶火不潔也。」清齋一食，取足自給，不營營募化。外祖家一僕婦，以一布為施。尼熟視識之，曰：「布施須用己財，方為功德。宅中為失此布，笞小婢數人，佛豈受如此物耶？」婦以情告曰：「初謂布有數十疋，未必一一細檢，故偶取其一。不料累人受捶楚，日相詛咒，心實不安。故布施求懺罪耳。」尼擲還之曰：「然則何不密送原處，人亦得白，汝亦自安耶！」

後婦死數年，其弟子乃泄其事，故人得知之。乾隆甲戌、乙亥間，年已七八十矣，忽過余家，云將詣潭柘寺禮佛，為小尼受戒。余偶話前事，搖首曰：「實無此事，小妖尼饒舌耳。」相與嘆其忠厚。臨行，索余題佛殿一額。余屬趙春澗代書。合掌曰：「誰書即乞題誰名，佛前勿作誑語。」為易趙名，乃持去，後不再來。近問滄州人，無識之者矣。

又景城天齊廟一僧，住持果成之第三弟子。士人敬之，無不稱曰三師父，遂佚其名。果成弟子頗不肖，多散而托缽四方。惟此僧不墜宗風，無大剎知客市井氣，亦無法座禪師驕貴氣；戒律精苦，雖千里亦打包徒步，從不乘車馬。先兄晴湖嘗遇之中途，苦邀同車，終不肯也。官吏至廟，待之禮無加；田夫、野老至廟，待之禮不減。多布施、少布施、無布施，待之禮如一。禪誦之餘，惟端坐一室，入其廟如無人者。其行事如是焉而已。然里之男婦，無不曰三師父道行清高。及問其道行安在，清高安在，則茫然不能應。其所以感動人心，正不知何故矣。嘗以問姚安公，公曰：「據爾所見，有不清不高處耶？無不清不高，即清高矣。爾必欲錫飛、杯渡，乃為善知識耶？」此一尼一僧，亦彼法中之獨行者矣（三師父涅槃不久，其名當有人知，俟見鄉試諸孫輩，使歸而詢之廟中）。

有中年失偶者

九州之大，奸盜事無地無之，亦無日無之，均為不異也。至盜而稍別于盜，究不能不謂之盜；奸而稍別于奸，究不能不謂之奸，斯為異矣。盜而人許遂其盜，奸而人許遂其奸，斯更異矣。乃又相觸立發，相牽立息，發如鼎沸，息如電掣，不尤異之異乎！

舅氏安公五章言：有中年失偶者，已有子矣，復買一有夫之婦。幸控制有術，猶可相安。既而是人死，平日私蓄，悉在此婦手。其子微聞而索之，事無佐證，婦弗承也。後偵知其藏貯處，乃夜中穴壁入室。方開篋攜出，婦覺，大號有賊，家眾驚起，各持械入。其子倉皇從穴出。迎擊之，立踣。即從穴入搜餘盜，聞床下喘息有聲，群呼尚有一賊，共曳出縶縛。比燈至審視，則破額昏仆者其子，床下乃其故夫也。其子蘇後，與婦各執一詞：子云：「子取父財，不為盜。」婦云：「妻歸前夫，不為姦。」子云：「前夫可再合，而不可私會。」婦云：「父財可索取，而不可穿窬。」互相詬誶，勢不相下。

次日，族黨密議，謂涉訟兩敗，徒玷門風。乃陰為調停，使盡留金與其子，而聽婦自歸故夫，其難乃平。然已「鼓鐘于宮，聲聞于外」矣。先叔儀南公曰：「此事巧于相值，天也；所以致有此事，則人也。不納此有夫之婦，子何由而盜，婦何由而姦哉？彼所恃者，力能駕馭耳。不知能駕馭于生前，不能駕馭于身後也。」

卷二十三　灤陽續錄【五】（二十六則）

祖某不畏鬼

戴東原言：其族祖某，嘗僦僻巷一空宅。久無人居，或言有鬼。某厲聲曰：「吾不畏也。」入夜，果燈下見形，陰慘之氣，砭人肌骨。一巨鬼怒叱曰：「汝果不畏耶？」某應曰：「然。」遂作種種惡狀，良久，又問曰：「仍不畏耶？」又應曰：「然。」鬼色稍和，曰：「吾亦不必定驅汝，怪汝大言耳。汝但言一『畏』字，吾即去矣。」某怒曰：「實不畏汝，安可詐言畏？任汝所為可矣！」鬼言之再四，某終不答。鬼乃太息曰：「吾住此三十餘年，從未見強項似汝者。如此蠢物，豈可與同居！」奄然滅矣。或咎之曰：「畏鬼者常情，非辱也。謬答以畏，可息事寧人。彼此相激，伊于胡底乎？」某曰：「道力深者，以定靜祛魔，吾非其人也。以氣凌之，則氣盛而鬼不逼；稍有牽就，則氣餒而鬼乘之矣。彼多方以餌吾，幸未中其機械也。」論者以其說為然。

嚴正某公

飲食男女，人生之大欲存焉。干名義，瀆倫常，敗風俗，皆王法之所必禁也。若痴兒呆女，情有所鍾，實非大悖于禮者，似不必苛以深文。余幼聞某公在郎署時，以氣節嚴正自任。嘗指小婢配小奴，非一年矣。往來出入，不相避也。一日，相遇于庭，某公亦適至，見二人笑容猶未斂，怒曰：「是淫奔也！于律姦未婚妻者，杖。」遂亟呼杖。眾言：「兒女嬉戲，實無所染，婢眉與乳可驗也。」某公曰：「于律謀而未行，僅減一等。減則可，免則不可。」卒並杖之，創幾殆。自以為河東柳氏之家法，不是過也。

自此惡其無禮，故稽其婚期。二人遂同役之際，舉足趑趄；無事之時，望影藏匿。跋前疐後，日不聊生。漸鬱悒成疾，不半載內，先後死。其父母哀之，乞合葬。某公仍怒曰：「嫁殤非禮，豈不聞耶？」亦不聽。

後某公歿時，口喃喃似與人語，不甚可辨。惟「非我不可」、「于禮不可」二語，言之十餘度，了了分明。咸疑其有所見矣。夫男女非有行媒，不相知名，古禮也。某公于孩稚之時，即先定婚姻，使明知為他日之夫婦。朝夕聚處，而欲其無情，必不能也。「內言不出于閫，外言不入于閫」，古禮也。某公僮婢無多，不能使各治其事；時時親相授受，而欲其不通一語，又必不能也。其本不正，故其末不端。是二人之越禮，實主人有以成之。乃操之已蹙，處之過當，死者之心能甘乎？冤魄為厲，猶以「于禮不可」為詞，其斯以為講學家乎？

有李甲者

山西人多商于外，十餘歲輒從人學貿易。俟蓄積有資，始歸納婦，納婦後仍出營利，率二三年一歸省，其常例也。或命途蹇剝，或事故縈牽，一二十載不得歸。甚或金盡裘敝，恥還鄉里，萍飄蓬轉，不通音問者，亦往往有之。

有李甲者，轉徙為鄉人靳乙養子，因冒其姓。家中不得其蹤跡，遂傳為死。俄其父母並逝，婦無所依，寄食于母族舅氏家。其舅本住鄰縣，又挈家逐什一，商舶南北，歲無定居。甲久不得家書，亦以為死。靳乙謀為甲娶婦。會婦舅旅卒，家屬流寓于天津；念婦少寡，非長計，亦謀嫁于山西人，他時尚可歸鄉里。懼人嫌其無母家，因詭稱己女。眾為媒合，遂成其事。合巹之夕，以別已八年，兩懷疑而不敢問。宵分私語，乃始了然。甲怒其未得實據而遽嫁，且詬且毆。闔家驚起，斬乙隔窗呼之曰：「汝之再娶，有婦亡之實據乎？且流離播遷，待汝八年而後嫁，方可諒其非得已矣。」甲無以應，遂為夫婦如初。破鏡重合，古有其事。若夫再娶而仍元配，婦再嫁而未失節，載籍以來，未之聞也。姨丈衛公可亭，曾親見之。

麻姑酒

滄州酒，阮亭先生謂之「麻姑酒」，然土人實無此稱。著名已久，而論者頗有異同。蓋舟行來往，皆沽于岸上肆中，村釀薄醨，殊不足辱杯罌；又土人防徵求無饜，相戒不以真酒應官，雖筥捶不肯出，十倍其價亦不肯出，保陽制府，尚不能得一滴，他可知也。

其酒非市井所能釀，必舊家世族，代相授受，始能得其水火之節候。水雖取于衛河，而黃流不可以為酒，必于南川樓下，如金山取江心泉法，以錫罌沉至河底，取其地湧之清泉，始有沖虛之致。其收貯畏寒畏暑，畏濕畏蒸，犯之則味敗。其新者不甚佳，必庋閣至十年以外，乃為上品，一罌可值四五金。然互相饋贈者多，恥于販鬻。又大姓若戴、呂、劉、王，若張、衛，率多零替，釀者亦稀，故尤難得。或運于他處，無論肩運、車運、舟運，一搖動即味變。運到之後，必安靜處澄半月，其味乃復。取飲注壺時，當以杓平挹；數擺撥則味亦變，再澄數日乃復。

姚安公嘗言：「飲滄酒禁忌百端，勞苦萬狀，始能得花前月下之一酌，實功不補患；不如遣小豎隨意行沽，反陶然自適。」蓋以此也。其驗真偽法：南川樓水所釀者，雖極醉，膈不作惡，次日亦不病酒，不過四肢暢適，恬然高臥而已。其但以衛河水釀者則否。驗新陳法：凡庋閣二年者，可再溫一次；十年者，溫十次如故，十一次則味變矣。一年者再溫即變，二年者三溫即變，毫釐不能假借，莫知其所以然也。

董曲江前輩之叔名思任，最嗜飲。牧滄州時，知佳酒不應官，百計勸諭，人終不肯破禁約。罷官後，再至滄州，寓李進士銳巔家，乃盡傾其家釀。語銳巔曰：「吾深悔不早罷官。」此一時之戲謔，亦足見滄酒之佳者不易得矣。

東光趙氏

先師李又聃先生言：東光有趙氏者（先生曾舉其字，今不能記，似尚是先生之尊行），嘗過清風店，招一小妓侑酒。偶語及某年宿此，曾招一麗人留連兩夕，計其年今未滿四十。因舉其小名，妓駭曰：「是我姑也，今尚在。」

明日，同至其家，宛然舊識。方握手寒溫，其祖姑聞客出視，又大駭曰：「是東光趙君耶？三十餘年不相見，今鬢雖欲白，形狀聲音，尚可略辨。君號非某耶？」問之，亦少年過此所狎也。三世一堂，都無避忌，傳杯話舊，惘惘然如在夢中。又住其家兩夕而別。別時言祖籍本東光，自其翁始遷此，今四世矣。不知祖墓猶存否？因舉其翁之名，乞為訪問。

趙至家後，偶以問鄉之耆舊。一人愕然良久，曰：「吾今乃始信天道。是翁即君家門客，君之曾祖與人訟，此翁受怨家金，陰為反間，訟因不得直。日久事露，愧而挈家逃。以為在海角天涯矣，不意竟與君遇，使以三世之婦，償其業債也。吁，可畏哉！」

有安生者

又聃先生又言：有安生者，頗聰穎。忽為眾狐女攝入承塵上，吹竹調絲，行觴勸酒，極媟狎冶蕩之致。隔紙聽之，甚了了，而承塵初無微隙，不知何以入也。燕樂既終，則自空擲下，頭面皆傷損，或至破骨流血。調治始愈，又攝去如初。毀其承塵，則攝置屋頂，其擲下亦如初。然生殊不自言苦也。生父購得一符，懸壁上。生見之，即戰慄伏地，魅亦隨絕。問生：「符上何所見？」云：「初不見符，但見兵將猙獰，戈甲晃耀而已。」此狐以為仇耶？不應有燕昵之歡；以為媚耶？不應有撲擲之酷。忽喜忽怒，均莫測其何心。

或曰：「是仇也，媚之乃死而不悟。」然媚即足以致其死，又何必多此一擲耶？

有不懼鬼者

李匯川言：有嚴先生，忘其名與字。值鄉試期近，學子散後，自燈下夜讀。一館童送茶入，忽失聲仆地，碗碎琤然。嚴驚起視，則一鬼披髮瞪目立燈前。嚴笑曰：「世安有鬼，爾必黠盜飾此狀，欲我走避耳。我無長物，惟一枕一席。爾可別往。」鬼仍不動。嚴怒曰：「尚欲紿人耶？」舉界尺擊之，瞥然而滅。嚴周視無跡，沉吟曰：「竟有鬼耶？」既而曰：「魂升于天，魄降于地，此理甚明。世安有鬼，殆狐魅耳。」仍挑燈琅琅誦不輟。此生崛強，可謂至極，然鬼亦竟避之。蓋執拗之氣，百折不回，亦足以勝之也。

又聞一儒生，夜步廊下。忽見一鬼，呼而語之曰：「爾亦曾為人，何一作鬼，便無人理？豈有深更昏黑，不分內外，竟入庭院者哉？」鬼遂不見。此則心不驚怖，故神不瞀亂，鬼亦不得而侵之。

又故城沈丈豐功（諱鼎勛，姚安公之同年）嘗夜歸遇雨，泥潦縱橫，與一奴扶掖而行，不能辨路。經一廢寺，舊云多鬼。沈丈曰：「無人可問，且寺中覓鬼問之。」徑入，繞殿廊呼曰：「鬼兄鬼兄，借問前途水深淺？」寂然無聲。沈丈笑曰：「想鬼俱睡，吾亦且小憩。」遂偕奴倚柱睡至曉。此則襟懷灑落，故作游戲耳。

絕活秘方

阿文成公平定伊犁時，于空山捕得一瑪哈沁。詰其何以得活，曰：「打牲為糧耳。」問：「潛伏已久，安得如許火藥？」曰：「蜣螂曝乾為末，以鹿血調之，曝乾，亦可以代火藥。但比硝磺力稍弱耳。」又一蒙古台吉云：「鳥銃貯火藥鉛丸後，再取一乾蜣螂，以細杖送入，則比尋常可遠出一二十步。」此物理之不可解者，然試之均驗。又瘍醫殷贊庵云：「水銀能蝕五金，金遇之則白，鉛遇之則化。凡戰陣鉛丸陷入骨肉者，割取至為楚毒，但以水銀自創口灌滿，其鉛自化為水，隨水銀而出。」此不知驗否，然于理可信。

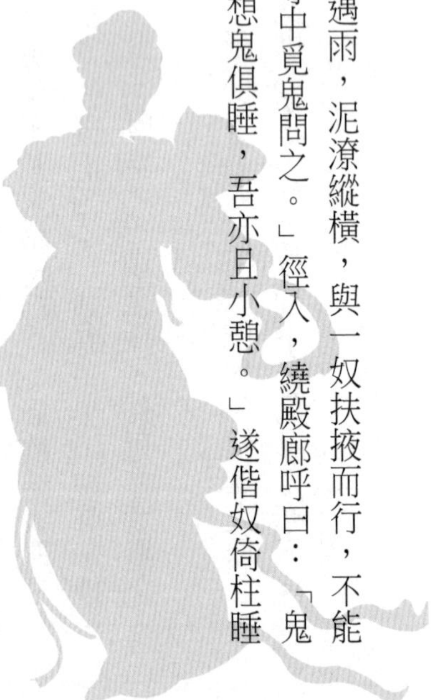

天女散花圖

田白岩言：有士人僦居僧舍，壁懸美人一軸，眉目如生，衣褶飄揚如動。士人曰：「上人不畏擾禪心耶？」僧曰：「此天女散花圖，堵芬木畫也。在寺百餘年矣，亦未暇細觀。」

一夕，燈下注目，見畫中人似凸起一二寸，士人曰：「此西洋界畫，故視之若低昂，何堵芬木也。」畫中忽有聲曰：「此妾欲下，君勿訝也。」士人素剛直，厲聲叱曰：「何物妖鬼敢媚我！」遽掣其軸，欲就燈燒之。軸中絮泣曰：「我煉形將成，一付祝融，則形消神散，前功付流水矣。乞賜哀憫，感且不朽。」

僧聞俶擾，急來視。士人告以故。僧憬然曰：「我弟子居此室，患瘵而死，非汝之故耶？」畫不應，既而曰：「佛門之大，何所不容。和尚慈悲，宜見救度。」士怒曰：「汝殺一人矣，今再縱汝，不知當更殺幾人。是惜一妖之命，而戕無數人命也。小慈是大慈之賊，上人勿吝。」遂投之爐中。煙焰一熾，血腥之氣滿室，疑所殺不止一人矣。後入夜，或嚶嚶有泣聲。士人曰：「妖之餘氣未盡，恐久且復聚成形。破陰邪者惟陽剛。」乃市爆竹之成串者十餘（京師謂之火鞭），總結其信線為一，聞聲時驟然爇之，如雷霆砰磕，窗扉皆震，自是遂寂。除惡務盡，此士人有焉。

有與狐為友者

有與狐為友者，天狐也，有大神術，能攝此人于千萬里外。凡名山勝境，恣其游眺，彈指而去，彈指而還，如一室也。嘗云：「惟賢聖所居不敢至，真靈所駐不敢至，餘則披圖按籍，惟意所如耳。」

一日，此人祈狐曰：「君能攜我于九州之外，能置我于人閨閣中乎？」狐問何意。曰：「吾嘗出入某友家，預後庭絲竹之宴。其愛妾與吾目成，雖一語未通，而兩心互照。但門庭深邃，盈盈一水，徒悵望耳。君能于夜深人靜，攝我至其繡闥，吾事必濟。」狐沉思良久，曰：「是無不可。如主人在何？」曰：「吾偵其宿他姬所而往也。」後果偵得實，祈狐偕往。狐不俟其衣冠，遽攜之飛行。至一處，曰：「是矣。」瞥然自去。此人暗中摸索，不聞人聲，惟覺觸手皆卷軸，乃主人之書樓也。知為狐所弄，倉皇失措，誤觸一几倒，器玩落板上，碎聲砰然。守者呼：「有盜！」僮僕坌至，啟鎖明燭，執械入。見有人瑟縮屏風後，共前擊仆，以繩急縛。就燈下視之，識為此人，均大駭愕。

此人故狡黠，詭言偶與狐友忤，被提至此。主人故稔知之，拊掌揶揄曰：「此狐惡作劇，欲我痛抶君耳。姑免笞，逐出！」因遣奴送歸。

他日，與所親密言之，且詈曰：「狐果非人，與我相交十餘年，乃賣我至此。」所親怒曰：「君與某交，已不止十餘年，乃借狐之力，欲亂其閨闥，此誰非人耶？狐雖憤君無義，以游戲儆君，而仍留君自解之路，忠厚多矣。使待君華服盛飾，潛挈置主人臥榻下，君將何詞以自文？由此觀之，彼狐而人，君人而狐者也。尚不自反耶？」此人愧沮而去。狐自此不至，所親亦遂與絕。郭彤綸與所親有瓜葛，故得其詳。

老儒劉泰宇

老儒劉泰宇，名定光，以舌耕為活。有浙江醫者某，攜一幼子流寓，二人甚相得，因卜鄰。子亦韶秀，禮泰宇為師。醫者別無親屬，瀕死托孤于泰宇。泰宇視之如子。適寒冬，夜與共被。有楊甲為泰宇所不禮，因造謗曰：「泰宇以故人之子為孌童。」泰宇憤恚，問此子知尚有一叔，為糧艘旗丁掌書算。因攜至滄州河干，借小屋以居；見浙江糧艘，一一遙呼，問有某先生否。數日，竟得之，乃付以侄。其叔泣曰：「夜夢兄云，侄當歸。故日日獨坐舵樓望。兄又云：『楊某之事，吾得直于神矣。』則不知所云也。」泰宇亦不明言，悒悒自歸。迂儒拘謹，恆念此事無以自明，因鬱結發病死。燈前月下，楊恆見其怒目視。楊故獷悍，不以為意。數載亦死。妻別嫁，遺一子，亦韶秀。有宦室輕薄子，誘為孌童，招搖過市，見者皆太息。

泰宇，或云肅寧人，或云任丘人，或云高陽人。不知其審，大抵住河間之西也。跡其平生，所謂歿而可祀于社者歟！此事在康熙中年，三從伯燦宸公喜談因果，嘗舉以為戒。久而忘之。戊午五月十二日，住密雲行帳，夜半睡醒，忽然憶及，悲其名氏翳如。至灤陽後，為錄大略如右。

鎮番常守福

常守福，鎮番人。康熙初，隨眾剽掠，捕得當斬。曾伯祖光吉公時官鎮番守備，奇其狀貌，請于副將韓公免之，且補以名糧，收為親隨。光吉公罷官歸，送公至家，因留不返。從伯祖鍾秀公嘗曰：「常守福矯捷絕倫，少時嘗見其以兩足掛明樓雉堞上，倒懸而掃磚線之雪，四周皆淨（巨盜多能以足向上，手向下，倒抱樓角而登。近雉堞處以磚凸出三寸，四周鑲之，則不能登，以足不能懸空也。俗謂磚線）。持帚翩然而下，如飛鳥落地，真健兒也。」後光吉公為娶妻生子。聞今尚有後人，為四房佃種云。

凡戲無益

門聯唐末有之，蜀辛寅遜為孟昶題桃符，「新年納餘慶，嘉節號長春」二語是也。但今以朱箋書之為異耳。余鄉張明經晴嵐，除夕前自題門聯曰：「三間東倒西歪屋，一個千錘百煉人。」適有鍛鐵者求彭信甫書門聯，信甫戲書此二句與之。兩家望衡對宇，見者無不失笑。二人本辛酉拔貢同年，頗契厚，坐此竟成嫌隙。

凡戲無益，此亦一端。又董曲江前輩喜諧謔，其鄉有演劇送葬者，乞曲江于台上題一額。曲江為書「弔者大悅」四字，一邑傳為口實，致此人終身切齒，幾為其所構陷。後曲江自悔，嘗舉以戒友朋云。

張某之婦魂

董秋原言：有張某者，少游州縣幕。中年度足自贍，即閒居以蒔花種竹自娛。偶外出數日，其婦暴卒。不及臨訣，心恆悵悵如有失。

一夕，燈下形見，悲喜相持。婦曰：「自被攝後，有小罪過待發遣，遂羈絆至今。今幸勘結，得入輪迴，以距期尚數載，感君憶念，祈于冥官，來視君，亦夙緣之未盡也。」遂相繾綣如平生。自此人定恆來，雞鳴輒去。嬿婉之意有加，然不一語及家事，亦不甚問兒女，曰：「人世囂雜，泉下人得離苦海，不欲聞之矣。」一夕，先數刻至，與語不甚答，曰：「少遲，君自悟耳。」俄又一婦搴簾入，形容無二，惟衣飾差別，見前婦驚卻。前婦叱曰：「淫鬼假形媚人，神明不汝容也！」後婦狼狽出門去。此婦乃握張泣。張惝恍莫知所為。婦曰：「凡餓鬼多托名以求食，淫鬼多假形以行媚，世間靈語，往往非真。此鬼本西市娼女，乘君思憶，投隙而來，以盜君之陽氣。適有他鬼告我，故投訴社公，來為君驅除。彼此時諒已受笞矣。」問：「今在何所？」曰：「與君本有再世緣，因奉事翁姑，外執禮而心怨望，遇有疾病，雖不冀其死，亦不迫切求其生。為神道所錄，降為君妾。又因懷挾私憤，以語激君，致君兄弟不甚睦，再降為媵婢。須後公二十餘年生，今尚浮游墟墓間也。」張牽引入幃。曰：「幽明路隔，恐干陰譴，來生會了此願耳。」嗚咽數聲而滅。時張父母已故，惟兄別居。乃詣兄具述其事，友愛如初焉。

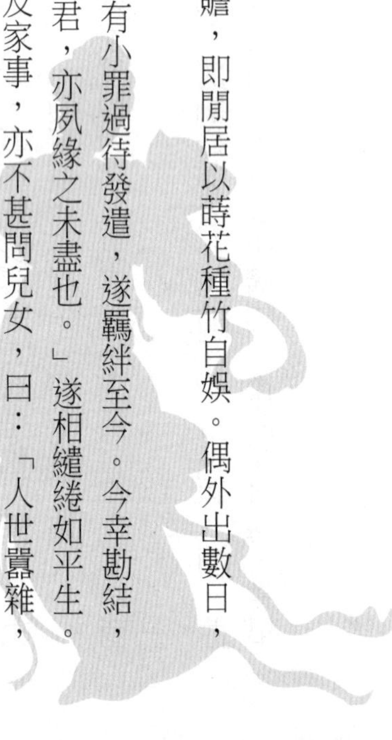

有子殞身報父仇

有嫠婦年未二十，惟一子，甫三四歲。家徒四壁，又鮮族屬，乃議嫁。婦色頗艷。其表戚某甲，密遣一媼說之曰：「我于禮無娶汝理，然思汝至廢眠食。汝能托言守志，而私昵于我，每月給資若干，足以贍母子。兩家雖各巷，後屋則僅隔一牆，梯而來往，人莫能窺也。」婦惑其言，遂出入如夫婦。外人疑婦何以自活，然無跡可見，姑以為尚有蓄積而已。久而某甲奴婢泄其事。

其子幼，即遣就外塾宿。至十七八，亦稍聞繁言。每泣諫，婦不從；狎昵雜坐，反故使見聞，冀杜其口。子恚甚，遂白晝入某甲家，剚刃于心，出于背，而以「借貸不遂，遭其輕薄，怒激致殺」首于官。官廉得其情，百計開導，卒不吐實，竟以故殺論抵。鄉鄰哀之，好事者欲以片石表其墓，乞文于朱梅崖前輩。梅崖先一夕夢是子，容色慘沮，對而拱立，至是憬然曰：「是可毋作也。不書其實，則一凶徒耳，烏乎表？書其實，則彰孝子之名，適以傷孝子之心，非所以安其靈也。」遂力阻罷其事。是夕，又夢其拜而去。是子也，甘殞其身，以報父仇，復不彰母過以為父辱，可謂善處人倫之變矣。或曰：「斬其宗祀，祖宗恫焉。盍待生子而為之乎？」是則講學之家，責人無已，非余之所敢聞也。

小人之謀

小人之謀，無往不福君子也。此言似迂而實信。李雲舉言其兄憲威官廣東時，聞一游士性迂僻，過嶺干謁親舊，頗有所獲。歸裝襆被衣履之外，獨有二巨篋，其重四人乃能舁，不知其何所攜也。

一日，至一換舟處，兩舷相接，束以巨繩，扛而過。忽四繩皆斷如刃截，訇然墮板上。兩篋皆破裂，頓足悼惜。急開檢視，則一貯新端硯，一貯英德石也。石篋中白金一封，約六七十兩，紙裹亦綻。方拈起審視，失手落水中。倩漁戶投水求之，僅得小半。方懊喪間，同來舟子遽賀曰：「盜為此二篋，相隨已數日，以岸上有人家，不敢發。吾惴惴不敢言。今見非財物，已唾而散矣。君真福人哉！抑陰功得神佑也？」同舟一客私語曰：「渠有何陰功，但新有一痴事耳。渠在粵日，嘗以百二十金托逆旅主人買一妾，云是一年餘新婦，貧不舉火，故鬻以自活。到門之日，其翁姑及婿俱來送，皆羸病如乞丐。臨入房，互相抱持，痛哭訣別。已分手，猶追數步，更絮語。媒媼強曳婦人，其翁抱數月小兒，向渠叩首曰：『此兒失乳，生死未可知。乞容其母暫一乳，且延今日，明日再作計。』渠忽躍然起曰：『吾謂婦見出耳。今見情狀，凄動心脾，即引汝婦去，金亦不必償也。古今人相去不遠，馮京之父，吾豈不能為哉！』竟對眾焚其券。不知乃主人窺其忠厚，偽飾己女以紿之，倘其竟納，又別有狡謀也。同寓皆知，渠至今未悟，豈鬼神即錄為陰功耶？」又一客曰：「是陰功也。其事雖痴，其心則實出于惻隱。鬼神鑒察其心而已矣。今日免禍，即謂緣此事可也。彼逆旅主人，尚不知究竟何如耳。」先師又聃先生，雲舉兄也。謂雲舉曰：「吾以此客之論為然。」

余又憶姚安公言：田丈耕野西征時，遣平魯路守備李虎，偕二千總，將三百兵出游徼，猝遇額魯特自間道來。二千總啟虎曰：「賊馬健，退走必為所及。請公率前隊扼山口，我二人率後隊助之。賊不知我多寡，猶可以守。」虎以為然，率眾力鬥。二千總已先遁，蓋紿虎與戰，以稽時刻，虎敗，則去已遠也。虎遂戰歿。後蔭其子先捷如父官。此雖受紿而敗，然受紿適以成其忠。故曰：「小人之謀，無往不福君子也。」此言似迂而實確。

有富甲一鄉者

雲舉又言：有人富甲一鄉，積粟千餘石。遇歲歉，閉不肯糶。

忽一日，徵集僕隸，陳設概量，手書一紅箋，榜于門曰：「歲歉人饑，何心獨飽？今擬以歷年積粟，盡貸鄉鄰，每人以一石為律。即日各具囊篋赴領，遲則粟盡矣。」附近居民，聞聲雲合，不一日而粟盡。有請見主人申謝者，則主人不知所往矣。皇遽大索，乃得于久錮敝屋中，酣眠方熟，人至始欠伸。眾驚愕掖起，于身畔得一紙曰：「積而不散，怨之府也；怨之所歸，禍之叢也。千家饑而一家飽，剽劫為勢所必至，不名實兩亡乎？感君舊恩，為君市德。希恕專擅，是所深禱。」不省所言者何事。詢知始末，太息而已。

然是時人情洶洶，實有焚掠之謀。得是博施，乃轉禍為福。此幻形之妖，可謂愛人以德矣。所云「舊恩」，則不知其故。或曰：「其家園中有老屋，狐居之數十年，屋圮乃移去。意即其事歟？」

有奴不及狐者

小時聞乳母李氏言：一人家與佛寺鄰。偶寺廊躍下一小狐，兒童捕得，縶縛鞭捶，皆懾伏不動。放之則來往于院中，絕不他往。與之食則食，不與之食亦不敢盜；饑則向人搖尾而已。呼之似解人語，指揮之亦似解人意。舉家憐之，恆禁兒童勿凌虐。

一日，忽作人語曰：「我名小香，是鐘樓上狐家婢。偶嬉戲誤事，因汝家兒童頑劣，罰行游道路一月。今限滿當歸，故此告別。」問：「何故不逃避？」曰：「主人養育多年，豈有逃避之理？」語訖，作叩額狀，翩然越牆而去。時余家一小奴竊物遠遁，乳母因說此事，喟然曰：「此奴乃不及此狐。」

有道高僧

陳雲亭舍人言：其鄉深山中有廢蘭若，云鬼物據之，莫能修復。一僧道行清高，徑往卓錫。

初一兩夕，似有物窺伺。僧不聞不見，亦遂無形聲。三五日後，夜夜有夜叉排闥入，猙獰跳擲，吐火噓煙。僧禪定自若。撲及蒲團者數四，然終不近身；比曉，長嘯去。

次夕，一好女至，合什作禮，請問法要。僧又不答，又對僧琅琅誦《金剛經》，每一分訖，輒問此何解。僧又不答。女子忽旋舞，良久，振其雙袖，有物簌簌落滿地，曰：「此比散花何如？」且舞且退，瞥眼無跡。滿地皆寸許小兒，蠕蠕幾千百，爭緣肩登頂，穿襟入袖。或齕嚙，或搔爬，如蚊虻蟣蝨之攢咂；或抉剔耳目，擘裂口鼻，如蛇蝎之毒螫。撮之投地，爆然有聲，一輒分形為數十，彌添彌眾。左支右絀，困不可忍，遂委頓于禪榻下。

久之蘇息，寂無一物矣。僧慨然曰：「此魔也，非迷也。惟佛力足以伏魔，非吾所及。浮屠不三宿桑下，何必戀戀此土乎？」天明，竟打包返。余曰：「此公自作寓言，譬正人之慍于群小耳。然亦足為輕嘗者戒。」雲亭曰：「僕百無一長，惟平生不能作妄語。此僧歸路過僕家，面上血痕細如亂髮，實曾目睹之。」

墓前石人成妖

老僕劉廷宣言：雍正初，佃戶張璜于褚寺東架團焦（俗謂之團瓢，焦字音轉也。二字出《北齊書》本紀）守瓜，夜恆見一人，行步遲重，徐徐向西北去。

一夕，偶竊隨之，視所往，見至一叢冢處，有十餘女鬼出迓，即共狎笑媟戲。知為妖物，然似是蠢蠢無所能，乃藏火銃于團焦，夜夜伺之。一夜，又見其過。發銃猝擊，訇然仆地。秉火趨視，乃一翁仲也。次日，積柴燔為灰，亦無他異。至夜，夢十餘婦女羅拜，曰：「此怪不知何來，力猛如羆虎。凡新葬女鬼，無老少皆遭脅污；有枝拒者，登其墳頂，踴躍數四，即土陷棺裂，無可棲身。故不敢不從，然飲恨則久矣。今蒙驅除，故來謝也。」

後有從高川來者，云石人窪馮道墓前（馮道，景城人，所居今猶名相國莊，距景城二三里。墓則在今石人窪。余幼時見殘缺石獸、石翁仲尚有存者，縣志云不知道墓所在，蓋承舊志之誤也）忽失一石人，乃知即是物也。是物自五代至今，始煉成形，歲月不為不久。乃甫能幻化，即縱凶淫，卒自取焚如之禍。與邵二雲所言木偶，其事略同，均可為小器易盈者鑒也。

有狐賞花觀月者

外叔祖張公蝶莊家有書室，頗軒敞。周以迴廊，中植芍藥三四十本，花時香過鄰牆。門客閔姓者，攜一僕下榻其中。一夕就枕後，忽外有女子聲曰：「姑娘致意先生。今日花開，又值好月，邀三五女伴借一賞玩，不致有禍于先生。幸勿開門唐突，足見雅量矣。」閔噤不敢答，亦不復再言。俄微聞衣裳綷縩聲，穴窗視之，無一人影；側耳諦聽，時似喁喁私語，若有若無，都不辨一字。跼蹐枕席，睡不交睫。三鼓以後，似又聞步履聲。俄而隔院犬吠，俄而鄰家犬亦吠，俄而巷中犬相接而吠。近處吠止，遠處又吠，其聲迢遞向東北，疑其去矣。恐忤之招祟，不敢啟戶。天曉出視，了無痕跡，惟西廊塵上似略有弓彎印，亦不分明，蓋狐女也。外祖雪峰公曰：「如此看花，何必更問主人？殆閔公莽莽有傖氣，恐其偶然衝出，致敗人意耳。」

貞義之婦

滄州有董華者，讀書不成，流落為市肆司書算。復不能善事其長，為所排擠出。以賣藥卜卦自給，遂貧無立錐。一母一妻，以縫紝浣濯佐之，猶日不舉火。

會歲饑，枵腹杜門，勢且俱斃。聞鄰村富翁方買妾，乃謀于母，將鬻婦以求活。婦初不從。華告以失節事大，致母餓死事尤大，乃涕泗曲從，惟約以倘得生還，乞仍為夫婦，華亦諾之。婦故有姿，富翁頗寵眷，然枕席時有淚痕。富翁固問，毅然對曰：「身已屬君，事事可聽君所為。至感憶舊恩，則雖刀鋸在前，亦不能斷此念也。」

適歲再饑，華與母並為餓殍。富翁慮有變，匿不使知。有一鄰媼偶泄之，婦殊不哭，痴坐良久，告其婢媼曰：「吾所以隱忍受玷者，一以活姑與夫之命，一以主人年已七十餘，度不數年，即當就木；吾年尚少，計其子必不留我，我猶冀缺月再圓也。今則已矣！」突起開樓窗，踴身倒墜而死。

此與前錄所載福建學院妾相類。然彼以兒女情深，互以身殉，彼此均可以無恨。此則以養姑養夫之故，萬不得已而失身，乃卒無救于姑與夫，事與願違，徒遭玷污，痛而一決，其齎恨尤可悲矣。

槐鎮奇僧

余十歲時，聞槐鎮一僧（槐鎮即《金史》之槐家鎮，今作淮鎮，誤也），農家子也，好飲酒食肉。廟有田數十畝，自種自食，牧牛耕田外，百無所知。非惟經卷法器，皆所不蓄，毗盧袈裟，皆所不具；即佛龕香火，亦在若有若無間也。特首無髮，室無妻子，與常人小異耳。

一日，忽呼集鄰里，而自端坐破几上，合掌語曰：「同居三十餘年，今長別矣。以遺蛻奉托可乎？」溘然而逝，合掌端坐仍如故，鼻垂兩玉箸，長尺餘。眾大驚異，共為募木造龕。舅氏安公實齋居丁家莊，與相近，知其平日無道行，聞之不信。自往視之，以造龕未竟，二日尚未斂，面色如生，撫之肌膚如鐵石。時方六月，蠅蚋不集，亦了無屍氣，竟莫測其何理也。

有狐復仇者

喀喇沁公丹公（號益亭，名丹巴多爾濟，姓烏梁汗氏，蒙古王孫也）言：內廷都領侍蕭得祿，幼嘗給事其邸第。偶見一黑物如貓，臥樹下，戲擊以彈丸。其物甫一轉身，即巨如犬。再擊，又一轉身，遂巨如驢。懼不敢復擊。物亦自去。俄而飛瓦擲磚，變怪陡作。知為狐魅，惴惴不自安。或教以繪像事之，其祟乃止。

後忽于几上得錢數十，知為狐所酬，始試收之，秘不肯語。次日，增至百文。自是日有所增，漸至盈千。旋又改為銀一錠，重約一兩。亦日有所增，漸至一錠五十兩。巨金不能密藏，遂為管領者所覺。疑盜諸官庫，搒掠訊問，幾不能自白。然後知為狐所陷也。

夫飛土逐肉（「斷竹續竹，飛土逐肉」，《吳越春秋》載陳音所誦古歌，即彈弓之始也），兒戲之常。主人知之，亦未必遽加深責。狐不能暢其志也。餌之以利，使盈其貪壑，觸彼禍羅，狐乃得適所願矣。此其設阱伏機，原為易見；徒以利之所在，遂令智昏。反以為我禮即虔，彼心故悅。委曲自解，致不覺墮其彀中。昔夫差貪句踐之服事，卒敗于越；楚懷王貪商于之六百，卒敗于秦；北宋貪滅遼之割地，卒敗于金；南宋貪伐金之助兵，卒敗于元。軍國大計，將相同謀，尚不免于受餌。況區區童稚，烏能出老魅之陰謀哉，其敗宜矣！

又舉一近事曰：有刑曹某官之僕夫，睡中覺有舌舔其面。舉石擊之，踣而斃。燭視，乃一黑狐，剝之，腹中有一小人首，眉目宛然，蓋所謂煉嬰兒未成也。翌日，為主人御車歸。狐憑附其身，舉凳擊主人，且厲聲陳其枉死狀。蓋欲報之而不能，欲假手主人以鞭笞泄其憤耳。此二狐同一復仇，余謂此狐之悍且直，勝彼狐之陰而險也。

煉形之鬼

丹公又言：科爾沁達爾汗王一僕，嘗行路拾得二氈囊，其一滿貯人牙，其一滿貯人指爪。心頗詫異，因擲之水中。旋一老媼倉皇至，左顧右盼，似有所覓，問僕曾見二囊否？僕答以未見。媼知為所毀棄，遽大憤怒，折一枝奮擊僕。僕徒手相搏，覺其衣裳柔脆，如通草之心；肌肉虛鬆，似蓮房之穰。指所摳處，輒破裂，然放手即長合如故。又如抽刀之斷水。互鬥良久，媼不能勝，乃舍去。臨去顧僕詈曰：「少則三月，多則三年，必褫汝魄！」然至今已逾三年，不能為祟，知特大言相恐而已。

此當是煉形之鬼，取精未足，不能凝結成質，故仍聚氣而為形。其蓄人牙爪者，牙者骨之餘，爪者筋之餘，殆欲合煉服餌，以堅固其質耳。

愛公識鬼

田侯松岩言：今歲六月，有扈從侍衛和升，卒于灤陽。馬蘭鎮總兵愛公星阿，與和親舊，為經理棺衾，送其骨歸葬。一夕如廁，缺月微明。見一人如立煙霧中，問之不言，叱之不動。愛公故能視鬼，凝神諦審，乃和之魂也。因拱而祝曰：「昔斂君時，物多不備，我力綿薄，君所深知。今形見，豈有所責耶！」不言不動如故。又祝曰：「聞歿于塞外者，不焚路引，其鬼不得入關。曩偶忘此，君毋乃為此來耶？」魂即稽首至地，倏然而隱。愛公為具牒于城隍，後不復見。

又扈從南巡時，與愛公同寓江寧承恩寺，規模宏壯，樓閣袤延，所住亦頗軒敞。一日，方共坐，忽樓窗六扇無風自開，俄又自闔。愛公視之，曰：「有一僧坐北牖上，其面橫闊，鬚鬖鬖如久未剃，目瞪視而項微僂，蓋縊鬼也。」以問寺僧，僧不能諱，惟怪何以識其貌，疑有人泄之。

不知愛公之自能視也。又偶在船頭，戲拈篙刺水。忽擲篙卻避，面有驚色。怪詰其故，曰：「有溺鬼緣篙欲上也。」

戊午八月，宴蒙古外藩于清音閣，愛公與余連席。余以松岩所說叩之，云皆不妄。然則隨處有鬼，亦復如人。此求歸之鬼，有繫戀之心；開窗之鬼，有爭據心；緣篙之鬼，有競鬥心。其得失勝負、喜怒哀樂，更當一一如人。是膠膠擾擾，地下尚無了期。釋氏講懺悔解脫，聖人之法，亦使有所歸而不為厲，其深知鬼神之情狀矣。子貢曰：「大哉死乎，君子息焉！」莊周曰：「嗟來桑扈乎，而已反其真。」特就耳目所及言之耳。

卷二十四　灤陽續錄【六】（十八則）

善畫之狐

狐能詩者，見于傳記頗多；狐善畫則不概見。海陽李文硯亭言：順治、康熙間，周處士璕薄游楚豫。周以畫松名，有士人倩畫書室一壁。松根起于西壁之隅，盤拿夭矯，橫徑北壁，而纖末猶猗及東壁一二尺；覺濃陰入座，長風欲來。置酒邀社友共賞。方攢立壁下，指點贊歎，忽一友拊掌絕倒，眾友俄亦哄堂。蓋松下畫一秘戲圖，有大木榻布長簟，一男一婦，裸而好合；流目送盼，媚態宛然。旁二侍婢亦裸立，一揮扇驅蠅，一以兩手承婦枕，防蹂躪墜地。乃士人及婦與媵婢小像也。嘩然趨視，眉目逼真，雖僮僕亦辨識其面貌，莫不掩口。士人恚甚，望空指劃，詈妖狐。忽檐際大笑曰：「君太傷雅。曩聞周處士畫松，未嘗目睹，昨夕得觀妙跡，坐臥其下不能去，致失避君，未嘗拋磚擲瓦相忤也。君遽毒詈，心實不平，是以與君小作劇。君尚不自反，乖戾如初，行且繪此像于君家白板扉，博途人一粲矣。君其圖之。」

蓋士人先一夕設供客具，與奴子秉燭至書室，突一黑物衝門去。士人知為狐魅，曾詬厲也。眾為慰解，請入座，設一虛席于上。不見其形，而語音琅然。行酒至前輒盡，惟不食餚饌，曰：「不茹葷四百餘年矣。」瀕散，語士人曰：「君太聰明，故往往以氣凌物。此非養德之道，亦非全身之道也。今日之事，幸而遇我。倘遇負氣如君者，則難從此作矣。惟學問變化氣質，願留意焉。」叮嚀鄭重而別。回視所畫，淨如洗矣。

次日，書室東壁忽見設色桃花數枝，襯以青苔碧草。花不甚密，有已開者，有半開者，有已落者，有未落者；有落未至地隨風飛舞者八九片，反側橫斜，勢如飄動，尤非筆墨所能到。上題二句曰：「芳草無行徑，空山正落花。」（案此二句，初唐楊師道之詩）不署姓名。知狐以答昨夕之酒也。後周處士見之，嘆曰：「都無筆墨之痕。覺吾畫猶努力出稜，有心作態。」

景城北岡元帝廟

景城北岡有元帝廟，明末所建也。歲久，壁上霉跡隱隱，成峰巒起伏之形，望似遠山籠霧。余幼時尚及見之。廟祝棋道士病其晦昧，使畫工以墨鉤勒，遂似削圓方竹。今廟已圮盡矣，棋道士不知其姓，以癖于象戲，故得此名。或以為齊姓誤也。棋至劣而至好勝，終日丁丁然不休。對局者或倦求去，至長跪留之。嘗有人指對局者一著，銜之次骨，遂拜綠草，詛其速死。又一少年偶誤一著，道士幸勝。少年欲改著，喧爭不已。少年粗暴，起欲相毆。惟笑而卻避曰：「任君擊折我肱，終不能謂我今日不勝也。」亦可云癡物矣。

酒有別腸

酒有別腸，信然。八九十年來，余所聞者，顧俠君前輩稱第一，繆文子前輩次之。余所見者，先師孫端人先生亦入當時酒社。先生自云：「我去二公中間，猶可著十餘人。」次則陳句山前輩與相敵，然不以酒名。近時路晉清前輩稱第一，吳雲岩前輩亦駸駸爭勝。晉清曰：「雲岩酒後彌溫克，是即不勝酒力，作意矜持也。」驗之不謬。同年朱竹君學士、周稚圭觀察，皆以酒自雄。雲岩曰：「二公徒豪舉耳。拇陣喧呶，潑酒幾半，使坐而靜酌則敗矣。」驗之亦不謬。

後輩則以葛臨溪為第一，不與之酒，從不自呼一杯；與之酒，雖盆盎無難色，長鯨一吸，涓滴不遺。嘗飲余家，與諸桐嶼、吳惠叔等五六人角至夜漏將闌；眾皆酩酊，或失足顛仆。臨溪一一指揮僮僕扶掖登榻，然後從容登輿去，神志湛然，如未飲者。其僕曰：「吾相隨七八年，從未見其獨酌，亦未見其偶醉也。」惟飲不擇酒，使嘗酒亦不甚知美惡，故其同年以登徒好色戲之。然亦罕有矣。惜不及見顧、繆二前輩，一決勝負也。端人先生恆病餘不能飲，曰：「東坡長處，學之可也；何並其短處亦刻畫求似！」

及余典試得臨溪，以書報先生。先生覆札曰：「吾再傳有此君，聞之起舞。但終恨君是蜂腰耳。」

前輩風流，可云佳話。今老矣，久不預少年文酒之會，後來居上，又不知為誰？

牛馬亦有人心

高官農家畜一牛，其子幼時，日與牛嬉戲，攀角捋尾皆不動。牛或嗅兒頂、舐兒掌，兒亦不懼。稍長，使之牧。兒出即出，兒歸即歸，兒行即行，兒止即止，兒睡則臥于側，有年矣。一日往牧，牛忽狂奔至家，頭頸皆浴血，跳踉哮吼，以角觸門。兒父出視，即掉頭回舊路。知必有變，盡力追之。至野外，則兒已破顱死；又一人橫臥道左，腹裂腸出，一棗棍棄于地。審視，乃三果莊盜牛者（**三果莊回民所聚，滄州盜藪也**）。始知兒為盜殺，牛又觸盜死也。是牛也，有人心焉。

又西商李盛庭買一馬，極馴良。惟路逢白馬，必立而注視，鞭策不肯前。或望見白馬，必馳而追及，銜勒不能止。後與原主談及，原主曰：「是本白馬所生，時時覓其母也。」是馬也，亦有人心焉。

某家有牸牛

余八歲時，聞保母丁媪言：某家有牸牛，跛不任耕，乃鬻諸比鄰屠肆。其犢甫離乳，視宰割其母，牟牟鳴數日。後見屠者即奔避，奔避不及，則伏地戰慄，若乞命狀。屠者或故逐之，以資笑噱，不以為意也。犢漸長，甚壯健，畏屠者如初。及角既堅利，乃伺屠者側臥凳上，一觸而貫其心，遽馳去。屠者婦大號捕牛。眾憫其為母復仇，故緩追，逸之，竟莫知所往。

時丁媪之親串殺人，遇赦獲免，仍與其子同里閈。丁媪故竊舉是事為之憂危，明仇不可狎也，余則取犢有復仇之心，知力弗勝，故匿其鋒，隱忍以求一當。非徒孝也，抑亦智焉。黃帝《巾机銘》曰（机是本字，校者或以為破體俗書，改為機字，反誤）：「日中必慧（案：《漢書・賈誼傳》引此句，作熭。《六韜》引此句，作彗。音義並同），操刀必割。」言機之不可失也。《越絕書》子貢謂越王曰：「夫有謀人之心，使人知之者，危也。」言機之不可泄也。《孫子》曰：「善用兵者，閉門如處女，出門如脫兔。」斯言當矣。

江南舉子

姜慎思言：乾隆己卯夏，有江南舉子以京師逆旅多湫隘，乃稅西直門外一大家墳院讀書。偶晚涼樹下散步，遇一女子，年十五六，頗白皙。挑與語，不嗔不答，轉牆角自去。夜半睡醒，似門上了鳥微有聲，疑為盜。呼僮不應，自起隔門罅窺之，乃日間所見女子也。知其相就，急啟戶擁以入。女子自言：「為守墳人女，家酷貧，父母並拙鈍，恆恐嫁為農家婦。頃蒙顧盼，意不自持，故從牆缺至君處。君富貴人，自必有婦，倘能措百金與父母，則為妾媵無悔。父母嗜利，亦必從也。」舉子諾之，遂相繾綣，至雞鳴乃去。自是夜半恆至，妖媚冶蕩，百態橫生。舉子以為巫山洛水不是過也。一夜來稍遲，舉子自步月候之。乃忽從樹杪飛下。舉子頓悟，曰：「汝毋乃狐耶？」女子殊不自諱，笑而應曰：「初恐君駭怖，故托虛詞。今情意已深，不妨明告。將來游宦四方，有一隱形隨侍之妾，不煩車馬，不擇居停，不需衣食，晝可攜于懷袖，夜即出而薦枕席，不愈于千金買笑耶？」舉子思之，計良得。自是潛往書室，不待夜度矣。然每至秉燭，則外出，夜半乃返，或微露鬢亂釵橫狀。舉子疑之而未決。既而與其孌童通；旋為二僕所窺，亦並與亂。庖人知之，亦續狎焉。

一日，晝與孌僮寢。舉子潛扼殺之，遂現狐形，因埋于牆外。半月後，有老翁詣舉子曰：「吾女托身為君妾，何忽見殺？」舉子憤然曰：「汝知汝女為吾妾，則易言矣。夫兩雄共雌，爭而相戕，是為妒奸，于律當議抵。汝女既為我妾，明知非人而我不改盟，則夫婦之名分定矣。而既淫于他人，又淫于我僕，我為本夫，例得捕姦。殺之，又何罪耶？」翁曰：「然則何不殺君僕？」舉子曰：「汝女死則形見，此則皆人也。手刃四人，而執一死狐為罪案，使汝為刑官，能據以定讞乎？」翁俯首良久，以手拊膝曰：「汝自取也夫！吾誠不料汝至此。」振衣自去。

舉子旋移居準提庵，與慎思鄰房。其孌童與狐尤昵，銜主人之太忍，具泄其事于慎思，故得其詳。

張鳴鳳醉淫老叟

吉木薩（烏魯木齊所屬也）屯兵張鳴鳳調守卡倫（軍營瞭望之名），與一菜園近。灌園叟年六十餘，每遇風雨，輒借宿于卡倫。

一夕，鳴鳳醉以酒而淫之。叟醒大恚，控于營弁。驗所創，尚未平。申上官，除鳴鳳糧。時鳴鳳年甫二十，眾以為必無此事。或疑叟或曾竊污鳴鳳，故此相報。然覆鞫兩造，皆不承，咸云怪事。有官奴玉保曰：「是固有之，不為怪也。曩牧馬南山，為射雉者驚，馬逸。懼遭責罰，入深山追覓。倉皇失道，愈轉愈迷，經一晝夜不得出。遙見林內屋角，急往投之；又慮是盜巢，或見戕害，且伏草間覘情狀。良久，有二老翁攜手笑語出，坐磐石上，擁抱偎倚，意殊褻狎。俄左一翁牽右一翁伏石畔，恣為淫媟。我方以窺見陰私，懼殺我滅口，惴惴蜷縮不敢動，乃彼望見我，了無愧怍，共呼使出，詢問何來；取二餅與食，指歸路曰：『從某處見某樹轉至某處，見深澗沿之行，一日可至家。』又指最高一峰曰：『此是正南，迷即望此知方向。』又曰：『空山無草，汝馬已饑而自歸。此間熊與狼至多，勿再來也。』比歸家，馬果先返。今張鳴鳳愛六十之叟，非此老翁類乎！」據其所言，天下真有理外事矣。惟二翁不知何許人，遁跡深山，似亦修道之士，何以所為乃如此？因憶《樹屋書影》記仙人馬繡頭事，稱其比及頑童，云中有真陰可採。是容成術，非但御女，兼亦御男。然採及老翁，有何裨益？即修煉果有此法，亦邪師外道而已，上真定無此也。

千里吾隨汝

張助教潛亭言：昔與一友同北上，夜宿逆旅。聞綷縩有聲，或在窗外，或在室之外間。初以為蟲鼠，不甚訝。後微聞太息，乃始慄然，偵之則無睹也。至紅花埠，偶忘收筆硯，夜分聞有擱筆聲。

次早，几上有字跡，陰黯慘淡，似有似無。諦審，乃一詩，其詞曰：「上巳好鶯花，寒食多風雨。十年汝憶吾，千里吾隨汝。相見不得親，悄立自淒楚。野水青茫茫，此別終萬古。」似香魂怨抑之語。然潛亭自憶無此人，友自憶亦無此人，不知其何以來也。

程魚門曰：「君肯誦是詩，定無是事。恐貴友諱言之耳。」眾以為然。

胡牧亭之義僕

同年胡侍御牧亭，人品孤高，學問文章亦具有根柢。然性情疏闊，絕不解家人生產事，古所謂不知馬幾足者，殆有似之。奴輩玩弄如嬰孩。嘗留余及曹慕堂、朱竹君、錢辛楣飯，肉三盤，蔬三盤，酒數行耳，聞所費至三四金，他可知也。同年偶談及，相對太息。竹君憤尤甚，乃盡發其奸，迫逐之。然積習已深，密相授受，不數月，仍故轍。其黨類布在士大夫家，為竹君騰謗，反得喜事名。于是人皆坐視，惟以小人有黨，君子無黨，姑自解嘲云爾。

後牧亭終以貧困鬱鬱死。死後一日，有舊僕來，哭盡哀，出三十金置几上，跪而祝曰：「主人不迎妻子，惟一身寄居會館，月俸本足以溫飽。徒以我輩剝削，致薪米不給。彼時以京師長隨，連衡成局，有忠于主人者，共排擠之，使無食宿地，故不敢立異同。不虞主人竟以是死。中心愧悔，夜不能眠。今幸獻所積助棺斂，冀少贖地獄罪也。」祝訖自去。滿堂賓客之僕，皆相顧失色。

陳裕齋因舉一事曰：「有輕薄子見少婦獨哭新墳下，走往挑之。少婦正色曰：『實不相欺，我狐女也。墓中人耽我之色，至病瘵而亡。吾感其多情，而愧其由我而殞命，已自誓于神，此生決不再偶。爾無妄念，徒取禍也。』此僕其類此狐歟！」然余謂終賢于掉頭竟去者。

異蟲生于冰火中

田侯松岩言：幼時居易州之神石莊（土人云，本名神子莊，以嘗出一神童故也。後有三巨石隕于莊北，如春秋宋國之事，故改今名。今石在易州西南二十餘里），偶與僮輩嬉戲馬廄中。見煮豆之鍋，凸起鐵泡十數，並形狹而長。僮輩以石破其一，中有蟲長半寸餘，形如柳蠹，色微紅，惟四短足與其首皆作黑色，而油然有光，取出猶蠕蠕能動。因一一破視，一泡一蟲，狀皆如一。

又言：頭等侍衛常君青（此又別一常君，與常大宗伯同名），乾隆癸酉戍守西域，築帳南山之下（塞外山脈，自西南趨東北，西域三十六國，夾之以居，在山南者呼曰「北山」，在山北者呼曰「南山」，其實一山也）。山半有飛瀑二丈餘，其泉甚甘。會冬月冰結，取水于河，其水湍悍而性冷，食之病人。不得已，仍鑿瀑泉之冰。水竅甫通，即有無數冰丸隨而湧出，形皆如橄欖。破之，中有白蟲如蠶，其口與足則深紅，殆所謂冰蠶者歟？此與鐵中之蟲，鍛而不死，均可謂異聞矣。然天地之氣，一動一靜，互為其根。極陽之內必伏陰，極陰之內必伏陽，八卦之對待，坎以二陰包一陽，離以二陽包一陰。六十四卦之流行，陽極于乾，即一陰生，下而為姤；陰極于坤，即一陽生，下而為復。其靜也伏斯斂，斂斯鬱焉；其動也鬱斯蒸，蒸斯化焉。至于化則生，生不已矣。特衝和之氣，其生有常；偏勝之氣，其生不測。衝和之氣，無地不生；偏勝之氣，或生或不生耳。故沸鼎炎熇、寒泉冱結，其中皆可以生蟲也。崔豹《古今注》載，火鼠生于炎洲火中，績其毛為布，入火不燃。今洋船多有之，先兄晴湖蓄數尺，余嘗試之。又《神異經》載，冰鼠生北海冰中，穴冰而居，嚙冰而食，歲久大如象，冰破即死。歐羅巴人曾見之，謝梅莊前輩戍烏里雅蘇台時，亦曾見之。

是獸且生于火與冰矣。其事似異，實則常理也。

有翰林偶遇乩仙

數皆前定，故鬼神可以前知。然有其事尚未發萌，其人尚未舉念，又非吉凶禍福之所關、因果報應之所繫，游戲瑣屑至不足道，斷非冥籍所能預注者，而亦往往能前知。

乾隆庚寅，有翰林偶遇乩仙，因問宦途。乩判一詩曰：「春風一笑手扶筇，桃李花開潑眼濃。好是尋香雙蛺蝶，粉牆才過巧相逢。」茫不省為何語。俄御試翰林，以編修改知縣。眾謂次句隱用河陽一縣花事。可云有驗，然其餘究不能明。比同年往慰，司閽者扶杖蹩躠出。蓋朝官僕隸，視外吏如天上人。司閽者得主人外轉信，方立階上，喜而躍曰：「吾今日登仙矣！」不虞失足，遂損其脛，故杖而行也。

數日後，微聞一日遣二僕，而罪狀不明。旋有泄其事者曰：「二僕皆謀為司閽，而無如先已有跛者。乃各陰飾其婦，俟主人燕息，誘而蠱之。至夕，一婦私具餅餌，一婦私煎茶，皆暗中摸索至書齋廊下。猝然相觸，所賚俱傾；愧不自容，轉怒而相詬。主人不欲深究，故善遣去。」于是詩首句三四句並驗。此乩可謂靈鬼矣，然何以能前知（馬夫人雇一針線人，曾在是家，云二僕謀奪司閽則有之，初無自獻其婦意，乃私謀于一黠僕，黠僕為畫此策，均與約是日有暇，可乘隙以進。而不使相知，故致兩敗。二僕逐後，黠僕又黨附于跛者，邀游妓館。跛者知其有伏機，陽使先往待，而陰告主人往捕，故黠僕亦敗。嗟乎！一州縣官司閽耳，而此四人者互相傾軋，至輾轉多方而不已。黃雀螳螂之喻，茲其明驗矣。故附記之，以著世情之險）？此等事，終無理可推也。

歸雁詩

余官兵部尚書時，往良鄉送征湖北兵，小憩長新店旅舍。見壁上有《歸雁詩》二首，其一曰：「料峭西風雁字斜，深秋又送汝還家。可憐飛到無多日，二月仍來看杏花。」其二曰：「水闊雲深伴侶稀，蕭條只與燕同歸。惟嫌來歲烏衣巷，卻向雕梁各自飛。」末題「晴湖」二字，是先兄字也。然語意筆跡皆不似先兄，當別一人。或曰：「有鄭君名鴻撰，亦字晴湖。」

田侯畫扇

偶見田侯松岩持畫扇，筆墨秀潤，大似衡山，云其親串德君芝麓所作也。上有一詩曰：「野水平沙落日遙，半山紅樹影蕭條。酒樓人倚孤樽坐，看我騎驢過板橋。」風味翛然，有塵外之致。復有德君題語，云是卓悟庵作，畫即畫此詩意。故並錄此詩，殆亦愛其語也。田侯云，悟庵名卓禮圖，然不能詳其始末。大抵沉于下僚者，遙情高韻，而名氏翳如。錄而存之，亦郭恕先之遠山數角耳。

斂財之術

古人祠宇，俎豆一方，使後人挹想風規，生其效法，是即維風勵俗之教也。其間精靈常在，肸蠁如聞者，所在多有；依托假借，憑以獵取血食者，間亦有之。

相傳有士人宿陳留一村中，因溽暑散步野外。黃昏後，冥色蒼茫，忽遇一人相揖。俱坐老樹之下，叩其鄉里名姓。其人云：「君勿相驚，僕即蔡中郎也。祠墓雖存，享祀多缺；又生列士流，殁不欲求食于俗輩。以君氣類，故敢布下忱。明日，賜一野祭可乎？」士人故雅量，亦不恐怖，因詢以漢末事，依違酬答，多羅貫中《三國演義》中語，已竊疑之；及詢其生平始末，則所述事跡與高則誠《琵琶記》纖悉曲折，一一皆同。因笑語之曰：「資斧匱乏，實無以享君，君宜別求有力者。惟一語囑君：自今以往，似宜求《後漢書》、《三國志》、中郎文集稍稍一觀，于求食之道更近耳。」其人面頳徹耳，躍起現鬼形去。是影射斂財之術，鬼亦能之矣。

有客游粵東者

梁谿堂言：有客游粵東者，婦死寄柩于山寺。夜夢婦曰：「寺有厲鬼，伽藍神弗能制也。凡寄柩僧寮者，男率為所役，女率為所污。吾力拒，弗能免也。君盍訟于神？」醒而憶之了了，乃炷香祝曰：「我夢如是，其春睡迷離耶？意想所造耶？抑汝真有靈耶？果有靈，當三夕來告我。」已而再夕夢皆然。乃牒訴于城隍，數日無肸蠁。

一夕，夢婦來曰：「訟若得直，則伽藍為失糾舉，山神社公為失約束，于陰律皆獲譴，故城隍躊躇未能理。君盍再具牒，稱將詣江西訴于正乙真人，則城隍必有處置矣。」如所言，具牒投之。數日，又夢婦來曰：「昨城隍召我，諭曰：『此鬼原居此室中，是汝侵彼，非彼攝汝也。男女共居一室，其僕隸往來，形跡嫌疑，或所不免。汝訴亦不為無因。今為汝重笞其僕隸，已足謝汝。何必堅執姦污，自博不貞之名乎？從來有事不如化無事，大事不如化小事。汝速令汝夫移柩去，則此案結矣。』再四思之，凡事可已則已，何必定與神道爭，反激意外之患。君即移我去可也。」問：「城隍既不肯理，何欲訴天師，即作是調停？」曰：「天師雖不治幽冥，然遇有控訴，可以奏章于上帝，諸神弗能阻也。城隍亦恐激意外患，故委曲消弭，使兩造均可以已耳。」語訖，鄭重而去。其夫移柩于他所，遂不復夢。

此鬼苟能自救，即無多求，亦可云解事矣。然城隍既為明神，所司何事，毋乃聰明而不正直乎？且養癰不治，終有釀成大獄時；並所謂聰明者，毋乃亦通蔽各半乎？

濟南朱子青友狐

田白岩言：濟南朱子青與一狐友，但聞聲而不見形。亦時預文酒之會，詞辯縱橫，莫能屈也。

一日，有請見其形者。狐曰：「欲見吾真形耶？真形安可使君見；欲見吾幻形耶？是形既幻，與不見同，又何必見。」眾固請之，狐曰：「君等意中，覺吾形何似？」一人曰：「當龐眉皓首。」應聲即現一老人形。又一人曰：「當仙風道骨。」應聲既現一道士形。又一人曰：「當星冠羽衣。」應聲即現一仙官形。又一人曰：「當貌如童顏。」應聲即現一嬰兒形。又一人戲曰：「莊子言，姑射神人，綽約若處子。君亦當如是。」即應聲現一美人形。又一人曰：「應聲而變，是皆幻耳。究欲一睹真形。」狐曰：「天下之大，孰肯以真形示人者，而欲我獨示真形乎？」大笑而去。

子青曰：「此狐嘗稱七百歲，蓋閱歷深矣。」

講學家例言無鬼

舅氏實齋安公曰：「講學家例言無鬼。鬼吾未見，鬼語則吾親聞之。雍正壬子鄉試，返宿白溝河。屋三楹，余住西間。先一南士住東間。交相問訊，因沽酒夜談。南士稱：『與一友為總角交，其家酷貧，亦時周以錢粟。後北上公車，適余在某巨公家司筆墨，憫其飄泊，邀與同居，遂漸為主人所賞識。乃摭余家事，潛造蜚語，擠余出而據余館。今將托鉢山東。天下豈有此無良人耶！』方相與太息，忽窗外嗚嗚有泣聲，良久語曰：『爾尚責人無良耶！爾家本有婦，見我在門前買花粉，詭言未娶，誑我父母，贅爾于家。爾無良否耶？我父母患疫先後歿，別無親屬，爾據其宅，收其資，而棺衾祭葬俱草草，與死一奴婢同。爾無良否耶？爾婦附糧艘尋至，入門與爾相詬厲，即欲逐我；既而知原是我家，爾衣食于我，乃暫容留。爾巧說百端，降我為妾。我苟求寧靜，忍淚曲從。爾無良否耶？既據我宅，索我供給，又虐使我，呼我小名，動使伏地受杖。爾反代彼撳我項背，按我手足，叱我勿轉側。爾無良否耶？越年餘，我財產衣飾剝削並盡，乃鬻我于西商。來相我時，我不肯出，又痛捶我，致我途窮自盡。爾無良否耶？我歿後，不與一柳棺，不與一紙錢，復褫我敝衣，僅存一褲，裹以蘆席，葬叢冢。爾無良否耶？吾訴于神明，今來取爾，爾尚責人無良耶？』其聲哀厲，僮僕並聞。南士驚怖瑟縮，莫措一詞，遽噭然仆地。余慮或牽涉，未曉即行。不知其後如何，諒無生理矣。」因果分明，了然有據。但不知講學家見之，又作何遁詞耳。

他人記余家二事

張浮槎《秋坪新語》載余家二事，其一記先兄晴湖家東樓鬼（此樓在兄宅之西，以先世未析產時，樓在宅之東，故沿其舊名），其事不虛，但委曲未詳耳。此樓建于明萬曆乙卯，距今百八十四年矣。樓上樓下，凡縊死七人，故無敢居者，是夕不得已開之，遂有是變。殆形家所謂凶方歟？然其側一小樓，居者子孫蕃衍，究莫明其故也。

其一記余子汝佶臨歿事，亦十得六七；惟作西商語索逋事，則野鬼假托以求食。後窮詰其姓名、居址、年月與見聞此事之人，乃詞窮而去。汝佶與債家涉訟時，刑部曾細核其積逋數目，具有案牘，亦無此條。蓋張氏、紀氏為世姻，婦女遞相述說，不能無纖毫增減也。

嗟乎！所見異詞，所聞異詞，所傳聞異詞，魯史且然，況稗官小說。他人記吾家之事，其異同吾知之，他人不能知也。然則吾記他人家之事，據其所聞，輒為敘述，或虛或實或漏，他人得而知之，吾亦不得知也。劉后村（案劉后村詩，一作陸游詩）詩曰：「斜陽古柳趙家莊，負鼓盲翁正作場。死後是非誰管得，滿村聽唱蔡中郎。」匪今斯今，振古如茲矣。惟不失忠厚之意，稍存勸懲之旨，不顛倒是非如《碧雲騢》，不懷挾恩怨如《周秦行記》，不描摹才子佳人如《會真記》，不繪畫橫陳如《秘辛》，冀不見擯于君子云爾。

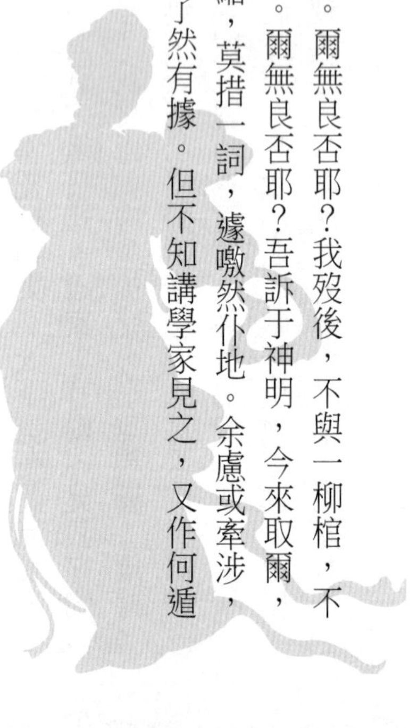

附紀汝佶六則

亡兒汝佶，以乾隆甲子生。幼頗聰慧，讀書未多，即能作八比。乙酉舉于鄉，始稍稍治詩，古文尚未識門徑也。會余從軍西域，乃自從詩社才士游，遂誤從公安、竟陵兩派入。後依朱子穎于泰安，見《聊齋誌異》抄本（**時是書尚未刻**），又誤墮其窠臼，竟沉淪不返，以訖于亡。故其遺詩遺文，僅付孫樹庭等存乃父手澤，余未一為編次也。惟所作雜記，尚未成書，其間瑣事，時或可採。因為簡擇數條，附此錄之末，以不沒其篝燈呵凍之勞。又惜其一歸彼法，百事無成，徒以此無關著述之詞，存其名字也。

花隱老人

花隱老人居平陵城之東，鵲華橋之西，不知何許人，亦不自道真姓字。所居有亭台水石，而蒔花尤多。居常不與人交接，然有看花人來，則無弗納。曳杖傴僂前導，手無停指，口無停語，惟恐人之不及知、不及見也。園無隙地，殊香異色，紛紛拂拂，一往無際，而蘭與菊與竹，尤擅天下之奇。蘭有紅有素，菊有墨有綠，又有丹竹純赤，玉竹純白；其他若方若斑，若紫若百節，雖非目所習見，尚為耳所習聞也。異哉，物之聚于所好，固如是哉！

二尺美婦

士人某寓岱廟之環詠亭。時已深冬，北風甚勁。擁爐夜坐，冷不可支，乃息燭就寢。既覺，見承塵紙破處有光。異之，披衣潛起，就破處審視。見一美婦，長不滿二尺，紫衣青褲，著紅履，纖瘦如指，髻作時世妝；方爇火炊飯，灶旁一短足几，几上錫檠熒然。因念此必狐也。正凝視間，忽然一嚏。婦驚，觸几燈覆，遂無所見。曉起，破承塵視之。黃泥小灶，光潔異常；鐵釜大如碗，飯猶未熟也；小錫檠倒置几下，油痕狼籍。惟爇火處紙不燃，殊可怪耳。

徂徠山如牛巨蟒

徂徠山有巨蟒二，形不類蟒，頂有角如牛，赤黑色，望之有光。其身長約三四丈，蜿蜒深澗中。澗廣可一畝，長可半里，兩山夾之，中一隙僅三尺許。游人登其巔，對隙俯窺，則蟒可見。相傳數百年前，頗為人害。有異僧禁制，遂不得出。

夫深山大澤，實生龍蛇，似此亦無足怪；獨怪其蜷伏數百年，而能不饑渴也。

泰安韓生

泰安韓生，名鳴岐，舊家子，業醫。嘗夤夜騎馬赴人家，忽見數武之外有巨人，長十餘丈。生膽素豪，搖鞚徑過，相去咫尺，即揮鞭擊之。頓縮至三四尺，短髮蓬鬆，狀極醜怪，脣吻翕闢，格格有聲。生下馬執鞭逐之。其行緩澀，蹣跚地上，竟頗窘。既而身縮至一尺，而首大如甕，似不勝載，殆欲顛仆。生且行且逐，至病者家，乃不見，不知何怪也。汶陽范灼亭說。

有能為煙戲者

戊寅五月二十八日，吳林塘年五旬時，居太平館中。余往為壽。座客有能為煙戲者，年約六十餘，口操南音，談吐風雅，不知其何以戲也。俄有僕攜巨煙筒來，中可受煙四兩，爇火吸之，且吸且咽，食頃方盡。索巨碗瀹苦茗，飲訖，謂主人曰：「為君添鶴算可乎？」其張吻吐鶴兩隻，飛向屋角；徐吐一圈，大如盤，雙鶴穿之而過，往來飛舞，如擲梭然。既而嘎喉有聲，吐煙如一線，亭亭直上，散作水波雲狀。諦視皆寸許小鶴，翩翩左右，移時方滅，眾皆以為目所未睹也。俄其弟子繼至，奉一觴與主人曰：「吾技不如師，為君小作劇可乎？」呼吸間，有朵雲飄渺筵前，徐結成小樓閣，雕欄綺窗，歷歷如畫。曰：「此海屋添籌也。」諸客復大驚，以為指上毫光現玲瓏塔，亦無以喻是矣。

以余所見諸說部，如擲杯放鶴、頃刻開花之類，不可殫述，毋亦實有其事，後之人少所見多所怪乎？如此事非余目睹，亦終不信也。

豫南李某酷好馬

豫南李某，酷好馬。嘗于遵化牛市中見一馬，通體如墨，映日有光，而腹毛則白如霜雪，所謂烏雲托月者也。高六尺餘，騣尾鬖然，足生爪，長寸許，雙目瑩澈如水晶，其氣昂昂如群雞之鶴。李以百金得之，愛其神駿，芻秣必身親。然性至獰劣，每覆障泥，須施絆鎖，有力者數人左右把持，然後可乘。按轡徐行，不覺其駛，而瞬息已百里。有一處去家五日程，午初就道，比至，則日未銜山也。以此愈愛之。而畏其難控，亦不敢數乘。

一日，有偉丈夫碧眼虯髯，款門求見，自云能教此馬。引就櫪下，馬一見即長鳴。此人以掌擊左右肋，始弭耳不動。乃牽就空屋中，闔戶與馬盤旋。李自隙窺之，見其手提馬耳，喃喃似有所云，馬似首肯。徐又提耳喃喃如前，馬亦似首肯。李大驚異，以為真能通馬語也。少間，啟戶，引韁授李，馬已汗如濡矣。臨行謂李曰：「此馬能擇主，亦甚可喜。然其性未定，恐或傷人；今則可以無慮矣。」

馬自是馴良，經二十餘載，骨幹如初。後李至九十餘而終，馬忽逸去，莫知所往。

國家圖書館出版品預行編目資料

閱微草堂筆記 / (清)紀昀作. -- 三版. --臺北市：五南圖書出版股份有限公司, 2018.06
冊； 公分

ISBN 978-957-11-9229-1 (上冊：平裝)
ISBN 978-957-11-9230-7 (下冊：平裝)

857.27　　106009232

中國經典　8R60

閱微草堂筆記(下)

作　　者　清·紀　昀
封面設計　謝瑩君

發 行 人　楊榮川
出 版 者　五南圖書出版股份有限公司
地　　址　台北市和平東路2段339號4樓
電　　話　02－27055066
傳　　真　02－27056100
郵政劃撥　01068953
網　　址　https://www.wunan.com.tw
電子郵件　wunan@wunan.com.tw

顧　　問　林勝安律師

出版日期　2012年5月　二版一刷
　　　　　2013年1月　二版三刷
　　　　　2018年6月　三版一刷
　　　　　2023年8月　三版二刷
定　　價　新台幣280元整

經典永恆・名著常在

五十週年的獻禮——經典名著文庫

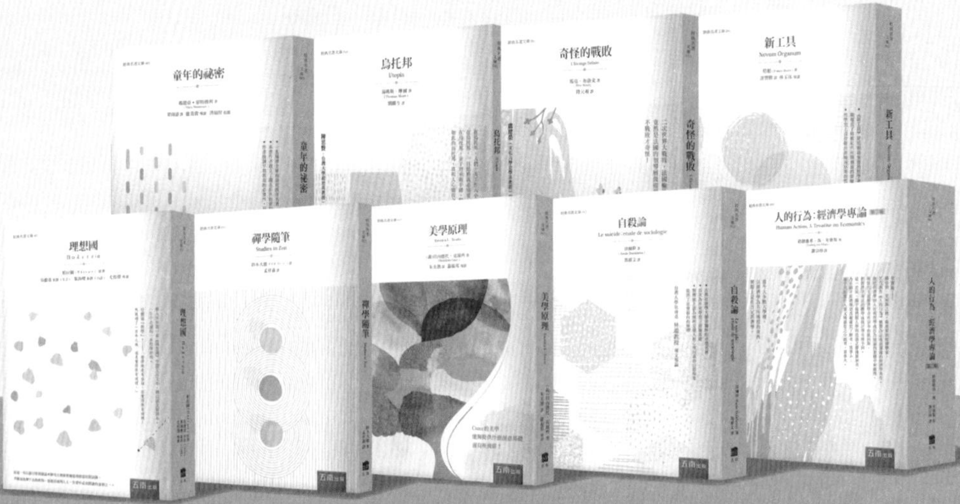

五南，五十年了，半個世紀，人生旅程的一大半，走過來了。
思索著，邁向百年的未來歷程，能為知識界、文化學術界作些什麼？
在速食文化的生態下，有什麼值得讓人雋永品味的？

歷代經典・當今名著，經過時間的洗禮，千錘百鍊，流傳至今，光芒耀人；
不僅使我們能領悟前人的智慧，同時也增深加廣我們思考的深度與視野。
我們決心投入巨資，有計畫的系統梳選，成立「經典名著文庫」，
希望收入古今中外思想性的、充滿睿智與獨見的經典、名著。
這是一項理想性的、永續性的巨大出版工程。
不在意讀者的眾寡，只考慮它的學術價值，力求完整展現先哲思想的軌跡；
為知識界開啟一片智慧之窗，營造一座百花綻放的世界文明公園，
任君遨遊、取菁吸蜜、嘉惠學子！